比较文学与世界文学名家讲堂

王向远 主编

固本求新

孟庆枢教授讲中国比较文学的新视野

孟庆枢 著

中央编译出版社

作者简介

孟庆枢(1943—),长春市人。东北师范大学首批资深教授、日语语言文学博士生导师。长春理工大学中日比较文化文学研究所所长。中国比较文学学会理事、东方文学研究会副会长。曾赴日本国学院大学研究日本近现代文学、中日比较文学。赴莫斯科大学研修中俄比较文学。

承担七五社会科学基金项目、十五社科基金项目和省部级项目8项(全部完成)。已出版《孟庆枢自选集》、《日本近代文艺思潮与中国现代文学》等专著5部(含合著),主编《西方文论》(高等教育出版社)。在《人民日报》、《外国文学评论》、《日本近代文学》(日本学术杂志)等发表论文150多篇,出版日文、俄文译著300万字以上。如《川端康成论》、《别里亚耶夫科幻小说系列》等。

《比较文学与世界文学名家讲堂》前言

"比较文学与世界文学"学科，顺应改革开放的时代潮流，在上世纪最后二十年开始起步发展，到现在为止的三十多年时间里，已经有了丰厚的知识产出和思想建树。它的异军突起，是当代中国一道引人瞩目的学术文化景观，是中国走向世界、世界走进中国的鲜明印证，也是当代中国学术文化繁荣的一个重要表征。

三十多年的学科建设和学术发展史已经表明，要在人文研究及文学研究中建立世界观念和视野，要把中国文学置于世界文学背景下加以考察和研究，要把外国文学放在中国文化立场上加以审视和阐发，要连接中外文学，要打通文学研究与其他学科的壁垒，要把细致微观的实证研究与高屋建瓴的理论建构相结合，那必然会走向比较文学与世界文学。

在这里，"比较文学"与"世界文学"两者相辅相成、互为依存。"比较文学"是学术观念、研究范式与研究方法，"世界文学"则是学科资源与研究视野。它在贯中外、跨文化、通古今、越科界的学术视阈与研究方法上的优势，使其无可替代地成为当代中国学术文化中最有时代性、最有包容性、最有创新性的高端学科之一。

事实上，近二十年来，中国的比较文学不仅在中外文学关系史研究等方面生产了大量的新知识，而且逐步建立了既有中国特色又具有理论普适性的学科理论系统，逐步完善了比较诗学、中西比较文学、东方比较文学、翻译文学等分支学科，在学术成果的质与量上已居世界各国之首，还全面进入了大学中文系、外文系文学专业的课程体系，从而使中国比较文学成为当代世界比较文学的重心和中心，代表着世界比较文学兼收并蓄、超越学派的第三个发展阶段。

收在这套《比较文学与世界文学名家讲堂》的作者，在当代中国比较文学学术史上，是继季羡林、乐黛云等老一辈学者之后的第二代学人。这些作者固然只是第二代学者中的一部分，却有相当的代表性。他们现年多在四十五至六十五岁之间，从学术年龄上说大体属于中壮年，都是各大学的教授、博士生导师和学术带头人，大都在1980年代后走上比较文学与世界文学之道，1990年代后崭露头角或脱颖而出，进入21世纪后的十几年里，更成为我国比较文学与世界文学学术界的中坚力量。他们有幸拥有了可以安心治学的环境，赶上了数字化、信息化的新时代。既抬头看世界，又埋头务笔耕，既坚持学术的严谨，也保持思想的活跃，充分展示了中国学者的文化立场，充分发挥了中国学者的学术优势和想象力、思考力、创造力，取得了与时代要求相称的成果。这些成果不仅是个人学术履历的证明，也是对中国学术文化史上的一份奉献，更成为新时代"国人之学"即"国学"的重要组成部分。

《比较文学与世界文学名家讲堂》二十卷，选题上以比较文学与世界文学的学科理论为主，以讲述和示范学术方法为要，涉及比较文学与翻译文学基本理论、比较诗学、东方文学及东方比较文学、西方文学及中西文学关系、世界文学总体研究等方面。各卷均按一定的范围和主题，将作者有原创性、有特色的成果收编起来，将大学讲堂搬到书本上来，以读者为听众，以写代"讲"，以言代"堂"，深入浅出，以雅化俗，汇集中国比较文学第二代学者中的代表人物，以使五指成拳、十指合掌，形成大型丛书的规模效应，得以占书架之一角，入读者之法眼，从一个侧面展示近年来中国比较文学的新进展和新成果。而且，不同作者及著作之间也可以相互显彰、相互映照、相互补充，读者也可以在异中见同、同中见异，在参读和比照中领略五彩缤纷的文学世界和世界文学，得窥比较文学殿堂之门径。

《比较文学与世界文学名家讲堂》的编辑出版，得到了北京师范大学的资助和中央编译出版社的支持，编者和作者深表谢意！

愿"讲堂"满座，愿比较文学与世界文学学术事业更加繁荣！

王向远

2014 年 4 月 20 日

自　序

这本《固本求新》承王向远教授的策划得以进入到中央编译出版社这套丛书的行列。作为我个人，对自己的书忝列在"名家之作"的行列有些惶恐不安。不过它记录了我在中国比较文学领域探索的步履，又多了和广大读者交流的机会，内心又非常欣喜。我确实和中国比较文学一起度过了令人难忘的三十多年岁月。其中的人生滋味回味起来，颇多感慨。和我年龄相仿的人其实真是幸运者。我们紧赶慢赶遇到了盛世，虽然和当时更年轻的人比较起来有些迟暮之感，但是毕竟登上了改革开放的列车。我们有幸成为中国比较文学重新崛起的参与者、建设者，中国比较文学助推了我们的个人成长。为此，当进入古稀之年的时刻，回眸走过的路就别有一番滋味在心头。

我所在的东北师范大学是一所历史比较悠久，具有革命传统的大学。成仿吾曾是我们尊敬的老校长。很多科系名师辈出。仅从中文系来说就可以开出一个让人羡慕的大名单。但是，在改革开放之前的年代，她也饱经沧桑。记得在大学念书时一位颇有人生经历的学者教授我们外国文学课。在那个时代出国访学，是一般人不敢做的梦。而这位先生是敢做梦而不能成真。在一次面对全系师生（还有外单位学者参加）的学术会上，他直言不讳地讲，自己搞俄罗斯文学、苏联文学去不了苏联，搞印度文学没到过印度，搞的是"纸上谈兵"，空对空。今天看来很合理的诉求，可是在那个时代被看作是"资产阶级思想"、"发牢骚"、"对什么不满"（还好，据说此事没被太追究）。这件事在我的心灵打下了不可磨灭的烙印。我在不足22岁之时竟然成了这个大学中文系的一名教师。当时和蒋锡金先生在一个教研室。蒋先生是位随和、亲切、率性而行的学者，他很喜欢青年人。每次教研室开会挤在一间狭小的房间挨着坐。自然请教的机会多聊天的机会多。谈得高兴时，他会叼着不离嘴的香烟，抚着你的肩膀，发出童稚般的笑声。我觉得这是一种人生享受。不过不太长时间有人就提醒我说，蒋先生还没摘"右派"帽子，要注意自己的思想之类的警戒的话。我颇感震惊，小小的屋里还有如此惊涛骇浪——我们这代人讲这些有点像说故事，可是这就是那个时代的一隅。我们有幸在青年时代的尾巴年龄段上赶上了改革开放。说别的也许会谈远了，总之改革开放决定了我们的命运。它使我们思想松绑，走向广阔的天地，让我们敢于做梦，进而使梦想变成现实。七十年代后半系里叫我上外国文学课，其中原因也许考虑到我曾经在文革期间普查过前苏联报刊（和孙思缪老师），对于中国文学还有一定基础。其实正如我这个东北人一样，是吃五谷杂粮长大的，在学业上也向几个领域探求。我曾经在著名中国文学史家杨公骥教授指导下认真地学习、研究过李商隐（至今仍在学习中）。在1976—1977年还去了李何林先生主持的鲁迅研究室参加鲁迅日记注释工作，拜访了包括巴金先生在内的大师、先贤，走遍了大江南北，体会到文学的人文精神。改革开放伊始还和金涛一起撰写了《鲁迅与自然科学》。七十年代末我从翻译介绍苏联科幻小说入手（是金涛同志组织，我选编了我国第一本苏联科幻小说选《在我消失掉的世界里》，接着又和诸位同仁一起搞了苏联科幻大师别里亚耶夫的科幻全集），把翻译和研究结合起来。面对一个新的春天，总是觉得时不我待，不断地催促自己多学一些再多学一些。这是我们那个年龄段的人的普遍心理。我把在"文革"中处于地下的日语学习公开，在条件不充分的年代花一笔稿费（记得是180元，在那时是不菲的一笔钱）买了砖头样的录音机，缺乏外教就到长春的新民广场和见到的日本客人对话，我把那里叫做"广场大学"。（这个称呼后来流传开来）。每一天是充实愉快的。一位亲人曾经说我是很辛苦，但是也是很幸运的人。这话我完全接受。说起辛苦干哪行哪业不是各有艰辛吗？ 说到幸运对于我来说则是在学习的道路上多有贵人相助。为此自然形成了真挚的发自内心的感恩之情。恩师孙晓野教授是我终生不忘的恩人。我虽然没有承继先生的学业，但是这位享誉中外的古文字学家，人品学品可以说炉火纯青，从他身上我懂了学问的真谛。他从不言己。一次一个不起眼的青年刊物要我写孙先生的治学，由于我的诚恳和系里一位领导的帮助，他和我谈了三个半天。可以说，先生的风范永远成为我心里的一盏灯。改革开放伊始，我巧遇了我校著名俄语语言文学研究家韩志杰教授。她独特、传奇、坎坷的人生经历本身就是一本书。她的纯正的俄语、广博的俄罗斯文化修养让人感叹。她指导我通读了普希金全集，翻译普希金的诗，不少书本上学不到的东西使我终生受益。没有韩老师做后盾就不会有改革开放后的第一本苏联科幻小说选《在我消失掉的世界里》和"别里亚耶夫科幻"全译。1991年我到莫斯科大学访学时到她在彼得堡的住处看望、拜访，没想到竟是最后一面。是她从知识和教养上圆了我的俄罗斯文学梦（还有北大李毓榛教授的鼎力相助）。八十年代中期，父亲的日本学友野口明太先生费尽周折重新联系上我父亲，他和夫人成功访华，看到我后鼓励我去日本留学。在他们的帮助下，居然我又把一个梦变成现实。我到日本留学后，有幸接受著名学者长谷川泉和阿部正路教授的指导。他们的严谨学风、敬业精神、对我的谆谆教诲，我终身不忘。两位先生几乎把自己的每部著作都赠予我。两位先生领我搞了很多"文学散步"，实地踏查一些经典作家的文学、人生之旅。他们对中国文化的真挚情怀进一步坚定了我从事中日比较文学研究的决心。正如阿部先生后来讲的"我们都是中日文化交流的架桥人",先生是按这一思路打造我的。至于很多真诚帮助我的日本友人要开出很长的名单:福士稠子女士在我赴日不久就给我安排多种有意义的活动,帮助我学习日本文化,她一无所求,只是希望我成为一个好的学者。专修大学的土屋昌明教授一直关心我的研究,每每在关键时刻赠予的资料都起了重要作用。要讲的很多很多,这里只能从略。在中日比较文学文化研究中,戈宝权和乐黛云先生和我有着不解之缘。1986年秋天,戈宝权先生和夫人梁佩兰女士访日,我陪同先生访问了丸山升教授等著名学者。戈先生询问了我的学习情况,他希望我回国后把中日比较文学研究搞起来。在1987年晚秋时节,我回国和妻子应梁夫人盛情邀请,住到干面胡同的戈先生宅邸。不仅聆听了很多教诲,而且先生还打电话介绍我去见刚从国外回来的乐黛云先生。乐先生是刚刚成立的中国比较文学学会的秘书长。她在中关村的家里热情地接待了我,成为建立中日比较文学研究会的动力与契机。正是由于这一原因,我心存感恩之心时时想如何报答。中华民族历来讲究滴水之恩涌泉相报。作为一介书生,或者在讲坛上的教员,所谓报恩想来想去觉得靠谱的是对于自己事业的忠诚,把应该做的事情干的像个样子。1998年我们学校让我参与申报日语语言文学博士点,一举成功。这给了我们新的平台、新的机遇,在和我的博士生的共同学习中,也深感工作的意义重大、担子很重。记不得具体时间了,我在和弟子交谈中谈了我的一些想法:"我庆幸自己赶上了好时代,准备为自己从事的事业拼搏终生;搞比较文学为的是中华民族的伟大复兴,在文化强国中增添正能量,我们都是怀有这一梦想的思想者;我们要尽量吸收人类一切优秀知识,生也有涯,学也无涯;要固本求新,在立足民族优秀传统的基础上努力借鉴域外优秀文化,而且突破学科藩篱,在'打通'上下工夫,不断超越自我;我们要与时俱进，紧跟时代的步伐，站在学术前沿；归根结底就是以创新作为起点。"后来有的弟子把这些话精炼了一下，记在他们的本子上并且发表。我觉得那就作为我们的共勉吧。反复斟酌即将付梓的书稿叫"固本求新"的因由即在于此。不敢标榜已经建立了什么新的体系，有什么石破天惊的高见。但是，我确实有这样的自信：在经历了30余年的比较文学教学与研究的漫长历程之后，我们在逐步走向成熟。至少对中国比较文学有了比较全面、深刻的理解，我所说的共同成长即是如此。

把书名定为"固本求新"在于明确我们的文化强国必须立足于民族优秀传统，为实现中华民族的伟大复兴添砖加瓦。中国比较文学的根本目的就在于此。联合国教科文组织在1998年《文化政策促进发展行动计划》中指出："发展可以最终以文化概念来定义，文化的繁荣是发展的最高目标。""文化的创造性是人类进步的源泉，文化多样性是人类最宝贵的财富，对发展是至关重要的。"在这里既强调了文化的重要性，又强调了文化的多元性，即重视世界各国各民族的文化财富。人类不分南北东西，共通之处成为沟通的基础；但是各民族的文化特色体现的"新"，是互相借鉴、学习的前提。在学习中为我所用的转化就是创意所在，也是创新力。只有这样才能使整个世界的文化生生不息，保持健康发展，永不衰竭。当今人们常说的"越是民族的就越是世界的"，如果坚持反对"文化霸权主义"同时又要注意克服"文化部落主义"的话是可取的。

从上个世纪八十年代以来比较文学诸问题的探讨从深层次上说也是对"文学"的再认识。在比较文学领域几乎每天都可能思考这一问题。学问的创新实质上是思维的创新。动态地理解"文学"，是与时俱进的思考。近代意义上的"文学"产生于西方，"literature"直译成"文学"（转手于日本）。它的内涵越来越使人们感到困惑。我们始终是被囿于这"自明"的范式之中。然而，正如彼德·

威德森所说:"在 20 世纪后期'文学'作为一个概念、一个术语,已经大成问题了。"因为以前的"文学"概念无法承载当今的种种变化,并束缚着人们的思维。一位日本学者面对这一相同问题时讲到:"依据近代的概念对古代、中世纪的文艺作出的判断,是不能立足于它们产生的时代来理解它们的。近年已开始对其进行真正的反省。"①在日本,近年频频出现"文学的死亡"、"文学的终结"的声音也不足为怪了。这就是对"文学"的重新叩问。

  动态地与时俱进地进行比较文学研究促进我们克服一些成见的束缚,使之具有新的视野,开拓出新的研究天地。比如说,影响是挂在比较文学研究者嘴边的话。随着对我国古代文论学习的深入,梳理西方文论不同时期的不同理论,越来越清楚地认识到,从西方的作家、作品论到阐释学、接受美学、文化人类学、符号学、文本论等都可以感受到人类在接受、认识问题上其实存在着一条动态的发展的轨迹。置言之对影响的认识的深入就是克服线性思维的过程。我国古代以《易》为代表的元典话语充满动态精神,在文学上"典故"的妙用,堪称对人类文化的伟大贡献。可惜的是没有得到更好的发展与弘扬。我们头脑里"文本间性"在驰骋。这么讲并非是贬低克里斯蒂娃,我只是觉得我们在比较文学理论研究中还欠缺了一些什么。收在本书的围绕文学史书写、翻译、诗学研究等方面的问题意识都是这一思考的产物。翻开我们的外国文学史(包括我本人参与撰写的)有许多问题应该尽快解决,所谓超越,首先是对自我的超越。中国比较文学这一平台推动了这些想法。这是我非常珍惜的。因此这些年下来发表了一些一得之见。如果环顾大千世界,觉得在西方一些有识之士也是持有相通之见的。比如对于翻译研究,美国著名学者达姆罗什通过《吉尔伽美什》的翻译、传播的重新阐

---

① 铃木贞美:《思考日本的"文学"》,角川书店,平成六年,第9页。

释从深层次揭示了"文学的变异"。这是人类生存状态的哲理思考。在这一思路上他对歌德"世界文学"的再认识就更有现实意义。我们的时代在走向综合，学科的细分为科学的发展创造了积极、有益的条件和方法，但是同时也带来负面的弊端与障碍。比较文学研究在围绕"跨学科研究"的突破是有重要意义的。可以说，在比较文学领域很敏感地体现了顺应时代要求的趋向。不尚空谈，重视基础工作是我们的又一思考。它体现在要把一些必要的基础知识讲透，而且紧密结合文本，为此结合川端康成谈谈文学与美术的关系旨在举一反三。

本书强调中国比较文学应以日本为参照系，这不仅仅出于自己的知识结构的原因，而且绝非忽视包括欧美在内的西方文化。道理很明显，日本同处东亚，是汉文字圈国度之一，她与西方文化交流的是非曲直，足资借鉴，是不可或缺的参照系，作为一个研究者这是从多年实践中得到的一点启示。日本在古代深受中国文化的浸润，近代以来又始终处于和西方文化交流、碰撞的漩涡（但在深层次上仍与中国文化有割不断的关系），为此在日本发生的东西文化交融中的经验、可从另一角度做立体思考。在过去的许多研究著述中关注、记述了近代中国借助日本这个"窗口"、"桥"而了解西方和借鉴西方的作用，这是确实的，也有必要。但是，如果将日本文化的作用止于此，则是片面的。其实，在近代史上，日本了解西方有相当大部分是来自于中国，当时中国译介西方的一些著作倒是早于从日本传入中国的译著。我们应该不仅重视从日本转手得到的对西方的了解，而且更应深思日本是如何消化、吸纳西方文化的过程。

从20世纪七、八十年代以来，日本文坛处于多元态势，其根本原因是西方多种文化思潮，尤其是后现代主义思潮的影响，使得日本文化和西方文化的碰撞、交融更为激烈，它被评论界称作日本文坛的"转型期"。对这一阶段的日本文学进行全面了解就必须考察这20多年的日本主要作家、作品、评论、文学机构和文学奖项、重要文学活动（特别是一些争论）。在世界文化动态的网络中展示日本文学发展的律动，是以日本为参照系的重要内容。我们以日本为参照系，在于更加深入探讨西方理论的复杂性，揭示日本如何吸收、改造西方理论，其结果（当然有的还在进行中）如何，这对于建设有中国特色的社会主义文化非常有利，也是固本求新的重要组成。当今，我国正处在新一轮东西文化交融的高潮之中，自觉地、清醒地认识其中的规律很具现实意义。

任何国家的文学都是与时俱进的，是个变化不居的动态过程，而绝非是个客观静止的存在。研究日本文学必然要动态地把握。和其他国别文学比较起来，也许在翻译介绍上，对日本文学在译介上的差距不是很大，但是在研究上则显滞后。这其中一个很主要原因恐怕是对日本文坛变化跟踪得不够。收入本书的十几篇文章显然只能体现这一思路的一部分（这是个大工程、长期工程，要许多人坚持做下去）。通过几个方面我们可以看到一些日本同仁在比较文学的重大问题上，有他们独特的视角，可以成为他山之石。其中像小森阳一这样的前卫的理论家我们可以多了解一些。他的新锐眼光，理论勇气，值得称赞。感谢包括小森阳一、黑古一夫、野家启一、坪井秀人、岛村辉、土屋昌明、中村三春等日本学者，慨然给予我们翻译委托书，提供了交流的便利。

本书还想和诸位表白的是我们始终坚持"和而不同"的原则。"和而不同"是中华民族的元典话语。人类自从成为文化人以来，始终和阐释活动紧密联系在一起。实际上我们永远处在一个"古今中外"交错的时空网络之中，每时每刻无不在进行各式各样的"对话"活动。作为整个地球的人类，由于具有共通的"文心"与"诗心"，这是他们的不同文化可以交往的基础，然而，"文心""诗心"的"同"与"异"又总是辩证地统一在一起。如果形而上地片面地追求"同"或"异"又将陷入另一误区。我们有必要反思对于"理解"的理解。如果把理解局限于人的认识方式，显然还停留在主客的二元对立，把对象当成一个既成之物，似乎是从中汲取一些什么，达到穷尽即是认知的终点的目的。显然，这是不符合人们对文学作品的理解的。如果借鉴海德格尔、伽达默尔的现代阐释学观点，我们会把它看作是人的存在方式。这样"理解不可能是客观的。理解不仅是具有主观性，而且还受制于'前理解'，一切解释都必然产生于某种先在的理解。阐释的目的是为了达到一种新的理解，这种新的理解又将作为进一步阐释的基础，如此不断循环延伸"①。这就告诉我们对于文学艺术作品的理解永远是一个开放的、永远处在一个时空延续的过程，这正是人的存在的本质体现。出于这种考虑，我不揣冒昧，在一些见解上和业内的同仁坦诚交流、交锋，为的是抛砖引玉，求得友声。如有不当之处，请理解。要说的许多，但是作为自序如果太多是讨嫌的。有拙文在，请拨冗指正。百年的中国比较文学走过了不平常的路程。当今又到了一个关键阶段。我觉得仅从教学来说我们的有关课程如何改革已经提到日程，一些面向21世纪的课题如何开展都大有作为。我们应当为世界作出应有的贡献。作为比较文学领域的一名老兵，不仅自己还要发掘些微的能量，更期待年轻一代的壮举。中国比较文学任务艰巨，前途光明，我期待着更好的梦想成真。

孟庆枢

2014年3月18日于北京常青藤寓所

---

① 陈惇等主编《比较文学》，高等教育出版社，1997年，第451页。

目 录

《比较文学与世界文学名家讲堂》前言……………王向远 1
自 序 …………………………………………………… 1

比较文学理论发微 ……………………………………… 1
全球化语境下的中国比较文学 …………………………… 3
中国比较文学与"和而不同" ……………………………… 35
翻译世界中的"你"、"我"、"他" ………………………… 47
比较文学学科史 …………………………………………… 67
影响研究再认识 …………………………………………… 91
再论重构外国文学史 ……………………………………… 116
中西文化与中西文论 ……………………………………… 131
新时代，新视野，新诗学
——史忠义教授《中西比较诗学新探》等著作读后 …… 140
比较文学与后现代主义理论 ……………………………… 156
用创新迎接民族文化复兴的美好明天
——从"文本间性"与"典故"对话谈起 ……………… 170
文学与自然科学的比较研究 ……………………………… 175
乐无意故能涵一切意 ……………………………………… 186

文学与美术的比较研究
　　——以川端康成与美术为中心 …………… 196

日本：中国比较文学的重要参照系 　　213

克服"自明"，促进交流，加深理解
　　——以日本近现代文学研究为中心 …………… 215
日本比较文学概论 ………… 229
在世界文化场域中的文学史构建
　　——以近代日本文学史的建构为中心兼
　　中日文学史比较研究 ………… 248
对日本20世纪80年代以来文学批评的几点思考 ………… 270
当代日本后殖民主义批评管窥 …………… 283
全球化语境下的日本当代文学理论
　　——从作品论到文本论、超文本论 …………… 301
立于实证的综合文学评论
　　——评长谷川泉"三契机说文学鉴赏七十则" ……… 317
创新是为了适应时代的发展
　　——小森阳一文论译后记 …………… 328
对于"比较文学"的反思
　　——小森阳一《溢出规范的日本文学》总论译后记 ……… 335
小林多喜二《蟹工船》的"复活" …………… 341
评高桥和巳的《李商隐》 …………… 352
返归原点　旨在创新
　　——读中村三春的几本新著 …………… 371

后　记 ………… 379

比较文学理论发微

全球化语境下的中国比较文学[①]

自从 1985 年中国比较文学学会成立(我们把它作为中国比较文学学科重新崛起和确立的标志)以来,在近 20 年的时间里中国比较文学始终是伴随着争论前行,在留下一系列成果的同时也不断留下亟待解决的一些理论问题。最近有的学者援引西方学者的观点认为"比较文学的大势已去。"这位学者认为这与"后现代主义"的产生关系至为密切,因为"从后现代的观点看,事物内部并不像一般所认为的那样有一种本原或本质……同样的道理,文学本身也没有本原或本质。"这位学者批评中国比较文学界"根本而言,它在思想方式上还是完全照搬传统的法国派和美国派研究方法,没有任何新的突破"[②](这一倾向是存在的,我们亦想针对这一问题探讨,但这位学者言过了)。还有的学者疾呼:"'比较文化'与'比较文学'研究的观念和方法论问题的提出已经到了十分紧迫的时候了。"[③]此论并非危言耸听,如果认真地了解一下我国比较文学的发展现状,确实会感到并非言过其实。"多元"似乎是当今学界的表征,但是从比较文学来说,在"多元"的掩盖下,也遮蔽着对一些最基本的理论并

[①] 本文原载乐黛云:《比较文学简明教程》,北京大学出版社,2005 年 10 月。
[②] 肖锦龙:《当前比较文学的危机与出路》,《外国文学评论》2002 年第 3 期,第 133—140 页。
[③] 严绍璗:《比较文化研究中的"原典性的实证"的方法论问题》,《东方文学研究通讯》2003 年第 1 期,第 3—12 页。

未取得共识的偏颇。对这一学科的本质、方法论和其他有关重大理论问题都需要深入探讨，只有这样才能促进这一学科的健康发展，使它在建设具有中国特色的社会主义文化中发挥应有的作用。

"比较文学"是一个不断发展、变化的学科，要想把握它的本质就必须从其历史中看其不断变化、丰富的过程，而决不能把它看作是一个一经产生就一成不变的客体，置言之，要在动态中把握它的实质，要把"比较文学"历史化，在发展中完善它的学科定位。如果从宏观上来说，无论"法国学派"还是"美国学派"，它们之间是有相通的东西的。"比较文学"之所以产生首先是人们对于文学研究的思想观念和方法的革新，认识的飞跃，是人们不满足于就一个民族（国家）的文学来认识文学，不满足于就文学外部和囿于文学自身认识文学的一种超越和突破。同时还应该认识到比较文学的产生是时代发展的产物，而且它的内涵与时俱进，在不同国度有独特的内涵。可以说产生于不同国家、不同时代的比较文学担负着特定的历史使命，具有不可忽视的意识形态性。

中国比较文学是在"全球化"时代重新崛起的，它在整个比较文学中是继法国、美国比较文学之后具有代表性的第三阶段的比较文学。把握它的本体性和掌握它的其他特性必须从这一基点出发。众所周知"全球化有它的不同侧面，它融合和重建的不仅仅是经济，更兼有思维、文化和行为的方式。全球化是变化的因素，它使我们反省自己的传统和行为方式。"[①]为此，我们有必要从全球化语境来谈中国比较文学。

[①] 魏明德：《全球化与中国——一位法国学者谈文化交流》，商务印书馆，2002年，第1页。

一

要了解中国比较文学不能不回顾比较文学的历史。我们先要从"比较文学"的故乡法国谈起，在法国比较文学的提出和形成是在19世纪初至30年代。诺埃尔·拉普拉斯于1816（或1818）年首先提出"比较文学"这一概念，维尔曼于1828年于巴黎大学首次谈到"比较文学研究"，由于维尔曼、安培、圣伯夫的努力，促使比较文学这一学科在法国初步确立。在回顾这段历史时，我们今天似乎更多地注意了法国学派"影响研究"的方法论，而对其当时的时代背景的一些方面没有给予应有的关注，这不利于对其学科实质的把握。在法国比较文学产生之际，法国文学研究法一般称作"文学史"的方法，以朗松为代表，称作朗松方法，又因以巴黎大学为中心，俗称索尔篷法。"文学史的方法如名字所示，乃是与美学相对的历史的方法。是通过文献学的运用，实证的文学研究。"①法国学派的方法是文献学的历史研究在更高层次上的运用。正如日本学者所说："在这点上与日本和威廉·席勒代表的德国文献学、清朝儒学的考证学派大有区别，其独特的法国学派比较方法产生的基础即在于此。即称作'影响'研究者是也。其中分为接受影响与给予影响，统一为源泉研究，或称命运研究。"②

这种寻根溯源的文学研究，必然超出一国一民族文学的范畴，自然地进入了比较文学领域。置言之，法国学派的比较文学是自然产生的，不是方法论的问题，它的本体论意义亦在于它和法国文学

---

① 小林路易：《对比较文学导入的方法的反省》，《比較文学と課題》，早稻田大学比较文学研究室编，早稻田大学出版部，1970年，第9页。

② 小林路易：《对比较文学导入的方法的反省》，《比較文学と課題》，早稻田大学比较文学研究室编，早稻田大学出版部，1970年，第9页。

的命运联系在一起。包括日本在内的亚洲国家对法国比较文学学派的导入存在误解。日本学者指出:"在日本导入比较文学法国学派时,大概被突出忘却的是,这一学问的研究态度和相同的法国学派的'国文学研究法'有着密切的关联这一面。即使现在(指20世纪70年代——笔者),在我国把比较文学法国学派仅看作独立一派的文艺学观点的人很多,而把它理解为法国文学研究的一个特殊分野的人却非常稀少。正是这种不切实际的想法,在日本给予法国学派预想以上的华丽,但当美国学派兴起之后,马上顷刻间败北了。"[①]

除了史的观念促使比较文学在法国产生之外,使它促生的因素还有许多。19世纪是科学技术飞速发展的时代,由于科学技术的进步,有两种意识形成强大的潮流,这就是"综合"意识与同时产生的"寻根"意识。"综合"意识促进形成"世界主义"(在当时的欧洲主要是欧洲中心主义)的概念,而"寻根"意识又恰恰促进民族国家的自觉。这两种看起来相悖的观念的撞击恰恰推动了比较文学的产生与发展。为此"世界主义"与"民族主义"同时支撑了法国比较文学。正如有的研究者所说:"比较文学之所以首先在法国问世,从某种意义上说,正是比较先进的法兰西民族文化试图向欧洲乃至世界证明自己优越的产物。"[②]比较文学创始人之一的戴克斯特(1865—1900)曾经说过:"研究一国文学史的时候,也不容许忽视综合的观点",他提出理由有二:"(1)国际文学的理想在渐近地形成,(2)三百年来欧洲各国的文学总是相互影响的。"[③]

同时进化论的影响对法国比较文学学派的产生不可忽视。达尔文的进化论和斯宾塞的社会进化论对其影响是全面的,连世界上第

[①] 小林路易:《对比较文学导入的方法的反省》,《比较文学と课题》,早稻田大学比较文学研究室编,早稻田大学出版部,1970年,第4—5页。

[②] 陈惇等主编:《比较文学》,高等教育出版社,1997年,第401页。

[③] 小林正:《比较文学入门》,东京大学出版部,1950年,第47—53页。

一本比较文学著作波斯奈特的《比较文学》(1886)也是"根据后期达尔文主义——社会进化论的观点写成的。……他认为比较的意识就是时刻不忘社会发展对文学生长的变动关系"。特别是布隆迪埃的文体学更为典型,"把自然科学的分类用语转到文艺上使用的首创者是布隆迪埃,布隆迪埃吸收进化论,阐述文体的存在、分化、定位、变貌、转移、变形"①。与此同时,丹纳(1828—1893)的实证主义文学理论都为比较文学提供了理论支援。当时新兴的一些自然科学学科也给予比较文学产生注进了活力,如"比较解剖学"就直接启示了文学上的比较研究。

法国产生"比较文学"这一学科的时代恰与歌德提出"世界文学"命题一致,我们不妨从欧洲文化背景来进一步窥探"比较文学"产生的原因。"世界文学"(Welt' Literatur)是由歌德(1749—1832)首创的用语。"歌德在1827年1月15日的日记里写道:'在修哈尔特写法国文学与世界文学的文字'。"同年1月31日歌德又在自己的寓所对秘书爱克曼说:"每个人都应该对自己说,诗的才能并不那样稀罕,任何人都不应该对因为自己写过一首好诗就觉得自己了不起。不过说句实在话,我们德国人如果不跳开周围环境的小圈子朝外面看一看,我们就会陷入上面说的那种学究气的昏头昏脑。所以我喜欢环视四周的外国民族情况,我也劝每个人都这么办。民族文学现在算不了很大一回事,世界文学的时代已快来临了。现在每个人都应该出力促使它早日来临。"②虽然对歌德提出的"世界文学"人们有不同的理解,但是大多数人都不否认它与"比较文学"的概念有着密切的关系。日本比较文学学者小林路易甚至将"世界文学"与"比较文学"比作盾的两面。认为阳面是比较文学,阴面

---

① 刘介民:《比较文学方法论》,天津人民出版社,1993年,第125页。
② 爱克曼:《歌德语录》,朱光潜译,人民文学出版社,1982年,第112—113页。

是世界文学。

歌德提出"世界文学"这一命题的19世纪30年代，在德国除了少数作家(如歌德、莱辛)外，许多外国作家也大受德国读者的欢迎。荷马、拜伦、司各特、杨格、莎士比亚、卢梭等作家的作品在德国读者中风靡一时。歌德本人也曾花费很大精力翻译了伏尔泰、狄德罗的作品。同时，由于斯达尔夫人(1776—1817)的介绍，歌德的作品已经誉享全欧。《塔索》、《浮士德》在巴黎上演，引起很大轰动。拿破仑在戎马倥偬中还把《少年维特之烦恼》带在身边，这些足可见当时德国文学与其他欧洲国家的文学互相交流之一斑。正是歌德与爱克曼谈及"世界文学"这一命题时，他饶有兴致地谈到了他当时读过了中国传奇《好逑传》等中国古代文学作品。歌德以锐敏的洞察力和感知力意识到他所处的时代是一个开放的时代，在文学业绩上，德国人一方面显示了值得惊叹的才能，另一方面却又被禁锢在狭隘、愚昧和自我满足之中。他提醒人们"必须用另一个本质来衡量自己的本质，必须向别人敞开思想"[①]。歌德站在了时代发展的前端，他的上述论述得到了时代发展的风气之先。

同时，歌德所处的时代又是狭隘的民族主义思想很有市场的时代，为此他的"世界文学"的主张实质上是对狭隘的"民族主义"思潮的有力反驳。1806年，法国在耶拿战役中击败了普鲁士，10月法军占领了柏林，次年拿破仑击败了俄国，于是法、俄、普三国签订了《提尔西特和约》。根据和约的规定，俄国退出了反法联盟，并且承认法国的一切国外占领地。法国以不干涉俄国侵占瑞典、土耳其领土和独霸东欧作为酬答。普鲁士在这场战争中丧失了二分之一的领土，付出了一亿法郎的赔款，还要裁减军队，拿破仑以被普鲁

---

① 转引自小林路易：《对比较文学导入的方法的反省》，《比较文学と课题》，早稻田大学比较文学研究室编，早稻田大学出版部，1970年，第15页。

士侵占的波兰领土组成华沙大公国,并在德国境内建立了威斯特伐利亚王国。在这种情况下,德国的民族意识自然被激发起来。文学家们表现出一种激昂的爱国热情,德国民族解放运动广泛展开。费希特(1762—1814)在1807年发表了著名的《告德意志国民书》,号召人民起来抵抗法国的侵略,争取德意志的统一,联邦制也是从这一时期开始酝酿起来的。在德国文学界涌现了一大批爱国歌手。1813年拿破仑在进攻俄国中败北,随之在德国掀起了反对拿破仑占领的解放战争。许多作家从不同政治立场出发参加了反抗外来侵略的战争,形成了"解放战争"文学。这在德国文学史上写下了光辉的一页。但是在这时爱国主义与狭隘的民族主义混杂,狭隘的"民族主义"文学抬头。有批三流、四流作家出于一种盲目的排外主义立场,鼓吹一种闭锁式的排外文学。在他们眼里,唯有德意志的东西才是最优秀的,只要是外国文学作品,不问其进步与否、优秀与否统统予以反对。歌德针对这一点曾作过严厉的批驳。由此可见,歌德的"世界文学"的论述实质上是那个时代开放精神的卓越体现,他是站在时代发展的前端高屋建瓴地预见到了文学的发展(当然还主要是欧洲文学)的趋向。他所作出这一论述的时代与法国比较文学创始者们提出"比较文学"的时间的一致该不是一个历史的巧合吧。

  对于歌德的"世界文学"术语的理解至今仍然多歧。"有时指人类有史以来所产生的世界各民族文学的总和,有时指世界文学史上出现的那些具有世界意义和不朽价值的伟大作品,有时根据一定标准选择和收集成的世界各国文学作品集。"[①]一位日本比较文学研究者认为:"'世界文学'作为诸民族的文学特产交易市场,在那里精神财宝可以自由交换、相互理解和促进亲善。而且这些特殊之物,

---

① 见陈惇等主编:《比较文学》,高等教育出版社,1997年,第11页。

在相异的条件下亦存在着普遍性,犹如植物界虽然物种繁杂,但它们都不过是原基植物(Urp Aanze)的变貌而已。歌德是持这一观点思想的。他认为所有的人类也只是超越人种国籍的人的唯一原基的变貌而已。文学同样有同一根源。他是持这一基本认识的。并非现存的民族文学的总和才是世界文学,因为最具民族特色的才能具有人类的普遍性,由于是最现代的,才是最有永远的人类的本质生命,这才是世界文学的未来面貌。"①事实上任何人所说的"世界文学"都只能从他所处时代、地域、视点出发的建构,不可能存在一个成为绝对对象的"世界文学",同时歌德自己也感到把"世界文学"看作是各民族共通的无差别的文学,实在是个乌托邦的幻想,至少在人类社会存在民族、世界大同之前,这种文学是不存在的。

　　在歌德提出"世界文学"的概念之后,马克思和恩格斯不仅接受了它并对此进行更为深刻的历史唯物主义的阐发。在《德意志意识形态》里,他们针对资本主义的现代工业生产必然冲破世界各个民族在封建的自给自足的自然经济基础之上建立的狭隘的民族界限,从经济基础决定上层建筑的观点出发,认为"各个相互影响的活动范围在各个发展进程中愈来愈扩大,各民族的原始闭关自守状态则由于日益完善的生产方式、交往以及因此自发地发展起来的各民族之间的分工而消灭得愈来愈彻底,历史就在愈来愈大的程度上成为全世界的历史"。②这一分析揭示了世界经济格局变化也必然带来文化交流的巨大变化。接着在《共产党宣言》中他们再次论述这一规律。"物质的生产是如此,精神的生产也是如此。各民族的精神产品成了公共的财产。民族的片面性和局限性日益成为不可能,于

---

　　① 千叶宣一:《明治时期的比较文学的命运》,孟庆枢译,《日本现代主义的比较文学研究》,中国社会科学出版社,1997年,第266—267页。
　　② 《马克思、恩格斯全集》第3卷,人民出版社,1972年,第31页。

是由许多种民族和地方的文学形成了一种世界的文学。"①在这里，马克思、恩格斯的"世界文学"的核心思想是世界范围的经济交往必然带来世界性文学的论述对于我们理解19世纪中叶比较文学的产生无疑又提供了新的切入点。建立本民族与世界各民族文学的密切联系对于欧洲来说已经提到日程（当然许多人还存在欧洲中心主义），对于落后于时代发展的亚洲许多国家（包括我国）还有待时日。从这里也可以看出比较文学的产生必然首先在欧洲，最佳地点当然是法国。

如果从戴克斯特建立法国比较文学学科（1897）算起，过了半个多世纪，美国学派崛起，并且针对法国学派进行了措辞严厉的发难。正如著名美国比较文学家雷内·韦勒克在《比较文学的危机》中指出的："人为地把比较文学同总体文学区分开来必定会失败，因为文学史和文学研究只有一个课题：即文学。想把'比较文学'限于两种文学的外贸，就是限定它只注意作品本身以外的东西，注意翻译、游记、'媒介'；简言之，使'比较文学'变成一个分支，仅仅研究外国来源和作者声誉的材料。"②对于美国学者的发难，许多人大约只重视了美国学派的标新立异，变法国学派"影响研究"为"平行研究"，而未能充分地注意它的文化背景。

美国比较文学研究是在20世纪50年代崭露头角的。1952年《比较文学与总体文学年鉴》在美国创刊，接着在1954年国际比较文学协会建立以后，美国比较文学学会成立，逐渐在美国形成蔚然壮观之势。

20世纪四、五十年代是美国各种文学思潮迭起，文艺流派纷呈的时期。论及美国比较文学不能不联系起20世纪50年代美国新批

---

① 马克思、恩格斯：《共产党宣言》，《马克思恩格斯选集》第1卷，人民出版社，1972年，第254—255页。

② 张隆溪选编：《比较文学译文集》，北京大学出版社，1982年，第23页。

评派的崛起，在一定程度上，美国比较文学学派的观点与美国新批评派有着亲缘关系。

"有人曾讽刺把热衷于考究莎士比亚洗衣费清单也算作文学研究。这是嘲笑20世纪20年代至30年代英美文献派文学研究趋向的一件事。这是对那些一味钻在作家的传记研究、时代背景的琐细末节不能自拔的学风的批评。"① 美国的新批评派就是作为它的反动而出现的。这是一种认为对于作品背景等方面，即使缺乏学术的严密性的考究，但是只要直接精细地阅读作品就可以奏效的一种批评方法。

新批评派的代表人物瑞恰慈（1893—1979）、艾略特（1888—1965）、兰色姆（1888—1974）等人是广为人知的，其实，最早提出新批评概念的是美国哥伦比亚大学教授焦吉·斯宾汉，他于1910年首先在讲义中使用"新批评"这一术语，而且指出"艺术是表现，批评是对其表现的研究，新批评家（the newcritic）就是要探讨艺术家的创作意图和表现技巧这两个问题。"② 而这位焦吉·斯宾汉恰恰是位比较文学研究家。可以说，所谓美国学派的比较文学家们，他们的比较文学主张中存在着一种十分强烈的文学研究回归本体的意识，这与新批评派是异曲同工的。正如韦勒克多次强调比较文学要挣脱人为的桎梏，成为文学的研究其本意亦在于此，这一观点是具有代表性的。

第二次世界大战后的美国文学批评的繁荣并非空谷来风，它是伴随世界上一个超级大国的形成，在各个领域显示它的姿态的组成部分。"第二次世界大战给美国带来最重要的变化，是使它从战前的

---

① 长谷川泉：《近代文学研究法》，孟庆枢、谷学谦译，时代文艺出版社，1992年，第119页。

② 长谷川泉：《近代文学研究法》，孟庆枢、谷学谦译，时代文艺出版社，1992年，第119页。

一个经济上的世界强国，变成为经济、政治和军事上的超级大国，成为整个西方资本主义世界的盟主。随着国际地位的变化，美国势必也希望在文化上处于某种中心的位置。然而美国自身的历史文化传统短浅，实在难以充当此任"①。为此，对于法国学派的比较文学研究必然反感，这是在情理之中，"美国从第二次世界大战中脱颖而出，非常看重自己作为潜在的世界领袖的地位；这是一种硬化成某种国家使命的思想。于是加大对学术界、大学的投入，一些散在的文学理论精英（如韦勒克）被聚集在一起，他们的新论在美国大有用功之地，可以说美国学派的比较文学也使'比较文学'的研究中心也从欧洲转移到美国"②。为此，我们可以说比较文学的美国学派不仅有文学研究自身的机制，同时带有明显的时代色彩，意识形态性是相当鲜明的。从这个意义上说它与法国学派的差异泾渭分明。

"比较文学"学科在我国的崛起是改革开放的产物，是教育要"四个面向"的春风催放的花蕾，我们回顾中国比较文学近20年的历程，我们会更清楚中国比较文学是在全球化的背景下建设这一学科的。它应该属于比较文学发展的第三个阶段。

当今世界已发生了巨大的变化，是一个由冷战而转向多元文化的时代。"全球化"是表述这一时代特点的又一术语。何谓"全球化"？它是世界范围内社会关系的强化。应包括经济体制一体化、科学技术的规范化，还应有信息的网络化。"全球化"既给各国"世界如同一室"之便，同时，毋庸讳言，"对某些人而言，'全球化'是幸福的源泉；以另一些人来说，'全球化'是悲惨的祸根"③。在这样的时代里文化越来越起着巨大的作用。比较文学必然被赋予一

---

① 盛宁：《二十世纪美国文论》，北京大学出版社，1994年，第86页。
② 杨乃乔主编：《比较文学概论》，北京大学出版社，2002年，第15页。
③ 齐格蒙特·鲍曼：《全球化——人类的后果》，郭国良等译，商务印书馆，2001年，第1页。

些新使命。"人类社会正在从工业社会跨入信息社会(后工业社会)。从这个高度看,狭义的文化指的是在社会系统内人脑产生出来的智能信息流的记录,而广义的文化则还要加上这些智能信息流物化的生产过程。"并由此导出"文化不是名词,而是动词"①的见解。在这种全球性的文化背景下比较文学,成为动态文化的前沿,这恐怕是其一个显著的当代品格。

显而易见,"全球化"对往昔的"民族文学"、"国别文学"概念构成了挑战,提出了新课题。也就是说许多国家如何在"全球化"时代既积极与域外文化交流,又要保持自己文学的传统问题,比以往更加迫切。

不容否认有的西方学者企图向东方、向第三世界推行西方文化,妄图把西方的价值观强加给其他文化体系。这些人实际上还重复着昔日"欧洲中心主义"的陈词滥调。例如像亨廷顿就宣扬西方与非西方的文化冲突将引发世界大战。有见识的西方学者早就提出了"文化相对主义"的主张。美国著名女人类学家露丝·本尼迪克特(1887—1948)早在20世纪20年代就写下了《文化模式》这本著名的著作,她主张诸文化间的交流、交融和相互的理解,把人类的平等作为自己追求的崇高理想。她指出:"自有人类历史以来,整个世界上不管哪个民族都能够接受别的血脉的民族文化。人的生理结构中并无任何东西去妨碍这种接受。人的行为有什么特殊变化,完全不取决于他的生理构造。……文化不是一种生理遗传的综合体。"她还认为:"对一种艺术成就不能用评价另一种艺术方式来评价,因为各种艺术都力图达到完全不同的目的。"这是由于各种文化之间"整体决定着它的部分,不仅决定着这些部分之间的关系,而且也

---

① A·C·皮尔森:《文化战略》,刘利圭等译,社会科学出版社,1986年,第3页。

决定着它们真正的本质。两个整体之间存有一种类的间断,任何一种理解都必须考虑到两者之间的不同的本质。"①毫无疑问,本尼迪克特的这种"文化相对主义"的理解对于批判某种文化优越的论调显示出一种进步,这种主张对于文学比较研究是有促进作用的一种文化战略。但是,它也容易为文化上的狭隘的民族主义(或称文化部落主义)辩解。近年来有的西方学者对"相对主义"提出了质疑。荷兰著名比较文学家佛克马在 1993 年于我国湖南张家界参加中国第四届比较文学年会暨国际学术研讨会所作的题为《文化相对主义的相对性》的报告中就全面阐述了他的观点。他既肯定"文化相对主义"的进步,同时又指出这一理论带来的两难的困惑。他认为"由于不同文化之间相互交流的急遽增长,各大不同文化内部(重点原有——引者)的差别日渐增多,而不同文化之间的差别则日渐减少,他性文化成规就在你的隔壁,存在于另一文化或者亚文化群体或者另一个社会阶级之中。"他还引用贝蒂·让·柯勒治的观点来佐证自己的论述。他认为"我们身上的'自我中心'这种顽疾永远也批判不尽……从本质上说,我们的价值判断将永远是主观性的,这与我们在生活中的定位密不可分","一旦你为自己定下一个道德教化的目标并且进行价值判断,文化相对主义的二难困境将是不可避免的。"②

中国比较文学既然生于此时就必然要解决这一时代提出的问题。我们既不能盲目欢喜在"多元"中已有了一席之地,同时还要继续进行与不同文化的交融。为此,中国比较文学可以说是受命于重要之时。一些有识之士的西方学者的话也证明了这一点。著名意大利比较文学家罗马大学教授阿尔蒙多·尼兹在 1996 年 8 月在长春

---

① 露丝·本尼迪克特:《文化模式》,王玮等译,三联书店(北京),1988 年,第 52—53 页。

② 《中国比较文学通讯》1993 年第 2 期。

举行的中国比较文学第五届年会暨国际学术研讨会上作了《作为"非殖民化"学科的比较文学》的报告。他指出:"在这个世界里,前殖民者应学会和前被殖民者一起生活、共存……只有通过比较倾听他人,以他人的视角看自己之后……他们最终才会向他人,也向我们自己学习那些我们永远不能通过别的方法发展的东西。如今,这一切无需离开家就可以实现,因为其他人已前来与我们相会。他们的目的不是武力征服,或以文化优越性压人一头,而是希望平等尊严地生活在我们当中。"他还说:"如果对于摆脱了西方殖民的国家来说,比较文学学科代表一种理解、研究和实现非殖民化的方式;那么,对于我们所有欧洲学者来说,它却代表着一种思考、一种自我批评及学习,或者说是从我们自身的殖民中解脱的方式。"[1]

"全球化"给中国比较文学既提出了严峻的挑战,同时也提供了难得的机遇。它肩负着东西文学(文化)对话、沟通的使命,不仅能在这新一轮的对话、沟通中求得自身的发展与创新,同时也将对西方面临的理论危机提供不可或缺的借鉴。这是一场双赢的交流。在西方"比较文学"已成为明日黄花之时,"比较文学"似乎到了穷途末路。正如西方的比较文学有其自己的发生、发展的轨迹,中国比较文学是立足于本土产生的。在全球化语境下,它既要反对"文化霸权主义",同时又要时时克服"文化部落主义",它所肩负的重任刚刚开始,大可不必以西方标准而判定它的生死。而且,我们亦看到西方学者(不限于比较文学界)在为解决西方文化危机中正努力从包括中国文化在内的东方文化中寻找借鉴以寻出路。如果西方的比较文学更注视东方文化,在那里"比较文学"复苏也未可知。在中国并非具有西方后现代背景的情况下,我们照样可以不必过急袭用西方后现代话语来解构我们的文学批评方法,不加区别地将中西

---

[1] 《中国比较文学通讯》1996年第1期,第5页。

类同，过早地唱比较文学的挽歌。我们可以走自己的路，就是在西方，一些学者也在向我们走来，我们可以与之密切合作。

综上所述，中国比较文学这一学科是否可以这样表述：它是在全球化语境下，立足中国文化传统，以跨国家（民族）、跨语言、跨学科、跨文化的态势进行中外文学对话、沟通，以促进世界各国相互理解，各国文学共同发展为己任的新兴学科。当然这一任务并非比较文学独自的任务，然而，它应该在这方面站在前沿，作出更多的贡献。

二

在全球化语境下的中国比较文学在方法论上同样面临着难得的机遇和严峻的挑战，在当前对这一问题的反思与深入探讨，对这一学科的建设具有极其重要的现实意义。显而易见，"比较"决不代表这一学科的研究方法，在一定意义上它颇具诗意的描绘。人们往往把法国学派的方法论等同于"影响研究"，把美国学派的方法论等同于"平行研究"。实质上，它们之间并非等质。中国比较文学界至今仍沿袭这一套陈规，为此，也给自己的方法论的建立设置了许多障碍和带来混乱。处于全球化语境下的中国比较文学在方法论既不会同于法国学派，亦不应尾随美国学派，它应该有自己独立的体系，中国比较文学的方法论应该具有自主性。

中国比较文学重新崛起和确立的时期是处于西方现代、当代文论蜂拥沓至之时，从20世纪初至80年代的文论，不论时差（有的已是迟到的，有的是同步）几乎无一遗漏地介绍到我国来。特别是后现代主义作为上个世纪60年代末至70年代初在西方发达国家盛行的文化思潮，广泛地影响到哲学、文学、社会、历史学科，也必然冲击中国比较文学。中国比较文学的中坚有的就是西方后现代主义文论的最早译介、研究者。

由于中国学界对于西方文化思潮在开始还处于知之不多的状态，为此，有种盲目的接受在所难免。"从 80 年代中期以来，'后现代主义'与'现代主义'同步进入中国文学艺术界，随后，迅速在电影、电影制作、舞美和建筑、装饰等各方面产生了反响，但这一反响是可笑的：在相当长的时间里，中国大陆学者把'现代主义'和'后现代主义'与 19 世纪的欧洲文化传统相对应，几乎完全忽略了后者的来源针对性。原因是，从 50 年代到 80 年代初，中国学术界与西方几乎是隔绝的，中国学者对西方的文化思潮和文化实践一无所知，一旦隔离被打破，西方这 30 年的文化成果便同步引进、接受。本是相互替代的历时性的思潮被当作逆时性的思维成果，于是现代主义和后现代主义便尴尬地处于同一平面而生存于中国。"①正是由于这一原因，在最早的一些比较文学论著中或是对此置若罔闻，似乎这种冲击不存在，或是生搬硬套，简单译移，造成一种混乱的局面。这种局面也必然使比较文学的方法处在一种极为复杂（甚至可以说是混乱）的状态，蹈袭者有之，追求时尚者有之，即使在同一教材里也可以看出不能自圆其说的矛盾。

在新的语境下，如果泥于前两个阶段的比较文学旧有的模式，比较文学研究方法论就会随处遇到难以避免的尴尬。比如"影响研究"一般来说是比较文学不可或缺的内容。我国的一些比较文学教材里开始大都采纳了来自法国和日本比较文学著述中的论述。如日本比较文学研究者大冢幸男的《比较文学原理》（1977 年版，白水社，中文译本翻译了该书的一部分，于 1985 年译为中文出版），把影响研究从发动者、接受者、媒介者等方面切入，作了理论探讨。这些论述曾对刚刚崛起的中国比较文学界起到有益的参考，也曾被

---

① 张铁夫主编：《新编比较文学教程》，湖南人民出版社，1997 年，第 339 页。

不少研究者引用。经过一段时间，从许多著作和论文中可以看到在西方现代文论的冲击下，对于"影响研究"就有了新的理解，意识到过去一些著作中界定的局限。按照法国学派的观点"影响研究"是以探讨两国或两国以上实际存在的文学关系为宗旨的一种方法论，而在现象学、存在主义、接受美学、读者反应批评理论的启发下，所谓"影响"已经不可能再框定在这种实际交流史的范畴，在深层次上也是跨学科、跨文化的研究。

作为以海德格尔、伽达默尔为代表的现代阐释学认为文本的创造者和阐释者都是"人"。为此，他们的偏见和前理解都是必然的。为此，阐释的过程就是一个循环的过程，就会理智地进入意义的不断动态生成的过程。在西方现代阐释学者眼里认为人是通过理解而存在，理解不是人的认知方式，而是人的存在方式。伽达默尔说："本书探究的出发点在于这样一种对抗，即在现代科学范围内抵制对科学方法的普遍要求。因此本书关注的是，在经验所及并可以追问其合法性的一切地方，去探寻那种超出科学方法论控制范围的对真理的经验。这样，精神科学就与那些处于科学之外的种种经验方式接近了，即与哲学的经验、艺术的经验和历史本身的经验接近了，所有这些都是那些不能用科学方法论手段加以证实的真理借以显示自身的经验方式。"[①]伽达默尔并非简单地否定科学方法，而是"反对人为地异化真理的本来样子，反对以主、客二元对立的认识模式把原本是经验方式的存在真理抽象为静止不变的概念的科学方法"[②]。这对"影响研究"是很具启发的。那种 x + y 式的"影响研究"的主要症结就是囿于这种二元对立形而上的思维模式之中，把文学作品的"影响"的复杂机制简化为一种加法。事实上"影响"

[①] 伽达默尔：《真理与方法》（上），洪汉鼎译，上海译文出版社，1999 年，第 17—18 页。

[②] 孟庆枢主编：《西方文论》，高等教育出版社 2002 年，第 461 页。

乃是一种神奇的化合，它不仅体现了作家对他人的超越，也是对自己的超越，它不是一种简单的认知，而是受影响者的一种存在方式。

接受美学的"期待视野"对所谓的"影响研究"也提供了更具体的理论依据。所谓"期待视野"显然是指一个超主体系统或期待结构，一个所指系统，或一个假设的个人可能赋予任一本文的思维定向。"'期待视野'是由读者自己的文化、兴趣、经验、学识、经历、年龄、性别等诸多因素综合形成的一种以本文的潜在准备，是读者参与创造的原动力。"[1]这就为进一步深入探讨"影响"问题开拓了新的视野。

读者反应批评文论家费什提出的"解释团体"(interpretive communities)，认为"'解释团体'既决定一个读者(阅读)活动形态，也制约了这些活动所制造的文本"。[2]"解释作为一种艺术意味着重新去构造意义。"[3]"就其文化上的形态而言，正是衍生于解释范畴的意义制造了读者。"[4]也就是说我们的思维行为(接受影响)乃由我们已经牢固形成的规范和习惯所制约，这对于深入"影响"研究也是很有裨益的。

存在主义文论家萨特同样强调从作者、作品、读者三个方面作一个统一整体来把握文学作品。他在阐述作者与读者关系时谈到："作者与读者的自由通过一个世界彼此寻找，相互影响，我们既可以说作者对世界某一面貌的选择确定了他选中的读者，也可以说他在

---

[1] 孟庆枢主编：《西方文论》，高等教育出版社，2002年，第476页。

[2] 斯坦利·费什：《读者反应批评：理论与实践》，文楚安译，中国社会科学出版社，1998年，第46页。

[3] 斯坦利·费什：《读者反应批评：理论与实践》，文楚安译，中国社会科学出版社，1998年，第52页。

[4] 斯坦利·费什：《读者反应批评：理论与实践》，文楚安译，中国社会科学出版社，1998年，第63页。

选择读者的同时决定了他的题材。"①这些西方文论显然帮我们突破了"传统的影响研究",为其开拓了新的前景。正因为如此,我国的比较文学研究者在上个世纪80年代后期就开始从新的语境下来探讨"影响"问题。

为解决这一问题,我国比较文学研究界注意到把传统的(法国式的)比较文学"影响研究"的介绍和与接受美学结合起来的"影响研究"作了充分的阐释,有代表性的该是1988年出版的《中西比较文学教程》②,接着有的学者又提出了将影响研究与"接受"结合起来研究的批评策略。"'接受'这个术语跟信息与接受者之间的关系紧密相连,但是必须注意到,这种关系可以用两种不同的方式、两种不同的矢量前景去考察,可以把交流作为信息对接受者的影响加以研究,也就是,存在着两种方向,一种是'信息——接受者',另一种是'接受者——信息。'接受美学的代表理论家在论及接受时主张第二种方向,第一种方向可以称为'影响。'"③为此这位研究者提出"从'影响'的界定到'接受'的研究,都说明影响研究在不断地深入,在不断地力求自我完善。这种研究重点的转移,表明一种新的研究方式,即接受研究,正式成为比较文学的组成部分,并深深植根于其中。"④

同样,现代西方文论对于文学和其他学科结合起来的"跨学科

---

① 郭宏安等:《二十世纪西方文论研究》,中国社会科学出版社,1997年,第97页。

② 乐黛云主编:《中西比较文学教程》,高等教育出版社,1988年,该第四章"接受和影响"包括四节,即传统的影响研究、70年代的接受理论、接受理论对影响研究的刷新、接受和影响的模式,见该书第101—120页。

③ 陈惇等主编:《比较文学》(这一部分为孟昭毅撰写),高等教育出版社,1997年,第486页。

④ 陈惇等主编:《比较文学》(这一部分为孟昭毅撰写),高等教育出版社,1997年,第487页。

研究"也提供了很多启示,注入了活力。试想如果涉及文学和语言的跨学科研究,怎能不认真对待洪堡特、索绪尔的语言学理论,而且必然要研究罗兰·雅各布逊如何在语言学和文学之间架设桥梁。也要涉及俄国形式主义文论,要借鉴"陌生化"理论。到了海德格尔强调语言是存在的家园,不是人说话,而是话说人。已把语言问题作为批判逻各斯(词语)中心的切入点,将语言学研究推到一个新的平台。德里达的解构主义理论对于比较文学研究无疑具有更多的启发。从中西语言宏观比较来探讨各自的文学的不同已经成为当今我国不少研究者的课题。汉语是宽式语言,是它铸就了一种宽式思维模式,它给中华文化、文学带来的是悟性精神,这也是它区别于印欧民族那种智性精神的原因之一。①

在这里,我们不必再一一列举由于西方文论的冲击而引起我国比较文学方法论上的变化,以上文字力图表明,全球化语境下的中国比较文学已不可能再蹈袭法国学派或美国学派的路数。它必须走立足于民族传统吸收西方一切批评方法而形成新的批评方法体系的路子。这些年来,中国学者孜孜以求的正在于此。从简单地搬用到逐渐融汇,直至"打通",在不同著述中可以看到探索的步履和前进的方向。

对于这一问题,可以举几本教材为例,在《比较文学》(陈惇等主编,高等教育出版社,1997年版)第三编"当代文化理论与比较文学"中,即包含后现代主义理论与比较文学、文化人类学与比较文学、阐释学与比较文学、接受理论与比较文学、符号学与比较文学、女性主义与比较文学、文化相对主义与比较文学等内容。在每一章中阐述每一西方文论的历史、内涵之后,专有一节论述这一文

---

① 孟庆枢:《文学的跨学科研究》,解恩泽主编:《跨学科研究思想方法》,山东教育出版社,1994年,第232—255页。

论对我国比较文学理论的影响及如何被运用。有的章节写得相当精彩、深刻。然而,这里偏于介绍,如何融会贯通尚处于摸索之中,而且对于西方文论的介绍,使它又难于区别"文艺学"教材。另外,有关西方文论尚未纳入教材,取舍标准为何?这是需要提出学科理论根据的问题。当代西方各种理论层出不穷,这样累加下去"比较文学"能否负荷得了?一些学者大概就是针对这一状况而发出"减负"的呼吁吧?

显然很多学者已经注意到这一问题,感觉到这种累加式的比较文学方法论与真正形成中国比较文学的方法论还有相当距离,还需要继续往前探讨。在新近出版的《比较文学概论》(杨乃乔主编,北京大学出版社,2002年版)中则进一步作了整合,如在该书第八章"诗学论"中就力图在沟通中西诗学(或称文论)上做了有益的尝试,特别是"中国古代诗学的现代诠释及其可能性"和第九章"思潮论"中则对西方现代主义文论、后现代主义文论与中国现当代文学的关系作了整合,旨在沟通,显然比上述作法又前进了一步。本书研究者已在进行一种中西文论在新的层面上的"整合"。其内容已与大学教材的"西方文论"有明显不同,这是从比较文学学科出发的新尝试,作为方法论已不同于将西方文论简单取纳过来的操作。

写到这里又必须旧话重提了。几次关于比较文学危机的争论中一些学者往往以中国比较文学界的前辈、大师为例证,指出朱光潜、钱锺书从不认为自己是比较文学家。我想从方法论的角度来重复这一话题。钱锺书曾经在1987年说过:"弟之方法并非'比较文学'此词通常意义说。而是求'打通'。以打通拈出新意。"[1]显然钱锺书并非是否定比较文学,关键在于如果把"比较"作为比较文学的方法论,显然不符合钱锺书先生的理论与实践。中国比较文学

---

[1] 郑朝宗:《〈管锥编〉·作者的自白》,《人民日报》1987年3月16日第8版。

的经典之作,《谈艺录》、《管锥编》作为它的方法论是"一以贯之的跨越中西、打通各科的文化立场"①而形成的深思熟虑,化书卷见闻作吾性灵,与古今中外为无町畦的时空连线的"对话"。如果说钱锺书对比较文学界有一定的警戒,恐怕在于担心把他的研究纳入一种画地为牢的模式。在这一点一位比较文学家的话可以从另一面作为参考:"比较文学与其说变成了研究作品的一种方法,倒不如说变成了进行思考的方法——一种总是努力去获得对阅读与阐释之行为的深刻的自我意识的方法。"②试想,比较乃是人类文明以来产生的本能,它无处不在,如果仅以此来标识这一学科的方法论特征显然非常不妥。

在这里笔者并非界定中国比较文学的方法论就是"打通""对话"。钱锺书的比较文学遗产研究急待加强,"打通""对话"的具体内涵尚待总结。但是,可以使我们体会到的是作为一个学科的方法论,应是符合这一学科本体论的,而且需要在实践中不断总结,在条件尚不充分时不必先设定一些模式,不然容易削足适履,甚至南辕北辙。

对于产生在不同时代、不同文化背景下的文学批评方法都有它存在的理由,它总是作为人们对文学探索的一步而显示它的价值。但是,正如世上没有包医百病的神药,自然在文学研究中也不存在囊括一切的理论大全,不存在绝对真理一样。任何一种文学批评方法都会帮我们提供一种新的视角。西方文论是人类留下的一笔丰厚的遗产,我们当然要珍重它,借鉴它,使它为我所用,同时这种借鉴必须是与我国文化传统结合的。近年,许多学者在总结我国古代文论的研究中结下了丰硕的成果,这无疑为我们吸收西方文论作了

---

① 季进:《钱锺书与现代西学》,上海三联书店,2002年,第7页。
② 转引自郑朝宗:《续怀旧〈海滨盛旧集〉》,厦门大学出版社,1988年,第69页。

必要的准备。我们欣喜地看到近年以来出现的关于中国古代文论的现代阐释(或称作现代转换)的著述应接不暇。有些著述是比较文学界的学者的劳作,有的学者却实实在在置身于古典文学或中国古代文论界,这也从另一面佐证中国文学、文化界的学者都在瞩目于与西方文化的"沟通",有些学者从中国古代文论的术语的原典的求证入手,有些学者以现代眼光重构中国文论的完整体系,有些学者把中国文论与西方诗学作为不同质的文化遗产进行缕析,在差异中寻找参照①等等,这里不再展开。这一切启示我们要建立中国比较文学的方法论必须走自己发展之路,它要求从此业者应该是知己知彼的"两条腿走路"的学者②,即使不能做到学贯中西,也必须是立足民族文化传统的知己知彼,只有如此,比较文学学者才能逐渐构建出符合中国比较文学需要,有中国特色的方法论来。

三

如前所述,全球化语境下的中国比较文学既要有独特的本体论,也要在方法论上建立自己的体系,与此密切相关的是话语问题。所谓"话语"当然不限于用什么语言,更主要是"话语规则"。上面所述的方法问题实际上已属于这一层面,在这里有必要对其他相关问题再作探讨。在20世纪90年代,"失语症"问题在文坛鹊起,并且多有争论。有的学者指出中国文化的现代化显示了一种"他者化"的过程,即囿于西方话语,被西方话语所言说,为此提

---

① 参见余虹:《中国文论与西方诗学》,三联书店(北京),1999年。该书对上述内容作了充分论述。

② 森鸥外:《鼎轩先生》,伊藤整编,《森鸥外集》,讲谈社,1962年,第402页。

出应将所谓的"现代性"转变为"中华性"①。另一位学者明确提出"失语症"问题,认为:"我们根本没有一套自己的文论话语,一套自己特有的表达、沟通、解读的学术规则,我们一旦离开了西方文论话语,就似乎没有办法说话,活生生一个学术'哑巴'。"②近年围绕这一问题的讨论仍在深入。一位青年学者在一本专著中对此作了总结概括,认为"中国古代文论在向现代转换的过程中,与现当代文论出现了很大程度上的断裂;二是中国现当代文论缺乏自己的民族特色,模仿西方;三是在本世纪世界文论格局中中国文论没有什么地位,未能发出自己的独特声音;四是应当回归传统,重新接上中国古代文论的血脉。"③

尽管关于"失语症"问题的具体内涵会见仁见智,在具体阐释上多有差别。但在中国文学批评话语要在与西方文化交融中体现民族化,形成自己的话语体系这一点上是有共识的。对于这一点不仅仅是比较文学界,乃是整个中国文学界(从古典至当代)都非常关注的。

当前,许多学者都在探讨,不必匆忙作出结论。为了深入思考,我想从日本文坛近年动向作为参照系提供一些必要信息。

日本虽然在明治维新之后走上了资本主义道路,但是在文化上是东北亚汉文化圈国家之一。单从比较文学上来讲对于日本的研究就是一个不可或阙的参照系。从19世纪下半叶中日两国文化都处于与西方文化交融、碰撞的大潮之中,西方文化作为强大的外因突变了两国文化的历史进程。虽然中日两国后来发展之路迥异,但是,

---

① 张法等:《从"现代性"到"中华性"——新知识型的探寻》,《文艺争鸣》1994年第2期。

② 曹顺庆:《文论失语症与文化病态》,《文艺争鸣》1996年第2期。

③ 代迅:《断裂与延续——中国古代文论现代转换的历史回顾》,西南师范大学出版社,2002年,第4—5页。

在对待西方文化、文学方面的遭遇类似之处颇多。为此，日本作为参照系是独特的，在一定意义上讲研究中国近现代文学不了解日本是很大的缺憾。

在上个世纪80年代以来，日本文学界在后现代思潮影响下，出现了对日本明治文学反思、再研究的潮流，至今势头不减，虽然这是一个很复杂的理论问题，但其核心是在全球化语境下重新认识西方文化对日本文化的影响的后果，涉及传统与现代化、全球化与民族主义、日本文学将来的走向等重大理论问题。

本文在这里不能全面展开这一论题(将有专文论述)①，现将与我们关系密切的几点试论如下。这场反思体现了有的文学史家提出重新给日本文学界定。加藤周一认为"日本文学诉之于感情，法国文学诉之于智慧。"他追溯日本文学史认为日本文学既有从《古今集》至川端康成为代表的诉诸感情这一流脉；但是也存在以空海为代表的，诉之于智慧(讲社会，讲政治)的文学，"从慈园到(新井)白石再到(中江)兆民已想方设法筚路蓝缕，而这一道路需要更加开拓"。并且认为在现代作家中剧作家木下顺二、作家大江健三郎"已经意识到这一点"②。很显然这是在与西方文学(这里主要谈的是法国文学)比较之后，明确意识到日本文学在全球化语境下既要向西方学习，又要保持自己民族特色，而"话语"是要在本民族文学传统中去寻找，过去被忽视(有些作品不被当作文学)、被湮没的要重新发掘，通过对"文学"的重新界定而激活民族传统，走出一条

---

① 参见：孟庆枢：《对二十世纪八十年代以来日本文学批评的几点思考》，《外国文学评论》2005年第1期。

② 详见加藤周一：《日本文学上的表现》，《加藤周一讲演集Ⅱ——传统と现代》，かもガわ1996年，第20—39页。在这里慈园指的是他的著作《愚管集》，七卷，是日本最早的历史书，论述从神武天皇至顺德天皇以历史以佛教世界观作了阐释，对日本政治变迁作了论述，过去不把它作为文学书。

新路。

还有的日本文学史家认为明治时代作家，不论是二叶亭四迷，还是北村透谷，即或他们亲炙西方文学，但是他们的日常生活还是江户情趣，为此"产生了'作家与现实'，'艺术与生活'的断层"①，并且引用曾从明治9年至39年（1877—1907）在日的著名的德国内科医学家、日本研究家艾尔温·贝尔茨（1849—1913）在明治9年的《日记》："你们即可这样来考虑——即是说日本国民，在不到10年前尚处于我们的封建制度、教会、僧院、同业组合的中世骑士时代文化状态，但从昨天到今日一下子跃入我们欧洲经过500年间的文化发展，面对19世纪的全部成果，似乎马上成为自身的东西似的。这是实实在在的没有办法的文化'革命'"。②同时依照贝尔茨的观点认为"不是有持续发展的文化，与传统断绝的文化就不是文化"。③

日本文学史家对日本文学史的反思还表现在对于"近代"的重新认识。他们指出在文学上"近代"这一概念也是来自于西方话语"在新闻界概念随意流行的背景下，称作'近代'的概念就有了极为流通的方法，在文学研究领域里，'近代'这一概念是一种花言巧语，是起着给某作品、某作家以特别好的权威标签的机能。"④小森阳一认为，所谓"近代"不是简单的时间概念，而是以什么来认知"近代"的问题，即是"把自己的想法与思考通过一个框架来相对

---

① 越智治雄：《明治文学的断层》，《文学论集Ⅰ 文学の近代》，砂子屋书店，1986年，第64—65页。

② 越智治雄：《明治文学的断层》，《文学论集Ⅰ 文学の近代》，砂子屋书店，1986年，第64—65页。

③ 越智治雄：《明治文学的断层》，《文学论集Ⅰ 文学の近代》，砂子屋书店，1986年，第64—65页。

④ 小森阳一：《日本近代文学の成立——思想と文体の模索》，有精堂，1986年，第249页，引文为小森阳一《解说》中的论述。

化的自我意识"。①置言之,日本文学史界的"近代"界定是西方话语或思维模式在日本的扩延。

由于思维模式的变化,如今作为对它的反思,明治文学史所关注的焦点人物也有一些变化。二叶亭四迷曾被认为是日本明治文学最具有代表性的开拓者,他的《浮云》被当作最具近代性的作品。在重新反思之后,近年对过去被认作是保守的、国粹主义者冈仓天心(1862—1913)1890年左右曾任东京美术学校校长,由于受泰戈尔影响,力主民族主义,发表的《东洋思想》(1902)、《日本的觉醒》(1904)、《茶之源》等批判西洋文明的著作。现在被看作是"从幕府末年至明治年代在混乱的文化状态之中,具有卓越的掌舵者能力的先驱者之一"②,赞扬他成功地借取西方"逼真"之法,振兴日本美术,为此"决不应把天心看作是顽迷守陋的国粹主义者。正是天心动辄力戒如无根之草的欧化主义流行的风潮,开拓未来于传统之上走出日本近代化前行的道路。"③

近年,日本文学史界对坪内逍遥的再研究也值得深思。过去日本文学史界(包括我国的日本文学研究界)对于坪内逍遥都给予了日本近代文学的创始者的评价,他的《小说神髓》(1886.9—1887.4)也是日本近代文学史上第一本理论著作。但是,把他与二叶亭四迷比较起来,总认为他的理论"局限性""落后"一面突出。近年,不少日本文学史家重新评价坪内逍遥,认为以往的评论实质上是以西方话语来框定,必须冲破这一束缚,认为他在剧烈变化的明治初

---

① 小森阳一:《日本近代文学の成立——思想と文体の模索》,有精堂,1986年,第249页,引文为小森阳一《解说》中的论述。

② 神林道恒:《日本の芸术论——传统と近代序》,ミネルヴ书店,2000年,前言ii页。

③ 神林道恒:《日本の芸术论——传统と近代序》,ミネルヴ书店,2000年,前言ii页。

年,既有急于接受西方文化,赶超西方的一面,又有执著于江户文学,植根于日本传统文化的一面,在他身上恰巧反映了日本文学转折期的特征,是"处在日本近世与近代境界上的人物"①。把研究焦点集中于他更能深入探讨20世纪以来日本文学与西方文学关系问题。对他的重新评价显示了日本文坛力图重新审视在西方话语下被湮灭或忽视的东西。

同时为了突破西方话语的框框,日本文学史家们从多种视角来重新评析日本明治时代以来的文学。如媒体对文学的影响,日本20世纪以来的言文一致和演讲、报刊的关系,讲演的"速记"体如何促进言文一致的发展,翻译的文体与本国作品文体之关系,值得一提的是龟井秀雄的《明治文学史》(岩波书店,2000年版)探讨了江户乃至更早的日本文学所蕴含的"近代"因素,如"洒落本"(写嫖客与妓女的小册子)所体现的"写实主义",等等,这就进一步打破了似乎一切都来自西方的成见。②总之,在当今日本文学史家在面向21世纪的时点更加重视东西文化交融问题。"至少,承担代表明治思想的思想家们,与'传统'相依为命是事实,如果在思想创造的根源不顾及这一事实,对明治思想史的总体把握是困难的。近世蓄积的知识的传统的解体过程与西洋近代思想的受容过程必须同时进入视野,对两者的动态关系进行立体的把握,非确定这一视角不可。"③

实质上,日本19世纪后半至今在与西方文化、文学交融中所碰到的问题,对于我们来说都似曾相识。日本文学界的这场反思在继

---

① 小森阳一编:《日本近代文学の成立——思想と文体の模索》,有精堂,1986年,第252页。

② 渡边和靖:《明治思想史——儒教的伝统と近代认识论》,ぺりかん社,2000年,第12页。

③ 渡边和靖:《明治思想史——儒教的伝统と近代认识论》,ぺりかん社,2000年,第12页。

续,我们亦将跟踪研究,一些结论尚待今后。但是,日本学者能给我们提供的参考是:反思并不等于翻过来,更不等于否定过去的一切。一个多世纪前的历程,用今天的话语再言说只是现代阐释,作为历史不可能重新走过。另外,在任何民族文学的发展中都证明对待这一重大问题既要有宏观的把握又要有条分缕析的操作,它是一个需要长时间努力的系统工程。

任何民族(国家)文学的发展都是个动态的过程。只要它不是处在绝对封闭状态(在现代已经不可能),每个民族国家的文学都要受到来自域外文化、文学的影响。域外文化与本土文化的交融、碰撞,产生多种不同力的矛盾,在融合之后求得一种平衡(暂时的),再循环反复。文学融合本身就是矛盾的运动。

中国比较文学同样是要在此状态下前行。为此,中国比较文学必须是立足于自身的文化传统,如果没有这个根,中国比较文学将失去生命力。对于这一点似乎不成问题,但是实际上并非如此。近些年来,以季羡林先生为代表的一些学者强调对包括中国文化在内的东方文化的重视并非空穴来风,没有针对性,正如钱中文指出:"80年代,我国文学理论学说繁多,出现了新的照搬西方文论与一边倒现象,但由于缺乏真正的对话关系,所以只是热闹一时。而那种根本不与西方文论对话的文学理论,也即继续进行独白的理论,则基本停滞不前,无所进展。"[①]

要想解决这一方向性问题,立足民族文化传统采取"对话"的文化战略,达到互为主观的"和而不同"的互补互荣应该是中国文化战略的总体目标。对此,我国比较文学界已确立了总的文化战略。

[①] 钱中文:《对话的文学理论——误差、激活、融化与创新》,乐黛云等主编:《多元文化语境中的文学——中国比较文学学会第四届年会暨国际学术讨论会论文集》,湖南文艺出版社,1994年,第31—32页。

在中西文论对话上，钱锺书先生从"东海西海，心理攸同，南学北学，道术未裂"出发提出了战略性的论述，他在《管锥编》论述《左传正义》时，提出中外文化交流的"和而不同"原则。这一点正如有的研究者指出的钱锺书专门证析了'和'与'同'的关系。这种'和而不同'的变化精义，融汇中西，打通古今的崭新境界，充分体现了钱锺书卓越的文化史识。"'和而不同'，这样就可以用一种陌生的'他者'的眼光来重新审视自己。互为主观，理性交往，平等对话，取长补短，从而使旧体系获得新生。"①应该说是多元化时代中我们应有的文化认同策略。

乐黛云对此又将其具体化，对"和而不同"提出了有益的设想（对此将在第二章详细介绍）。无论是东方还是西方"平等对话"都是最明智的文化战略。我们应该认识到世界各民族文学的共性是互相沟通的基础，而其相异点恰恰是互补的前提，而所谓的"同"与"异"往往是交互共生，单纯地追求"统一性"或探测"差异性"，将二者割裂开来都与文学本身实际相背。这种"对话"永远是一种运动，它最终也还是要使各种文化求同存异，互相借鉴，共同发展，不可能也没有必要一切都整齐划一。

中国比较文学界近年不少学者（有不少青年学者）在努力从事中国古代文论的现代诠释和现代转换工作，这是具有战略意义的研究。现代诠释与现代转换实际上是统一的过程。进入现代以后，现代人就是在进行现代阐释。这是不以人们意志转移的，量变到质变是个渐进的过渡，在相当长时间内是可以实现这种转换的。但是需要注意的是如果认为"失语"而"重换话语"是不可能的（不管套用西方语言或回归古代），我们已经经历了上百年的与西方文化的交融，本土文化传统也不是现成之物，它在无时无刻地动态地发展，

---

① 季进：《钱锺书与现代西学》，上海三联书店，2002年，第56页。

为此，现代思维已通过话语深入我们的骨髓，想舍此重建犹如拔头发离开地球，我们只有通过反思、调整，不断地寻找适合本民族传统又是向前发展的话语，这是唯一的路径。

对于比较文学"中国学派"近年曾多次讨论，这是一个有益的学术问题。窃以为作为学派是在发展中形成的，围绕这一学派的许多特点也应在前进中不断充实、完善。

我想，在世界比较文学界已存在"中国学派"应该不成问题。因为自从80年代比较文学在中国重新崛起，这就意味着有它的内因和外因，而且内因是主要的。换言之，中国比较文学的重新崛起是中国社会发展的必然结果，为此它必然带有明显的中国特色。

当今世界比较文学界缺少中国比较文学界的参与显然欠缺极大。作为世界比较文学发展第三阶段代表的中国比较文学在后殖民主义时代在各国文化平等对话中起举足轻重的作用，这是不可低估的。

但是，每个民族都有自己的历史、文化沉积、优秀传统，作为中国学派不可能不继承中国传统研究方法，如乾嘉学派的方法在当前研究中还有一定活力。但是，随着时代的发展也必须吸收域外一切优秀研究方法，严复早年的"通变"到钱锺书的"打通"亦是将域外文化与中国文化传统融会贯通，在此基础上创造自己的语境，有自己的话语，目前这一过程在进行中。我们对于近百年来，王国维、鲁迅、胡适、朱自清、闻一多、陈寅恪、茅盾、钱锺书、朱光潜、季羡林、杨周翰等一批大师级的理论家的学术成就总结、研究似乎还很不够，已尚不知，遑谈于外，在某个大学还有人对中文系设世界文学课表示质疑，请不要把它当作笑谈，各个专业之间的沟通在大学里也差得很远。

同时比较文学的中国学派是动态的，它不是既成之物，随着时间的发展会不断丰富、完善。在这当中有主流，也有支流，从广义上说也是多元的。从批评方法来说无论何种趋向,只要有利于中国社会主义新文化的建设就有存在的价值,它们之间可以取长补短,不必划一。

当中西文化交流达到相当程度之后,中国学派将完成自己的历史使命,世人将永记它的功绩,可以说它只是一个过程,而不是终极目的。

全球化语境给中国比较文学提供了难得的机遇,当然也同时带来巨大的挑战,中国比较文学教学、研究者能否认清形势,把握这一机遇,立足于民族文化传统,以积极的态势,与西方文化和各国文化平等对话、沟通,与各学科研究者密切合作,进而"打通",不仅可以使这一学科有蓬勃生机,使它在建设有中国特色的社会主义文化中作出重要贡献,而且也是对世界文化应尽的责任。

中国比较文学任重道远,中国比较文学前途光明。

中国比较文学与"和而不同"①

中国比较文学在全球化语境下崛起,说它不仅是中国文坛的大事,也是关乎世界文学发展的大事决不为过。20 年来中国比较文学的发展伴随争论前行,一方面说明这一学科有许多重大理论问题亟须解决,同时也显示了它的生命力。因为任何事物的生命力就是矛盾的不断转化。当今中国比较文学又面临新一轮的争论,但是它比以往的起点要高,争论的问题更具深度,这就预示了它的更大发展的可能性。在众多争论中,对"和而不同"的不同认识该是其中很重要的问题之一。无论回避,还是无视这一问题都将阻碍中国比较文学的发展。"和而不同"实际上不仅是中国比较文学的根本策略,而且它与中国比较文学的本体论、方法论也息息相关。为此,对"和而不同"深入探讨将有助于中国比较文学的发展。

"和而不同"是中华文化批评的原典话语

最近已有学者本着对中国比较文学大业的关心,对中国比较文学能否对"和而不同"的真正实行和实现提出了质疑,并认为由于"中国当代的文化文论在抛弃古代话语言说理路的同时,也疏离了

---

① 本文原载《南京师范大学文学院学报》2004 年第 1 期。

自己的文明本源"①。为此,"和而不同"是一种无法实现和值得怀疑的策略。

对此,我们有必要对"和而不同"寻根溯源,追溯中华古代典籍,它的最核心之处是强调一种"中和"精神,它是人与人、人与社会、人与自然的关系准则。先人已自觉地将它律于人类生活的各个层面,当然也包括文化生活。作为中华思想渊薮的《易》讲的就是阴阳互补、相辅相成,讲的就是人在自然界与社会时刻存在的相睽(对立)相和。用今天的哲学话语表述就是对立的统一,永无止息。《睽卦·象传》将它具体化:"睽,火动而上,泽动而下;二女同居,其志不同行。说而丽乎明,柔进而上行,得中而应乎刚,是以'小事吉'。天地睽而其事同也,男女睽而其志通也,万物睽而其事类也。睽之时用大矣哉!"类似的卦象在《易》中可以找出很多,这里不一一列举。作为《十翼》之一的象传相传为孔子作,即使不能成为定论,它体现的思想精微乃是儒学之源头。

在《国语·郑语》中郑桓公问史伯(公元前771年前人)关于周代是否要衰亡的看法,史伯讲了一大段真知灼见:"夫和实生物,同则不继。以他平他谓之和,故能丰长而物归之。若以同裨同,尽乃弃矣。"②下面一段话是以"易"为根据的论述,从略。

到了公元前525年(昭公二十年)的晏婴在与齐景公讨论对梁丘据的看法时系统地阐述了"和而不同"的理论。

"齐侯至自田,晏子侍于遄台。子犹驰而造焉。公曰:'唯据与我和夫!'晏子对曰:'据亦同也,焉得为和?'公曰:'和与同异乎?'晏子对曰:'异。和如羹焉,水火醯醢盐梅以烹鱼肉,火单之以薪。宰夫和之,齐之以味,济其不及,以泄其过。君子食之,以

---

① 曹顺庆:《比较文学的问题意识:以'和而不同'的尴尬现状为例》,《外国文学研究》2003年第3期,第5—7页。

② 见《国语集解》,中华书局版,第470页。

平其心。君臣亦然'。"接着又以音乐为例，指出必须"短长疾徐"、"哀乐刚柔"的不同，才能奏出和谐的乐曲。孔子激赏这一观点，说："君子'和而不同'，小人'同而不和'。"

在这一点上，儒家与道家是完全共识的，《老子》三章："道生一，一生二，二生三，三生万物。万物负阴而抱阳，冲气以为和。"在这里冲气显然讲的是阴阳会合的矛盾统一，主张的亦是"中和"。正因为如此，我们看到古代哲人在谈及这一问题时是信手拈来，因为在那个时代它已深入人心之故。

"和而不同"生动地体现了中华先民取之于身，言之于外，取象比类，触类旁通的思维特点。从晏子的一番话可以看出他从日常生活谈及政治，从身边琐事讲到宇宙，"三才一统"。另外，还有一点我们不应忽略的是春秋战国时代已有明确的"史"的观念，即发展变化之眼光，"和而不同"是那个时代"与时俱进"的产物。我们且看紧接着晏子对"和而不同"论述后他与齐景公的继续对话：

"饮酒乐。公曰：'古而无死，其乐若何？'晏子对曰：'古而无死，则古之乐也，君何得焉？昔爽鸠氏始居此地，季则因之，有逢伯陵因之，蒲姑氏因之，而后大公因之。古若无死，爽鸠氏之乐，非君所愿也。'"显然，这里讲的是如果今人完全蹈袭前人，无变化（同）则无乐可言。时代变迁，其内容必须更新，这可以说是"和而不同"观念产生的根本所在。

一部中华文化史就是"和而不同"的发展史。它不仅体现了华夏多民族文化的交融、碰撞、色彩纷呈，而且与域外文化也始终贯穿这一策略。汉唐文化的恢宏亦得益于与域外的交流。唐代接纳来自西土的佛教，取我东土所需，改造成"禅"，它不仅在佛教界产生极大影响，也灌溉中国文学，遂有"变文"之产生，开了白话文学的先河，这是众人皆知的事理。

近代以来由于清末的孱弱，实行闭关锁国的愚昧政策，即使西方文化虽有传入，但是在统治者那里视为洪水猛兽，必然废弃"和而不同"的策略。但是，历史证明只有开放才能固本，任何文化都不能违背与其他文化融汇、创新之规则。晚清带给中国人民的是无穷的灾难、屈辱，同时也催发中国人的"自强不息"的精神，对于中华文化也是促其走上发展新途的契机。在这一点晚清学者至五四时期几代人经过痛苦的思考，作过艰难的探索。到了五四新文化运动，那时的领袖人物仍然是秉承"和而不同"文化策略进行了一场卓绝的革命。胡适之、陈独秀、鲁迅等先贤都充分地贯彻了"和而不同"的策略。胡适之在《新思潮的意义》（1919年）提出了"研究问题，输入学理，整理国故，再造文明"①的纲领性主张。这里的归宿是"再造文明"，其策略是带有问题意识地输入学理和整理国故，出发点只能是"和而不同"，并没有全盘西化。鲁迅先生提出的"拿来主义"主张是耳熟能详的，我们还有必要重温这段话："总之，我们要拿来。我们要或使用，或存放，或毁灭。那么，主人是新主人，宅子也就会成为新宅子。然而首先要这人沉着，勇猛，有辨别，不自私。没有拿来的，人不能自成为新人，没有拿来的，文艺不能自成为新文艺。"②

　　鲁迅同时形象地说学取外国不必担惊受怕，就像吃了牛羊肉不会类乎牛羊一样。即使鲁迅也曾说过一些过头的话，如告诉青年只读外国书，这是有时间、背景的话，其实鲁迅在当时不是继续整理国故（抄古碑帖），还撰写《中国小说史略》吗？他与胡适在政治上的分歧，不影响在"和而不同"文化策略上亦有共识。

　　今贤钱锺书先生在中国比较文学崛起的全球化语境下高瞻远瞩地发掘了"和而不同"在新的时代的文化策略价值。他在《管锥

---

① 胡适：《新思潮的意义》，欧阳哲生编：《胡适文集》第二册，北京大学出版社，1998年，第522页。

② 鲁迅：《拿来主义》，《鲁迅全集》6卷，人民文学出版社，1981年，第40页。

编》中引述了《左传》、《论语》、《孔丛子·抗志》、《淮南子》等典籍阐述中华文化传统"和而不同"的意义，同时沟通西方，以亚里士多德、布鲁诺为参照来论述，指出这一思想西人亦有人奉为信条。因为亚氏认为"专一则无和谐"①钱锺书先生表达了面向21世纪的中国文化战略，"东海西海，心理攸同，南学北学，道术未裂。"即，我们与西方和所有域外民族的交往是天经地义的。然而，他并非否认不同文化的差异，而正是由于有差异才更需交往。他是"既不是为了取消差异而追求一律，也不是以一种话语兼并另一种话语，而是努力建立各种话语之间的平等关系，取消任何话语霸权，即摒弃'绝异学'、'持一统'的歧途，充分体现了多元文化与多元话语共存的合理性与必然性"②。

作为中国比较文学界的领军人物乐黛云在多次重要国际学术会议发表的论文紧密结合中国比较文学实际，具体阐发"和而不同"，完善、确立了中国比较文学的文化策略，是非常及时的，它的意义将随时间的推移愈显重要。

以上粗略的勾勒恐怕已可证明"和而不同"作为中华文化的原典话语在当今还有活力，而且赋予现代精神之后，仍是我们建设有中国特色社会主义文化的策略，自然，"和而不同"也是中国比较文学的文化策略。

近代中国文学批评话语与西方文学批评话语的同与异

对于"和而不同"的困惑，一方面来自对这一中华文化原典思想的不同思考，同时亦产生于对近代以来（特别是五四新文化运动之

---

① 钱锺书：《管锥编》，中华书局，第236页。
② 季进：《钱锺书与现代西学》，上海三联书店，2002年，第55页。

后)中国文化的走向,即传统文化与近现代文化之关系的不同思考。一些学者认为中国近现代以来,从话语来说由于"没有幸免于西方文化的侵袭","变成了放弃主体意识的胡乱引进和盲目照搬,忽视了对中华文明自身个性的承续和开拓"①。为此与西方已无差异可言。如果说是对中华文明自身个性的承继和开拓的忽视似乎还是个程度问题,是个量的问题,然而,联系在同文中"我们当前的文论话语并没有什么与西方'不同'之处,我们的比较文学学科理论,也没有多少与西方不同之处"②,和这位学者所提出的当代中国文论的"失语症"联系起来就不难看出,其症结所在是对近代以来,特别是五四新文化运动以来,我们的文化是否已是背离了传统、全盘西化的问题。很显然,这是一个重大的理论问题,目前许多学者都发表了各自的看法。是否承认我们已在上个世纪上半叶初步建立了文学理论现代转换,不仅关系对过去一段历史的评价,也关乎今后的路子怎么走的大问题。换句话说是在20世纪文学理论先辈已取得的成果基础上"接着说",还是"白手起家,重起炉灶,另辟新路的问题"③。

在这里不能系统地论述这一重大理论问题,但是避开它而谈中国比较文学发展又是隔靴搔痒。在这里我们只想从几个最主要问题抛砖引玉。

五四所尊崇的是"德"先生、"赛"先生,这是无论激进还是保守者都共识的。这二者当然来自西方。这不仅决定了中国社会前进

---

① 曹顺庆:《比较文学的问题意识:以'和而不同'的尴尬现状为例》,《外国文学研究》2003年第3期,第5—7页。

② 曹顺庆:《比较文学的问题意识:以'和而不同'的尴尬现状为例》,《外国文学研究》2003年第3期,第5—7页。

③ 童庆炳:《文艺学创新·以20世纪中国现代传统为起点》,《北京师范大学学报》2003年第3期。

的动向，自然也涵括了话语的转变。这不仅是意识形态的转变，也迫使思维方式以及理论形态的变化。具体说西方是偏重分析演绎的逻辑思维，我国古代形成了偏于感悟综合的直觉思维，或如季羡林先生所说西方思维方式是分析的，中国思维方式是综合的。无论是卢梭的启蒙主义，还是马克思主义，从其思维方式来说是一致的。为此必然"天人二分"占主导而抑制"天人合一"的哲学理念。中国近代以来在这方面作了重点摄取。但是，这一摄取仍然经过了自己的选择与过滤。许多学者更多地注视了我国近代批评话语的外部来源，但是，从文化学的角度似乎忽视了自身文化与异质文化交融中消释和重创机制。著名人类文化学家沃尔夫说过："一个处于原始状态、原封不动，只是其自身历史产物的社会是不存在的。"①在近代，由于西方工业社会、自然科学的发展，西方的思维方式必然极大地冲击中国文化，这次转型是不同于以往的文化转型的。但是，恐怕不能讲我们的文化中就没有与西方异质文化融合的基础，不然也会格格不入。例如五四时期提出文学的宗旨在于"为人生"到《在延安文艺座谈会上的讲话》中提出的"文艺为工农兵服务"沿袭的是一条文艺与政治的功利目的密切结合的路径。这既有来自域外文化的外因，亦是内因的机制所为。一般来说研究中国文论的学者都认为在中国古代存在审美中心论与政教中心论，前者以庄、玄、禅为代表，后者是儒家文论的核心。从逻辑上来看既然五四是彻底反封建的，矛头又直捣"孔家店"，理应在文论上抛弃儒家学说。但是从梁启超的《论小说与群治之关系》到鲁迅的《摩罗诗力说》和找到俄苏无产阶级文学理论为借鉴，都把文学的政教作用摆在第一位，这里的关键所在一方面在于时代需要启蒙，启民智重在

---

① 转引自麦克尔·卡里瑟斯：《我们为什么有文化》，陈丰译，辽宁教育出版社，1998年，第27—28页。

教化，发挥文学的作用是自不待言的；同时也在于中国人从文化深层是接受这一文化策略的，有接受屏幕，也正因为这样，西方为艺术而艺术的唯美主义在中国未成大气候乃是必然。西方文学既有为艺术而艺术的主张，但强调思想性者也此伏彼起，尤其以19世纪后半俄罗斯文学和后来的苏俄无产阶级文学为代表，这是大家所熟知的。在某种意义上说一个民族的深层文化潜能是决定接受某种域外文化（决定取舍，如何将其变为己用）所隐而不见却是力量最强大的矢量。同样，由于某历史时期政权作用将其发挥到极致，会扭曲文学艺术的多层面的功用而走向极端。"四人帮"时代的"阴谋文艺"是典型的负面例证。物极必反，势必寻找新的出路。为此，不能讲引进的西方文论都一概说没有转化，全部是生吞活剥。

同时，不同东方国度对于西方文论的接受其效果迥别，这里可以中日新感觉派为例。如果说日本的新感觉派作品与西方现代派作品还有相同的土壤（但日本亦不同于原产地）的话，在我国，则是"水土不同"，为此结出的果子只能"其实味不同了"。①

"兴观群怨"涵盖艺术的体悟、思想教育、审美三大功能。为此，在某一时期强调某一方都可以找到理论根据，有时为了解决问题必然出现"矫枉过正"，这也是历史的必然。

简言之，中国近代文学批评话语的功与过必须历史地看，不管它存在多少缺憾，但都是历史的必然，而并非是一个偶然的误会。

从这里可以看出，所谓"和而不同"的根本原因是时代发展使然。因为人的思想不是从天上掉下来的，不同地域的民族的文化沉积是个悠久的历史发展的动态过程，为此，人类始终懂得差别不仅仅是人们交流的障碍，它亦是互补的前提。

对于近代以来批评话语的全面评价是一项巨大工程，非本文所

---

① 参见《孟庆枢自选集》，时代文艺出版社2003年，第128—151页。

能负担。但是，对于我们的批评话语如果从"他者"眼光来看还是"异质"的文化，则是不争的事实。不要说西方，就是同是东北亚汉文化圈的日本对我们的文学批评也绝没有把它视为与之同一的东西。案边有两本日本学者研究中国近现代文学和当代文学的著作，都明确指出中、日两国文坛既有"同时代共通的话题，同时又有不同有差异的个性"①。并认为"日本读者对于中国文学产生差异感的原因之一是政治与文学（指中国文学——引者）的关系至深"②。引上这几句只是说，不管我们在批评话语中还有多少东西与"传统断裂"，但从"他者"看来还不是同于西方的东西。

"和而不同"与"对话"原则

"和而不同"不仅是我们在总的文化策略上的方策，同时运用到具体的批评方法也仍然充满活力。正如乐黛云先生所言："在差别的相互作用中求得发展有各种复杂的途径，其中特别重要的就是'他者原则'和'互动原则'。总之是强调对主体和客体的深入认识必须依靠从'他者'视角的观察和反思，也就是说由于观察者所处的地位和立场不同，他的主观世界和他所认识的客观世界也发生了变化。因此，要真正认识世界（包括认识主体），就要有这种他者的'外在观点'，要参照他人和他种文化从不同角度对文化的看法。"③

"和而不同"必然和人类的阐释活动紧密联系在一起，实际上我们永远处在一个"古今中外"交错的时空网络之中，而且每时每

---

① 伊藤虎丸：《近代文学中的中国与日本·序》，同书，没古书院1987年，第25页。

② 高岛俊男：《于无声处听惊雷——"文化大革命"后的中国文学株式会社》，日中出版1981年，第193页。

③ 乐黛云：《比较文学简明教程》，北京大学出版社，2003年，第126页。

刻无不在进行各式各样的"对话"活动。在这方面，从春秋战国这一文化转型的剧变期，先哲已明确地提出了这一重要论题。孟子率先提出"以意逆志"说，他提出这一文化哲学命题的核心是基于他的人类有共通的心性"同性相似"、"人情不远"的人本主义思想，即是说"正是圣人与凡人、历史的人与现实的人的这种心理同构性，决定了'以意逆志'的可能"①。这一点与西方哲人在两千多年后的论断是相通的。德国"解释学之父"狄尔泰指出："阐释者的个性和他的作者的个性不是作为两个不可比较的事实相对而存在的；两者都是在普遍的人性基础上形成的，并且这种普遍的人性使得人们彼此间讲话和理解的共同性有可能。"②当代西方哲人以赛亚·伯林（Lsaiah Berlin）提出了"价值多元论"，哈贝马斯提出"互为主观"论，都对这一学说作了现代阐释。钱锺书先生亦是立足于古今中外"人心攸同"而寻求共同的"文心"与"诗心"的。

以上引述足以说明作为整个地球的人类，由于具有共通的"文心"与"诗心"，这是他们的不同文化可以交往的基础，然而，"文心""诗心"的"同"与"异"又总是辩证地统一在一起。如果形而上地片面地追求"同"或"异"又将陷入另一误区。我们有必要反思对于"理解"的理解。如果把理解局限于人的认识方式，显然还停留在主客的二元对立，把对象当成一个既成之物，似乎是从中汲取一些什么，达到穷尽即是认知的终点的目的。显然，这是不符合人们对文学作品的理解的。如果借鉴海德格尔、伽达默尔的现代阐释学观点，我们会把它看作是人的存在方式。这样"理解不可能是客观的。理解不仅是具有主观性，而且还受制于'前理解'，一切解释都必然产生于某种先在的理解。阐释的目的是为了达到一种新的

---

① 周光庆：《中国古典解释学导论》，中华书局，2002年，第359页。
② 周光庆：《中国古典解释学导论》，中华书局，2002年，第359页。

理解，这种新的理解又将作为进一步阐释的基础，如此不断循环延伸"①。这就告诉我们对于文学艺术作品的理解永远是一个开放的、永远处在一个时空延续的过程，这正是人的存在的本质体现。

伽达默尔提出过"视域融合"，即视域融合不仅是历时性的，而且是共时性的，在这一过程中，历史与现实，客体与主体，自我与他者就会构成一个无限运动的统一体。从这个意义上讲，人类的认识永远会是"和而不同"的。

还如有的学者指出"一次理解是一个对话事件"②。这种对话就摈弃了把文本（或称对方）作为一个被动的客体，而是当作互动式的，互为主观，他们的交融会产生新的理解，如此律动，循环往复，无休无止。总之，单纯地"求同"或"寻异"，都有把对方当成被动的客体之嫌，而只有处于平等对话，互为阐释，循环阐释，才是一条人类文化不断发展的必由之路。

当代社会是各种关系更趋复杂化的时代。从国际方面来说也处于多元的格局。和平与发展是主流，但是局部战争从未停止。恐怖活动成为威胁世界各国的共同问题。在这种态势下，解决纷争，最好的办法仍然是谈判，和平解决问题。不同国家由于意识形态的差异，很难在一些问题上取得共识，同上是反恐，有的国家明采取双重标准。即或如此，对话还是解决问题的首选。我没有必要从当今社会的特性来进一步理解、运用"对话"理论。有的学者把当今社会说成为"信用社会"（把它和"契约"这位学者说：社会相区别）这位学者说："契约从本质上表明一次性的意志，对它承担不动的责任；与此相对，信用是在更长时间人的关系中，建立在即或有某些不稳定的动摇，但是同一性仍被维持的基础上。在当面的人的关系

---

① 陈惇等主编：《比较文学》，高等教育出版社，1997年，第451页。
② 陈惇等主编：《比较文学》，高等教育出版社，1997年，第451页。

中，对于信息往返是办得到的，即或对方的回答是暧昧的，含有暧昧的真实也为主客双方所共有。对于意志的表态虽有保留也被认可，双方的约定在一定的范围之内被许可订正。"①在这里有一个值得注意的问题是社会、人的关系复杂化就越要坚持"和而不同"，完全求同是不切实际的理想主义，摈除对化，要么是自说自话，要么只能孤立于世界。在文学文化交流上概莫能外。当然这一对话是有底线的，他必须有利于人类的和平发展，符合人类的良知。"和而不同"应该取各国人民在重大问题上的公约数。

我想再次引述乐黛云先生对于"对话"问题的具体方略。她说："第一，对话双方都是从历史出发，从自己的文化传统出发，并不以某一方的概念、范畴系统来截取另一方。双方都是以对方为参照来重新认识和整理自己的历史；在这一重整过程中，既能发现共同规律，又能发现各自文化差异，并使这种差异为对方所利用，以至促成其新的发展。""第二，由于对话引入了时间轴而不只是并时性的平面比照，中西诗学对话就有了历史的深度。""第三，对话本身是一个复杂概念，它包含着多层面的内容和多元化的理解。平等对话并不排斥有时以某方体系为主从不同理论体系出发进行新的综合性体系建构；它有时是有关重大问题的思考，有时也只是一些管窥蠡测的意见交换。"②即或在西方一些学者还未必认可，但也应看到不少西方有识之士已发出平等对话的话语。当然，这是一个漫长的不断发展的过程，将伴随东西方文化交流而发展。

---

① 山崎正和:《全球化的走向》，见《精选现代文》B，26 年度，东京书籍，第 333—334 页。

② 乐黛云等主编:《多元文化话语中的文学——中国比较文学学会第四届年会暨国际学术研讨会论文集》，湖南文艺出版社，1994 年，第 9—11 页。

翻译世界中的"你"、"我"、"他"[①]

翻译在比较文学中的地位

人类离不开一个交流的世界,甚至可以说人类就是一个交流的世界。任何一个民族的文化史其实都是在本民族文化基础上融合、消化外民族文化的历史。从这个意义上讲,译介(不管何种形式)活动是人类最重要的文化行为之一。随着近代以来语言学、现象学、存在主义、文化人类学、结构主义、符号学等理论的传播,人们越来越深刻地感受到,所谓翻译是人类的一种生存方式,人们通过翻译构筑有一个世界。在那里生活着你、我、他。翻译研究这一课题自然成为比较文学研究中的一个重要方面,而且随着对于人类自身认识的深入不断地升到新的层面。它在比较文学研究中占有非常重要的地位。在一定意义上讲,它是基础和前提。

据统计,现在世界上仍有二千多种语言,单就使用、交流最多的语言来说也有几十种。要达到各民族(国家)人民之间的了解、合作都必须通过语言的媒介,这是不言而喻的事情。

我国是个翻译大国,在悠久的历史中留下了数不清的翻译杰

[①] 本文原载孟庆枢等著:《二十世纪日本文学批评》,标题另加,吉林人民出版社,2009年,第10页。

作，也出现一代又一代杰出的翻译家。根据史传，我国的翻译史可追溯到三千多年前。在《礼记·王制》篇中有："五方之民，言语不通，音欲不同，达其志，通其欲，东方曰：'寄'，南方曰：'象'，西方曰：'狄革邑'，北方曰：'译'。"这里或许包含方言的问题，但显然更多的是不同的民族间的交流。应该看到自古以来翻译就是中华民族共建精神家园的一个不可或缺的条件。

我国同域外的文化交流而引发规模宏大的译介活动当首推佛经的译介。据佛学研究界考证，佛教最初传入我国的确切年代已很难确定。"史学界一般以汉明帝（公元58—75年在位，笔者）求法故事为佛教入华的标志。"①在公元67年，蔡愔等从西域请来了僧人迦叶摩腾、竺法兰两位高僧，并得佛像经卷，法兰、摩腾在白马寺翻译了"四十二章经"，这可以看作是有史可案的翻译活动。从汉之后至隋唐在近千年时间里，译经事业蔚为壮观，据梁启超统计，从汉明帝10年至唐玄宗开元十八年（67—730）约六百年间译经968部、4507卷，参加的主要译者176人之多，最著名的译经大师有鸠摩罗什、真谛、玄奘、不空等人。"其中鸠摩罗什、真谛、不空，是东来弘传佛法的外国佛学大师。玄奘则是西行求法的中国高僧，他们虽所处的时代不同，经历不同，但他们都以毕生的精力从事译业事业，在他们各自的时代取得了光辉的成就，并在我国翻译史上留下了光辉的篇章。"②

西方的翻译历史也是非常悠久的。我们在此不必赘述，仅从《圣经》的译介就可管中窥豹，可见一斑了。因为《旧约》主要是用希伯来文写成，少数片断是阿拉米文，原本《新约》多数篇章是用希腊文撰写或记录的，余为阿拉米文。公元前3世纪中叶希腊语

---

① 净慧主编：《佛教与中国文化》，中华书局，1997年，第11页。
② 净慧主编：《佛教与中国文化》，中华书局，1997年，第267页。

占统治地位，于是有了七十子希腊文本《圣经》，随着基督教的传播，又有了科普特文、埃塞俄比亚文、哥特文、拉丁文本的《圣经》。①在一定意义上讲，述说世界各国的历史就是一部无比宏伟的翻译介绍的历史。仅从文学这一分野来说："若无翻译，世界文学便无以确定，因为光有原作而不加翻译，那么此种文学既不能流传世界，也不能扎根国外"②。我国高校中文系统所讲的"外国文学"（或称世界文学）实际上是翻译文学。

那么，什么是翻译？对翻译的理解和界定又是一件十分复杂、困难的事情。

翻译（Translation），它的原义十分简单，一般界定为"将一国语言转换为他国语言"③。另一位有丰富的翻译实践活动的日本法国文学翻译家、比较文学家河盛好藏在他的《翻译论》一文中指出："何为翻译？从字义上说，是指把一内容的一个国家的语言变为另一国家的语言的活动。在这种情况中，被变者是诗，是小说，是戏曲，还是论文，或者是从何种语言译为哪一国语，都会变生移转过程中的形形色色的制约和变化。为此，严密地说，针对各个具体情况会产生不同的翻译论。"他认为一般所说的"翻译"是"最大公约数的翻译论"④。

在传统的翻译学（或称译介学）中对于翻译有从外国语言教学研究方面来阐述的。比如：对某种语言的理解和转达。如英译汉、汉译英；日译汉、汉译日；俄译汉，汉译俄等等。在我国外语系统的教学与研究中这是一门很重要的课程（这门课程里包含口译和笔译等

---

① 参见《简明基督教百科全书》，中国大百科全书出版社，第327页。

② 大冢幸男：《比较文学原理》，陈秋峰等译，陕西人民出版社，1985年，第45页。

③ 长谷川泉等编：《文艺用语基础知识》，至文堂，1965年，第710页。

④ 河盛好藏编：《近代文学鉴赏讲座·二十一》，角川书店，1961年，第7页。

方面)。某一民族语言中的词汇、语法、表述方式等在转为另一种语言时都要遵守相应的规则,这是学习外语的人所熟知的。任何一种民族语言都在历史上长时间约定俗成形成的惯用句(idiom,在日语中叫惯用句,或用外来语ィテオム),如果望文生义就会搞错。

如日语中　顔ガ潰れる　(丢脸之意)

　　　　　腰が立つ　(生气之意)

　　　　　足下鳥ガ立つ　(事出突然)

　　　　　鼻ガ高ぃ　(高傲之意)

在西方猫、狗的宠物性很强,为此 She is a cat,如果直译成中文"她是一只猫"或把 You are a lucky dog 译成他是一条幸运的狗,也许都会造成想不到的原义丢失。在翻译当中要把握这种转换中的技巧。同时在外语教学中也要研究翻译理论,对各种翻译实践做理论上的指导,还有对翻译史的研究等等。

从最大公约数来看,翻译必须具备以下条件:

a. 作为翻译的话,勿须多说,没有原作是不能存在的。

b. 同时,我们都知道,原作在离开作者走向世界后,对于原作来说,是暂时的终结,是一个独立的产品;但是,到了译介者手中,对它进行"再生产",又会以新的产品的面貌获得新的生命,对于这同一作品来说,又是新的生命的起点。不同译者(指同时的)也会因译者的差异而显示译品的不同风貌。

c. 不同时代对同一著作的译介也是不同的,时代的色彩也必然反映在译作之中,一些经典作品的重译就是最好的例证。

鉴于以上几个基本属性,我认为翻译绝不是一种纯技术性的操作,特别是文学艺术作品的翻译,它是给定条件,设定舞台的再创造。正如埃斯卡皮(Robert Escarpit 1910—)在《文学社会学》中所说:"翻译总是一种创造性叛逆。说翻译是叛逆,那是因为它把作品置于一个完全没有预料到的参照体系(指语言)里,说翻译是创造性的,那是因为它赋予作品一个崭新的面貌,使之能与更广泛的读者进行一个崭新的文学交流,还因为它不仅延长了作品的生命,而且又赋予它第二次生命。"①

上面所谈的"翻译论",虽然是从外语教学、研究角度出发的阐述,但是也包含了比较文学翻译论范畴的一些内容。

那么,从比较文学角度对"翻译"(或称译介学)如何界定呢?我们不妨参考一下日本比较文学学者的思考:"比较文学中的翻译,是指某位作家通过外国文学的译作,感受到本国文学中所没有的东西,并把它具现在自己的作品之中,在这种场合,它作为媒体而成为研究对象。为此,作为媒体的翻译由它所具有的个性产生决定性的影响。比如说通过小林秀雄的翻译产生了兰坡的影响,这是翻译者所显示的很大的作用。同时,对于外国新的动向的翻译介绍而进行判断时,由翻译者所理解的角度和深度不同而会产生影响上的差异。比如说由岩野泡鸣译的西蒙斯的《表象派的文学运动》,虽然有很多误译,但对法国象征主义的理解发挥了重要的作用。"②

出于这样的思考,现代许多学者都认识到翻译是种文化行为并把它称作"文化调适"。

这位日本学者接着说:"同时明治以后至今(指20世纪七十年代——笔者)欧美文化主要都是从英文吸收的,为此,从翻译来说,这是一个值得特殊研究的事项。比如说我国对于自然主义的接受,差不多所有作品都是通过英译来阅读的,一些评论也是由英译介绍过来,于是与原作者之间就产生了二重的屈折,这也应该成为比较文学研究的对象,相信在今后会产生很大的成果。"③

---

① 埃斯卡尔:《文学社会学》,王美华、于沛译,安徽文艺出版社,1987年,第268页。

② 松田穰主编:《比较文学辞典》,东京堂出版,1978年,第271—272页。

③ 松田穰主编:《比较文学辞典》,东京堂出版,1978年,第271—272页。

通过"翻译"这一层面，在比较文学中可以在以下各方面进入比较文学研究：a. 译作在译介后产生的影响；b. 译作与原作由于不同语言的"移换"所产生的差异；c. 以翻译为媒介，从不同民族文化的深层内涵来看人类的精神世界；d. 翻译史的研究；e. 比较文学与翻译文学的关系等。

翻译与误读

在翻译过程中由于各种原因必然产生"误读"。正如有的研究者所说"译者职业道德不够好，担心官方的检查，忖度适应读者阅读趣味和理解程度，还有时因译者偷懒和一时兴之所致而发挥。这本是译者本不应该有的自由。"[①]我国译界早就提出过"信、达、雅"的标准，严复在《天演论·译例言》中说，"《易曰》'修辞立诚'。子曰：'辞达而已矣'。又曰：'言之无文，行之不远。'"他还统括起来说，"译事三难：信、达、雅，求其信、已大难矣。"这里反复强调的是如何形神兼备地用一种语言转达另一种语言的创造性标准，也显示力求克服一种"误译"的思考。

如果我们把那些由于译者的差错而引起的"误读"也看作是其中的一种的话，这种"误读"是暂时性的，如果经过时日，经过译者本人的修正或评论者的参与，这些差错是可以改正过来的。毋庸讳言，近年的译作中是有相当数量的不负责任之作，如李万钧先生批评的《三仲马》译本就比较突出。有些译作擅自增删、歪曲原作，实际上已属于侵犯原作者著作权的问题了（《中华人民共和国著作权法》第二章第九条之四即为"保护作品完整权，即保护作品不受歪曲、篡改的权利"。）但是，不管如何高明的译者也难免产生个

[①] 野上丰一郎：《比较文学论》，岩波书店，1970年，第80—81页。

别的疏漏，这是可以理解的，它完全可以通过正常的翻译批评来改正，或与其他译本比较来解决这一问题。戈宝权先生曾谈及瞿秋白先生既精通俄文，且在学问上十分严谨，但是，他在译普希金的《茨冈》时也有笔误，他将原诗"Везде нолΛЕГ СЕНЬ"这一句（意为"到处有他过夜的地方"）中的"СЕНЬ"看成了"СЕНО"（干草垛），则必然误译成"到处都有他过夜的干草垛"。韦素园在译高尔基的《海燕》时，将"СТОНУТ"（呻吟）看成了"ТОНУТ（下沉）"，则误译为"海鸥在暴风雨来临前沉下去了"。这些误译瑕不掩瑜，经过时日，这部分的"误读"会变成"正读"。

在翻译中还有因为依据底本的不同而引起"误读"的问题。特别是一些名著，从初发稿到定本辗转多年，不同时期的底本都有差别，有的还相差甚大，选哪种版本作底本就需译者具有文学史和版本学的功力，不然也会产生"误读"。司汤达的《红与黑》这部名著在我国有罗玉君先生的译本，是获得好评的。罗先生是根据"Les Edi tikns Fernad Roches Paris" 1929 年版译出的（见书后记载），偶然的机会读了日本法国文学研究家、翻译家小林正的日译《红与黑》，比较之下，竟有不少地方不同。首先小林译本将作品分为上、下两部分，45 章，中译本为 75 章（但总体内容上一致）。在日译本第一部有法国资产阶级政治家丹东的题词："真实、严酷的事实。"在中译本中没有出现。这句题词虽短，但对于理解《红与黑》是很有意义的。因为《红与黑》是欧洲文学中批判现实主义的奠基作之一。这句题词道出了作品的这一根本特点。另外在第二章"市长"中中译本引用了巴拿夫的题词为："重要！先生，什么也不算么？愚人的尊敬，孩童的惊奇，富人的艳羡，智者的轻蔑。"而在日译本（即小林正译本，以后均简称日译本——笔者）中巴拿夫的题词为："权力！这可是了不起的东西啊！愚者的尊敬，孩子的感叹，富翁的羡慕，智者的轻蔑。"两相对比，还是颇有差别的。在第四章《父与子》中描写于连因耽读书籍误了父亲指派的工作而遭受惩罚,在作品里中译本中有这样几句:"他一面走,一面很愁苦的向河里望去,因为他的书,跟着流水远去了。这是一本他最心爱的书,比什么还宝贵,《圣爱伦回忆录》。"①在日译本中对《圣爱伦回忆录》(或译作《圣赫勒拿岛回忆录》)下面作了一个注,"这是拿破仑与秘书的谈话记录",不知此注是依据原作而注还是另有根据之注,但这对理解于连这个主人公却是很重要的。在第五章《谈判》中,中、日文译本都有引用的罗马诗人恩尼阿斯的题词。中译本为:"他依靠坚强而完成了工作。"日译本则为:"他争取时间重整事态。"两者亦有差异,不知原因出于依据某种版本还是其他原因。在第七章《选择的爱》中有段关于德·瑞那夫人内心世界的描写,对于揭示人物的复杂的精神世界和情节的发展十分重要。在这段描写中日译本和中译本的差别较大,有的话几乎意思相左。中译本为:"假使她受过极少的教育的话……她的态度和外表显得十分柔顺和自我牺牲的精神,维立叶尔的丈夫,个个把她作为教训他们妻子的模范。德·瑞那先生是多么的骄傲有这样一位夫人啊!可是事实上她心灵深处惯常的活动,却是轻蔑那些粗鲁的男人的。世界上的皇家公主,公认为骄傲的好例子,比起这位女人来,恐怕还要分心去关心周围左右的男人的。她是如何的温和啊!如何的谦让啊!如何的听从她丈夫的言行啊!在于连没有来到她家以前,她的心思完全集中在她的孩子们的身上。譬如他们小小的病恙,小小的痛苦,小小的快乐,都可以占据整个心灵。她所崇拜的只有天主,尤其是当她在贝尚松圣心修道院的时候。"(引文见中译本50—51页)与之相对应的日译本(见新潮文库本1978年版54—55页)译成中文如下:"不管她受过多少教育……她外表显得十分谦恭,甚至反而抹杀了自我。维立叶尔的丈

---

① 见该译本23页,上海译文出版社,1979年。

夫们个个常把她在妻子面前引为楷模。这虽说也使德·瑞那先生感到自豪，但是，实际上夫人的性情平生以来就是非常高傲的，就连特讲派头的皇家公主和她比较起来也显得亲切，让人看去谦和，同这些公主对周围的贵族的举止注意与关心相比，这位夫人对于丈夫说什么做什么真是漠不关心。在于连没有到她家之前，真正使她上心的事情只是自己的孩子。在贝尚松圣心修道院里，她所崇拜的只有天主，她的感情世界已全部倾注于孩子身上，哪怕是小小的病恙、些微的痛苦，连孩提式的欢乐都会使她激动不已。"类似情况较多，这里不再一一枚举、引摘。我想这里出现的差别恐怕有底本上的问题。由底本的不同导致翻译的差异进而产生了"误读"，这也并不在少数。这是从翻译接受外国文学作品时一个值得注意的现象，也是比较文学研究中的一个方面。

为了说明这一问题，我们不妨再举一种《红与黑》的译本，（郭宏安译，译林出版社，1993年版）这一部《红与黑》译本是根据Classques Garnier Bordas 1989年版译出的（见该书版权页——笔者）。本书在扉页上还有原著出版者的注："本书准备好出版时，正值七月①的那些重大事件发生，把所有的人的想象力引入一个不宜于发挥的方向。我们有理由相信以下文学写于一八二七年。"②

前举罗译与日译不同之处，从郭译看与日译的表述无差异。我们再抄录一段关于德·瑞纳夫人的那段评述以作对比："她表面上极其随和，也善于克制个人的意愿，常被维里埃的丈夫们作为榜样让他们的妻子学，德·莱纳先生也引为自豪，其实她的这种惯常的精神状态不过是一种最高傲的脾性造成的。任何一位因其骄傲而被称

---

① 指一八三〇年七月。法国波旁王朝第二次复辟后，查理十世即位，于一八三〇年三月解散众议院，七月，取消言论自由，七月二十七日，巴黎工人上街，二十九日，攻占王宫，国王退位，史称"七月革命"。

② 本书实际写作年代约在一八二九年至一八三〇年间。（以上为郭译自注）

道的公主,对那些侍从贵族围绕着她的所作所为所给予的注意,也要比这个看起来如此温柔,如此谦逊的女人对她丈夫的所言所行给予的注意多出不知多少。在于连到来之前,她关心的实际上只是她的那些孩子。他们的头痛脑热,他们的痛苦,他们的小小欢乐,占据了这颗心的全部感觉。她在贝藏松的圣心修道院时,只热爱过天主。"①

同时"转译"、"改编"所造成的误读也是一个需要认真梳理、研究的课题。在日本近代文学史上存在着大量的"翻案"(亦称豪杰译)之作,实是根据原作的编译,译者的删削、增改都比较突出。这些译作产生在一个特定的时代,即使今天看起来不足取,但在当时却发挥了预想不到的作用。在我国林纾的翻译也属于此列。至于通过中介语言(如英语)译介另外一些民族语言作品,在我国近现代译作中数量很大。在30年代俄苏文学作品、理论著作有不少是从日文转译的。日本译介俄苏的"普罗"文学理论有明显的误读,而通过日文又介绍到我国,曾影响我国无产阶级文学②,置言之,对于一些理论的理解,既有原产地的内涵,又有中间媒介的第一次接受的改造(不管大小),到了再接受国度的接受时,在其语境中已经含有你、我、他的共同对话了。这些问题还有待更深入地发掘,这对于把握中国现代文学的一些重大理论问题是有价值的。

"误读"的更深层次的内涵是与语言学、人类文化学密切相关的,萨丕尔说:"语言不只是思想交流的系统而已。它是一件看不见的外衣,披挂在我们的精神上,预先决定了精神的一切符号表达的形式。"③人类通过语言拥有一个世界,语言的不同建构也制约、维

---

① 引文见郭宏安译本,第34—35页。

② 参见孟庆枢主编:《日本近代文艺思潮与中国现代文学》,时代文艺出版社,1992年。

③ 爱德华·萨丕尔著:《语言论》,陆卓元译,商务印书馆,2000年,第198页。

系人类的不同思维。从这意义上来讲我们可以从另一角度来理解《圣经》中的巴别塔的人类文化学的内涵。操多种语言的人们集聚在一起,引发了交流的障碍,这恐怕是人类进入多语言、多文化时期之后必然产生的问题的折射。正因为如此,两种语言的互换本身就不可能是"完全"对等的,从这个意义来理解"创造性的叛逆"似乎更切近本质。同时,在译介过程(指从翻译学上的已完全正确的翻译)中产生的"误读"恰恰显示了接受民族在接受外来文化时的潜在的创造力,可以说是民族主体的诸因素通过语言体现出的一种接受姿态。因此,越是那些民族特色鲜明的作品就越难以转换成他民族语言,如中国的古典诗词、戏曲等等。萨丕尔说:"每一种语言都有它鲜明的特点,所以一种文学的内在的限制——和可能性——从来不会和另一种文学一样。"①我们不妨举唐代著名诗人李白的一首七言绝句名篇《峨眉山月歌》的俄译来谈这一问题。李白的原诗为:

> 峨眉山月半轮秋,
> 影入平羌江水流。
> 夜发清溪向三峡,
> 思君不见下渝州。

李白这首诗韵味无穷,正如诗评家们所说:"此诗所表现的时间与空间跨度真到了驰骋自由的境地。二十八字中地名凡五见,共十二字,这在万首唐人绝句中是仅见的。""诗境中无处不渗透着诗人江行体验和思友之情。无处不贯串着山月这一具有象征意义的艺术形象。这就把广阔的空间和较长的时间统一起来。其次,地名的处

---

① 爱德华·萨丕尔著:《语言论》,陆卓元译,商务印书馆,2000年,第199页。

理也富于变化,'峨眉山月','平羌江水'是地名附加于景物,是虚用;'发清溪','向三峡','下渝州'则是实用,而在句中位置亦有不同,读起来也就觉不着痕迹,妙入化工。"①本诗的俄译者伊·李谢维奇是颇有造诣的汉学家,他在理解、把握李白诗方面是相当准确的。他也采取了在韵律、形式等方面都很讲究的对应方式来译这首诗②,但终因俄汉两种语言的体系迥异,在中国古典诗词这最具民族特色的文学形式面前,俄语还是难以全奏功效。这主要表现在对于诗中三处地名的处理上。众所周知,俄文中专用地名开头字母均需大写,一旦变成开头大写字母的地名,恐怕"虚用"的韵味即消失殆尽。为了解决这一矛盾,译者作了三条注,注①指出:"半轮秋"这里的月亮"变成了时间的象征,"这是很对的。在注②里对"平羌河"则毫无必要地注为"羌是藏族,他们经常与汉族为敌,向他们发动袭击。"而且在诗中也将这虚用"平羌河"的地名意译成"镇压、平叛羌人之河",这显然与李白诗中的原意相背,李白在这里对此地名没有在实用上的引申意义。在注③中俄译者明确这诗中28个字中12个字是地名的特点,地名亦起的是"代码"作用,并依此而译③。但可惜的是用俄文来表达李白诗中这虚实并举的意境实在难以达到。应该说,这种"误读"只能看作是俄文译者对于中国古典诗词的尽最大可能的再创造了。可以说,是凡中国古典诗歌译作外文均有相似问题。这大概也是使许多大家慨叹"诗不能译"(如雪莱、鲁迅都说过类似的话)的原因吧,慨叹归慨叹,从古至今,翻译家还是照译不误,因为一个民族在接受异族文化时也总不能面对这

---

① 《唐诗鉴赏辞典》,上海古籍出版社,第275—277页。
② 弗·伊谢曼诺夫主编:《架起时间的桥》,莫斯科现代人出版社,1990年,第36页。
③ 弗·伊谢曼诺夫主编:《架起时间的桥》,莫斯科现代人出版社,1990年,第52页。

些民族特色浓厚的珍品而却步。

中西方(这里仅以英语为限)不同的文字、文学和文化的差异给翻译着实带来了很大的障碍,翻译又不能离开原著,那么难道中译西翻译就让人却步了吗?不是。在充分考虑作品的思想内容、文化背景,尤其是西方的宗教精神之后,译者始终进行着创造性的叛逆。由于译者不同,他们所追求的艺术真实也各异。翻译问题,实际上是一个悖论:翻译既要克服差异,又要表现差异。我们可以试着通过《简·爱》第23章景物描写来谈这一问题。原文是:

A splendid midsummer shone over England⋯(Jane Eyre, Chapter23)

相关的汉译有:

明媚的仲夏照耀着英格兰,⋯⋯①

美妙的仲夏遍布着英国,⋯⋯②

仲夏明媚的阳光普照英格兰,⋯⋯③

仲夏,英格兰阳光明媚,⋯⋯④

由于英国属于海洋性气候,四季差异并不十分明显,因此小说作家觉得有必要交代出具体的季节。在这一方面汉语的表达习惯与英国略有不同。在许多情况下,汉语无须点名季节。从尊重原著、尊重原著体现的文化的角度出发,前两个译文更恰当。但是从汉语的习惯来看,它们是个病句,而后两个翻译无疑显得文通字顺些。

不用说中西语言相距较大,就是同属于汉文化圈的中国、日本

---

① 祝庆英译《简·爱》,上海译文出版社,1980年,第322页。
② 吴钧燮译《简·爱》、人民文学出版社,1990年,第315页。
③ 黄源深译《简·爱》,译林出版社,1994年,第285页。
④ 马红军,《翻译批评散论》,中国对外翻译出版公司,2000年,第117页。

的汉语和日语互译中也少不了碰到这种麻烦。日本著名川端康成研究家长谷川泉对川端的《雪国》的开头的英译说过这样一段话:"川端文学的神髓之一是极度锤炼的日本语言本身的妙处,为此这种妙处能否通过翻译文字表现出来乃是问题之所在。赛登斯特卡(为著名美国日本文学专家、川端康成翻译家、研究家——引者)的《雪国》英译本是作为名译而获得很高评价的。据说它在川端获得诺贝尔文学奖上起到了很重要的作用。对这一点,且不论其真假,但本译作是名译这一点是确定无疑的。但是,就是这一名译,我也认为对川端文学的日语的微妙的表达,也存在着局限。"[①] 赛氏的英译本对《雪国》的开篇是这样译的:"The earth white under the night sky"。同样,在中译本对于这一开头的译介也遇到同样的困难。原文为:

　　国境のトンネルを拔けると雪国であった。夜の底は白くなった。信号所に汽车ガ止まった。

　　我国的翻译家对这一开头译为:"穿过县界长长的隧道,便是雪国,夜空下一片白茫茫。火车在信号所前停了下来。"[②] 应该说这一译文本来无可挑剔。但是,问题在于川端使用日语特有的微妙,他运用新感觉派手法,写出了:"夜の底は白くなった"这样的名句。如果直译成:"夜的底部变得一片白茫茫。"显然中国读者在接受时会觉得生硬,但"夜空下一片白茫茫"又似乎离川端所要创造的虚实不分的意境还有些距离,因为一旦译作"夜空下一片白茫茫,"这就显得太实了,"雪国"这一又实又虚的一种境遇不能充分表现出来。这时产生的"误读"实在是两种民族语言(尽管都属汉文化圈)的各自特色所决定的,可以说好的文学翻译作品永远处于"是亦非,非亦是"的二律背反的状态,恰恰这种二律背反使别国人拉开

---

① 孟庆枢译:《长谷川泉日本文学论著选·川端康成论》,时代文艺出版社,第20页。

② 叶渭渠译《川端康成小说选》,人民文学出版社,第206页。

一定距离去认识另一国度的文学和文化，美的享受也会随之产生，它甚至可以激活别国文化内部的创造力，因此它并不是消极的。

回顾翻译的历史，我们不难理解有的文化试图把外来文本纳入自己的体系，并把自己的文化特点更多地加入外来文化，使之国味实足；反之，处于危机之中或者正在形成的文学和文化则寻求改革，尽量保留外来文化的特点，这种情况下往往容易产生另一风格的翻译作品。这种"误读"一方面对原作造成"丢失"，但同时又是一种给予不同文化的新意，通过译介不同民族文化、文学的交流规律亦在于此。

我国唐代对佛教文化的接纳和近代林纾对西方文化、文学著作的翻译就体现了上述两种情况。林译作品实为编译，这在今天已不可取，但在当时确实是了不起的大事，在中国文化史上起到了不可低估的作用。

在一定意义上，这种"误读"为人类文化的交流做出了独特的贡献。庞德、谢阁兰对中国、日本文学和诗歌的"误读"激发了他们的创造，意象派诗歌的产生即是其成果之一；德里达、福柯对中文的"误读"促进了他们对西方传统的形而上学和语音中心主义的反思，有意无意地将视野转向了东方；同样严复对赫胥黎《天演论》的"误读"才引发了中华接受西学的先声；鲁迅对《进化论》的"误读"才喊出了彻底反封建的"救救孩子！"的呼声，也许我们所说的"世界文学"就是在这一背景下逐步向人类走来。

翻译与"世界文学"

在进入 21 世纪的当下，"世界文学"再次成为国际比较文学界议论的焦点问题之一。（其中的很多复杂原因在这里暂时略过，详细探讨请见本书《比较文学学科史》）在探讨翻译问题时，如果不涉及它和"世界文学"的关系就没有切入主题。最近美国比较文学研究者大卫·达姆罗什在他的著作《何为世界文学》里集中论述了这一问题。在国内发表了他的一些著述的译文。达姆罗什从歌德创造的"世界文学"概念谈起,接着阐述了国际比较文学先驱特兰西瓦尼亚的(匈牙利和罗马尼亚交界的一片地带——笔者)的梅尔兹(Hugo Meltzl)、爱尔兰学者波斯奈特(Macaulay Posnett)当年对于"世界文学"的看法。"梅尔兹希望将歌德的世界文学概念从对民族文学吸收外国影响并在外国发生影响的强调中解放出来。"①梅尔兹在他创办的《比较文学杂志》里指出:"反对强国霸权,力图保护小民族文学和不常见的语言,促进文学传统之间的互动和欣赏,而在此过程中保护和加强各民族文学的独特性。他特别注意将自己的研究与横扫一切的世界主义区分开来。"②达姆罗什在他的专著《何为世界文学》里进一步写道:我认为无论从翻译和原来的语源上来说"它包含超越发祥文化的进行流通的所有文学作品。越被广泛地接受,超越产生地而流通的全部作品,正如纪廉所警告的那样不要忘却了实际上的读书人。为什么呢?因为某部作品作为世界文写被赋予实在的生命(着重号原有——笔者),都和越过发祥地的文化体系的何时何地积极、主动地接受密切相关。"③任何一个国家都要吸收他民族、他国文学,而主要手段是通过翻译来实现的。为此,我们所说的"世界文学"(或称"外国文学")实质上是翻译文学,或者说是以本民族语言作为载体的域外文学。

---

① 《比较文学/世界文学:斯皮瓦克和大卫·达姆罗什的一次讨论》,李树春译,《比较文学与世界文学》,2013年,2期,第90—102页。

② 《比较文学/世界文学:斯皮瓦克和大卫·达姆罗什的一次讨论》,李树春译,《比较文学与世界文学》,2013年,2期,第44—45页。

③ 世界文学とは何か,秋草俊一郎等译,株式会社国会刊行会,依据版本为《What Is World Literature》,2011年,第16页。

任何一个国家在介绍域外文学时都会具有自己的选择标准，因此不管译业如何发达，都不会把所要介绍国家的文学如数地原封不动地全部译介过来（即使全部，也已经换了不同语言的载体）。那么，对于译介国来说，所说的任何一个别国的文学就必然具有独特的面貌，这是一个常识。简言之，不进每个国家有不同的"世界文学"，每个人心目中也有自己的"世界文学"。

如果仔细分析研究，我们会感到，这种选择中具有以下几个因素起制约作用：如译介国的文化传统、时代背景（特别是时代背景中的政治因素）、译介者的兴趣、接受者的兴趣、传播的机遇等等。有的研究者把它称作"译介学范式"。

对于前苏联当代文学（指前苏联20世纪50年代中期至苏联解体前这一阶段），中日两国都有译介、研究，如果将两者比较一下是很有意味的。众所周知，新中国成立以来，我国译界翻译了大量的前苏联文学作品，至20世纪60年代中期由于中苏意识形态的分歧，在译介和接受上发生了逆转，在"文革"期间对于苏联当代作家作品的译介转入"内部"（供批判），数量有限，而且很片面。但是，在日本，对于苏联当代文学的译介、研究则是另一番情况。由日本苏联文学研究家江村卓著述的《现代苏联文学的世界》①里已对从20世纪50年代初的"无冲突理论批判"、第二届苏联作家代表大会、苏联作家是死魂灵吗？法捷耶夫之死、雅申斯基、苏联文学的不安、帕斯捷尔纳克的党派性和作家的自由等分节叙述，同时围绕"解冻文学"、新浪潮、莫斯科现代派画展的"驴尾巴事件"、对苏联文学未来新动向等作了专题研究。

众所周知，我国苏联文学的译介、研究在日本学者江村卓出版本书时候尚是"禁区"，连日本学者的这本研究书恐怕也难以入手。

---

① 江村卓：《现代苏联文学的世界》，晶文社，1968年。

到了上个世纪 80 年代，我国已迎来改革开放的春天，另一位日本苏联文学者研究家木村浩又写出了《文学苏维埃论》，他在本书中率直地谈了在北京与中国苏联文学研究者交流的实况。木村首先对改革开放后中国苏联文学界的变化深表惊讶，但是改革伊始，我国对苏联当代文学，特别是过去被看成"异端"的作家作品还知之不多，讨论起来也还是心有余悸。他认为在几年前（指 1980 年代前几年，即"四人帮"垮台之前）讨论索尔仁尼琴恐怕还是不可思议的，如今中日两国苏联文学研究者已经可以对此进行学术对话。

木村浩的《文学苏维埃论》中有一节是《北京的索尔仁尼琴》，写了他在 1980 年 9 月在北京做学术访问的真实情况。摘录其中一些内容，可以明显看出不同国家在同一时代会有不同的"外国文学"形象。

如日本学者问中国研究者特立丰诺夫的《滨河街公寓》的反响，他们了解到这部中篇小说在中国反响很大时，木村是这样写的："这部作品在日本是有译本的，但是，在我国几乎没有任何反响，当然，我是深知这部作品在莫斯科（即苏联——引者）是反响很大的作品，但是在日本，恐怕对这样作品比较难以理解吧。"接着他写道："这引起一些带有讽刺意味的笑声，也许是在中国具有相似的现象。这是写一帮特权阶层的人生活盛衰史的小说。"①

接着他又向中国研究者提出关于索尔仁尼琴的问题，木村是索氏作品的日译者、专家，在 1980 年，他称"索尔仁尼琴的文学是大文学"（着重号原有——笔者），显然中国研究者对于索尔仁尼琴作品的"政治性"，持有警惕和批判意识。索尔仁尼琴曾有对中国不大友好的言论，特别在《致克里姆林宫的信》中非常露骨。对此中国研究者问木村浩如何看待，木村承认这一事实，他阐述自己的观点

---

① 木村浩：《文学苏维埃论》，岩波书店，1981 年。

已不像事先想象的那样担心。他在这篇文章中写道:"不管怎么说,在中国的俄国文学研究家面前,作为日本人的我大讲索尔仁尼琴文学,对此如何评价呢?要是二、三年前真是不可想象的,在'四人帮'时代所有的外国文学研究者都是被压制的。"然而,中国发生了翻天覆地的变化。正因为如此,他说:"现在中国在不断发生巨变,我改变了自己的看法。"①在我国,随着改革开放,对索氏作品的翻译已不存在什么"禁区",主要作品几乎全部有译本或即将问世。一些研究论文也常常发表。最具代表性的可以举《20世纪俄罗斯文学史》(北京大学出版社,2000年,李毓榛主编)这是迄今为止研究前苏联文学最有力度的专著之一,即使对于过去所谓的"禁区"的探讨已不逊色于日本学者的论述了。在本书一位撰写者全面、客观地介绍了索氏的生平、主要作品,而且作了公允的评价。并对索氏近况作了如下介绍:"1994年5月,索尔仁尼琴取道远东回到了阔别整整20年的俄罗斯,定居莫斯科。国内对此反响各异,有人认为他那偏激的政治观点已经过时,另一些人则希望他成为历史转折时期俄罗斯的精神领袖。但从今日俄罗斯人对索尔仁尼琴各执一词的评价中可以看出,不仅他的文学生涯即将结束,在思想和政治方面他也在日趋陷入冷漠迷茫状态的公众中失去了吸引力。"②我们举此一例已可以管中窥豹地看到翻译与外国文学的关系,我们研究外国文学如果脱离开这一点有时就会进入一种"误区"。

至于由于某一时期资料的限制、译者译介的偶然性,决定了一些作品介绍到我国是大家所熟知的,如改革开放不久,一些外国文学作品,它的选择性和后来有计划地译介相比相去甚远。

鉴于译介的"外国文学"所具有的独特的文化性质,在某种意

---

① 木村浩:《文学苏维埃论》,岩波书店,1981年。
② 单之旭撰写,李毓榛主编:《20世纪俄罗斯文学史》,北京大学出版社,2000年,第408页。

义上说它具有两重性，即一方面它是外国的文学作品，同时它也属于译介国的文学有机组成部分，也许正是这一复杂性才造就了不同民族文化交流的丰富、多彩。特别是日本的汉文学（汉诗、汉文）这一色彩就更为突出。

近年西方关于翻译理论日盛，如有的理论将注意力转向翻译程序抑或"意义"的传通方式上。"因此他们尤其关注多学科的方法论渗透以及历史个案研究。在他们看来，文本在某种文化之中的中介作用不仅仅是意义的跨文化共时传通问题，同时也涉及其在多元历史语境与传统中的历时渗透。"[①]显然这与比较文学理论更为密切，这一研究对于加深认识东西文化交融也至关重要。

总之，翻译在比较文学研究中将发挥其独特的作用。

---

① 杨乃乔主编：《比较文学概论》，北京大学出版社，2002年，第296页。

比较文学学科史[①]

一、法国学派：比较文学研究的滥觞

文化是个多层次的综合体，而文学作为文化的最直接的承载者，其信息含量是非常之大的，因而文化的异质中包含有人类共通的人性的同质，也必然会导致产生各种国别文学之间比较的研究中发现文学的规律性和特质的比较文学研究。欧洲近代产生的多种思潮大大地开阔了人们的视野，从社会科学到自然科学领域均以方法论的更新使人们改变了以往的认识事物的方法。达尔文的生物进化论观点被引进社会科学领域里，人们开始相信所有的人类社会终要以单纯融洽的阶段进化到复杂变异的阶段；一切现象都不是单向存在的，而是在多维的联系中互相依存。孔德实证主义哲学的影响使人们抛弃了理性思维的惯向而面向实际运作的方向。丹纳的种族、历史和环境相互制约影响的观点，进一步推动了文学研究中比较方法的应用。种种思潮中有两种主要思潮是比较文学得以发展的条件：一种是以赫尔德和维柯强调的统一思想，他们主张的是富有浪漫色彩的、世界主义的美学、文化、哲学和历史；另一种则是科学

[①] 本文原载孟庆枢、王宗杰、刘研著：《中国比较文学十论》，吉林文史出版社，2005年。本文第三部分为新撰写。

的，比较方法在生物学及其他自然科学领域中的应用，如《比较生物学》和《比较解剖学》等。

浪漫主义时期对民间文学的搜集、整理是从另一方面为比较文学学科的诞生作准备。很多学者搜集了大量的文献，并运用比较语言学的知识来研究这些欧洲的民间故事。"到了十九世纪中叶，欧洲学者们不仅关注拉丁语、希腊语，而且开始密切关注近代语——美、法、德、意等语言，对用这些语言写的作品也开始进行精密地调查，为此，用各国别语言写的文学史，在十九世纪最后 30 年在整个欧洲展开。"[①]

法国比较文学产生之时正是实证主义思潮的鼎盛期。以居斯塔夫·朗松为代表的法国文学研究，把确切性、真实性视作自己的最高追求。他们对作品的研究，只是为了对作者进行传记式的探讨，及对复杂的艺术运动、演变作实证的考察，这些对法国比较文学学派的影响是至关重要的。

在法国比较文学理论产生之初，是以研究两国或两国以上文学的相互影响关系开始的。首先是在欧洲的法国和德国发展起来，而最早使用"比较文学"这个词的是法国两个很不出名的教师诺埃尔和拉普拉斯。他们在 1818 年（也有的学者说是 1816 或 1825 年）编了一本文学作品集，名为《比较文学讲义》。还不能说它有什么理论和系统，更没有什么方法，只在书中混杂了一些法国文学、古代文学和英国文学的作品选段，目的是让读者对不同国家的作品作比较和对照的欣赏。实际上这是对本国文学研究的进一步拓展，从客观上也反映了一种社会要求和文学教学的新尝试，成为比较文学产生的最早信号。

[①] 佐伯彰一等对谈:《比较文学与比较文化》，芳贺彻等主编:《比较文学理论》、《比较文学讲座 8》，东京，东京大学出版会，1976 年，第 235 页。

使"比较文学"这一术语在法国流行并得以使用的是维尔曼（1790—1870）。他不仅最早使用了"比较文学"这个词，而且率先开设了比较文学课程，在19世纪20年代后期在巴黎大学主讲"十八世纪法国作家对外国文学和欧洲思想的影响"，获得巨大成功。在1828年至1829年出版的四卷本《十八世纪法国文学综览》中，多次使用"比较历史"、"比较分析"、"比较文学"的名称。后来，文学史家安培在1832年接续了维尔曼，开设了题为"比较的文学史"的讲座，受到了广泛欢迎。

史达尔夫人（1776—1817）的《论文学》（1800）、《论德意志》（1801年完稿，1809年出版）使她获得了"世界比较文学的先驱者"的美誉，在这两书中她从理论高度扭转了法国传统中轻视英、德文学的狭隘偏见，提出了欧洲两种完全不同的文学之间的对立，这两种文学"一种来自南方，一种源出北方；前者以荷马为鼻祖，后者以莪相为渊源"[①]。她一改传统上人们将荷马尊为希腊及拉丁诗人共同之父的观点，而将这种荣耀也给予了苏格兰行吟诗人莪相，"把他称之为不仅是北方各民族的诗歌，而且也是北方各民族全部文学的鼻祖"[②]。她对文学和宗教、习俗、法律之间的交互影响也做了比较研究。

另一比较文学开创者是让·雅克·安培（1800—1864）。他狂热地崇拜史达尔夫人，他的比较文学主张也深受史达尔夫人的影响。他讲授《埃塔》至莎士比亚的北方诗歌时，模仿史达尔夫人阐述时代如何造就一种文学、一个作家的理论和方法，比较了莎士比亚的作品与歌德、席勒的浪漫主义文学，通过南方和北方文学、古典诗

[①] 转引自韦斯坦因：《比较文学与文学理论》，刘象愚译，沈阳，辽宁人民出版社1987年，第167页。

[②] 转引自韦斯坦因：《比较文学与文学理论》，刘象愚译，沈阳，辽宁人民出版社1987年，第167页。

和浪漫诗的比较研究,他着力寻找"美的本质"。安培认为没有比较研究的文学史是不完善的。他在他的一部重要著作《法国中世纪文学史》一书中,吸收了史达尔夫人的比较研究精神,有理论、有方法地进行了比较研究,对以后法国"影响研究"的形成在理论和实践上都有极大影响。他的文章获得了高度的评价,被誉为"充满慷慨精神"。与安培同期的另一位在比较文学上有建树的文艺批评家查兹勒主张把文学同哲学、政治、思想的研究结合起来,他在比较南北文学时,从政治、思想、哲学等角度系统地比较了西欧各国不同时代、不同条件文学的相互影响。他的主张已超过了法国同时代学者的文学间研究,而步入了跨学科研究的领域。

19世纪中叶,法国出现了几部在理论和方法上较有影响的比较文学著作。阿道夫·德·毕布斯克的《西班牙·法国文学比较史》,阿美第·杜盖斯奈尔的《文学史类》(这部作品1845年再版改为《比较文学史教材》),拉奏利的《13世纪至路易十四时代意大利在法国文学中的影响》,雷蒙的《高乃依、莎士比亚、歌德》等,这就使法国比较文学学科的建立有了理论和方法论方面的基础。19世纪后半期,比较文学又有新的发展,人们研究歌德、拜伦、密茨凯维奇的种种关系,研究法国流亡文学的影响,研究西班牙和法国文学的比较史,研究法、英、意之间的文学关系。

综观法国比较文学产生初期的理论和方法,我们能看到这样几个特点:在理论上,比较文学的研究受了史达尔夫人和丹纳的理论影响,这些初期的比较文学家都是沿着作家本身所受的影响线索加以深化和扩展的;在方法上,已含有法国学派提出的放送者、接受者、传递者的因素;从类别上看,比较文学虽然作为一门学科,但仍植根于法国文学史及文学批评之中;从研究的范围来看,它研究两国或两国以上的文学的相互影响,研究的目的在于从中提取精华以益于本国文学的发展。这种学科带有鲜明的时代色彩,显然在闭关锁国的时代这是不可思议的。

比较文学经历了观念的形成、理论的萌芽和发展阶段,到了19世纪末20世纪初才作为一门学科真正诞生和发展起来。

1886年,英国(爱尔兰人)的文学教授波斯奈特(1855—1927,在新西兰奥克兰大学任教)出版了第一部比较文学专著《比较文学》。他首先论述文学的性质和相对性以及比较的方法,接着在斯宾塞社会进化论的影响下,他主张按"氏族"——"城邦"——"国家"——"世界大同"的顺序来研究比较文学。他的理论虽然还不完善,但它的历史功绩是不可埋没的。他的这本著作显示了这一学科的成熟与发展,比较文学理论和方法开始诞生。

比较文学作为一门独立学科出现最重要的标志之一,是大学比较文学课的开设。1898年,法国戴克斯特(1865—1900)完成了比较文学史上的第一篇学位论文:《卢梭与文学世界主义之起源》。戴克斯特在里昂大学正式开设了比较文学讲座:"文艺复兴以来日耳曼文学对法国文学的影响"。戴克斯特广泛而又系统地研究了欧洲各国文学的相互联系和影响。他一方面坚持各民族文学必须保存自己的独立特征,另一方面强调文学研究必须使他的文学知识超越一种语言、一种文化体系的局限,并预期一种综合的"欧洲文学"的出现。戴克斯特最大的贡献在于使比较文学成为一门大学的正式课程,作为一门科学学科引起众多研究者的关注。他的同学贝兹对比较文学作出的不可磨灭的功绩是独立完成了第一部比较文学"目录学"。

1900年,巴黎举办了万国博览会,由经济搭台,世界学术会议登场,其中第六组讨论的题目是"比较文学史"。当时担任学术会议会长的是法国人卡斯通·帕利斯(1839—1903),而作演说的恰是法兰西科学院院士布吕纳狄埃尔(1849—1906)。他当时在《西方世界评论》任主编,他的演讲题目即《关于欧洲文学》。

在戴克斯特逝世后，巴尔登斯贝格于1901年接任了法国里昂大学的比较文学讲座。1902年他主持修订和出版经过大大扩充了的贝兹的《书目》。从1910年起，他执教于法国最高学府巴黎大学，主持比较文学讲座，并创建了使巴黎大学成为世界比较文学研究中心的现代比较文学研究所。1921年，他又和同事创办了影响深远的《比较文学评论》杂志，并出版了《丛书》，发表了大量的比较文学论文、札记和有关文献。他发表的《比较文学的名实》等文章一再强调以实证来证实欧洲各国文学之间的渊源与影响的存在、考察细微的影响迹象，认为只有用实证的方法才能找出比较文学中相互比较的文学之间的互相影响。1930年，由多名学者合作编著的《一般文学与比较文学史杂著》都是依照巴尔登斯贝格的方法论述各国文学之间的影响和联系。这种方法从此也被认为是比较文学法国学派的主流。

法国学派既是比较文学的开拓者又是最先遭受抨击的比较文学学派。最先提出挑战的是意大利的学者克罗齐，他认为比较文学的方法是"历史研究的一种简单的工具"，不可能取得实质性的成果。克罗齐对比较文学的批评和责难是以他坚实的理论为依据，同时他也不排斥比较法在文学研究中的运用。但不管反对者的挑战是如何的巨大，法国学者的努力仍然得到了国际上的承认。他们所确立的实证"事实联系"的基本原则为许多国家的学者所遵循。法国学派的代表人物除了巴尔登斯贝格外，还有梵·第根、伽利、基亚等。

被称为法国比较文学"泰斗"的梵·第根（1871—1948），以他第一本系统的著作《比较文学论》载于史册。这部书共分三个部分：第一部分详论了比较文学的形成与发展。比较文学的起源，发展和论争、现状与未来；第二部分论述了比较文学之方法；第三部分论述了总体文学问题，提出一般文学的原则和任务、一般文学的命题与方法及走向国际文学史的趋势。他的观点极其鲜明，认为比较文学就是研究各种不同文学之间的相互关系。他把研究的对象分为三部分：第一部分是古典文学作品间的相互关系（如希腊罗马之间的关系）；第二部分是古典文学与近代文学的关系（如自中古到现代欧洲文学在发展过程中所受古典文学的影响）；第三部分是现代各文学作品间的联系。梵·第根认为最后一部分范围最广，内容最复杂，为众所周知的比较文学研究范畴。他的另外一个贡献在于提出了总体文学的理论，指出仅限于二元关系的比较文学研究之不足以及总体文学的原则、领域、任务、长处等，对总体文学的放射影响、国际潮流、探讨方法以及内容、计划、种种关系都有详尽的论述。他认为：比较文学限于研究两种文学之间的相互关系，而总体文学关心的是席卷几种文学之间的相互联系。

接替巴尔登斯贝格在巴黎大学比较文学教席的伽利（亦译成卡雷，1887—1995）是法国学派的核心人物。他的学生基亚（1921—　）也和他一样成为法国学派的中流砥柱。他在为别人的书作序时说："比较文学不等于文学比较"，他对比较文学作了如下的表述：

> 比较文学是文学史的一个分支；它研究国际性的精神联系，研究拜伦与普希金、歌德与卡莱尔、司各特和维尼之间的事实联系，研究不同文学的作家作品之间，灵感，甚至生活方面的事实联系。[①]

基亚是继卡雷之后的当代法国比较文学理论制定方针的人，根据他在巴黎大学讲课时的讲义，写成《比较文学》一书。这部书的研究方法偏重于依靠事实，即以具体文献为主要依据，所以他对不

[①] 于永昌等主编：《比较文学研究译文集》，上海：上海译文出版社，1985年，第123页。

同民族的文学间的"媒介",如国外旅行见闻、文学评论的评价等资料颇为重视。全书观点鲜明,材料丰富。基亚根据卡雷的观点,提出了他的定义:

> 比较文学就是国际文学的关系史。比较文学工作者站在语言的或民族的边缘,注视着两种或多种文学之间的题材、思想、书籍或感情方面的彼此渗透。因此,他的工作方法就要与其研究内容的多样性相适应。①

比修丽与卢梭合著的《比较文学》是恪守法国传统观点并忠实地反映法国当今比较文学现状的专著。书中为我们提供了大量的比较文学研究资料、格言警句和研究依据。它建立在扎实可靠的研究方法上,从比较文学的定义、原始资料、文学体裁、神话主题、形式结构等阐述了自己的观点。这些观点充分体现在他们的比较文学的定义中:

> 比较文学:分析性的描绘、方法上的辨别式的比较;通过历史、批评和哲学对不同语言之间或不同文化之间的文学现象进行了综合性解释,以便更好地懂得文学是人类精神的特别功能。②

法国学派是把比较文学作为一种文学关系史来研究,它注重材料,讲求考据,立足于实证主义哲学的基础之上,目的是找出各国作家及作品之间确有的关系——事实联系,它不作美学上的解释。

---

① 基亚:《比较文学》,颜保译,北京:北京大学出版社,1983年,第4页。
② 转引自乐黛云主编:《中西比较文学教程》,北京:高等教育出版社,1989年,第56页。

法国学派对全世界比较文学这一学科的建设和发展作出了重大贡献，建立了严密的方法体系，写出了许多论著。但是，由于法国学派过分拘于实证的方法，强调事实联系，忽视了文学自身发展的特殊规律性和它独特的审美价值，把研究范畴局限于西方欧洲文化圈内，因而就暴露了它自身发展的危机。

以上是从史的回顾来谈法国学派，如今的法国比较文学研究也是与时俱进，发生了巨大变化，在这里暂不展开。

上个世纪 80 年代以来法国比较文学新作迭出，如伊瓦·修瓦列尔的《比较文学》（1989）、毕埃尔·布留奈尔和伊瓦·修瓦列尔合著的《比较文学概论》（1989）已经吸收了包括美国比较文学研究成果的方法论。在后一本书中设有《在比较文学领域中的非洲文学》，显示了对欧洲中心主义的批判，对第三世界文学的关心。可见，在当今比较文学在任何国度都是一个发展的变数，所谓的法国学派也是不断变化的。

二、美国学派：比较文学研究的新阶段

在美国比较文学萌芽时期，的萨克弗德首先在康奈尔大学发表比较文学演讲，后来又专门开设了比较文学课。他提出对抗文学史专事搜集细节的比较研究方法。他认为比较方法与传统文学研究法根本不同，它可通过不同国家和民族文学的研究获得文学发展的一般规律。加州大学英文系主任格雷在他的著作《文评方法与素材入门：美学与诗学基础》中强调以比较方法研究多种文学。在探讨文学演进的性质与过程中，他学习和借鉴了波斯奈特、泰恩、布隆迪埃的理论和方法，向着"文学的科学"或比较文学的方向迈进，从而确立了他在美国比较文学史上的学术地位。

19 世纪末和 20 世纪初，比较文学作为一门独立学科的地位已经

初步确立。美国的哥伦比亚大学、哈佛大学都开设了比较文学课。1899年,哥伦比亚大学创立了第一个比较文学系,哈佛大学也于1904年设立了比较文学系。

美国前期的比较文学研究成果受制于法国学派研究的范畴中,没有什么新东西。以后佛列特立克发表《论比较文学》一文,不仅对比较文学的范围和任务作了有创建性的论述,而且高瞻远瞩,提出比较文学研究要创立广泛组织架构的必要。1954年,他与马龙合著了《比较文学大纲——从但丁到奥尼尔》,在教学上有了新内容,在理论和方法上初具美国学派的特点。1958年9月,国际比较文学协会在美国北卡罗来纳州教堂山举行第二届年会,美国学者、耶鲁大学教授韦勒克作了题为《比较文学的危机》的挑战性发言,引起了极大的反响。

韦勒克(1903—1995)认为,比较文学的持久危机表现为三个症状:(一)内容与方法之间的人为界限;(二)渊源和影响的机械主义概念;(三)民族主义的,为本国文学评功摆好的强烈愿望。韦勒克认为,法国的影响研究的纲领是"人为地把比较文学同总体文学区分开来必定会失败,因为文学史和文学研究只有一个课题:即文学。想把'比较文学'限于两种文学的外贸,就是限定它只注意作品本身以外的东西,注意翻译、游记、'媒介';简言之,使'比较文学'变成一个分支,仅仅研究外国来源和作者声誉的材料。"[①]仅仅指出法国学派注意文学的外部情况,研究不入流作家的作品,使比较文学成了研究国外渊源和作家声誉的附属学科。韦勒克还批评法、德、意等国家的研究人员在比较文学的研究中,把比较文学变为"文化功劳簿",他们出于为自己国家争功夺名的愿望,极力论证

---

① 韦勒克:《比较文学的危机》,张隆溪选编:《比较文学译文集》,北京:北京大学出版社,1982年,第23页。

本国的优势地位胜过任何国家。韦勒克认为,比较文学和总体文学之间的人为界线应当废除,比较文学是"超越国别文学局限的文学研究",使文学作品本身成为研究的中心。韦勒克的发言被认为是美国学派的宣言书,他打破了法国学派一统天下的局面。

对美国学派在理论上有重大建树的还有雷马克和奥尔德里奇。雷马克在他写的一篇论文中,提出了关于比较文学的定义:

> 比较文学是超越一国范围之外的文学研究,并且研究文学与其他知识和信仰领域之间的关系,包括艺术(如绘画、雕刻、建筑、音乐)、哲学、历史、社会科学(如政治、经济、社会学)、自然科学、宗教等等。简言之,比较文学是一国文学与另一国文学或多国文学的比较,是文学与人类其他表现领域的比较。①

这一定义为美国学派所共识。按照雷马克的主张,他认为比较文学应该包含两部分:其一是研究多国文学或两国文学之间的关系;其二则是研究文学同其他学科之间的关系,即跨学科研究。前者是同法国学派的观点相同的,而后者却为法国派所反对。雷马克对综合研究很重视,提倡平行研究,即以问题为基础,包括探讨作品的类同,也包括探讨作品的对比。奥尔德里奇在1969年发表的《比较文学论文集》中指出,比较文学应该包括"没有任何关联的作品的平行类同比较",明确地提出了"平行研究"的主张。平行研究可以对文类、主题、神话、技巧、文学史分期等进行对照考察,从而对这些问题有更广泛地了解,使对研究文学与其他知识领域的

---

① 韦勒克:《比较文学的危机》,张隆溪选编:《比较文学译文集》,北京:北京大学出版社,1982年,第1页。

比较发展成为超学科研究,并且得到广泛重视。

日本学者认为美国的新批评影响下的比较文学研究有"反历史主义"特点,佐伯彰一说:"我初看美国的文艺批评书时,最初全新的冲击是在方法与对象的划分上,从柏拉图到艾略特再到燕卜逊都是并列放在一起。"①

乌尔利希·威斯坦因的《比较文学导论》是代表西方比较文学学术水平的专著。它全面系统地论述了什么是比较文学和如何进行比较文学研究的问题。约瑟夫·T·肖的《文学影响与比较文学研究》较全面地探讨了比较文学方面的诸问题,如文学影响价值的怀疑,影响与独创,接受与流行,翻译与模仿,风格的因袭、借用,材料的来源、类似、影响等。

美国学派对法国学派的反拨使比较文学的研究出现了新的方向,扩大了它的研究领域,给这门学科带来了新的生机。但由于他们对比较文学研究的范围界限的划分较含糊,主观随意性较大,也潜在着新的危机。美法学派的论争促进了比较文学的发展,使比较文学在美国迅速展开。《比较文学与总体文学年鉴》于1952年创刊,美国比较文学学会也于1960年成立。1962年,第一本比较文学论文集出版。根据美国《比较文学和总体文学年鉴》1971年的调查,美国有70多所大学系科可授予比较文学学位,总共有2500名学生在攻读学士、硕士、博士学位,其中加州大学柏克莱分校就有150名研究生。

在美国学派取得长足发展之后,法国学派也改变了原来的研究方法。1963年,法国著名的比较文学家艾田伯发表了著名的论战性著作《比较不是理由》。1966年,这部被誉为"在一场学术论争的

---

① 佐伯彰一等对谈:《比较文学与比较文化》,芳贺彻等主编:《比较文学理论》、《比较文学讲座8》,东京,东京大学出版会,1976年,第256页。

暴风雨过去后象征学术界和平的彩虹"的著作在美国出版了英文版，题为《比较文学中的危机》。艾田伯在这部书中批评美国学派对美学研究的确凿性注意不够，又批评了法国学派只注意文学作品的外部联系而忽视文学作品的内在价值、文学的内在规律的倾向，提出要发展这样一种比较文学：它将历史方法和批评精神结合起来，将案卷研究与"本文阐释"结合起来，将社会学家的审慎与美学家的大胆结合起来，从而最终一举赋予我们的学科以一种有价值的课题和一些恰当的方法。艾田伯能够以一代宗师的广阔胸怀吸取了美国学派的观点，又不排斥法国学派的观点，这反映了美、法两大学派互相取长补短的趋势。

1970年，美国学者勃洛克发表了题为《比较文学的新动向》的小册子，对历时10年之久的美法两派论战作了总结。他指出对法国学者的努力和功绩是不能一概抹杀的，但是对机械地研究源流和影响、事实关系的方法论提出了批评。他反对给比较文学下精确的定义，认为比较的方法适用于各种文学以及文学史的研究。有的学者认为法国学派和美国学派在事实上是不存在的，二者在研究方法上取长补短正成为一种趋势。

20世纪70年代以来，比较文学的研究又出现了一种理论化的倾向，各种新式理论、方法必将对比较文学的研究起到推动作用。在1985年国际比较文学协会讨论会上，许多学者对新文学理论持支持肯定态度。理论的探索都是正面看新理论在比较文学研究中的地位和作用，但一些权威学者都对此提出了反对性意见，如韦勒克、雷马克、奥尔德里奇、韦斯坦因等。韦斯坦因的著作《比较文学和文学理论》受到批评后，他在1985年发表了《我们从何处来？我们在哪里？我们向何处去？》的文章。韦斯坦因激烈地反对那些用文学理论来代替比较文学的主张，认为文学理论是文学研究的一部分，同文学史、文学批评一样，不应吞食比较文学。在巴黎国际比协的大会上，韦勒克发表了言辞十分激烈的批评，称那些片面重视新理论的做法是"否认生活的感知的一面"，"否认美感经验"，"脱离现实"，使"文学成为文字游戏，毫无意义"，因此是"反美学的象牙之塔"，是"新虚无主义"。看来，比较文学理论化的趋向遭到了激烈的反对，但这种理论和价值实践相整合的另外一个研究趋向却更加明确了。

进入21世纪之前的1993年，以伯恩海默为主席的委员会为美国比较文学协会提交一份报告，题目为：《世纪之交的比较文学》，这是美国比较文学协会的第三篇"学科标准报告"（前两篇分别是1965年的《列文报告》和1975年的《格林报告》）。报告中指出："文学研究正朝着多元文化的、全球的和跨学科的课程方向发展。"[1]同时，提出"比较文学研究应当包括媒介时间的比较，从早期的手抄本到电视、超文本和虚拟现实"[2]，并将研究方向扩展到文化产品和其他话语形式。

我们回顾美国学派的历史应充分注意它的文化背景。美国成为世界经济大国、军事大国之后，在文化上谋求霸主地位的一面也有明显的反映，也渗透在它的文化战略上。

三、跟踪国际比较文学的新趋向

温故知新，以史探新，对于当前比较文学研究而言格外具有现实意义。对一些比较文学史上的重要问题，我们头脑中存留着一些"自明"的偏颇。克服"自明"是人的思维模式的变化从一个侧面

---

[1] 杨乃乔等主编：《比较文学与世界文学》第一辑，北京：商务印书馆，2004年，第27页。

[2] 杨乃乔等主编：《比较文学与世界文学》第一辑，北京：商务印书馆，2004年，第25页。

的选择的体现。从法国比较文学滥觞至今,全球比较文学协会已在数十个国家建立,这不仅是在数量上巨大变化的标志,更体现了比较文学的内涵随着时代的发展已与过去不可同日而语。在21世纪的今天谈论比较文学,自然是在新的语境下的新话。今天,如果还简单地把法国比较文学笼统地称之为影响研究,把美国学派称之为平行研究显然很片面。在这里我们通过重新审视关于"世界文学"的内涵可以得出更有意义的启发。近年哈佛大学比较文学教授、前美国比较文学协会主席达姆罗什发表、出版的多种著作和论文都以回顾比较文学发展历程的视点思考了未来比较文学的发展趋势。他在《一个学科的再生:比较文学的全球起源》中写道:"在描绘比较文学未来前景的时候,摸清我们的处境的一种方式是回顾过去。我们有必要了解学科历史如何塑造并限制了我们的视野,同时也会发现早期的比较学者开辟了不同的路径,到如今已经成熟。在我们试图推动从欧洲中心主义到真正全球视野的结构转向时,这些不同的道路就显得特别有价值了。"[①]文化具有不可思议的传承性,这也就是再生产性。过去的经典也随时代变化而变化,或是有的作品离开经典的位置,或是被常读常新。比较文学的发展进一步验证了这一规律。为了使这一问题具体化,我们不妨聚焦大卫·达姆罗什对于歌德提出的"世界文学"的再阐释来阐释这一问题。他多年关注这一问题,在2003年出版了一本《何为世界文学?》(*What Is World Literature?*)的著作。在这部著作里针对歌德提出的"世界文学"的概念重新进行了考察,并且结合美国比较文学实际和与之相关的更广范围的比较文学问题谈了很多精辟的见解。笔者尚未见到中文全译本,为此依据日文全译本[②]来引用和阐释。连同上面提及的他和中国

---

① 达姆罗什等主编:《新方向——比较文学与世界文学读本》,北京大学出版社,2010年,第40页。

② 秋草俊一郎等译:《世界文学とは何か?》,国书刊行会,2011年。

学者主编的《新方向——比较文学世界文学读本》，北京大学出版社，2010）他和斯普瓦克于2012年在加拿大温哥华召开的"2011年美国比较文学会议"的对谈等文章一并加以探讨。他在和斯普瓦克的谈话中，开门见山谈的即是当下再次成为热议的"世界文学"概念问题。正如达姆罗什所言：对于比较文学来说，"较之于我们老一代还在上学时的那种状况，这门学科确实已经发生了巨大的变化，那时比较文学真正所指的只是极少数文学的研究，而且大多数还是西欧文学的研究。"①研究的范围很像有的学者所说的"是某种大西洋共荣圈"②他们为当今的比较文学的视野的拓宽表示欣喜。由于"世界文学"与"比较文学"几乎是孪生姊妹一样的关系，日本学者小林路易曾经在上个世纪70年代就把"比较文学"与"世界文学"看作为钱币的两面。

　　达姆罗什对于"世界文学"这一概念的再认识是追根溯源同时又与时俱进的。他在《何为世界文学？》一书的《序章——歌德，创造了新语》里进行了详尽地考察。他结合歌德、艾克曼的人生历程谈了"世界文学"问世的原貌。首先他分析了歌德创造这一新语的时代和个人背景。达姆罗什揭示了我们过去容易忽视的《歌德谈话录》的复杂组合。这部书既是歌德谈话的纪事，同时艾克曼对于歌德的感情活动也跃然文本之中。歌德谈话录的翻译出版具有不同版本，对于原书的删削、选择也是针对这一因素的考虑。在这位已经享誉欧洲的巨人歌德面前，艾克曼表现出的无限崇拜浸透在字里行间。在艾克曼的心目中歌德是居于神坛上的。在这本谈话录中，在艾克曼眼里连歌德脸上的皱纹都是神圣的。达姆罗什指出：在这本谈话录中，"艾克曼涉及歌德与世界文学相关的网络时，用了'明

---

① 《比较文学与世界文学》，2013年2月，第90—102页。
② 《比较文学与世界文学》，2013年2月，第90—102页。

镜'取像这一过程的形象说法，也使之适应自己描绘的歌德形象。在这里，'我的'这一句话，不仅适合歌德在我的面前如何表现出自己的，同时也适应我是如何捕捉他并且再现他。"①在这场合下镜象理论生成了。正如达姆罗什所说：艾克曼在穿越他人的个性时，"自身的异质的本体也会混入到歌德的形象里面。"②这是很有见的的看法。

揭示歌德提出的"世界文学"新语的复杂内涵，有利于历史的辩证的从经典作家那里继续汲取营养。生活在21世纪的人们谈及歌德的"世界文学"概念油然而生的敬意里包含了当今时代赋予这一新语的新意。把歌德放在当时的历史背景下拉开一定距离重新审视这一概念，我们感到在将近二百年前歌德有如此的高瞻远瞩让人赞叹。当时他为自己的作品被译成其他欧洲语言感到欢欣鼓舞。他谈及有时不爱看自己写的德文的《浮士德》，倒更喜欢读法文的散文译本。在他提出世界文学的新概念时，他刚刚读过中国的小说《好逑传》。他赞叹中国文化的美妙。但是如果仅仅把认识停留在这一层面，我们也会把自己当下的理解强加个这位先贤，对歌德造成误读。在艾克曼的回忆录中具体记录了歌德当时刚刚接触中国文学，他意识到自己读过的《好逑传》在中国文学中未必是上乘之作。歌德还提及了塞尔维亚民歌，歌德心目当中的文学世界是宽广的，"至少首要的是这里不是欧洲中心主义。"③我想达姆罗什的这一结论是中鹄之言。可喜的是达姆罗什没有简单地贴标签，而是辩证的分析了歌德当时的思想和文化实践的博大精深和复杂。"但是歌德并非是多元文化主义者。对于他来说，西洋是仍然具有必须参照的特权的近代世界没有改变，他经常回归的还是相当重要的由古希腊、罗马

---

① 秋草俊一郎等译：《世界文学とは何か？》，国书刊行会，2011年，第19页。
② 秋草俊一郎等译：《世界文学とは何か？》，国书刊行会，2011年，第19页。
③ 秋草俊一郎等译：《世界文学とは何か？》，国书刊行会，2011年，第29页。

提供的古代文化。他向艾克曼推赞世界文学时代之后对于世界文学给予了限定或者附加了条件。"①歌德讲到："但是，如此评价外国文学作品之时，也不可以特别执着于什么，或者把它视作为范本，中国的作品也好，塞尔维亚的作品也好，卡尔德隆的作品也好，《尼伯龙根之歌》也好，都不能作为典范。如果真要找什么榜样的话，永远要回溯到古希腊。在古希腊作品里描写了人所具有的全部美。对于其他的作品来说从整个历史来看，只是对其好的东西尽量地汲取。"②他在1833年还说过这样的话："广大的世界，不管被如何扩大，归根到底只不过是扩大的祖国而已。"③当然我们也不能根据这句话就把歌德理解成为一个狭隘的国家主义者。从他的综合文化观和创作实践来说，他是站在时代前沿得时代风气之先的伟大人物。

  同时达姆罗什阐述了歌德提出"世界文学"新语的时代原因。达姆罗什从政治、经济背景分析了1827年前后的世界形态。他援引有的评论家所阐述的，在当时的世界成了"人与人之间理念被交易的场，被汇集的国家的知识财产的文学市场"。④达姆罗什指出，正是这一原因"1847年马克思和恩格斯正确地阐述了当时的世界交易关系，在论述中借用了歌德的新语。"⑤我们知道这就是《共产党宣言》中"世界文学"概念产生的原因。众所周知，歌德提出"世界文学"新语的时候恰是世界的一个转型期。"在他们的时代之后，全球化在加剧，世界文学的概念变得异常复杂。今天谈及世界文学它的涉及范围与内涵已经成为研究者困惑的源泉。"⑥

---

① 秋草俊一郎等译：《世界文学とは何か？》，国书刊行会，2011年，第28页。
② 秋草俊一郎等译：《世界文学とは何か？》，国书刊行会，2011年，第28页。
③ 沼野充义：《解说》《遗稿集》，《世界文学とは何か？》，第487页。
④ 秋草俊一郎等译：《世界文学とは何か？》，国书刊行会，2011年，第14—15页。
⑤ 秋草俊一郎等译：《世界文学とは何か？》，国书刊行会，2011年，第15页。
⑥ 秋草俊一郎等译：《世界文学とは何か？》，国书刊行会，2011年，第15页。

同时达姆罗什动态地剖析了"世界文学"产生以后的变化和发展，他着意破除的是线性思维，孤立、静止的观点，这在当下格外具有参考价值。他在书里写道，无论是从翻译还是从语源上来说"世界文学"包含有"所有超越发祥文化进入流通的文学作品"之意。①正如达姆罗什所指出的，"所说的世界文学，在形形色色的文化中由各种要素构成。如果对于某一文化体系的构造加以细致分析对待，我们可以学到很多东西。分析时的比例也是围绕某部作品议论的扩大。某种文化的规范、方法，必然参与到成为'世界文学'的作品的选取标准、被翻译的方式，这里不可忽略的是对于任何一本'越界'作品在被什么人何时读过不可忽略。"达姆罗什接着说："世界文学这一概念，虽然通过范围的限定开始具有机能，但是使这一概念的成立依然是无数的作品的集聚。而且这些作品是发祥于完全不同的历史文化背景下，有自己的诗学，完全是异质社会的产物。"②他还举例说："汉诗的专门家们进行多年潜心专研的劳动，虽然他们精通在简洁的唐诗下隐藏着的巨大的基础结构，但是这一文脉从该诗走出国门被外国读者阅读之后就会丧失掉。没有专门知识的外国读者，只能把本国的文学价值观强加其上。"③达姆罗什结合诗歌的翻译进一步阐述："所有的作品（着重号原有——笔者）一旦被翻译，它就不再是发祥地所独有的了。所有的作品只是用原语言'开始'而已。"④他又接着说："对于外国读者来说最重要的是在这诗的新的语言里具有了如何有效的机能。想到的是到手的是现实的可能的，应用起来是恰当的文化信息。假如这些真正起作用的话，

---

① 秋草俊一郎等译：《世界文学とは何か?》，国书刊行会，2011年，第16页。
② 秋草俊一郎等译：《世界文学とは何か?》，国书刊行会，2011年，第16页。
③ 秋草俊一郎等译：《世界文学とは何か?》，国书刊行会，2011年，第16页。
④ 着重号原有——笔者，秋草俊一郎等译：《世界文学とは何か?》，国书刊行会，2011年，第43页。

即使被翻译了也会具有意义。"①这也回答了即或说诗歌是不可以翻译的,但是至今为止它还被继续翻译的真谛。

如何看待作品越境之后的得与失?达姆罗什进一步表述了他的见解:"进入世界文学领域的作品,虽然要失去一定的纯正和本质的东西,但是又在很多点上得以丰富。为了跟踪这一过程,我们必须认真探究在特定的状况下,这些作品是如何变容的,简言之这就是动态地看取一切。"在本书里(即《何为世界文学?》——笔者)他格外重视作品的流通和翻译。从始至终聚焦于具体文本的研究。在《何为世界文学?》里他专门探讨了史诗《吉尔伽美什》的发现和解密、流通过程。"几年以前我写了一本《吉尔伽美什史诗》的书,——讨论了一系列的指义如何从巴比伦扩散上行至亚述,又从亚述到维多利亚时代得到复兴。"②他考察了伊拉克的著名考古学家拉萨姆和另一位英国的工人出身的史诗的解码者史密斯,通过颇具创意的思路重新阐释了这一经典。达姆罗什指出:"这不是过去那种类型的比较文学,我是将它作为一个历险故事,依据拉萨姆和史密斯的传记,来讲述这部史诗是怎样发展和扩散的。我所发现的是那个文本具有多重独特性,而不只是独一事物。这部史诗在亚述巴尼拔的宫廷是一种东西,在巴比伦是另一样东西,当它被发掘出来后,它又变成了某个不同的东西。今天当它流传回中东,它又一次成为别样的东西。"③"对于世界文学的理解所最需要的与其是艺术作品的存在论,莫如说是艺术作品的现象学。文学作品在外国显现

---

① 秋草俊一郎等译:《世界文学とは何か?》,国书刊行会,2011年,第43页。
② 《比较文学/世界文学:斯普瓦克和大卫达姆罗什的一次讨论》,2013年,第90—102页。
③ 《比较文学/世界文学:斯普瓦克和大卫达姆罗什的一次讨论》,2013年,第90—102页。

了与本国何等不同的姿态?"①(着重号原有——笔者)文化交流永远是"得与失"的辩证过程。很有诗经里:"投我以木瓜,报之以琼瑶"的意味,在这一过程中追求的是"匪报也,永以为好也。"的愿景。

达姆罗什重视从史求新,为此重新考察了国际比较文学前驱梅尔兹(Hugo Meltzl)、波斯奈特(H·M·Posnett)在他们构建比较文学理论时的思考。"梅尔兹希望将歌德的世界文学的概念从对民族文学吸收外国影响并在外国发生影响的强调中解放出来。"②波斯奈特和梅尔兹都意识到"世界主义如何会轻易地转向它的对立面,成为强权视角下更高层次的民族主义。民族主义与世界主义有问题的相互作用在比较文学的母体学科历史与文学中已经充分显现出来。"③也就是说在世界文学这一概念刚刚出现之际,这两位先驱已经敏感地意识到由"世界文学"新语引发的复杂连锁反应。不同的国度、不同的意识形态在不同的语境下构建的"世界文学"千差万别,在世界文学范式的包装下充填的内容各异。达姆罗什在《讲授世界文学》里指出:"自从20世纪90年代中期开始,经典和杰出作品途径已经逐渐被一种强调把世界文学作为一套世界的窗口的观点所补充。早期的模式趋向与更多地关注一些来自西方极少数国家的少数特权(白人和男性)作家的作品——"④我们认为这一趋势的根本原因就在以"西方文学为中心"。如今这样的"世界文学"构建正在瓦解,一种多元的世界文化场竞争在全球范围形成。翻开我国的比较

---

① 《比较文学/世界文学:斯普瓦克和大卫达姆罗什的一次讨论》,2013年,第18页。
② 《新方向.比较文学与世界文学读本》第43页。
③ 《新方向.比较文学与世界文学读本》第41页。
④ 达姆罗什编,徐文译:《讲授世界文学》,江南大学学报人文社会科学版,2013年,第85—89页。

文学历史，在某一时期也是有多种声音的，关键是有的见解要到一定时期才会引起更大的关注。

笔者在多篇文章谈及日本同仁是我们比较文学研究的很好的参照系。对于达姆罗什围绕歌德的世界文学概念的重新阐释，日本著名文学理论家沼野充义在本书日译本的解说里做了很中肯的概括。他高度评价了达姆罗什的研究。他把握住了达姆罗什的研究具有的新开拓：在达姆罗什的这本专著里聚焦的问题意识"基本上是某一部作品走到它所产生的文化圈之外，在别的文化圈中如何被接受"的问题意识。①初看起来这和所谓的影响研究颇为相似（当然这是把影响研究有些简单化），但是沼野指出：达姆罗什特别着眼于"旅行"，结合达姆罗什在这本著作中很有功力地探讨了史诗《吉尔伽美什》的成书、流通过程。（在日译本中为本书的第一部分，即《流通》，第67—223页——笔者）"他并非是还原社会学的模式而是在描绘出很多的椭圆叠加的复杂态势。"②所谓椭圆形态实际就是作品在被接受地的变形，任何作品在它产生之后，特别在走出国门之后，它已经不可能是原来的形态。从任何角度来说，它已经不可能等同于原作，这就是椭圆形，一种文化变异。

同时，沼野认为达姆罗什非常强调"世界文学"的多样性。"达姆罗什没有构想一个均质的世界文学空间。在后殖民状况下书写的和被阅读的乃是具有无限差异的、多样性的世界文学状况，他把它作为前提给予承认。同时，由对于差异与多样性使之持有积极意义

---

① 达姆罗什编，徐文译：《讲授世界文学》，江南大学学报人文社会科学版，2013年，第491页。
② 达姆罗什编，徐文译：《讲授世界文学》，江南大学学报人文社会科学版，2013年，第491页。

而把'英语全球主义'很微妙地画出界限"。①在阅读文本方面，达姆罗什既主张通过翻译来理解分析，以此和传统的"绝对原文主义"唱反调，同时他鼓励读者尽可能多地掌握外语，从原文阅读作品。他提倡和异质性的他者交流而得到新意，他把这一点作为重点。"如果说斯普瓦克强调的是'正确的世界文学'的话，达姆罗什是以追求把世界文学使之成为"喜悦的文学"，即'愉快的世界文学'"②这和我们所说"对话"异曲同工。对于接受外国文学的绝大多数人来说，毕竟还要靠翻译来实现。达姆罗什突出强调了翻译的重要作用。日本当代女作家多和田叶子曾经说过"世界文学就是翻译文学吧？"③任何国家的文学都受益于翻译文学带来的恩惠。从比较文学这一层面来说，沼野认为："翻译理论和世界文学理论始终有着不即不离的关系。"④

作为中国比较文学研究者来说达姆罗什的见解给予我们的似乎更多一些。我认为，首先达姆罗什强调从不同的文化背景的视点看取"世界文学"。它是在不同时代、不同国度，包括在不同读者心目中的极为复杂多彩的构建。如果想精致地制定一种世界文学只能是乌托邦。因此，某种话语以强权的态势构建所谓的"普世性"观念，同样页是一种佩上乌托邦外衣的某种话语的变形而已。人类就是在丰富多彩的文化中生活，如果一切求同，抹杀差异，结果只能是以一种文化范式统摄人类。这当然也是不可能办到的。"普世主

---

① 达姆罗什编，徐文译：《讲授世界文学》，江南大学学报人文社会科学版，2013年，第491页。

② 达姆罗什编，徐文译：《讲授世界文学》，江南大学学报人文社会科学版，2013年，第492页。

③ 达姆罗什编，徐文译：《讲授世界文学》，江南大学学报人文社会科学版，2013年，第492页。

④ 达姆罗什编，徐文译：《讲授世界文学》，江南大学学报人文社会科学版，2013年，第492页。

义"在当今时代只能是强权文化的别名。当然,人类不分任何种族,它们总有相通的东西,这是互相交流的基础。共通与差异的辩证处理,是构建和谐的大智慧。和这一问题相关的是当下对于"文学"的重新认识。我们不能在21世纪的今天还固守近代西方构建的文学概念(已有论述,此处不再重复)我们要返回原点,从自身文化传统中寻根,接通血脉,创造出接通地气、符合当代要求的新理念。当代比较文学给百年中国比较文学提供了新的机遇,改革开放的三十年让中国比较文学迎来大展宏图的舞台,中国标文学应当做出不愧于时代的事业。

影响研究再认识[①]

影响研究的不同视点

任何一个民族和国家,只要它不是处于一种绝对封闭的状态(这在近代社会是不可想象的),它的文学的发展都是一个合力的结果。任何国家的文学总是处于与域外文化、文学的不断碰撞中以本国文化传统为滤器吸收、舍弃、改造他者文化,在这种不断撞击的状态下吸收新质,革新自己的文化、文学。

我们每个人一生中都会接触林林总总的中国古代文学名篇,这些中华文化瑰宝,也影响过域外文化,在他国产生过不同程度的影响。我国的现当代文学精品也被大量译介到海外。同样,有许多优秀外国文学名篇也影响着我国文学。作为比较文学研究重要内容的"影响研究",一方面要深入探讨不同国度文学之间的实际影响关系,同时亦应认识到我们已没有必要再把影响研究框定在法国学派对影响的界定上。实质上,影响研究在深层次上也是跨学科跨文化研究。为此,影响研究是把作者、作品、读者、社会进行一种跨越时空、学科的网状的立体研究。但是,为了论述的全面,我们不妨从不同视点来谈影响问题。

[①] 本文原载《文心》第一辑,南方出版社,2005 年第 1 期。

1. 影响与模仿的区别

一说到影响,人们往往把它同独创对立起来,认为接受影响是作者缺乏独创性的表现,这其实是一种误解。"影响"不同于亦步亦趋的模仿,它与模仿有着本质上的区别。在论及模仿问题时,叔本华(1788—1860)曾经说过:"模仿别人的风格,就像戴了一副假面具,不可能与别人完全一样,而且,很快便令人嫌恶、招人嫌弃,因为它缺乏生命的活力;所以,即使一副丑陋的面孔,只要它生气勃勃,也要胜于那假冒的面孔。因此,可以说,那些用拉丁文写作并抄袭古代作家风格的人是在戴着假面具说话。"①

在比较文学中,模仿从实质上讲,意味着一个作家盲目地跟随别人而放弃自己的创作个性和他所能达到的深度,无视本民族的美学观念,无原则地屈从于被模仿的作家或作品。"影响"乃是对自我的超越,也是对他人的超越,它的本质在于创造。而且,我们还应该注意到,即使是伟大的作家也往往经历过模仿的阶段,显示出其成长过程中的幼稚。俄罗斯伟大诗人普希金最初的创作也有从古典爱情诗蹒跚学步的经历;日本诺贝尔奖得主川端康成在早年受西方现代主义影响,也有简单模仿的短暂过程,但是他很快就将本民族文化传统与域外文化成功地融合在一起,创作出具有自己独特风格的优秀作品。为此,从比较文学角度,对待模仿与影响区别的研究也要辩证地考虑,不能孤立地看。正如日本近代著名作家芥川龙之介在《偏见》一文中所说:"'长于模仿'这句话冠以日本国民是一个贬义的替代。但是,任何模仿都要对被模仿者给予理解,只是深浅之分而已。"他又说"顺便重复一句,艺术上的理解如果透彻,那

---

① 叔本华:《论风格》,见《叔本华论说文集》,商务印书馆,2000年,第318页。

时所说的模仿几乎不是模仿了。""近代的日本文艺在横的方面模仿西洋之时,纵的方面深扎日本土壤而表现出自己的独自性。"①

2. 影响研究的范畴

为全面考察影响研究,我们不妨将其内容相对地区别开来,分头阐述。简要地说研究作为放送者的某个作家、作家群乃至某国文学在域外的影响及命运的历史,是影响研究的一个重要方面,一般把它称作流传学(或称誉与学)。另外,从接受影响一方来说,则可研究"某一作家的这个思想、这个主题、这个作风、这个艺术形式的来源,我们给这种研究定名为'渊源学'"②再就是研究传播影响的媒介,它所研究的是不同国别的文学产生影响的具体途径、方法手段。换句话说,是对国与国不同文学传播的中间环节的研究。在具体研究实践上,我们可以从以下几个方面来深入探讨。

(1)有的影响研究可探讨一个作家对另一位作家作品中的影响。比如俄国作家安特莱夫对鲁迅前期小说的影响。《狂人日记》和安特莱夫的《谩》、鲁迅的《药》和安特莱夫的《齿痛》的关系等等。中国另一位现代文学作家沈从文与俄国作家屠格涅夫的关系也是一个很有价值的题目,沈从文的《湘行散记》与屠格涅夫的《猎人笔记》就存在着直接影响关系。

(2)研究一位作家对一个创作群体的影响。易卜生这位挪威作家在中国现代文学史上是占有独特地位的域外作家。1906年鲁迅把他介绍到我国,1918年《新青年》发表了《易卜生专号》,他的剧在张扬个性解放,特别是妇女解放、反叛封建礼教、尊崇个性上,成为五四时期中国作家们所极力推崇的楷模。《娜拉》(又译作《玩偶

---

① 见《芥川龙之介全集·V》筑摩书房,1987年,第31—33页。
② 梵·第根:《比较文学论》,商务印书馆,1937年,第170页。

之家》）发表后，其影响之大是域外作家中的佼佼者，庐隐、白薇等都深受影响。我们还可以看到胡适的《终身大事》、熊佛西的《青春底悲哀》、欧阳予倩的《泼妇》等都直接受到易卜生的影响；曹禺、洪深、田汉等剧作家的以家庭和反封建为主题的作品也与易卜生的剧作的影响不无关系。易卜生的影响不仅体现在当时这些作家的创作题材上，而且易卜生对话剧运动的革新也直接推动了中国话剧的成长。

我们不妨再以寒山诗的外传来进一步谈这一问题。寒山是大约出生于公元700年—820年之间（具体生卒年不详）的诗僧，他是继王梵志之后，唐代白话诗派的最重要作家。在中国古代，在很长的历史时期内"寒山诗主要被佛教内部的人士阅读，没有在正统的文学中得到一席之地。直到本世纪（指20世纪——笔者）二、三十年代，胡适等人提倡白话文学，寒山诗才受到学术界的重视。"[①]但是，寒山在国外（特别是日本和美国）却非常走红，仅从美国来说"本世纪50至60年代之间，美国被称作'疲惫求解脱的一代'（The Generation）的苦闷青年把寒山奉为偶像，寒山诗风靡一时。"[②]这原因在于这些青年（又称垮掉的一代）对战后现实强烈不满，又迫于当时麦卡锡主义的反动政治高压，便以"脱俗"方式来表示抗议。一批青年人以奇装异服、蔑视传统、浪迹低俗场所的方式来与社会抗争。在这种情况下，他们对像寒山这样的风撩长发、抚掌狂歌、笑傲红尘、仙风神骨似的人物自然十分尊崇。对寒山诗中所表现出的无常感（如"今日扬尘处／昔日为大海／三界横眠闲无事／明月清风是我家。"）与他的放荡不羁的自由观息息相通（鹦鹉宅西国／虞罗捕得归／美人朝夕弄／出入在庭帏／赐以金笼贮／扃哉损羽衣／不如鸿

[①] 项楚：《寒山诗注》，中华书局，2000年，第16页。
[②] 项楚：《寒山诗注》，中华书局，2000年，第16页。

与鹤入云飞);①在艺术方面,对寒山诗的"冲默"(即简约和襟怀的淡泊)和看似浅显实则深邃的佛理蕴含等情有独钟,于是寒山诗成为风行美国的影响很深的域外文学。

(3)还可以从群体对个体影响研究来着手。一般情况下一个作家接受外国作家影响决不会限于一位(即使有某位作家影响最大),一群作家对其发生不同的影响是普遍的文学现象(而且这一群体作家不限于是同一国家的)。

在五四新文化运动时期,中西文化交融形成文化史上前所未有的高潮。在茅盾身上既可以看到左拉和托尔斯泰的影响,也可以找到其他欧洲作家的影响;从郭沫若身上看到歌德和惠特曼、泰戈尔的影响;从叶绍钧身上看到莫泊桑和契诃夫的印痕;从老舍身上看到狄更斯和康拉德痕迹;而俄苏近代作家群对鲁迅的影响更是广泛而深刻的。这种影响,首先表现在作家的观念上,即在对文学的社会目的和作用的态度上,其次表现为文学技巧上的借鉴。

(4)研究群体对群体的影响也是影响研究中的一个重要方面。在五四时期,我国"左联"作家曾经受到前苏联"拉普"作家的深刻影响,无论在理论上还是创作实践上,俄苏文学家这一群体都在积极和消极方面对中国现代文学产生了很大影响,有许多值得认真总结的经验和教训。

再如在19世纪末、20世纪初,以庞德为代表的美国意象派诗人们,他们以一种"误读"的方式,接受我国古代诗歌(如李白诗)和日本俳句。他们对于中国诗歌、日本俳句的"隐而不露","克制陈述","像流水、像岩石、像飘雾"怦然心动,这群诗人以此来反拨欧美诗的"滥情主义"和"装腔作势",使这种现代主义诗歌在美国以及欧洲蔚然成风。

---

① 《全唐诗》,卷八百六,第9088页。

3. 渊源学

（1）口传的渊源。即口传的故事、谈话、奇闻逸事往往为某一作家的文章或著述提供了创作题材和思想。如希腊神话和中国古代神话对后世创作的影响。口头渊源也往往从作家和亲友的谈话中被接受，这也可以从与作家关系密切的亲友的回忆或作家的亲笔书信、赠言中得到证实。如《鲁迅全集》中收三卷书信、二卷日记其中亲朋的来信及自己的复函，有一些内容就反映在作品里。

（2）笔述的渊源。笔述渊源对接受者来说是指作家从哪些文字里获得了写作的思想，取得了这样的体裁，怎样受到某种倾向的影响的问题。如《史记》对《源氏物语》的影响，紫式部所处的平安朝宫廷内是把《史记》作为必修科目的，对它极其重视。紫式部在日记中曾记载父亲给弟弟讲授《史记》时自己旁听的情况，《源氏物语》中也有学习《史记》的故事。再如，日本近代作家中岛敦的许多历史小说都是以中国古代典籍为题材，他的历史小说中的《李陵》就是取材于《史记》、《汉书》等。1850 年 A. P. L 柏辛的《水浒传》法译本可能是在欧洲流行最早的译本。1872—1873 年在英国出现了 H. S 编译的关于《水浒传》里的花和尚鲁智深的故事，书名叫《中国巨人历险记》。在德国是由埃伦施泰因（Albert Eh-renstein，1886—1950）"首次把中国另一部小说《水浒传》引入德国文学，"[①]出版于 1927 年，"西方语言中还没有一部较完整的《水浒传》译本。许多读者就此第一次知道了这部中国名著。"[②]这些都属于笔述渊源学研究的范畴。

---

① 卫茂平:《中国对德国文学影响史述》，上海外语教育出版社，1996 年，第 403—404 页。

② 卫茂平:《中国对德国文学影响史述》，上海外语教育出版社，1996 年，第 403—404 页。

（3）旅行渊源。很多作家、文人饱览异国风情，从中开阔视野，启发了灵感。歌德从意大利回来，写下《意大利纪行》，改变了原来很多思想，接触古代和文艺复兴的艺术，从狂飙突进的运动的愚昧热情中解脱出来。

认识"影响"的本质，深入探讨影响机制

显而易见，影响对于接受影响的作家来说决非简单地移入别的作家的东西，在他的作品中不是搞简单的相加，在一定意义上说，这是一种神奇的"化合"，它是经过接受者的选择、融合之后的创造。我们进行影响研究如果仅仅局限于实证，罗列具体影响现象，进行一种"线性"描述，难免成为美国学者所说的进行文学上"外贸"的记录。

对于"影响研究"的认识，我们不妨借鉴西方文论家的有关阐述。接受美学创始人之一的尧斯（1921— ）辩证地论述过作者、作品、读者之间的关系，他说："文学和读者的关系，并不仅仅是每部作品都有其自己的特性，它历史地、社会性地决定了读者；每一个作者都依赖于他的读者的社会环境、观点和意识。"[①]

存在主义文论家萨特（1906—1980）也说过："精神产品这个既是具体的又是想象出来的客体，只有在作者和读者的联合努力之下才能实现。只有为了别人，才有艺术；只有通过别人，才有艺术。"可以说，"影响"是文学艺术作品的本质特征。"任何文学作品都是一项召唤。写作，乃是为了召唤读者把我借助语言着手进行的揭示转化为客观存在。"[②]

[①] 孟庆枢主编：《西方文论》，高等教育出版社，2002年，第473页。
[②] 柳鸣九：《萨特研究》，社会科学出版社，1981年，第20页。

我们再看读者反应批评文论家费什(1936—　)的个人读者与"阐释团体"的论述为影响研究提供的新思考。费什认为人类的任何观念都是由文化衍生而来，根本不存在一个不受任何约束的自我。从这一观点审视阅读行为，自然会得出读者的产生在于"就其文化上的形态而言，正是衍生于解释范畴的意义制造了读者。"① 他认为，意义(meanings)"既不是确定的(fixed)以及稳定的(stable)文本的特征，也不是不受约束的或者说独立的读者所备的属性，而是阐释团体(interpretive communities)所共有的特性。"② 所谓阐释团体实际上是一个具有社会化的公众理解系统。在这一系统内，读者对文本的理解会受到制约；但它也适应读者，向读者提供理论范畴；而读者反过来使其理解范畴同其个人面对的客体(文本)相适应。解释团体既决定一个读者阅读的活动形态，也制约了这些活动所创造的文本。费什进一步解释说，我们所能行的思维行为(mental operation)是由我们已经牢固养成的规范和习惯所制约的，这些规范习惯的存在实际上先于我们的思维行为，只有置身于它们之中，我们方能觅到一条路径，以便获得由它们所确立起来的为公众普遍认可的而且合于习惯的意义。因此，当我们承认，我们制造了诗歌(作业以及名单之卷)时，这就意味着，通过解释策略，我们创造了它们；但归根结蒂，解释策略的根源并不在我们本身而是存在于一个适用于公众的理解系统中。这里既否定主观性与客观性的对立，同时也把人的阅读行为(包括人自身)导入历史的范畴。同时，费什认为，用"阐释团体"可以说明什么是文学，可以避免"唯我主义"。

由此可见，决定"影响"的机制很多，人们在接受域外文化时

---

① 斯坦利·费什：《读者反应批评：理论与实践》，文楚安译，中国社会科学出版社，1998年，第63页。

② 斯坦利·费什：《读者反应批评：理论与实践》，文楚安译，中国社会科学出版社，1998年，第46页。

是在一个文化系统、一个特定的时代和个人的独特条件下进行的。

　　借鉴以上西方文化理论，我们进一步认识到：

　　首先民族文化的沉积或叫文化传统的底蕴是决定影响的一个重要因素。如佛教传入中国后，马上被中国的固有文化传统所改造，儒、道两家既吸收它又排斥它，最后达到一种你中有我，我中有你的境界。"禅"可以说是有中国特色的佛教，那种"佛在我心中"的思想合乎中国人的"天人合一"的理念，而"天人合一"是为儒道两家都能接受的。同样是汉文化圈的日本，从中国又经朝鲜而传入佛教（依据日本学者研究，认为是钦明天皇的戊午年，即538年佛教传入日本），情况与我国有相似之处，也有差异。正如日本学者所说："日本人和佛教的关系，是在日本民族固有的神的观念、灵魂观念、巫术观念上成立的。它是在日本宗教意识最深层次即庶民信仰上成立的。与此无关系的佛教就不可能成为日本人的佛教和日本的佛教。"[①]可见佛教同中、日两国各自的民族文化发生碰撞，经过吸收和排斥，最后与本土文化相融合，成为具有各自民族文化特色的佛教。那么，一国文学之传入另一国文学当中的情况又何尝不是如此呢？它也需要同本土的传统文化（文学）相融合，在这个过程中决定文学影响的机制往往是以作家的创作个性表现出来的民族审美观，它决定一国文学在接受另一国文学时的取舍、改造和创新。比如唐代大诗人白居易的诗很早就传入了日本，深受日本人民的喜爱。然而日本人的选取是出乎中国人意料的。白氏的那些笔锋犀利、深受中国百姓喜爱的讽刺诗却并不太受日本人的青睐，而白氏那些表现人的内心缠绵悱恻之情与日本王朝物哀之情相通的抒情诗，如《长恨歌》等却影响极大，深受日本人民的喜欢。究其原因，还是两个民族审美观上的某些差异所致。日本学者德田美荣子

[①] 五来重：《日本的佛教史》，角川书店，1978年，第10页。

教授考察了白居易的《池上篇并序》对日本古典名篇鸭长明的《方丈记》的影响，通过鸭长明的取舍、改造，我们可以看出中日两国作家审美观上的差异。德田美荣子指出鸭长明的《方丈记》深受白氏的《池上篇并序》的影响，集中表现在以下三点：（1）都基于爱自然的清寂精神，以此取材十分丰富。（2）表现出一种富有流动感的格调及丰富的语言，显示出一种敏锐的感觉。（3）体现一种自由独立的思想，追求内心平和，志趣在于乐与诗上。这是鸭长明诗作所受白氏的影响，也是二者的共通之处。

但是，两部作品也存在着明显的差别，这就是：（1）白氏显示的是一种与社会调和的态度，而鸭长明则通过细致的笔触写了自己对生活态度的自信；（2）由于中日两国风土人情和民族性的不同，白氏表现出一种无拘无束的大度风格，而生活在狭小土地上的鸭长明则表现出一种孤独自信而强韧的性格；（3）用汉文写成的《池上篇》含蓄、丰富，而《方丈记》为和汉并用，流畅平易；（4）《池上篇》的场面是对富有者喜欢的人工庭园的赞美，《方丈记》则显出一种与山中自然融为一体的闲适感。因为白居易有家族亲人、友人，物质生活也较充裕，能过悠闲的生活，而《方丈记》中写的则是作者在山中自然状态下过着物质贫乏的简朴生活；（5）白居易虽然人生曲折，但诗中表现出一种自在的艺术精神，并为这种生活而感到幸福，而鸭长明则是经过坎坷以后产生的一种认可，在诗意上的执意追求是贫困中的一种精神充实感。①总括起来，这里所显现的中日诗人的差别在于鸭长明是以日本传统的"物哀"、"幽玄"的审美情愫改造了白居易的诗文，从某种意义上说"幽玄"、"物哀"是深入到日本的人心深处、神经末梢的一种审美观念，是一种"余情美"的悲剧意

---

① 德田美荣子：《〈池上篇并序〉と鸭长明の〈方丈记〉の比较》，自费出版，1990年，第131—133页。

识。为此，我们读鸭长明的作品会感到多寂寞、多哀愁、多凄婉、更为细腻，这是与白居易的风格迥异的。

  而且决定影响的机制还在于接受者所处的特定时代的制约，这也是非常重要的一个因素，它亦决定着作家在接受影响时的倾向、取舍、改造和创新。我们还是以鲁迅为例来说明这个问题，因为在他的身上时代的特点对他接受外国作家影响的制约作用表现得非常鲜明。鲁迅所处的时代正是新民主主义革命时期，反帝反封建的革命斗争是这一时期的社会主潮和历史使命。鲁迅作为一个新民主主义者到后来接受马克思主义，自觉地以文学为武器，配合和鼓舞中国人民的斗志，鞭挞恶势力和一切社会丑恶现象，他所接受的外国文学的影响也明显地打上了这时代的烙印。在译介外国文学作品上，鲁迅之所以把注意力主要集中在外国的现实主义作品方面，着眼点是为中国新民主义革命的这一政治需要所决定的，这些作品启发了他对中国社会现实和人民生活的深入剖析。他认为介绍外国文学当选取"立意在反抗，指归在动作"的作品，来促进中国人民反帝反封建的斗争。所以，他不仅不去介绍那些专事描写"伦敦小姐之缠绵和非洲野蛮之古怪"的作品，也没有专注于所谓的经典不朽之作，而是把目光投向以俄国批判现实主义作家为主的"为人生"的作品。前面已经说过，也正是在这个过程中，他的文艺思想跟俄国批判现实主义"为人生"的文艺观"合流"起来。在创作上，鲁迅接受外国文学影响的倾向性同他译介外国作品的倾向性是一致的。

  我们再以鲁迅对待易卜生为例来阐述这一问题。前边已经提到的易卜生曾对中国现代文学产生了巨大影响，但是，由于时代不同，易卜生的中国接受者们对其作品自然会有独特的观点。鲁迅是很推崇易卜生的，易卜生的《玩偶之家》的影响在鲁迅作品中也有体现。但是，作为杰出的思想家的鲁迅在当时已敏锐地认识到娜拉式的出走是不能使社会进步，更不能使妇女获得真正的解放。鲁迅在《娜拉走后怎样》中指出："自由固不是钱所能买到的，但能够为钱而卖掉"，娜拉表面上似乎"自由""救出自己"，但是，由于在经济上不独立，为此，她的结局只能是："不是堕落，就是回来。"①鲁迅的深意在于希望人们不要空喊妇女解放、自由平等之类的口号，尤其在有几千年封建历史的中国，妇女解放绝非易事。显然，由于时代、国度的迥异，中国对易卜生的接受影响具有鲜明的时代色彩。

巴金与鲁迅是同时代的大师，他所接受的外国文学的影响也同样明显地打下时代的烙印。巴金在主题、题材和形象塑造等深受屠格涅夫的影响，这也突出地反映了在他创作的作品的20世纪二、三十年代的时代的色彩。巴金接受的影响主要表现在三个方面：

（1）鲜明的时代感。巴金在《谈我的短篇小说》里详细地回顾了在他青年时代接受外国作家影响的时代色彩。他喜欢那些"被压迫民族"的作家，"那些作家将笔当作武器，替他的同胞讲话，不仅诉苦，申冤，而且提出控诉，攻击敌人。"②作为清醒的现实主义文学大学，屠格涅夫特别善于用敏锐的眼注视着萌芽中的新典型，那些尚未被当时大多数人所认识到的重要的社会现象和新人形象是他对俄国批判现实主义文学的贡献。在贵族知识分子历史作用逐渐消失，"多余人"已无一点积极意义可言之后，平民知识分子革命家必然出现，于是在他笔下出现了一系列"新人"，这种反映时代脉搏跃动的特点深深地影响了巴金的创作。我们打开巴金的作品，中国五四时期至20世纪40年代动荡岁月的气息扑面而来：五四新思潮在封建大家庭内部引起的强烈反响，二、三十年代一部分进步青年的

---

① 见《鲁迅全集》第1卷，人民文学出版社，1981年，第159页。
② 见《巴金全集》，人民文学出版社，1980年，第712页。

苦闷和抗争，不堪奴役的工人的奋起暴动，青年知识分子的反帝爱国热情，处于黎明前黑暗中的小人物的悲惨遭遇和追求光明的呼声等等，都从一个个侧面凸现了迅速变动中的中国社会的面影。在他的作品《家》、《春》、《秋》中从破落的封建家族里终于出现了叛逆——"新人"的形象。

（2）把批判的锋芒指向封建专制制度，是巴金在当时接受屠格涅夫作品的另一时代因素。屠氏一生都是封建农奴制的批判者，他的全部作品都是围绕着反对农奴制及其残余这一主题而创作的。这对处于半殖民地半封建社会中的进步作家巴金来说是更能引起共鸣，在巴金的作品中我们也感受到了作者强烈的反封建激情。我们可以看到他的主要作品的主人公几乎都是从封建牢笼中拼杀出来的年轻人。作者对腐朽的封建制度及其遗老遗少无情鞭挞，而对那些"大胆而幼稚的叛逆者"们则表示了由衷的同情和赞美。

（3）刻画了青年知识分子的人物群像。屠氏是19世纪俄国乃至整个欧美作家中最擅长刻画青年知识分子形象的作家之一。罗亭、拉夫列茨基、英沙罗夫、巴扎洛夫、涅日丹诺夫等等，构成了屠氏小说青年主人公的画卷，他对其主人公身上所体现出来的优柔寡断和无所作为的致命弱点给予了无情的批判，而对英雄主义、理想主义和献身精神则倾注了炽热的赞扬。巴金也以刻画青年知识分子见长，他描绘了处于过渡时期的中国青年一代的群像，一批和19世纪欧洲文学中的西方青年极其相似的人物。在形象塑造上，巴金确实与屠氏十分吻合，因而我们不能不说这也是受屠氏影响的地方。同时，在这些生活道路不同、性格迥异的形象身上，我们看到了巴金也是把是否具有社会革命的信仰和牺牲精神作为对人物褒贬的重要原则。从以上三点我们不难作出巴金正是以其所熟悉的新民主主义革命时期的各类青年知识分子为其小说的主人公来描绘那个时代并紧跟时代的脉搏，而使其作品打上了鲜明的时代烙印。

同时作家的个性及与相关的作家的审美特性也是制约作家接受域外文学影响的一个极其重要的因素。因为影响毕竟是通过个体体现出来的一种文化现象，因而作家本人的理想、观念、特性、好恶、兴趣、爱好在选取当中起着决定性的作用，其作用和影响更为直接。这样的例子俯拾皆是，如郁达夫，如前所述他是我国现代文学史上一位很具个性的作家，他以其作品的大胆的暴露自我和其浓重的感伤色彩在中国现代文坛上独树一帜。我们从他的创作中就可以感受到郁达夫是一个感情丰富、多愁善感的人，他追求个性解放和自由，崇尚直率，反对封建专制。他的这种个性特点就决定了他对于外国文学的非常独特甚至不无偏狭的选择。俄罗斯、东北欧及法国现实主义文学对中国现代文学的发展影响深刻，但郁达夫只是泛泛赞扬，并非从内心很共鸣易卜生、左拉、托尔斯泰、泰戈尔、萧伯纳等作家曾风靡五四以后的文坛，而郁达夫的兴趣似乎也不太浓；就是被郭沫若所推崇的惠特曼、拜伦、雪莱甚至雨果，也没有使郁达夫怎样激动。而他所特别注目且身受熏染的，每每却是一些艺术情趣较偏激、较奇特，甚至在文学史上也不怎么知名的作家——这种建构在对各国文学广泛阅读基础之上的"偏嗜"，足以显示作家在观念、气质、情趣上的某些特点及其对郁达夫接受外国文学的独自倾向性。

在最基本的艺术精神和生活、道德情趣方面，欧洲，特别是法国浪漫主义文学对郁达夫的影响最大。而其中又以卢梭的影响最烈、最本质。抒情色彩、风景画、第一人称的文体，以及神经质、孤独情愫等如果说都是表象的影响的话，那么卢梭给予他的更深层的影响则有以下两点：

（1）人道主义的伦理尺度。在郁达夫的心目中，卢梭既是"真理的战士"，又是"自然的娇子"；既是思想界的伟人，又是依赖情感的柔弱者；卢梭关于天赋人权、社会契约及平等自由的理论，"震动了欧洲的天地""掀起了惊天的波浪""人类解放的第一个呼声，世界大革命的第一个煽动者，是出于卢骚之口，成于卢骚一身的。"①本人在生活中却又是那么多情、谦和、痴迷，时常也因情欲苦闷而颤抖，也喜欢在大自然面前排遣孤独……实际上，郁达夫更感兴趣的，恐怕还是后一个侧面，或者说是两个侧面奇特的统一。别人指责卢梭在道德、生活方面的瑕疵，进而贬低其思想价值，而郁达夫恰恰是在尊崇其思想的前提下理解、欣赏并颂扬卢梭的情感和生活姿态。他同情卢梭的遭遇，尽量强调其反抗精神，特别指出其乖张、病态举止的社会和生理原因。郁达夫对卢梭赞叹后面的潜台词是：人，即便是哲人，也不必为自己的情欲苦闷，为自己的忧郁情怀和神经质而羞愧。如果说这是精神上的弱点，那也是社会压抑的结果。而人的天性则是纯洁的、自然的。对情感的价值，个性的尊严必须肯定。作为一个旧家庭出来的敏感、神经质的知识分子，当然要从卢梭那里寻找勇气和先例。卢梭的"美德应是一种自然状态"②崇尚情感又看重荣誉且特别讲求真率的道德姿态，对郁达夫无疑带来一种启示，而且也正是郁达夫选择卢梭的原因。

（2）郁达夫身上弥漫的浪漫主义精神，使他倾心于华兹华斯和施托姆。他在创作中所实践的浪漫主义，在精神实质上却主要浸透着卢梭的影响——那种赤裸裸的自我告白，名曰"忏悔"，实为控诉，那种情感对个性的热烈肯定和大胆歌颂，还有躺在大自然怀抱中的痴迷沉醉，实乃是礼教反叛者的孤傲及漂泊者情愫。难怪他会高度推崇卢梭的《忏悔录》是"特一无二"和"空前无后"的杰作。

在同郁达夫个性不无关联的"感伤主义"美学情趣上，也体现

---

① 郁达夫：《卢梭的思想和创作》，《郁达夫文集》第6卷，花城出版社、三联书店香港分店，1983年，第27页。

② 勃兰兑斯：《十九世纪文学主流》，张道真译，卷1分册，流亡文学，人民文学出版社，1980年，第17页。

了他接受域外作家的影响的独特个性。对于英国文学的接近他几乎完全是顺从了自己的偏好。总的来说，纤柔多情的气质使他隔膜于英国式的幽默，忧郁激烈的性格又使也不满于不列颠学的温和。英国作家中使他最感兴趣的是华兹华斯和托马斯·哈代，华兹华斯之所以吸引他是因为诗人蕴藉在乡村歌谣里的那一种隽永的忧郁，托马斯·哈代则是因为小说家渗透在荒原里的那种带哲理意味的悲凉使他神思恍惚。两位作家的魅力显然不仅在于他们善于描写风景画本身，更在于风景中所显现的"忧郁美"。另外，郁达夫所喜爱的英国作家还有道逊，虽然道逊在英国名气不大，在中国也鲜为人知，但郁达夫对他的热忱却简直无以复加。他曾反复咏叹其诗作是"何等的悲痛，何等的优美，何等的余韵悠扬！"并将他的诗文视为自己"在最无聊的时候，在孤冷忧郁的时候的最好伴侣"。同郁达夫对多数英国作家冷淡形成鲜明对照的是他对德国文学的赞赏。德国文学，相对而言，可能是欧洲文学中对中国现代文学影响比较微弱的了。而在著名的五四作家中，郁达夫却恐怕是对德国文学最感兴趣的了。他自称是在饱览日本、俄国小说以后才终于"拜倒"在德国作家的脚下的。一般说来，郁达夫对德国人的思辨色彩几乎是视而不见的。他不很懂尼采的"疯狂的哲学"，却看到了"超人"也有柔情的一面。也就是说郁达夫所谓瞩目的往往是情调，是忧郁的情调，甚至是"北欧气质"的忧郁情调。何谓"北欧气质"呢？郁达夫在评论施托姆时曾谈过北欧人的"特性"："他们大抵性格顽固，坚忍不拔，守旧排外，不善交际。但外貌虽如冰铁一样的冷酷，内心却是柔情婉转的。"显然，郁达夫对所谓的"北欧气质"的理解未见得完全精当，但却正说明了他自己性情上的一种渴望和追求，他是想在忧郁之上加一些峻急、沉思的力度，因而他才拼命呼吸北欧文学的空气。当然从气质上看，郁达夫终究还是少勇毅多狂躁、重柔情轻玄思，纤敏有余而深刻不足（犹如他尽管迷恋北国秋风，笔下流泻的却还是江南的灵气一样)。所以,与其说他是具有"北欧气质",不如说也在向往深沉的忧郁。所有这一切都证明了,一个接受者,他的个性及与此相连的美学情趣是怎样地制约着一个作家所接受的外来影响。

明确了影响的内部机制以后会有助于我们不把影响研究简单化,在梳理好接受者所受影响的同时发掘他的独创性,我想这是影响研究的更为重要方面。鲁迅《狂人日记》的接受影响问题充分地证实了这一点。鲁迅绝非是把果戈理同名小说的一些东西简单地移植到自己作品中来。在19世纪后半以来,在俄国文学中实际上存在着"狂人"系列,除果戈理外,迦尔询、安德莱夫、托尔斯泰、契诃夫都塑造过自己的"狂人"形象。鲁迅对上述作家和作品都是很熟悉的。从俄国狂人系谱上看,也有一个写真狂人到被迫害的革命者(契诃夫《第六病室》)这一发展过程。鲁迅对狂人的借鉴是从总体上的把握与吸收,与其说是这些作品的有关内容成为鲁迅作品的有机组成部分,莫如说是他们创作中闪光的东西点燃了鲁迅的灵感。就是从果戈理的同名小说与鲁迅的《狂人日记》对比亦可看出这一点。前面我们已经提到过:果戈理与鲁迅都是用第一人称手法写作的日记体裁短篇小说,都以狂人为作品的主人公,也都以狂人的呼救结尾。不过两部作品还是各显千秋,显示着鲁迅自己的独创。首先,鲁迅是立足于中国的人生创造自己的作品,他曾说:"《狂人日记》实为拙作,……后以偶阅《通鉴》,乃悟中国人尚是食人民族,因成此篇。"①清楚地说明鲁迅的《狂人日记》是对中国历史和现实的考察之后,获得了"礼教吃人"这一重大的"发现",根据现实生活中最清醒的革命者被反动统治者视为疯子的事实而创作出这篇作品,以及他作为一个学医的人对"迫害狂"患者的熟悉

---

① 鲁迅:《鲁迅全集》第11卷,人民文学出版社,2005年,第365页。

了解更有利于塑造自己的狂人形象。果戈理笔下的狂人，因官职卑微处于单相思，以致神经错乱，终于死于非命。他看到"世界上一切最好的东西，都让侍从官或者将军们霸占去了，""一大批吹牛拍马、趋炎附势的人，……为了钱，他们甘心出卖父亲、母亲。"从这个意义上说，其狂人讽刺了那个以权势和金钱为轴心的社会，显示了沙俄官僚集团内部的森严的等级制度对人的尊严、幸福的侮辱与损害。但此狂人所困惑的是："为什么我是个九等文官？凭什么我是个九等文官？"可见，他毕竟是一个渺小的个人主义者。同鲁迅笔下的因踹了"古久先生的陈年流水簿子"而被迫害致狂的反封建英勇战士的带有象征意味的狂人形象显然不可同日而语，尽管他们都控诉了社会的不合理。其次，从体裁上看，鲁迅是采用日记体短篇小说形式来创作自己的《狂人日记》，这显然是受到了果戈理的影响；但在卷首，他特意以中国传统文化特点写了一段类似楔子的"识"，用以交代狂人的情况和日记的由来，这就使日记体小说这种舶来品完全民族化了，因为在鲁迅以新的叙事形式写作《狂人日记》时文言文还相当有势力，文言的"识"会起微妙的作用。这也是一种独创。此外，在作品的结尾处以及讽刺的风格和技巧方面，鲁迅对果戈理也多有借鉴，但更有创新和超越，我们不必再一一赘述。

从中西文论比较中看"影响"研究的异同

虽然在我国的文论中不见"影响研究"的字样，但是，对于这一范畴的论述实在从古至今从未间断。可是，我们也不可以说因为古已有之，就将中外的影响研究完全等同起来。认真剖析中外文论中关于影响研究的异同对于从深层次理解中西文论的特点是很有意义的。

（1）在影响研究中，中外文论家都意识到应回归到具体的历史语境中。"知者乐水，仁者乐山。知者动，仁者静。知者乐，仁者寿。"（《论语·雍也》）杨伯峻译文："聪明人乐于水，仁人乐于山。聪明人活动，仁人沉静。聪明人快乐，仁人长寿。"可见从古代先民对于外界的反应因人而异早有深刻体悟。

《孟子·万章下》："诵其诗，读其书，不知其人可乎？是以论其世也，是尚友也。"（即倘若嫌与天下的善士交朋友还不够，则可以进而上之与古人交朋友。但古人已死，所以要和古人交朋友，则要了解古人所处的时代。）朱熹注云："言既观其言，则不可以不知其为人之实，是以又考其行也。"

在这里谈的是接受本民族古典的问题，但已明确反映了鲜明的历史观。"知人论世"论对后代文论产生了巨大影响，至章学诚（1738—1801）在《文史通义·文德》中有："凡为古文辞者，必敬以恕。临文必敬，非修德之谓也。论古必恕，非宽容之谓也。敬非修德之谓，气摄而不纵，纵必不能中节也。恕非宽容之谓者，能为古人设身处地也。嗟呼！知德者鲜，知临文之不可无敬恕，则知文德矣。"这里讲"论古必恕"指在论述古人，进行评判时必须为古人设身处地着想才可理解其文之实质。这与孟子的"知人论世"一致，并有发展。章学诚举历史上一段公案作例来说明这个道理：如三国志（陈寿著）纪魏而传吴、蜀，习凿齿《汉晋春秋》正之，以蜀汉为正统。司马光的《通鉴》仍陈氏之说，朱熹《纲目》又起而正之。章学诚分析了这里的原因，因为陈氏生于西晋，司马生于北宋，苟黜曹魏之禅让，将置君王于何地？而习与朱子则固江东南渡之人也，唯恐中原之争天统也。因为所处时代不同，价值取向不一，这是必然的，是则不知古人之世，不可妄论古人之文辞也。知其世矣，不知古人之身处，亦不可以遽论其文也。

鲁迅在《且介亭杂文未编·题未定草》中说："世间有所谓'就

事论事'的方法,现在就诗论诗,或者也可以说是无碍的罢。不过我总以为倘要论文,最好是顾及全篇,并且顾及作者的全人,以及他所处的社会状态,这才较为确凿。要不然,是很容易近乎说梦的。"①

西方文论中亦有相同看法。丹纳在《艺术哲学》中指出:"要了解一件艺术品,一个艺术家,一群艺术家,必须正确地设想他们所属时代的精神和风俗概况,这是艺术品的最后解释,也是决定一切的基本原因。"②

作为马克思主义文艺观非常强调反映论,经济基础决定上层建筑,普列汉诺夫在《论艺术》中说:"任何一个民族的艺术都是由它的心理所决定的;它的心理是它的境况所造成的;而它的境况归根结底是由它的生产力状况和它的生产关系制约的。"这就是文艺观中的阶级论,在"影响"上强调阶级论是马克思主义文艺观的一个方向。鲁迅在接受马克思主义之后亦在评论《红楼梦》时讲过"贾府的焦大大抵是不会爱林妹妹的"也有这层意思。

(2)同时,中国古代文论家已意识到作为后人接受前代人的文化遗产必须是以时代之目光与古人对话,吸纳前人见解再去阐释古代典籍。孟子在《万章上》中说:"故说诗者不以文害辞,不以辞害志,以意逆志,是为得之。如以辞而已矣,《云汉》之诗曰:'周余黎民,无有孑遗。'信斯言也,是周无遗民矣。"

孟子的"以意逆志"的"逆"字有多种解释:(1)迎受、接受,(2)钩稽、揣测,(3)反求、追溯。但是大多数语学家都认为有"以读者之意迎逆'诗人之志'的意思"。朱子曰:"言说诗之法,不可以一字而害一句之义,不可以一句而害设辞之志,当以已意迎取作者

---

① 《鲁迅全集》第6卷,人民文学出版社,1986年,第430页。
② 丹纳:《艺术哲学》,傅雷译,人民文学出版社,1981年,第7页。

之志,乃可得之。若但以设辞而已,则如《云汉》所言,是周之民真无遗种矣。惟以意逆之,则知作诗者之志在于忧旱,而非真无遗民矣。"(词后边的思想、情绪、内心世界)杨伯峻在《孟子译注》中说:"用自己的切身体会去推测作者的本意。"这里的"意"虽然是某个读者之意,但并非完全是"个人"的,因为孟子这里谈到了"知人论世"是"以意逆志"的基础,实际上这里有把己意相对"客观化"的内涵,不然必然是无法寻找共识,无法对话,这里蕴含己接受自己之外的各种阐释之意,是站在一个给定的"语境"之上的对话,不是毫无根据的瞎说。

这使我们想到费什提出的"解释团体"(Interpretive Communities)他认为:"'解释团体'既决定着一个读者(阅读)活动形态,也制约了这些活动所制造的文本。""解释作为一种艺术意味着重新去构造意义。"可以说我们的思维行为(接受影响)乃由我们已经牢固形成的规范和习惯所制约,以意逆志的"意"是属于时代的个人,社会的人的,既是单一的,又是众多的"个一"的公约数而已。所以"一千个读者就有一千个哈姆雷特"的说法既有正确的一面,又有需要限定的一面。

概括起来说,人类的认识活动,接受影响要重视文本的符号与阅读中交融的复杂机制,要承认文本本身与读者对话、交融之中所产生的"再生性。"

在对待文学作品上读者产生"远离"文本的"误读"也是难免的,我们不得不承认它的"合理"性(谈不到什么合法不合法)如论及李商隐的诗风与"西昆"体的关系,前贤张采田就李商隐的《碧瓦》诗与西昆体的关系谈了下面一段话曰:"碧瓦诸诗虽为'西昆'所祖,然玉溪诗体,全系寓,'西昆'不过猎其辞藻而。后人不能详义山之本事,因'西昆'而集矢义山,此阅读者之过,非作诗者之过也。""'雕琢繁碎,意格俱下'。祗只可施之西菎,与义山何与哉!"《辨正》这一看法是中肯的。①

(3)探讨影响问题中外文论家都注意到了从"语言"、"言语"层面去深入发掘。

中国文论有"得意忘言"说。汤用彤先生在《言意之辨》中指出:"王弼首唱得意忘言,虽以解《易》,然实则无论天道人事之任何方面,意以之为权衡,故能建树有系统之玄学。"王弼(226—249)这段话为:"夫象者,出意者也;言也,明象者也。尽意莫非象,尽象莫若言。言生于象,故可寻言以观象;象生于意,故可寻象以观意。言以象尽,象以言著。故言者所以明象,得象而忘言;象者所以存意,得意而忘象。犹蹄者所以在兔,得兔而忘蹄了;筌者所以在鱼,得鱼而忘筌也。然则,言者象之蹄也,象者意之筌也。是故存言者,非得象者也;存象者,非得意者也。象生于意而存象焉,则所存者乃非其象也。言先于象而存言焉,则所存者乃非其言也。然者,忘象者,乃得意者也;忘言者,乃得象者也。得意在忘象,得象在忘言。"(《周易略例·明象》)

这里的"言"是语言符号,"象"是意象符号,"意"是著作家思想感情。而"忘",则是不拘于,是种超越。有的研究者指出,"得意忘言"有三层含义:即"第一,言以明象,象以出意,言与象的结合是可以完全表达意的二重符号,因而对文化经典的解释不能不首先从寻言寻象入手;第二,言以存象,象以存意,而言与象则只是表意存意的工具,因此解释者既要重视言与象,又不能执著言与象;第三,象在言外,意在象外,解释者只有在一定阶段里谈忘言与象,超越言与象。从文本的言内之意走向言外之意,以意象启发想象,才能真正与著作家的心灵直接接触、交流乃至融洽,从而

---

① 刘学锴等著:《李商隐诗歌集解·四》,中华书局,1988年,第1722页。

在融洽中产生新的意义。"①

对此，我们自然会想到英伽登（1893—1970）的现象学，英伽登在《文学的艺术作品》一书中提出了文学作品的基本结构，因为正是这一基本结构决定了文学作品的存在方式，并构成同一性之基础。他把文学作品划分为四个层次，即：（1）语词声音层次，或语音层次；（2）意群层次或语义层次；（3）由事态、句子的意向性关联物投射的客体（或叫再现的客体层次）；（4）再现客体（或叫图式化外观层次）。英伽登认为：字音与高一级的语音组合是与阅读者相关的，是变化的，而字音则是能"携带意义"超越于个人阅读行为的东西，它是"典型的语音形式"，是独立于个人言说与阅读而客观存在于主体间的语言本体，这一层次为其他三个层次的物质基础。英伽登认为：意群单元层次在文学作品结构中起决定性作用，它是第三、第四层次的基础。英伽登在《文学的艺术作品》中用了大量的篇幅阐述这一问题，意群层次不是像观念那样独立存在，它依赖读者的意识的意向性投射，但它亦不等同于人所感受到的心理内容。英伽登既批评把文学作品等同于它的物理基础（例如，纸上的墨迹）的这种新实证主义的还原观点，同时亦抨击把文艺作品同有关它的心理经验等同的心理主义观点，"如果这种观点是正确的，那就意味着艺术作品是一个独一无二的、短暂的和不可重复的对象。"一个字的意义是把这个字通过人的意向性的指称的客体，它与该字的字音结合在一起成为"意向性对应物"。在文学作品中，我们所体会到的同一个字，"意义"相同，但在不同场合会有不同用法，一个句子也是如此。文学作品的魅力亦在于此。英伽登是从作者、作品、读者的整体出发阐释了这一层次的关键性，"正是意群层次使得作者有可能使一部文学的艺术作品充满他的意向，而又使读者有可能重新意

---

① 周光庆：《中国古典解释学导论》，中华书局，2002年，第222页。

向一部作品的意义。"①

被表现的对象层,(再现的客体层次),指作者在文学作品中虚构的对象,这些虚构的对象组成一个想象的世界。英伽登认为文学作品所描写的对象是以作品所表现的客体对象为基本组成部分,它们与现实存在的事物有本质的一致。但是,它们之间又有本质差别,它们进入作品后已不具有时空的确定性和对象性,给予人们的只是现实的假象。"若没有在理解句子意义的基础上对事态进行客观化的综合活动,读者就不能同作品世界建立直接的审美联系,因为作品是一个图式化构成的,所以就要求读者填补再现客观中的不定点。"②英伽登认为,这些"不定点"是再现客体的重要特点,正是基于此作品才需要者去"填充",将它们具体化,作品才能完成表达形式意向,如果不是这样就不会出现一千个读者会有一千个哈姆莱特形象。英伽登在这里揭示了文学作品的丰富性的真谛。

对于作品中图式化外观层次(或称轮廓化图像层次),英伽登认为它在文学艺术作品中发挥着极其重要的作用。"在阅读过程中图式化外观的现实化和具体化发生的方式,对于文学的艺术作品的审美理解有着极大的重要性"他指出,在作品中这种图式化外观"只是处于潜在的待机状态,"这就意味着"读者必须在生动的再现的材料中创造性地体验直观外观,从而使再现客体直观地呈现出来,具有再现的外观。"③读者先将"图式化外观"通过阅读转变为"具体化外观"。英伽登举罗曼·罗兰的小说《欣慰的灵魂》中的巴黎街道为例,他说,对其熟悉者和不熟悉者自然会有不同的"具体化"。有某种生活经验的人和无这种生活经验的人对相同作品提供这方面的"图式化外观"具体化肯定是不同的。只有这样,读者才能在阅读

---

① 孟庆枢主编:《西方文论》,高等教育出版社,2002年,第422—423页。
② 孟庆枢主编:《西方文论》,高等教育出版社,2002年,第424页。
③ 孟庆枢主编:《西方文论》,高等教育出版社,2002年,第424页。

文学作品中如见其人,如闻其声,甚至自己处于同样感受到作品主人公的情绪的状态。这种"外观"也就是客体向主体显示的方式,实在的客体向主体显示(被主体知觉为客体的外观内容)。

在论述"图式化外观"这一因素时,英伽登还强调了再现客体与真实客体具有不同的时空观。实在的客体的时间是物理客体中得以再现的顺序,过去、现在、将来可以随意安排,所说"打乱时序"来组合。时间顺序,是以现实为基准来度量的。但是,在再现客体的空间既不是几何空间也非不同质的物理空间,它相等于一种方位性空间,为此它的中心叙述者随不同作品可以变换,叙述形式的多样性即产生于此。

同时英伽登既强调读者在"待机状态"的具体化,同时亦不抹杀图式化外观的相关因素,如果缺少这些因素作品中的人会成为没有生命的"纸人"。这也从另一方面控制了读者离开作品的随意具体化。

英伽登强调这四个层次是有机整体、不能分割、机械地对待,这对于我们理解文学作品是很有启发的。

再论重构外国文学史[1]

特定历史的产物必然在历史中发展

文学史著作首先在西方出现,它作为特定的历史产物,也必然在历史中发展、变化。在当今人类思维模式发生重大转折的时代,这一点更显突出。

文学史著作首先作为西方文化的结晶出现在19世纪,一般以丹纳的《英国文学史》(1864年)等为代表,它是民族—国家观念的产物。正如本尼迪克特·安德森(Benedict Anderson)所说,民族国家是一个"想象共同体",抛弃这一说法可能产生的民族虚无主义,它还涵括文化(包括文学)在塑造国家形象中的独特作用。他说:"'想象'不是'捏造',而是形成任何群体认同所不可或缺的认识过程(Cognitive Progress)"[2]这一认识过程也是思维模式的转变。只有中世纪的"神圣的、层次的与时间始终的同时性"的旧思维模式的崩溃,并代之以由科技发展为基础,以印刷、航海等新事物为先导的18世纪欧洲才能出现"世俗的、水平的、横向的"民族共同体观念。国别文学史才能应运而生。进入19世纪,随着西方工

---

[1] 本文原载《韩山师范学院学报》2009年第2期。
[2] 本尼迪克特·安特森:《想象的共同体的起源与散布》,吴叡人译,上海译文出版社,2005年,第6页。

业化的迅猛发展，世界性的大航海时期加速形成了"世界史"观念，在这种形势下"文学历史主义"首先出现在西欧。美国学者 Lee Patterson 指出：

> 由于促使在阐述中的可信性必然有使用历史文脉的愿望，19 世纪的文学历史主义认为文化的各个部分，都受贯穿于文化整体的价值观支配，这是当然的思考。为此，对于时代精神（Zeit geist），即掌握特定时代文化行为的价值，必须予以探究。这一历史主义同时通过确定的历史的文脉，进行同质化，成为完璧式的建构。在把过去同质化的倾向里，爱国的民族主义和过去在文化的名义下使其反抗声音沉默的意志得以强化。历史学，特别是在德国是适应国家统一的趋势而得以发展就绝对不是偶然了。①

这一构建必然产生历史是"客观的"，具有衡量文学的权威性，文学是"主观的"，则必须由历史来裁断的态势。

在这个时代，民族国家意识已经形成，这就促使各国文学既着眼于民族，对民族文化寻根的同时又关注与其他民族文学的关系。赫尔德、歌德、朗松、史达尔夫人、圣伯夫、泰纳、勃兰兑斯等人都积极提倡本国文学史的编纂，他们以一种自豪的姿态宣扬本民族文学历史的悠久博大，表现出对本民族文学的自信与热忱；同时，也促使立于时代前沿的学者把它上升到把握世界总体文学的层面，歌德提出的"世界文学"的概念，可以说是这种提升的顶峰。就如同几个世纪以前欧洲的航海家探索未知的新世界一样，那时的欧洲

---

① Thomas Mclanhim 等著：《现在批评理论 22 基本观念》，大桥洋一等译，平凡社，1994 年，第 526—527 页。

文学批评家不断地从本国文学史起航，以书写外国文学史的形式探索他国文学，最终使文学地图立体化起来。

对于文学史的西方文化背景的理解应认真了解法国在19世纪的"文学史"的业绩。以朗松为代表，以巴黎大学为中心的索尔蓬法"乃是与美学相对的历史的方法。是通过文献学的运用，实证的文学研究。"①包括法国"比较文学"的产生，都是"比较先进的法兰西民族文化试图向欧洲乃至世界说明自己优势的产物。"②文学史写作实乃是塑造民族精神的行动，是激发爱国激情、唤起民族主义的重要举措。为此，朗松曾在《文学史的方法》中说："我们不仅是为真理和人类而工作，我们也是在为祖国而工作。"③

为深入探讨这一问题，我们还要把目光投向东方。作为我们研究近现代文学的一个非常重要的参照系的日本是不可缺少的对象。

日本最早出现"日本文学史"的时间恰恰是日本民族主义上升之际。明治二十年代的民族主义运动始于条约修改④，它由反对明治政府对西方发达国家——当时称西方列强的追随姿态而开始。联系西方文化和日本文学发展的脉络，可以看出在近代东西方文化互动的轨迹。我们从日本最早出现的三上参次等撰写的《日本文学史》（明治二十三年，1890）中可以得到深刻的印象。在这本《日本文学史》的"绪言"中写道："著者二人在大学就读时，常常共同翻阅西洋文学书籍，对其编撰方法之妙由衷赞叹，其中有文学史著作，对其文学发达详加介绍，对此研究的路数之完备而惊喜。"由于在世界

---

① 小林路易：《对比较文学导入的方法的反省》，见早稻田大学比较文学研究室编《比较文学课题》，早稻田大学出版社，1970年，第9页。
② 陈惇等主编：《比较文学》，高等教育出版社，1997年，第70页。
③ 昂利拜尔：《方法与批评》，徐继增译，中国社会科学出版社，1992年，第32页。
④ 注：指1858年（安政5年）德川幕府与美国之间的签订的"美日友好通商条约"之后，明治政府面临修改与西方发达国家之家不平等条约的课题。

文化场域中形成了"他者",反观自己,则产生了本国文学的自觉。"我国亦有不劣于他们的文学书,也应该产生不逊于他们的文学史之感慨,勃然而生。"①明治二十三年成为日本近代文学史发轫年绝非偶然。正如日本著名文学史家久松潜一所说:"在明治时代国文学的复兴是由于植根于文学的自觉和日本的自觉起了巨大的作用力。文学的自觉从明治十八—十九年坪内逍遥的《小说神髓》清晰可见;日本的自觉则有明治二十一年《日本人》杂志问世,日本学的名称亦出现,进而有国史的编纂于明治二十一年开始。这就使国文学上产生了国文学史……到了二十三年,对醉心于西欧开始反省日本的自觉与文学的自觉结为一体","'教育敕语'发挥了真正的威力,在这一年随着上田万年国文学(卷一)的发表,芳贺矢一、立花铣三的国文学读本问世,接着出现了作为近代日本文学史嚆矢的三上参次、高津锹三郎的《日本文学史》,可以看出这一潮流的动向。"②

现在我们则转向我国的"文学史"编撰。正如日本学者所说,即或从《诗经》算起,我国文学的历史已有三千多年,但是,文学史的历史"只不过才有百年多的时间"③"对于从西欧产生的文学史的概念,日本是先于中国采用的。"④"从西欧传入的文学史概念与从古代以来浸透日本的中国汉学的蓄积的结合,必然使之在日本,首先产生中国文学史著。"⑤在这之后又反转来影响中国学者撰写文学史。

京师大学堂的张百熙于 1900 年颁布《钦定京师大学堂章程》,

---

① 三上参次・高津锹三郎:《日本文学史》,日本图书中心,1982 年,第 1—2 页。
② 久松潜一:《日本文学评论史——理念表现论编》,至文堂,1976 年,第 406 页。
③ 川合康三主编:《中国的文学史观》,创元社,2002 年,第 3 页。
④ 川合康三主编:《中国的文学史观》,创元社,2002 年,第 4 页。
⑤ 川合康三主编:《中国的文学史观》,创元社,2002 年,第 6—7 页。

拟在京师大学堂设置包括文学在内的政治、格致、农业、工艺、商务、医术七科,这样,"文学史"这一舶来品,就正式出现在近代中国高等学府的课程表上。最早撰写中国文学史的国人据考证可能是窦警凡,他的《历朝文学史》大概于光绪二十三年(1897)编讫,但无实据可依。文学界和史学界共识的首创者是有"南黄北林"之称的黄人、林传甲,此二人于1904年各自起草《中国文学史》,同为中国文学史著的开山之书。黄人和林传甲受到国外批评家的启发,尤其是借鉴近邻日本学者古城贞吉(1866—1949)写的《中国五千年文学史》(1897年刊行,1913年开智公司出版中译本)、笹川种郎(1870—1949)写的《历朝文学史》(1898年出版,上海中西书局1903年中译本出版)。很快,中国学者的眼界也扩展到各国文学,对域外文学史的构建就必然出现。1918年,周作人将授课讲义整理之后出版了《欧洲文学史》,学界普遍认为这是中国第一部外国文学史著作,不过今天看来称为"外国区域文学史"更为恰当,其内容自希腊、罗马始,经中世纪至18世纪止,只是外国文学史中的一部分。可以称得上名副其实的外国文学史著的是1923年起笔、1924年于《小说月报》连载的郑振铎的《文学大纲》。学界历来将此书算作郑振铎一人之功,其实不然,郑振铎的《文学大纲》凝结了当时众多中国学者的心血,可谓一代学人之书,当时的日本文学研究家谢六逸和精通俄文的瞿秋白都为之撰稿,而且该书一版再版,不断修订,也有不少学界同仁为之出力,郑振铎对此都在文中致谢。此外,该书还大量引用编译的外文著述,尤其是英国人约翰·特林瓦特的《文学艺术大纲》和美国人麦西的《世界文学史话》,常见整章整章的转引。甚至连书中插图用郑振铎的话说:"大部分采用此书中所有"。尽管如此"借用",而且书中体例、内容多有偏颇,但皇皇八十万字的《文学大纲》仍然是当时最优秀的外国文学史著作,它从公元前4000年写起,一直延伸到1926年林纾翻译外国小说,时空跨度之大、涵盖之广有目共睹。该书不只专注外国文学，而且将中国文学兼作论述，地位平等，中西合璧，颇有比较文学的远见和世界文学的胸怀，在当时确实难得。蔡元培称赞它："纲举目张，开示途径"，"材料丰富，编制严谨"。

　　此后一直到建国前，外国文学史著作层出不穷，其中以国别史和普及性的知识读物为主，可参见丁欣撰写的博士论文附表。可称得上是对外国文学史的整体论述的有李菊休、赵景深合编，上海亚细亚书局1932年版的《世界文学史纲》；啸南著，上海乐华图书公司1937年版的《世界文学史大纲》；胡仲持著，上海生活·读书·新知书店1949年版的《世界文学小史》；余慕陶的《世界文学史》（上册）等4种。从建国到今天，中国的外国文学史研究历经六十年光阴，其中有兴盛也有低潮，吴元迈先生在《回顾与思考——新中国外国文学研究50年》一文中将这数十年分为三个时期：新兴期（1949—1965）、停滞期（1966—1976）和发展期（1977—1999），论据充分，条理清晰，在此就不多赘述。

从文学是人的生存状态的有机组成来思考重构外国文学史

　　如前所述，对"文学"的重新叩问会对"经典"作出适应时代发展的新阐释，这是作为人生存状态的有机组成的文学的合理反应。至今为止的许多西方经典的解析经历了在西方话语下在我们的《外国文学史》里多年的沉淀。许多历史沉积自然是人类精神的宝贵财富。但是，毋庸讳言在这许多"自明"的定论中存在着不适宜当今时代需要的成见，对此应该进行反思（当然不是简单的抛弃）。

　　任何外国文学史著都不会遗漏"荷马史诗"。因为作为古希腊文学乃至世界文学的辉煌代表之一，它对西方文学产生的影响及其价值无论怎样估计都不为过。一般来说在使用颇广的《外国文学史》

中作了这样的概括,"两大史诗规模宏伟,内容丰富,极为广阔地描绘了由氏族社会向奴隶社会过渡时期希腊的社会生活和人们的精神面貌,对当时的社会形态、思想观念、宗教活动、田园耕作、体育竞技、家庭生活、商品交换、风俗礼仪等,都作了生动的描绘。荷马史诗对古希腊人来说是具有百科全书的性质,他们从中吸取知识,接受教育。在整个古典时期,史诗成了希腊教育和文化的基础。柏拉图在《理想国》里曾提到,荷马教育了希腊人"[1]而且指出:"史诗通过英雄形象的描写,表现了古希腊个体本位的文化价值观念。"[2]笔者摘引上述论述无意片面否定这些看法,因为至今为止,在在许多外国文学史著中都离不开这些看法。在当今时代,构建和谐社会、和谐世界正在成为全人类思考的中心问题。人们不能不反思自己的思维方式,和谐既包含人与人、人与社会的和谐,也离不开人与生存环境的和谐。正是由于这一思考,文学和文化上的生态批评(首先起于西方,在东方的日本也早于我国)鹊起。著名生物学家紧跟时代,对荷马史诗以重新视点的解读就不能不引起我们的深思。贝特认为:"荷马的《伊利亚特》是西方文学表现人与自然作对的奠基性文本。"[3]这种阐述并非是对荷马史诗的草率否定,而是从人的生存状态有机组成的"文学"在东西方不同形态来窥探人类所走过的历程。在东方,特别是我国的"天人合一"与大自然融为一体的"中和"式思维和以古希腊为代表的主客二分的把人提升到垄断、主宰客观世界的高位的差异是明显的。在当今我们讲述的西方文学(文化)离开这一本源难免会南辕北辙。那么阿尔多诺与霍克海默把奥德修看作启蒙主义者的原型,说他战胜女妖塞壬那,把

---

[1] 郑克鲁主编:《外国文学史》,高等教育出版社,1999年,第21页。
[2] 郑克鲁主编:《外国文学史》,高等教育出版社,1999年,第22页。
[3] 王诺:《生态批评的思想文化批评》,见《南京师范大学文学院学报》,2008年第四期,第2页。

人变成动物的歌声意味着："他努力与自然疏离,他在一次次历险中与自然的抗争,这表现了他脱离自然的过程。"而诺斯罗普·弗莱则干脆认为："荷马为西方文学树立两个典范:一个是伊利亚特式的——人与社会冲突,以城市为中心,另一个是奥德修式的——人与自然力量搏斗,漫游在海上。"①这些观点理应作为重新阐释荷马史诗的重要视点。

同时使我们惊讶的是,重视意识形态性(政治性的代名词)的我国外国文学史著至今在一些"经典"评价中还承袭西方学者的偏见。一些作品的殖民主义话语并未受到批评,仍然居住"经典"的宝座上睨视第三世界。对于女性、女性作家的性别歧视在外国文学史中也还未见改观。据一位香港的女学者调查,在中国大陆数种外国文学史著述中,对男性作家、白人作家的论述要远远高于女性作家和非白人作家。她指明一些外国文学史著作中一共引入了一百多位作家,女性作家和非白人作家仅区区数人。这种具有鲜明性别歧视和种族歧视的偏向在几乎所有外国文学中很普遍,当然始作俑者并非我国学者,但说明蹈袭西方仍是事实。

《鲁滨逊漂流记》成为每部文学史必讲的经典,它其实潜涵着昔日殖民者的意识形态,我国外国文学史教材一般认为:从这部小说可以认识到资本主义原始积累时期新兴资产阶级的面貌。除了表现新资产者的创业精神外,也刻画了主人公的清教徒心理。这种论述并非错误,但也仅仅是一家之谈,难以揭示更加深刻的作品内涵,近年来,一些国外研究者对《鲁滨逊漂流记》的再阅读就是一个很好的例证。一位日本学者详细考察了这部小说与1689年英王室制定的《权利法案》之间的关系。诚如所知《鲁滨逊漂流记》是以

---

① 王诺:《生态批评的思想文化批评》,见《南京师范大学文学院学报》,2008年第4期,第2页。

当时一个水手赛尔利克流浪荒岛28年的经历为素材而写的作品。一般的文学史著认为这部作品除了表现了新资产者的创业精神外，也刻画了主人公的清教徒心理。有的文学史也提及鲁滨逊这个形象反映出殖民主义者的一些特点，但是作品还有更深的蕴涵。日本学者富山大佳夫指出了这部作品与英王室在1689年制定的《权利法案》的关系，《权利法案》发表之时，笛福29岁，对《权利法案》的核心内容应是非常了解的：国王保证臣民的权利，保护臣民；与此相对应，臣民方面要对国王竭尽忠诚，但其中存在着榨取的压迫关系隐藏起来的构图。与之相匹配，笛福在作品中把它现实化了。首先，黑人星期五被描绘成"高贵的野蛮人"。小说不仅突出他的美好外表，而且殖民者用《圣经》将他培养成一个基督徒，成为鲁滨逊的忠实卫士。这一点与《权利法案》的精神完全一致，"宛如是《权利法案》的寓意的呈现，说在这一殖民地小说中英国国政的约束已深埋其间绝不为过。"[1]同时富山指出，笛福在小说中设计了鲁滨逊、星期五、西班牙人的复杂臣民关系。小说写道："假如包括星期五在内三人均为异教徒或天主教徒，在孤岛上也不会产生大问题。问题在于我的仆人星期五是新教徒，他父亲是异教徒和吃人生番，而那个西班牙人是天主教徒。但在我们领土上，我允许信仰自由——这只是顺便说说。"[2]这一些话与《权利法案》中适用清教徒的王室观点是相悖的，但是作者采取了"随便说说"的叙述策略，避免有政治犯言论的嫌疑，在这里其实也隐含对大英帝国将来殖民地政策走向的预见。

富山联系了比《鲁滨逊漂流记》晚70年出版而更畅销的《非洲

---

[1] 富山太佳夫：《黑人思想家——〈权利法案〉与后殖民主义》，见小森阳一等主编《岩波讲座·文学》别卷，岩波书店，2004年，第287页。

[2] 富山太佳夫：《黑人思想家——〈权利法案〉与后殖民主义》，见小森阳一等主编《岩波讲座·文学》别卷，岩波书店，2004年，第290页。

人奥拉德·伊魁诺,别名葛斯卡乌斯·万萨有味人生的故事》,里面的同名主人公是一名被诱骗的黑人,他自愿归属大英帝国,接受宗教洗礼,主动思考进入上流社会。这一小说的思想与《权利法案》和《鲁滨逊漂流记》是完全相同的。当时英国国内已开始允许奴隶解放,表面上看已把奴隶当作人对待,在这些作品中出现的是报恩型黑人奴隶。这部小说显示出殖民统治者在进入拥有广袤殖民地与不同文化和宗教信仰的环境后与被殖民者的一种妥协,是一个统治的方策,而殖民统治本质并未改变。正如富山所说,这种理想化的人的解放关系,反过来倒偷偷地隐藏了伪善。相对于以野蛮暴力屠杀解决被殖民人们的反抗来说,这里已具有"后"的意味,从今天的视点来看,所说的"后殖民"问题已经浮现。

跨学科研究是文学原生态的回归,在文学史著中也必然体现

正如一位学者所说:"文学史"的概念"既含有文学历史的意味","也含有指向某种文学批评实践"①的品格。可以说:"文学史"必然体现撰写者的方法论,所谓"客观",因循守旧的"文学史"是和与时俱进将背的,当今时代的文学理论、文学批评的一个突出的趋向是综合性和动态性十分鲜明。用比较文学的术语可以说成是"跨学科研究"。其实,我们可以说"跨学科研究"是对近代以来把"文学"学科化、分节化研究的一个反拨。从根本上说这是"文学"回归原生态的具体体现。诚然,在一部外国文学史中任何撰写者都不可能把各种批评方法均体现出来,同样也很难逐一把"文学"与相关学科的关系详尽地勾勒。在很多文学史里长时间阵阵相因一,时代背景、二,作者介绍、三,作品介绍、四,主题思

---

① 冈崎义惠等主编:《日本文学与英文学》,教育出版中心,1973年,第526页。

想、五，艺术特色的教条模式，虽然近年的外国文学史著作表现了突破这一模式的很大努力，有相当改观，但是我们仍然陷于许多误区不能自拔，这十分有害于学习者养成创新思维。在一些文学史著中把"文学"置于大的时代背景下叙述某种文艺思潮、文学流派的产生，这似乎已注意到文学与相关学科的联系了。但是，如果我们仔细辨析会感觉到它还不是真正意义上的"综合"的阐述，在相当大程度上是作为文学的"背景"来思考，是分节化的变貌。如果我们回归到文学的原生态，循着不同领域如何被分节化的过程，考察不同时期所谓"文学"的形态，揭示它与其他领域的内在联系，这就不是简单的加法式的跨学科研究，而是一种分析与综合辩证统一的方法论。从世界文化发展史来看，诗乐舞不分家、文史哲浑然一体，应该说是人类文明初始的原生态。随着人类的前行，特别是近代由西方起始的学科分立、分析思维的发达，造成了今日的"学科"林立的局面。分析与综合是人类思维的两翼。恩格斯说："……思维既把相互联系的要素联合为一个统一体，同样也把意识的对象分解为它们的要素。没有分析就没有综合。"[①]但是综合与分析是辩证统一的，割断事物之间实际存在的联系，或把这种联系简单化，都不能很好地体现事物实际的生动，犹如视躯体为各种器官的组合，忽视她的整体性、生命性一样。在正确的思维模式下我们把所谓文学与宗教、各艺术品种（音乐、美术……），媒体，包括自然科学在同一网络中的动态、变化展示出来，可以呈现的是人的生存状态，而不是一种单纯的认知。

在这有限的篇幅里，仅从文学与宗教的关系的思考略谈一二。诚如所知，在西方研究文学如果离开"宗教"是不可思议的，无数的西方文学著作都和宗教结有不解之缘。同样，在东方这一方面也

---

① 《马克思恩格斯全集》第20卷，人民出版社，1971年，第46页。

是有相近的问题。然而，进入21世纪以来，世界各地，不同文化的人们的价值观在发生重大变化，包括"宗教"引起人们的格外关注。作为"文学"的研究者也应积极地面对这一问题，作出富有启发的回答。在人类进入21世纪之际，日本岩波书店曾推出一套大型丛书《岩波讲座·宗教》共10卷。在丛书编者按中探讨了在新的形式下宗教的走向。他们认为："针对宗教的学习乃是对人类永恒的追问不断提出新问题，也是在历史纵深发展中对现代的把握。全球化与个人化同行，在价值观与好恶的对立使人困惑的现代里，有差异产生的不信任与孤立的同时，异质性的自觉所产生的觉醒与创造的可能性也呈现出来。宗教也好，针对宗教的学问也好，我们的时代是否把目光朝向这一点了呢？"①同时，主编者明确指出他们的研究已不能立于过于框定的领域，不能不扩大其领域，"对于狭隘的诸学科的境界已不应再忠实于它……必须进行跨领域的知识冒险。"②

在我国，很多学者近年在文学与宗教关系研究中硕果累累，如中国人民大学一批学者的探讨令人瞩目。我们的"外国文学史"围绕域外文学与宗教关系的研究具有广阔的空间。越是在科学技术发达的时代，即或过去意义上的宗教已发生很大变化，但是，新的宗教问题不断涌现，很多都反映在文学艺术中，对此，文学史著应作出深入的思考。

内容与形式是研究文学不可或缺的问题意识。新中国成立以来受极左思想影响，内容与形式二分在国外文学史当中也十分突出。同样对待内容与形式的分析仍然需要分析与综合的辩证统一。在这里仅以"小说"为例简单加以论述。

"Novel"这一源于西方的术语在明治初期被日本文学理论家对

---

① 池上良正等主编：《岩波讲座·宗教》总序，岩波书店，2004年，第Ⅴ页。
② 池上良正等主编：《岩波讲座·宗教》总序，岩波书店，2004年，第Ⅵ页。

译为"小说"后，在我们的外国文学史中被接受。不管任何时代的带有虚构特点的散文作品均被纳入到了这一术语的门下。在这样一种操作下我国的"传奇"、日本的"物语"均被纳入"小说"的属下。然而，这种拉郎配抹消了不同文化的特点与差异，实际是用西方话语吞没了不同文化的内涵。日本学者河合隼雄在评论村上春树代表作《海边的卡夫卡》时曾就日本古代物语现代小说论述过"物语"与"小说"的区别，他说："我觉得被叫做现代小说的作品不怎么有趣，我喜欢的是物语。'物语'者，真的是'物'在'说'。去说'物'当然可以了，但是我想物去说这种表达方式也是可以的。一般来说把心与物分开来，但在日本并不怎么区分，是对物与心分离前的状态的叙说，或者说是这样的物的言说时，比起人来更使人感到惊心动魄。人已毋需介入，物如流动着的述说就是物语吧。为此作为物语的神话、传说、像平安时代的物语的作品我非常喜欢。一读这样的物语，人就显得简单了，有种在骑在流动之波的感觉。"①河合讲的是以"天人合一"、"物我一如"状态下的叙述学，也是中国古代文化、日本文化中的突出特征。为此，把包括《源氏物语》为代表的物语作品，笼统地称作"世界最早的长篇小说"之类的话，就容易抹杀东西文化各自特点，特别是把东方的文化产品纳入到西方话语框架中去定位了。再看西方"小说"的产生。一位学者结合克里斯蒂娃"文本间性"问题的论述，指出她这一提法是从对"小说"历史的追溯中产生的，史忠义先生在《20世纪法国小说诗学》中指出，克里斯蒂娃"以法国第一小说家安托万·德·拉萨勒（Antoine de la Sale，1385—约1460）的小说《让·德·圣特雷》（*Jehan de Saintré*，1456）的手稿的改动情况为据，说明1455年是一

---

① 河合隼雄：《物语境界体验——村上村树〈海边卡夫卡〉读后》，《新潮》2002年第12期，第234—235页。

个划时代的历史年份,圣书的时代结束了,书面文字(écricure)最终与话语(parole)结合,而小说体裁的诞生则是这种结合的象征。小说是古希腊至中世纪人们关于书的观念变迁的产物和见证。"

"拉萨勒用多种颜色的墨水对自己的手稿进行了认真细致的改动。这些改动说明他真正把自己的作品当做一种书面形式,当做由书写符号和语言构成的网络,书写符号与语言的物质内涵与内容同样重要。这种对书面文字或文本的观念是当时中世纪特别书面文字的一个窗口,也是后世西方文化对书具有深厚宗教感情的早期标志。小说正式在这种文字与话语、科学与愚昧相碰撞的大背景下产生的。写作是一种表达个人行为和融入社会的方式,文字形式标志着某项工作的完成。"①

许多中外学者已从不同经典文本梳理了不同时期代表作(均进入外国文学史)的富有新意的小说论。福楼拜的《包法利夫人》无论从哪个角度都要进行认真研究之作,尤其在"小说"发展史上它更占有一席之地。日内瓦学派学者乔治·布莱指出:"《包法利夫人》的第六章中发现了一种转调的艺术。何谓转调的艺术?就是作者的视角与女主人公的视角之间的组合以及他们之间的交替和相互影响。"②这种协调关系不能仅看作是小说技法,而应理解为人的复杂关系的多彩变换。

在20世纪的小说中,出现了"未完"之作,特别是卡夫卡的作品,很典型。有的学者已指出这种开放状态恰恰反映了"当小说发展到一定程度时,就深层而言不再可能采取一种僵硬的形式,偏爱某种形式而否定其它形式。"③这同样是人的生存状态使然。

---

① 史忠义:《20世纪法国小说诗学 比较文学和诗学文选》,河南大学出版社,2008年,第86页。

② 郭宏安:《从阅读到批评》,商务印书馆,2007年,第40页。

③ 郭宏安:《从阅读到批评》,商务印书馆,2007年,第44页。

在这一篇文章里不能一一枚举。以上文字所讲的道理是明显的,如果采取将内容与形式二分,即或再精细所谓文学研究,文学史构建都会本末倒置。

至于文学与音乐、美术、媒体之关系因有另文,恕不一一陈述。总之,重构外国文学史著的空间极为宽阔。

当然,任何史著都追不上具体文本研究的脚步,可是,尽量站在时代前沿的操作则是不可忽视的。以上想法首先是自我超越,哪一个人不想尽量跟上时代前进的脚步呢?

中西文化与中西文论[①]

中西文论都是人类文化的重要组成部分,它们既有沟通的基础,也有明显的差异。笔者在多篇文章里谈过,中西文化的差异恰恰是互补的前提。为此,我们要促进双方的理解、交流,只有既理解相通之处,又要把握差异,才能从异求同,才能做到取他山之石以攻玉。也只有把握"差异",才能从"异"求"通"。我们正是从这个出发点进行中西文论比较研究。

要把握中西文论的差异,当然首先要知道中西文化的同与异。

中西文化的差异是多方面的,我们不妨从几个最主要的层面来剖析。

一、是"天人合一",还是确立天的单独存在,是中西文化的重要差异

钱穆先生在《中国文化特质》中说:"中国文化特质,可以'一天人,合内外'六字尽之。"他进一步解释说:"天指的是自然,人指的是人文,人生在大自然中,其本身即是——自然。脱离了自然,又哪里有人生。则一切人生,亦可谓尽是自然。自然人文会通和

[①] 本文原载孟庆枢等著:《中国比较文学十论》,吉林文史出版社,2005年9月。

合，融为一体，故称一天人。"①这里的文化观主要指的是儒家文化观，而道家亦如此。徐复观先生说："儒道两家的人性论的特点是：其工夫的进路，都是由生理作用的消解，而主体始得以呈现；此即所谓'克己'、'无我'、'无己'、'丧我'。而在主体呈现时，是个人人格的完成，同时即是主体与万有客体的融合。所以中国文化与西方文化最不同的基调之一，乃在中国文化根源之地，无主客的对立，无个性与群性的对立。"②

中华民族从远古就早早地进入到农业社会，农耕劳作，在土地上求生活，只要风调雨顺，自己勤劳，就会有满意的收成，稳定的衣食。在这样一种社会里，人与自然之间绝无不可调和的对立。在古中国人的观念里，是天地育成万物，一切都是上天的恩赐。连对天、地、日、月的称呼都人格化，如一直在近代人们的口语中还称太阳为"老爷儿"。因此，对于大自然，他们的态度是亲和的，他们的理想便是与自然融洽协作，简而言之，便是"天人合一"。

与此相对，以古希腊为代表的西方文化源生于爱琴海岸，是充满商业性质的社会，航海贸易与农耕社会的平稳生活有很大的差异。经商的生活不仅充满了风险，赔与赚不完全由自己把握，而且需要东奔西走，动荡不安。在海上航行，要与风浪搏击，要和雷雨抗争。这一种现实，决定了西方人对自然有一种对立、惧怕的情绪，但是，寻求自身的发展的要求又使他们从对立和惧怕转而变成探究、认识和征服。我们从最早的希腊神话和荷马史诗中已明显地看到了这一特点。

人与自然的关系不能简单地理解为人对于身外世界的态度，在事实上，人类社会的理念最初也是由这种关系产生出来的。在《易

---

① 钱穆：《理性与生命》，上海书店，1993年，第432页。
② 徐复观：《中国艺术精神》，春风文艺出版社，1987年，第115页。

传》里有:"观天之神道,而四时不忒,圣人以神道设教,而天下服矣。"(《观象传》)这就说明人世的观念是从人对自然的观察中逐渐悟出的,可以说连宗教本身也有一定的生态学的意义。中国儒家的这种"神道设教"是"从自然崇拜中发展出来的,但神道设教又突破了自然崇拜的局限性"①。儒家学说从一开始就十分重视人与自然的协调关系,有的学者认为,"'人有中曰参,无中曰两。'《逸周书·武顺解》这是儒家的辩证思维在生态学问题上的集中体现。"② 由此可见,儒家的"中庸"思想不仅仅是社会准则,同时也是人与自然关系的准则。

当然,我们讲儒家的人与自然关系的全面观点时绝不应忽视儒家把人放在这一关系首位的观点。"水火有气而无生,草木有生而无知,禽兽有知而无义,人有气、有生、有知亦且有义,故最为天下贵也。"(《荀子·王制》)在人与自然关系中人是占主体性的。但是,这并不是可以极端地认为人可以盲目地征服和驱使自然,反而更需要人们尊重自然的情况才能弘扬主体性。所以荀子又说:"列星随旋,日月递炤,四时代御,阴阳大化,风雨博施,万物各得其和以生,各得其养以成,不见其事而见其功,夫是之谓神;皆知其所以成,莫知其无形,夫是之谓天。"(《天论》)也就是说人们善于利用大自然本身的规律来为人们服务,通过人自身的修养与自然协和,这一思想是在与大自然亲和关系上的发展。

二、主理性还是主经验,是中西文化差异的又一不同品格

古代中国是封闭自守的农业型经济,在这个讲究天人和谐、人

---

① 张云飞:《天人合一》,四川人民出版社,1995年,第178页。
② 张云飞:《天人合一》,四川人民出版社,1995年,第178页。

伦敦化的宗法制社会里，人们重视的是人的内在品德修养，很少去探究客观外部世界的构成。古人讲"修身、齐家、治国、平天下"，修养自身的德行是第一条，而修身的方式是向内"自省"。《论语》中的"吾日三省吾身"，荀子讲"君子博学而日三省乎己"，这样一种讲求向内思辨的模式便造成了中国古代的思维方式重在直觉与经验，缺乏分析性与逻辑性，偏重于追求直觉思维中的感悟。

古代西方（古希腊、罗马）是开放的、外向的商业经济社会，在充满冒险的动荡不安的商业活动中，一切都是不可预测的，前面充满了艰难险阻，要获得胜利，必须认识自然，进而征服自然。西方人对变幻莫测的自然充满了好奇，较之中国人，他们更注重探究外部客观世界的奥秘。他们总是很关心外部世界的规律，总是在寻找规律，以求认识世界、把握世界。在这个过程当中，他们必然注重分析与逻辑，形成了充满理性的逻辑思维方式。西方哲学与科学的发达与他们自古以来形成的这种思维方式是分不开的。而中国，如钱穆所说，中国思想"乃在其不主离开人生界而向外觅理，而认真理即内在于人生界之本身，仅指其在人生界中之普遍共同者而言，此可谓之向内觅理。因此对超越外在之理颇多忽略。不仅宗教科学不发达。即哲学亦然。"[①]

从中西方不同的思想和思维方式中产生出不同的文化心态，对于文学批评也就不同。西方偏重于理性和认知，认为文学也有一个在外的、有迹可寻的逻辑结构，从而出现以因果为据、以陈述证明为主的批评。西方的批评著作往往有恢宏精深的体系，概念周密，逻辑严紧，论证充分，具备坚实的哲学和自然科学基础。从亚里士多德的《诗学》到西方近代的文艺理论著作，无不具有这样的特点。在中国的文艺批评中，批评家与作品之间不是单纯的认知关

---

① 钱穆：《理性与生命》，上海书店1993年，第461页。

系，作品不是被单纯地视作探究的客体，而是被看成一个有机的整体，其内在生命的变化运动不具备一个有迹可循的逻辑结构。这样，中国的批评家就不是以知性的逻辑对作品作形而上的向外探寻，而必然采取以直觉的方式寻求形象的语言，去逼近作品气韵的律性。中国历代的文艺批评都不是在一个完整的理论框架内进行论述，当然，个别论述似乎对此有所超越，如《文心雕龙》。但大都缺乏完备的严密的体系，理论见解往往是在对具体作品的分析或在偶感、札记、序言、后记中零星地显现出来，真知灼见闪烁其间，但需要在大范围内披沙沥金地寻找。诗评词评如此，小说批评亦采用点评的方式，金圣叹们的理论主张就是序跋和眉批之间见功夫。中国文学批评所采用的方式，也往往是以物观物，以象构象，以生动形象的比喻来评价作品，让人在一种审美直觉中去体悟艺术的妙处。中国古代的文艺批评是建立在鉴赏的基础之上的，西方的文艺批评则建立在认知的基础上。

我们在这里说中国诗学比较重直觉或经验，绝不是说这种方式就比西方的重理性、逻辑的诗学体系差。中国诗学的这种形态里蕴含着许多西方诗学所不具备的潜能，这是亟待开发的。如果把中西诗学的同异看作是黄钟瓦釜之别，势必将中西诗学的比较研究导向排斥一方，重蹈故步自封的境地。

三、以善为中心和以真为中心的中西文学观的相异

"诗言志"可以说是中国最早的诗论，今存《尚书·虞书·尧典》有"诗言志、歌永言，声依永，律和声，八声克谐，无相争伦，神人以和"的论述。但据近人张心澄《伪学通考》上册《经命·书类》的考证，认为该书乃战国时儒家学派的伪作。"诗言志"说比较可靠的记载最早是《左传·襄公二十七年》（前546年），赵

文子对叔向说:"诗以言志",其后《庄子·天下》有"诗以道志",《荀子·儒效》有"诗言是其志也"。因此,虽然我们不能相信《尚书》是记载上古时代的文献,但可以肯定"诗言志"说产生得很早,在春秋战国时期,这一看法就已经相当普遍。近代学者朱自清先生在《诗言志辩·序》中把它称为中国诗论的"开山的纲领"。那么,这里的"言志"究竟指的是什么呢?据有的学者认为,它包括三个方面的内容:

(1)指巫祝之友在祭祖仪式上向天祝祷或以功业颂扬祖先的颂歌。如《诗经》中的颂诗。

(2)某些诗篇的作者为表达对某些生活现象和政治情况的态度,并对之进行赞美或讽刺,如《诗经》中的某些"雅"诗。有的作者直接在诗中表明了自己作诗的目的,如"家父作诵,以究王讻。式讹尔心,以畜万邦。"(《小雅·节南山》)。

"寺人孟子,作为此诗。凡百君子,敬而听之。"(《小雅·巷伯》)

"王欲玉女,是用大谏。"(《大雅·民劳》)

而《诗经》"国风"中的抒情诗,本属流传民间的作品,表达的是广大人民的思想感情,但统治阶级却采诗以观民风,把诗作为观察时政的工具。如《国语·周语上》记载"召公谏厉王弭谤":"……为川者决之使导,为民者宣之使言。故天子听政,使公卿至于列士献诗,瞽献曲,史献书,师箴,瞍赋,矇诵,百工谏,庶人传语,近臣尽规,亲戚补察,瞽史教诲,耆艾修之,而后王斟酌焉,是以事行而不悖。"

《礼记·王制》记载:"岁二月,(天子)东巡守,至于岱宗,……觐诸侯……命大师陈诗以观民风。"

《汉书·艺文志》记载:"古有采诗之民,王者所以观风俗,知得失,自考正也。"

从这里所引可以看出，统治者是通过诗来观民风，考究时政，探知民心，注重的是诗的社会功用。

(3) 统治阶级在不同的外交场合经常以诗来表达自己的观点，这就是所谓"赋诗言志"。赋诗的人"言志"，听诗的人便"知志"。《左传·昭公十六年》中韩宣子对郑国六卿说"二三子请皆赋，起亦以知郑志"。

通过以上这些看，"诗言志"一方面是侧重在它的功用诗学上。在这方面，孔子是集大成者。

孔子提出了著名的"兴、观、群、怨"说，"诗可以兴，可以观，可以群，可以怨"。(《论语·阳货》)

兴："引譬连类"(孔安国)、"感发志意"(朱熹)，对人起鼓舞作用。

观：是"观风俗之盛衰"(郑玄云)，"考见得失"(朱熹)，即认识社会的真实情况。

群："群居相切磋"(孔安国)，指同志者相互促进。

怨："怨刺上政"(孔安国)，对不良风气或虐政进行讽刺批评。

这里除了"兴"，其余的均为诗的社会功能。孔子还把诗作为训练口才从政的工具，"不学诗，无以言"(《论语·季氏》)，"育诗三百，授之以政，不达，使于四方，不能专对，虽多奚以为?"(《论语·子路》)

孔子对待学诗的目的性也十分清楚，学诗的目的是"迩之事父，远之事君"(《论语·为政》)合于"礼"的标准，可以说是"修身，齐家，治国，平天下"的一个手段。

在诗的审美标准方面，孔子强调"中和"之美，他说"《关雎》乐而不淫，哀而不伤"(《论语·八佾》)，"子谓《韶》，尽美矣，又尽善也。谓《武》尽美矣，未尽善也"。两部音乐的曲调虽然都是美的，但是前者是歌颂尧对舜的禅让，后者是歌颂武王以武力夺取天下，因此孔子认为《韶》胜于《武》。可见，孔子是以善为首要目的，美与真是依附于善的。

"志"从另一方面讲，就是指作者的情感体验和主观情态。中国诗学是沿着表现的路线向前发展。《毛诗序》可以看作是先秦儒家诗论的总结，里面有一段著名的话："诗者，志之所之也。在心为志，发言为诗，情动于中，而形于言。"这里明确地提出了诗是作者内心情态的表现。

中国古代是一个农业型社会，相对安定平稳的农业生产劳动使人们的生活很少具有竞争性，人们注重的是人与人之间的融洽与和睦，因此中国古代的先民更多的是重视人的内在情态与主观心态。中国古代的文学作品亦能说明这一点，古诗词中的大部分都是抒情之作。咏物诗是古诗中的一个重要类型，看起来是吟咏外物，然而，咏物为的是言志，咏物只是手段，言志才是目的。"托物言志"的定式一代代传下来，一直延续到现今的学生作文教育中。

然而，中国古代文论中所说的这种诗所表达的情感与心态又是有规定的，那就是必须要合于善的标准，即这种情感与心态一定要合于伦理道德，"诗言志"的"志"，其实就是"载道之志"。

伦理道德实在是中国古代文论的生命。在古代中国，以血缘关系维系而成的家庭是农业生产的基本单位，家庭的观念在中国人心中延伸到国家，到天地宇宙。在君与民的关系上，君是父君，民是子民；在对大自然的认识上，天为父，地为母，天地交合而生万物。这种以家庭为基础又以家庭为模式的社会，便是宗法制社会。这个社会要维护自己的秩序，于是强调尊卑有别，长幼有序，强调忠、孝、节、烈，强调以善为中心的所有伦理道德，因为这些东西是社会得以平稳正常运转的基础。这种思想表现在诗学上，就是要求文艺要为社会服务，即"厚人伦，美教化"，因此抒发情感就必须合于道德，有所节制。孔子称赞《关雎》"乐而不淫，哀而不伤"

是因其合于"礼",《毛诗序》中也强调"发乎情,止乎礼仪"。可见,诗虽然是由情而生,但礼仪才是诗的标准。正如日本著名的中国学学者吉川幸次郎所说:"可以说中国的诗在其产生初期就带有政治的、伦理的性质,而且这一传统一直延续、流传到后代。"[①]钱穆先生在《中国文化与科学》中也指出:"中国人一向重视现实与应用,亦可说重视事实与经验,此一点,亦即是中国文化的精神。因此在中国文化体系中,不仅宗教不发达,即哲学亦不发达。中国人一向所重,乃在道德与教育,教育之重心则仍是道德。"[②]

但是,中国诗学的表现说与西方的表现说并不相同。西方的以人为中心的"以我观物",不仅使"模仿说"的主体与客体处于二元对应的状态,即使是"表现说"的艺术情感也与外在物象是分开的,自然的外在外象是处于被人观照、占有、被人化。中国诗学则走的是一条"以物观物"的认识之路。以物观物的目的在'道',而'道法自然',所以以物观物则可以通过对道的认识直接把握自然。[③]我们可以看到,最终是合乎'道'之善,是将天人合一达到高度和谐的善,这与西方的伦理观有很大的差别。中西文论是超大型课题,在这里仅就主要之点管窥。

---

① 《中国文学的特色》,见《中国比较文学》,1989年第1期。
② 钱穆:《理性与生命》,上海书店,1993年,第423—424页。
③ 张铁夫主编:《新编比较文学教程》,湖南人民出版社,1998年,第218页。

新时代,新视野,新诗学[1]

——史忠义教授《中西比较诗学新探》等著作读后

一

从20世纪80年代以来,中西诗学比较研究的著述绵绵不断,留下了众多探索者的足迹。在我国学界包括中西比较诗学的研究热是改革开放以来东西方文化进一步交融的产物,可以说是建设有中国特色的社会主义文化的组成部分。史忠义先生的几本著作在改革开放三十年之际推出,可谓应运而生。上述著述体现了在经历改革开放以来中国学人在新的视野建构新诗学的许多新意。

在《中西比较诗学新探》——简称《新探》著者把文学艺术也看作"第一生产力"。因为先进的文学艺术"代表着人类的普通愿望和历史的发展趋势。这种广义的强大的第一生产力将迫使并促进生产关系的不断调整,促使人类社会的均衡发展,促进人与自然的和谐发展,从而把我们的世界带入了一个新的和谐的自然形态和社会形态。"[2](P407)这是著者从事这一领域研究的根本目的所在。

从上个世纪六、七十年代伊始,敏感的西方学者们就以不同的表述认为人类社会进入了一个新的转型期,一个新的时代,或叫

---

[1] 文中原载史忠义等主编:《思想与诗学》,开封:河南大学出版社,2011年。
[2] 引文见《中西比较诗学新探》,简称《新探》,均为河南大学出版社出版,2008年7月、8月版,只标明页码。

"后工业社会"、"信息社会"、"后现代社会",不管其内涵如何多元、诡谲,有一点使人们开始产生共识:当今世界的种种变化其根本是人的思维模式的变化,这是人类适应生存环境的必然抉择。对于后现代主义的评判褒贬不一,众说纷纭,我们可以再深入探究。但是,有两点是值得格外予以注意的:有学者认为"后现代主义(postmodernism)既是一种文化思潮,也是一种思维方式。"[1]西方学者 D.C.霍伊说:"从中国人的观点看,后现代主义可能被看做是从西方传入中国的最近的思潮,而从西方的观点看,中国则常常被看作是后现代主义的来源。"[2]

就某种意义上说,始于上个世纪后期的新一轮的东西文化交融明显的具有东西文化互动的特点,西方文化在转型期中从思维模式的反省中探求东方文化的宝贵资源的趋势引人瞩目。季羡林先生在 1997 年发出的:"到了二十一世纪,包括中国文化在内的东方文化将在东西方文化融合的基础上再见辉煌"的至理名言应该说是对这场东西方文化交融的高屋建瓴之见。新一轮的东西文化(包括诗学)的交融是在东西方更自觉地意识到人类历史形成的东西不同思维模式、哲学基础上开展的,而且深感必须取长补短。为此,我国的中西诗学比较研究就不能不进行跨文化的从更宽广的视野的思考。忠义先生的研究在这方面做出了富有成效的努力。在史著中可以感觉到贯穿始终的是对中西哲学观念、思维方式的比较研究。"天人合一"、"自然人文会通和合,融为一体,故称一天人。"[3]在我国儒、道对此是一致的。忠义先生在披阅大量中西典籍,多年钻研后提出

---

[1] 王治河:后现代主义(代前言),见王治河主编《后现代辞典》,中央编译出版社,2004 年,第 9 页。

[2] 王治河:后现代主义(代前言),见王治河主编《后现代辞典》,中央编译出版社,2004 年,第 3 页。

[3] 杨成寅:《太极哲学》,学林出版社,2003 年,第 4 页。

了我国文论体现"天人合一"的具体理念为"感物说",并将它与西方近代的"感知现象学"互为阐释。作者梳理了从《易经》以来一系列典籍的重要论述。"天地感而万物化生,圣人感人心而天下和平;观其所感,而天地万物之情可见矣"(《象传》)。在《礼记·乐记》中的"凡音之起,由人心生也。人心之动,物使之然也。感于物而动,故形于声;声相应故生变;变成方,谓之音。"作者认为"感物说到魏晋时期趋于成熟。"、"人禀七情,应物斯感,感物吟志,莫非自然。"(刘勰《文心雕龙·明诗》)忠义先生总结说:"感物说是中国诗学的机枢,总摄中国古代各种诗学观。感物说其实也是中国哲学的机枢。"(见史忠义《感知现象学与感物说》稿本)近年亦有学者提出中国古代"太极哲学",指出"太极元范畴的内涵首先是'实有'"①这位学者还把这一思维称作"整体分合思维"②读过忠义先生大著觉得与之相通。笼统地讲中国传统思维方式为"形象思维"或"综合思维"似乎着重了某种倾向,为此,我同意上述表达方式。《新探》著者并将我国传统文化的"感物说"与西方的"造物说"相比较,又从海德格尔、梅洛-庞蒂为个案梳理西方哲人百年来对形而上"造物说"的突破与反思。"中国文论的哲学基础和中国哲学的理论基础折射着朴素的辩证唯物论,而西方诗学的哲学基础和西方哲学的理论基础是率性的先验形而上学。"对于这一大论题自然会见仁见智地探讨下去。笔者在这里深切感受到的是忠义先生不是简单地撷取一些材料作出空泛的结论,而是审慎地追踪了从古希腊起始的西方诗学的动态发展,又细细体味中国文论的精髓,这就使得这一结论的基础更为扎实。在《新探》中著者拈出"崇高"这一"西方的审美性诗学之纲"与中国古代文论的"神

---

① 杨成寅:《太极哲学》,学林出版社,2003年,第266页。
② 钱穆:《理性与生命》,上海书店,1993年,第432页。

似"、"神思"、"入神"相比较。指出它们"都反映了人的精神活动,且都有升华的内涵内容,这是它们的一致点。"(P105)在西方从朗吉努斯始至黑格尔推到极致的"崇高论",可以说是宗教精神的体现,是把上帝作为"最完美的参照系"的产物(P106)而以"感物论"为旨归的我国哲学里,"神似"、"神思""体现了中和性思维的特点"(P106)寻根溯源的比较研究必然把中西诗学放在跨文化的范畴去思考,必然引申到"一分为二"还是"合二而一"的一元论、二元论的探究。这种表面看去对文学范畴的超越已是当代诗学研究的突出趋势。忠义先生有关比较诗学的论著已延伸(姑且这么说)到比较哲学领域。他在《关于一二元统一说》这篇论文中,认为:"一二元统一说建立在感物说、天人合一说和辩证唯物主义等思想的基础上,承认一元论的宇宙观是根本前提,实际上对人与自然两分、各自独立存在的二元论思想进行了改造。""二元论不能颠覆一元论的宇宙观,实际上居于二级视野,是分析哲学意义上的概念,为我们认识和分析人与自然世界的关系提供了话语的可能性,但一二元统一说肯定对立统一在物理学的真理价值。"著者的结论是从我国古代典籍《易经》、《老子》、《论语》、《孟子》等论述互为参照得出的,这一提法值得关注。我认为人类走出"自然人"的故乡而成为"文化人",在交接点上(形而上的确定一个时点)是给后来人留下了蛛丝马迹的。《老子》的"有物混成,先天地生,寂兮寥兮,独立而不改,周行而不殆,可以为天地母。吾不知其名,字之曰道,强为之名曰大。"这是我们的先民对中国远古文化的初始记忆。作为"文化人"的最显著标志是凭借语言把握世界。语言不仅仅是人类互相交流的工具,它也决定着文化。人类通过语言拥有一个新的世界。人类在"文明"的大道上迅行,反过来必然拉大与自己过去的故乡——浑圆一体的母胎——的距离。正如婴儿离开母体的最初的哭声,既有投向新世界的恐惧也有对故乡的怀恋。笔者称之为人类的"回归意识"。①人类既要前进，心灵深处又总要回归故乡，这种张力本身恐怕是人的原动力。或许是一二元论统一的真谛吧。这种"回归"不是简单的返回人类的原初，而是现代人通过对自我"根"的追求而保持不与历史断裂，克服精神危机。这种张力在我国哲学中清晰可见，在西方形而上哲学主流中也有一定反应，特别是近代以来以一些西方哲人对形而上屡次挑战、质疑、颠覆，它的指向也是以一二元统一作为方向的。

从这个意义上讲，我们不能笼统地否定二元论，那种分析性的思维，特别在自然科学上，仍然要发挥它的作用。缺乏精细的分析是不会取得优秀成果的，但是，如果人类抛弃合二而一的整体论，也难免会走进死胡同，至于如何协调，保持一种和谐发展，这恐怕是人类在21世纪的重大课题。从这个意义上讲，当今研究比较诗学必然要进入这一层面。

二

20世纪80年代以来的比较诗学探讨从深层次上说也是对"文学"的再认识，动态的理解"文学"，是与时俱进的再思考。《新探》等系列著作突出地体现了这一精神。近代意义上的"文学"产生于西方，"literature"直译成"文学"，它的内涵也越来越使研究者、读者感到困惑。我们始终是被囿于这"自明"的范式之中。然而，正如彼德·威德森所说："在20世纪后期'文学'作为一个概念、一个术语，已经大成问题了。"②因为以前的"文学"概念无法

---

① 孟庆枢：《论文学的跨学科研究》，见解恩泽主编《跨学科研究思想方法》，山东教育出版社，1994年，第237—244页。

② 彼得·威德森：《现代西方文学观念简史》，钱竞等译，北京大学出版社，2006年，第2页。

承载当今的"文学",为此诸如"文学的死亡"、"文学的终结"频频出现也不足为怪了。在我国,"文学"这两个字最早可见于《论语》:"文学,子游、子夏。"扬雄《法言·吾子》:"子游、子夏,得其书矣。"在 春秋战国时代,"当时的'文学'即'记录'"①朱自清先生的见解是非常精当的。正如忠义先生所言,我国自古以来文史哲不分家,很多学者称我国在魏晋南北朝产生了"文学的自觉"也不能理解成为具有了近代意义的西方术语"literature"的内涵。忠义先生以动态的思维模式重新叩向了"文学"为何。在他的几本著作中都采取了察往、抚今、知来的探究。一般来说撰写我国文学史(也是在西方话语影响下的操作)、文学批评基本上是按西方近代"文学"内涵来思考的,为此文学理论方面从"诗言志"肇始成为定规。然而,如果我们仔细查阅,一些中国文学(文学批评)史著中也有学者显示了不止于此,从更宽广的视域中审视的努力。本文只从一本文学史谈起(这一工作还要做下去,一些被"经典化"的所谓"主流"文学史、理论排除、压抑了许多有见地的论述应重新发现。)有的研究者提出过:"称'先秦文学史'为'大文学史',不仅仅是因为这时期史的跨度极长,兼有几个社会形态的文化,为后来的断代文学史所无法比拟,最主要的还在于它是文化发端期的文学,具有更为突出的文化性特征和综合形态的特点。"②在这部文学史里已明确指出这里的"文学"观念异于"纯文学"观念,提出"文化发生学研究"、"文化综合动态关系研究"③的动议。

在这方面史忠义格外关注了中西文论(诗学)的"原动状态"和"潜在诗学"。著者把周初的《周易卦爻辞》作为"商代歌谣集"来看待(对此已有罗根泽先生提出过)忠义先生援引王国维、梁漱溟的

---

① 朱自清:《中国文学批评研究讲义》,天津古籍出版社,2004年,第127页。
② 赵明主编:《先秦大文学史》,吉林大学出版社,1993年,第4页。
③ 赵明主编:《先秦大文学史》,吉林大学出版社,1993年,第4页。

观点"以周公为代表的周初文化精英,从殷之代夏、周之代殷的历史变迁中对体现宗教进行了一次深刻、彻底的反思。""以人文取代宗教"提出了"诗是以神话和礼仪为中介而与日常语言相分离"的论断。但是在中西方各有不同,在古希腊是如此,但在华夏"却反映了从天命鬼神类迷信观念向人文精神的过渡。"(P5)得出了:"中国人更长于中和性思维,而西方人则更多一些迷狂性思维。"(P7)的论断。忠义先生的诗学比较研究回溯到先秦,"甚至更早一些"(P9)当然也盼望考古新发现,以实证来说话。

同时,忠义先生还比较了"诗言志"与"摹仿说"。指出它们"都是具有多色性和多义性。"它们都经历了长期的发展演变,在历史演变过程中,它们的意义因使用者的不同而有着一定的差异性。"诗言志"注意的是直抒胸臆,直抒心中的政治抱负和情怀,把根基牢牢地扎在现实政治的土壤里,与《易经》和道家的宇宙观不矛盾,更与儒家的政治观相吻合。而柏拉图的'摹仿说'则建立理式与摹本、可视世界与永恒世界的二元论哲学基础上,把真正意义上的存在只归于精神的存在(P30)忠义先生援引梁漱溟先生论述,指出中国的形而上学与西洋、印度全然不同(P246)是值得深思的,如果不从这一根本仔细辨析,所谓中西方诗学比较往往是南辕北辙。论及中国的形而上学时梁漱溟先生有过一段切中肯棨的话:他指出中国的形而上学"大多都具于周易。周易以前的《归藏》、《连山》和周易以后流布到处的阴阳五行思想,自然也不能全一样,然而大致总一样的。足可以周易代表他们。"又指出大家公认的中心思想是"调和","其大意以为宇宙间实没有那绝对的、单的、极端的、一偏的、不调和的事物;如果有这些东西,也一定是隐而不现的。凡是现出来的东西都是相对、双、中庸、平衡、调和。一切的存在都是如此。这个话是观察变化而说的,不是看着呆静的宇宙而是看宇宙的变化的流行。所谓变化就是由调和到不调和。"①史前的东西不见文字记载有待发掘，但是梁先生的论述是在丰厚的史论基础上的体悟，是令人信服的。对于"文学"的动态的把握，体现在"诗学"（文论）上，自然是发现其中的"张力"和不同术语、概念间的碰撞，在同异中见出机微，形成问题意识。忠义先生注目于"诗言志"及对其的"反叛"与"突破"。从今人陈良运先生与前贤朱自清先生有差别的观点中得出，从总的历史视野观照，"陈先生对'诗言志'体现的厚重程度似乎稍有些估计不足。"（P50）20世纪30年代以来至建国后，特别是"文革"之中，"什么阶级说什么话"的阶级批判论算是达到一种极致，根据是确凿的。不过我倒看出陈先生意在言外，是一种反拨的心态使然。围绕"缘情"，忠义先生梳理了源于上古，再由曹丕、陆机理论化之后赋予"缘情"变化中的丰富内涵。他援引蒋寅先生的论述得出"中国的'诗缘情'即中国的抒情诗要比西方的抒情诗的范围广一些。"的看法（P52）这也是从整体俯瞰的把握。指出"诗缘情"即是对"诗言志"的制约，同时"缘情"中也有内部张力，为此在不同时代，不同人的或同一个人不时时期之笔下，其差异还是有的。只有这样条分缕析说的才是动态的文学。

这种动态把握在《"象"与"境"和时与空》一节（见P236—267）中的论述也十分精彩。作者提出了"中国文论主要是以'境'这一概念来表达我们对空间的认识和我们的空间意识的"（P259）作者还很有见地地指出："'似离而合'的方法的实质就是视空间为一个有机统一的生命境界，使我们进入一个动静有致、节奏匀称和谐的空间。"（P262）因为作者一直是追踪理论前沿，故他在论述西方

---

① 梁漱溟：《东西文化及其哲学》（梁漱溟全集·卷一），山东人民出版社，2005年，第444—445页。

的时空观窥出了其变化动态,而非静止之形。如认为西方意识流与我国传统时空观是"靠拢"而有不同,我国传统时空观基本上都是理性的而意识流的基本特征是"非理性。"(P267)对于这一见解见仁见智,但它起码让我们的思考动起来,不会再拘泥于一种观念。

  有忠义先生的大作在,例证不必过多枚举。在这里我深感进行中西诗学比较研究也好,重构中国诗学也好,一个基础工作是对"术语"的溯源、衍变的再探究。在这方面笔者与忠义先生交谈中有深切同感。我在一篇拙文中写有:"对近代以来文学批评术语的探源梳理实乃是从语言哲学层面反思中国文学批评中长期存在的'古今中外'之辨的再思考,是开拓中西文化交融新局面的重要一环,是创建有中国特色文学批评的基础性工作。任何术语都是一个阐释的过程,意义不断生成、变化的过程,它本身就是一个开放的结构,是个交流的'场域'和网络。"①为此,从忠义先生著作里得到一种共鸣的愉悦。

三

  忠义先生著作里还体现了真正的"对话性"。这种对话是力图将古今中西打通的一种交流。我们的时代被称作"信息时代",在某种意义上进入了全面"对话"的时代,这首先是人类生存状态的一种体现。人与人,人与自然的和谐从没有像今天这样强烈和迫切,为此"对话"成为人生存状态的首选。也许"对话"是老生常谈,但是真正"对话"并不容易,有的学者曾认为我们处于"失语"状态,无法与西方真正对话。但是,史著已经告诉我们只要努力做到

---

① 孟庆枢等著:《中国比较文学十论》,吉林文史出版社,2005年9月,第274页。

"知己知彼"，尽可能全面地把握中西文化真髓，就有可能和对方沟通并说出一点新意。当然，在国力衰颓的晚清，被西洋蔑视下不存在平等对话，随着国力的强大，真正对话时代已来临。我们可以列举《新探》中对巴赫金和克里斯蒂娃文论的论述作为佐证。

  对巴赫金理论的深入把握不仅要准确地从他的著作入手（这是前提）而且必须从外在观点对其阐释（亦是对话）中现出深意，这样才能明白他说了一些什么。在这种对话中还可以发现他在那个时期为理论界贡献了什么，同时也可以发现他的理论的局限。这也就是立足于当今理论前沿明确巴赫金理论的现实意义。巴赫金"复调小说理论"是国内巴赫金研究者每每关注的，史著中以1960年代巴赫金著作被译介到法国后，克里斯蒂娃、托多罗夫、热奈特的理论与巴赫金理论的对话入手，为我们进一步了解巴赫金这一论述呈现了一个充满动感的场域。诚如所知巴赫金的"复调小说理论"是基于人类诞生之时的"对话"精神。因为巴赫金说："生活就其本质说是对话的"，"辩证法是对话的抽象结果"。①从这个意义上讲巴赫金的对话理论应该具有"泛对话原则"。史著中提出了"人类实践的对话性"（P341）"物质世界的多元性和发展性"、"社会形态的多元性和统一性"、"个人存在中的他性意识，他性是个人存在的构成成分。"这就从哲学层面讲清了巴赫金这一提法的根底。史忠义先生既充分肯定了巴赫金的"对话理论"的贡献，但是又明确提出"巴赫金的对话原则既是广义的，也是有限度的。它的广义性体现在肯定独白形式内在的对话性方面，它的有限性则表现为否定诗歌与史诗、戏剧等其他题材中的对话现象。"（P33）忠义先生还以我国古代文论中的"用典"为例，很有说服力地道出了诗歌的"对话"关系。我们

---

① 见《巴赫金关于陀思妥耶夫斯基一书的修订》（巴赫金全集第五卷），李辉凡等译，河北教育出版社，1998年，第387页。

不能不遗憾地感觉到，由于许多西方学者对于包括中国在内的东方文化、文学理论资源的无知或贫乏，使他们在建构理论中往往陷入片面而追求深刻。我国古代文论的"用典"是"对话""文本间性"的完美体现。把典用活，造成一种我中有你、你中有我，不仅扩大文本的含量，而且使之"动"起来，引导读者加入创造成为一个浑融的整体，这本来就是人的生存状态的写照，在中国人看来是 ABC 的常识。我这么讲无意贬低西方文论家们的成就，我正是从巴赫金、克里斯蒂娃的理论中进一步体会到"用典""引文"在语言哲学上的真谛，他们的精细分析也使人渐入佳境。但是，也只有通过相互阐释，对话之后，才能进一步悟出我们的先人按着独特的路数探索人类精神的奥妙确实博大精深。因此在建构新理论上不存在单一的西方文论中国化或中国古代文论的现代转型，在某种意义上中国古代文论的现代转型就是不间断地与一切域外优秀理论成果的对话，只有这种"钻木取火"式的对话才能产生人类智慧的火花。

同时，史著中的对话性又体现了一种共同立足于时代前沿，都从共同关心的问题入手寻找"话题"的思路。各吹各的调就不能"对话"。忠义先生是深谙法国文化的专家，在他的著作中突出了当代法国哲学的最热点问题——"语言、身体、他者。"这三方面在当今世界具有共通性。

在这里仅以语言问题谈一下（其他问题另有文章）。在 20 世纪后半叶，对语言哲学的关心成为人类文化研究的热点。在众多的原因中，恐怕是对"人"的本身更深层次思考的体现。西方哲人要颠覆形而上思维，必然指向语言问题。莫里斯·梅洛－庞蒂说："我们生活在言语已经建立的一个世界中。"[①]（重点原有——引者），他还

[①] 莫里斯·梅格－庞蒂：《知觉现象学》，姜志辉译，商务印书馆，2001 年，第 239 页。

说:"因为我们有一种错觉,以为我们靠词语的普通意义已经拥有为理解本文所需的东西,而自然知觉给予我们的调色板的颜色或乐器的天然声音显然不足以形成一支乐曲的音乐意义或一幅绘画的绘画意义。但真正地说,一部文学作品的意义与其说是词语的普通意义构成的,还不如说是在改变词语的普通意义。因此,在听或读的人,说或写的人的心目中,有一种理智主义想象不到的在言语中的思想。"①忠义先生在《新探》中指出"对话理论的真谛应该是泛对话。"(P111)他在《诗学》中从结构论、符号论、文本论、叙述学等诸方面的论述实际上都体现出对语言哲学的执著,而从"语言"看人的生活状态毫无疑问是其根本。

对语言的重视也是西方哲学试图走出西方形而上二元论思维困境的切入点。同样,对他者和身体的重新认识也是基于此。语言与思维的关系是当今世界深入探讨的一个重要问题。已有学者从西方文论中体悟到:"思想和言语不是彼此对应,而是相互包含或者相互交叉"②,"意义只有镶嵌在语词中才出现在语言中。"③忠义先生以我国古代文论中王弼的"言、象、意"三者关系与西方诗学做了对话。

《新探》从庄、老哲学的"大音希声,大象无形"、"无言独化"、"通明透亮"的语言观直到王弼这位哲学奇才在《周易略例》中对言、象、意的关系的论述做了进一步的发掘与思考(参见史著《新探》P248—249)。笔者认为王弼已清楚地意识到语言的功用与局限性,人和言语的复杂关系。史忠义先生认为:魏晋时期王弼的《周易略例》是一部很有独特见解的著作。据陈良运所说,其《明

---

① 莫里斯·梅格-庞蒂:《知觉现象学》,姜志辉译,商务印书馆,2001年,第239页。

② 杨大春:《语言 身体 他者》,生活·读书·新知三联书店,2007年,第67页。

③ 杨大春:《语言 身体 他者》,生活·读书·新知三联书店,2007年,第69页。

象》篇是中国古代第一篇关于"立象"的专论。其实，这篇文章的明显特点是以庄释易，循着庄子的"言不尽意"、"得意忘言"的逻辑，说明"言"是"明象"的工具，因此全部注意力应该放在"意"上："得象而忘言""得意而忘象"。王弼"意"的核心是以"秩序"、"规律"为道，主张道无体超象，所以他不重视以什么为象，而重视象背后的"意"，重视时位。（P248）笔者认为王弼已意识到语言的局限性，同时深入思考了语言与"象"（外界在人头脑的现象）和"意"（人类思维和情感）的复杂关系，并将之作为一个整体来思考，这是大智慧。古代先哲解释了概念的语言（文字）无法充分表达人的复杂的思想、感情。许多只可意会不可言传的东西是语言表达无法奏效的，于是提出"立象以尽意"，这里的象显然是能显露的、每个人都会切身感受到的，它丰富多彩、变化无穷。王弼悟出"得意忘象"，这是一条进一步将意转化为与象融合为一的路径。刘勰在《文心雕龙·神思》中提出的"独照之匠，窥意象运斤"，则达到了物我一如之后的庖丁的境界。到了清代的王夫之则将"意象"的理论集大成。已沾濡一定近代气息的王夫之对待"意象"更具辩证思维。他全面地论证了"意"与"辞"的关系，他既强调"以意为主"，肯定文学作品的思想内涵的重要性，同时又以悖论形式讲"不以意为主"，而肯定诗词的特殊性（不等同于政治、哲学之类）。他建立情与景的辩证关系，突破"情景虚实"的窠臼，主张"目击经心"的"情生景，景生情"的情景交融，这样才能表达"真性情"。通过王夫之在《姜斋诗话》中臧否古代诗作，提出诗要"天籁""自然""永在言外"。从中可以体悟他主张的是诗应从人类的原始意象出发，然后顺应时代，说出心声。这原始意象如同禅学的"无"，从无中生有，有无混融，是无穷尽的，而且是不能简单模仿的。他在《姜斋诗话笔注》卷二中说：

不能作景语，又何能作情语邪？古今绝唱多景语，如"高台多悲风"，"蝴蝶飞园"，"池塘生春草"，"亭皋木叶下"，"芙蓉露下落"皆是也，而情寓其中矣。以写景之心理言情，则身心中独喻之微，轻安拈出。

他所推崇的这些诗句最大特点在于是人与物相撞后的瞬间统一，而不是主客二分，而且绵亘古今的人类的共通感情皆可寓于其中，任何一个人均可依据自己的体会去充填，为此，它的含量是在有限中拥有无限。我想忠义先生在前述章节里说的就是这个理。

忠义先生指出"19世纪下半叶以来，西方的诗歌和诗艺陷入了信任危机，受到了前所未有的挑战。问题的核心是：我们的语言是否真能反映直观的真实世界。"（P369）一直绵延至今，而它的根源在于"形而上"思维主导的必然。"自柏拉图和亚里士多德以来已经走上了抽象主义道路的语言，更为缩减为表达观念形态的纯粹的工具。"（P374）始于西方现代派的诗人、理论家们面对这种危机，苦苦思索，孜孜以求寻找出路，至海德格尔、德里达则将这一颠覆形而上思维的努力推向一个又一个高峰。通过剖析海氏、德里达的论述，忠义先生指出："我们现代人正处于一个转折性的时代，这是一个形而上学哲学趋于终结，非形而上学的'思'和'诗'正在兴起的时代。"（P378）虽然海氏思想语言观中有局限，但是他的旨归在于"破除传统形而上学的逻辑主义（工具主义、形式主义）的语言观"（P379）是确凿无疑的。"德里达的'异延'（différance）概念从另一角度揭示本质存在的方式并颠覆传统的形而上学。"（P379）忠义先生的切入点仍是语言问题。

颠覆形而上学思维模式，不仅要聚焦语言问题，同时也必然对"身体"重新审视。那种二元论的把身体仅作载体、对象的观点早已引起西方哲人的质疑。

在《知觉现象学》中，语言问题其实就是身体表达问题：语言隶属于"在世存在结构，也因此与身体、与肉身化主体不可分割。即我们通过语言而存在，就如同我们通过身体而在世。正如身体是灵性化的，而不是心灵的单纯载体，同样，语言是有意义的，而不是意义的单纯载体。"①在史著中这一问题也得到相当深刻的阐述。

如今"他者"问题极其富有现实意义。我们处在一个多元文化时代，众声喧哗中的"多元"并非是各种文化的平等。这一点日本学者的论述是值得参照的。在进入21世纪之后，日本岩波书店出了一套《思考新领域》丛书，（全16册另加别卷）其中姜尚中等人撰写的《开拓思考》一书有发人深省的论述。本书批判了以亨廷顿为代表的"文明论"。"亨廷顿说有种种文化之时，到底是在策划什么呢？是为了尊重别的文明而发此言吗？完全不是。他眼里的异文化，即是野蛮，这是他要说的本意所在。"②过去殖民者、帝国主义对被侵略者直呼野蛮，太赤裸裸，而如今叫做"别一种文明"却可达到相同目的。在这种言论中存在一种"潜在的作为同质性而包摄的图式。"③"在历史上有完全否定他者的纳粹的对犹太人的灭绝"④，也有"日本在朝鲜半岛和法国在阿尔及利亚推行的统合、包摄，通过同化而完全消灭他者性。""这两者在否定他者方面是没有变化的"⑤。在当今如何倾听不同地域、民族的声音，构建和谐世界是摆在全世界各国人民面前的大问题，为此，中西比较诗学研究不能不从这一视点来思考"他者"问题，思考"和而不同"的丰富内涵。这一点忠义先生大著中给人们的思考是非常有价值的。

---

① 杨大春：《语言 身体 他者》，生活·读书·新知三联书店，2007年，第65页。
② 姜尚中等著：《开拓思维（日本）》，岩波书店，2002年，第25页。
③ 姜尚中等著：《开拓思维（日本）》，岩波书店，2002年，第25页。
④ 姜尚中等著：《开拓思维（日本）》，岩波书店，2002年，第27页。
⑤ 姜尚中等著：《开拓思维（日本）》，岩波书店，2002年，第27页。

正如每次与忠义先生交谈总有聊不完的学术话题,他的大作里还有好多问题可以交流,交流是长期的,互动的,均可留待他日。当然,笔者并非全部同意他的论点,如对后现代主义,我既不敢苟同忠义先生之见,对金惠敏先生的大论也不首肯,因已有拙文在,也算是一个对话。

比较文学与后现代主义理论[1]

后现代主义(Postmodernism)作为舶来品传入中国也已有20多年的历史[2]，在这一代人的时间里，我们既不会谈虎色变，也不会对它陌生得不知所云。然而，对于后现代主义的深刻理解和研究它给中国文学批评的影响却还是一个亟待深入的重要课题。

对于后现代主义有的学者认为，它"既是一种文化思潮，也是一种思维方式"[3]。关于后现代主义的历史，一般认为它作为一个术语最早见于1934年出版的《1882—1923年西班牙、拉美诗选》中，1947年出版的英国著名历史学家汤因比的《历史研究》中亦出现了这个词。"但是，作为一种现实的思潮运动，后现代主义的真正崛起是在20世纪60年代。最初是在欧洲大陆，主要是在法国，70年代末80年代初开始风行西方世界，80年代末90年代初其影响开始波及第三世界国家。"[4]

尽管后现代主义思潮十分复杂，西方不同的后现代主义理论家在一些问题上也见解相左，但是，从总的说，后现代主义理论的出

---

[1] 本文原载《广东社会科学》2006年第3期。

[2] 参见王治河主编：《后现代主义辞典》，中央编译出版社，2004年，其中附录中文文献从1985年开始，第009页。

[3] 参见王治河主编：《后现代主义辞典》，中央编译出版社，2004年，其中附录中文文献从1985年开始，第009页。

[4] 参见王治河主编：《后现代主义辞典》，中央编译出版社，2004年，其中附录中文文献从1985年开始，第009页。

现旨在暴露西方资本主义制度与文化的各种难以克服的矛盾与缺陷,对其意识形态实行颠覆性的批判,从而显示出一些西方理论家对西方文化危机的深层焦虑。在这一认识上是基本取得共识的。同时,这些西方理论家的思考也是基于全球化语境下人类所面对的共通的问题,为此,它在我国产生影响也是必然的。僵化、教条的思想模式在近20多年来不断得以清理,我们不再会以简单的"革命的""反动的""正确的""错误的"线性思维来对待这一文化现象了。对于一个复杂的东西匆忙作结论本身就与时代发展不符,何况后现代主义的核心与此相悖,为此,我们可以先聚焦其中几点谈谈我们的思考,以利于对这一问题的深入研究。这里重点放在后现代主义入境之后中国文学批评在其影响下的一些变化作为切入点。

一、重视"差异性"与"和而不同"

  论及当今世界文化的态势,"多元化"频频出现,这是世界各国的共识。在多元文化的世界里,人类所面临的是机遇与挑战共存,为此求得"和谐"就不仅是一个国家的目标,也是世界各国人民的共同希望,有的后现代主义理论家已经指出:"我认为多元文化主义的主要形式就体现在现在这种重新组合里。多元文化主义促使人们互相沟通,而不互相保持距离,促使人们彼此做出反应,而不彼此轻视,互相分离。"①

  关于同与异,以克服形而上的思维模式来思考,应该给予新的理解:"至少在我们当今这个世界上,文化不是分离的和故步自封的实体,而是像秩序的制度一样,是一种变化的管理模式。"而且这位

---

① 阿兰·图海纳:《我们能否共同生存?——既彼此平等又互有差异》,狄玉明、李平沤译,商务印书馆,2003年,第255页。

学者强调:"各种文化之间的交流问题是不能用经济全球化的办法来解决的。"①

后现代主义最有代表性的理论家福柯认为应当"差异地"理解差异,因而差异就不再让位于导致产生概念一般性的普遍特征,而是要使关于差异的研究本身成为当然的东西,成为题中应有之义,即着眼于差异的思想、对差异的思想。②另外一位理论家德勒兹则提出"差异逻辑",在他看来概念是差异的超常(excess)表达,而不是一致性的仲裁者。真理与意义的可解释性、多元性;重视差异性,反对同一性;重视个别性,反对普遍性;以对话求得的"协同性"来取代再现事物的客观性。同时后现代理论家们主张引进"权力"概念来解释知识的本质;从社会的、历史的、文化的角度来解释理性、主体性等等,概而言之,后现代主义思想方式的一个基本共同点就是要把"差异"从"同一逻辑"中解放出来。

利奥塔明确宣称讨论问题的目的是探求"悖谬逻辑"(paralogy)。它以对规则的"异质标准"和对歧见的探求为关注点,他甚至把它称作是"后现代知识的法则。"

这一些见解对于构建面向 21 世纪的世界多元和谐的文化格局是有积极意义的。由于历史的原因,欧洲中心主义、欧美强势话语是阻碍东西文化对话和构建世界和谐多元文化的一大障碍,对此许多西方理论家在上个世纪 80 年代以来都鲜明地持有批判态度。英国小说家 D·H·劳伦斯 1923 年在《经典美国文学研究》就指出:"美国从来就不容易对付,现在仍不容易对付。美国人始终处在某种紧张状态。他们的自由是纯粹的意志,纯粹的紧张;亦是一种你不应当

---

① 阿兰·图海纳:《我们能否共同生存?——既彼此平等又互有差异》,狄玉明、李平沤译,商务印书馆,2003 年,第 242 页。

② 陈嘉旺等著:《现代性与后现代性》,人民出版社,2001 年,第 18 页。

如此的自由。"（重点原有——引者）①1996年8月在长春举行的中国比较文学学会第五届年会暨国际学术研讨会上，意大利著名学者罗马大学教授阿尔蒙多·尼兹在他的题为《作为'非殖民化'学科的比较文学》中就指出过：

> 在这个世界里，前殖民者应学会和前被殖民者一起生活、共存……只有通过比较倾听他人，以他人的视角看自己之后……他们最终才会向他人，也向我们自己学习那些我们永远不能通过别的方法发展的东西。如今，这一切无需离开家就可以实现，因为其他人已前来与我们相会。他们的目的不是武力征服，或以文化优越性压人一头，而是希望平等尊严地生活在我们当中。
>
> 如果对于摆脱了西方殖民的国家来说，比较文学学科代表一种理解、研究和实现非殖民化的方式，那么，对于我们所有欧洲学者来说，它却代表是一种思考、一种自我批评及学习，或者说是从我们自身的殖民中解脱的方式。②

对于重视"差异性"的观点，中国学者不约而同地作出了呼应，从学理上来说，中国学者采取激活中国古代文化的原典话语"和而不同"应是最有代表性的。钱锺书先生在《管锥编》中论述《左传正义》时剖析了"'和'与'同'的辩证关系。这种'和而不同'的变化精义、融汇中西，打通古今的崭新境界，充分地体现了钱锺书卓越的贯通中西的文化史观。立足于'和而不同'，就可以用一种陌生的'他者'的眼光来重新审视自己。互为主观，理性交

---

① 古尔灵等著：《文学批评方法手册》，春风文艺出版社，姚锦清等译，1988年，第263页。

② 见《中国比较文学通讯》，1996年第1期，第5页。

往,平等对话,取长补短,从而使旧体系获得新生。"①置"和而不同"于全球化语境下中西文化产生的背景之中,在这一方面著名哲学家、文化学家汤一介先生作了非常充分的论述(见他的专著《和而不同》),把它作为中国比较文学的纲领性话语而具体化的是乐黛云先生。她在1993年于张家界召开的中国比较文学第四届年会及国际学术研讨会上进一步阐发了"和而不同"的现代内涵。无论是东方还是西方"平等对话"都是最明智的文化战略。我们应该认识到世界各民族文学的共性是互相沟通的基础,而其相异点恰恰是互补的前提,而所谓的"同"与"异"往往交互共生,单纯地追求"统一性"或探测"差异性",将二者割裂开来都与文学本身实际相悖。这种"对话"永远是一种运动,它最终也还是要使各种文化求同存异,互相借鉴,共同发展,不可能也没有必要一切都整齐划一。对此,"和而不同"应该成为中国比较文学的文化策略,这是关系它的发展的大事。②

二、批判元叙事质问其合法性,给阐释开拓新空间

正因为强调"差异性",摒弃主客体二分的形而上的思维模式,把认识看作是一不断生发的过程,则必然批判具有"权威性"的"元叙事",这是后现代主义思想家们对启蒙以来受自然科学和理性主义影响,把人类认识建立在因果联系及寻找所谓普遍规律之上的质问。在文学批评上对许多"自明"的结论的诘问,对一些所谓规律的反思都可以说是在这一思潮影响下的产物。不仅在西方,在东方也引起了强烈反响,如日本自上个世纪80年代以来的文学批评所

---

① 季进:《钱锺书与现代西学》,上海三联书店,2002年,第56页。

② 孟庆枢:《中国比较文学与"和而不同"》,见《南京师范大学文学院学报》,2004年第1期。

发生的变化足以说明这一点。①其实，这一影响如今在中国文学批评中也俯拾皆是。

蓝棣之的"症候式分析"曾对中国现代文学多篇经典通过文本的细读，找出"症候"，对过去一些"自明"的结论提出了质疑。这里仅以对柔石的《为奴隶的母亲》的"症候式分析"为例来谈这一问题。他指出在柔石的《为奴隶的母亲》中存在两种结构，即一是"显在结构"，"即叙述一位作为奴隶的母亲的屈辱与痛苦，她的不幸的悲惨的命运。"②同时又有一个"潜在结构"，即这一作品也写了这一被典当妇女经历了"皮货商丈夫的凶狠暴躁，秀才丈夫的温存体贴，尤其是在秀才家里所得到的安定的生活，和感情的安抚，甚至使这位母亲希望在三年典期期满之后，仍然继续留在秀才家里生活，并把与丈夫生的孩子春宝接过来。"③"显在结构在表现阶级压迫、阶级掠夺和阶级斗争，而潜在结构似乎在叙述阶级的调和、通融与超越；显在结构在表现故事的阶级性，而潜在结构似乎在叙述人性。"④同时，作者还把《为奴隶的母亲》与罗淑的《生人妻》（1930年）和前苏联作家的《第四十一》联系起来考虑。在这些作品中都有显在结构与潜在结构。（实际上，在中外文学史上，这样的例子是不胜枚举的。有的作品恐怕有几重结构）在这篇论文中作者剔出的"症候"在于：作者初读这篇作品时留下的感觉之一即"感觉这位母亲在秀才家里得到了感情的安抚，为她重又回到皮货商丈夫身

---

① 孟庆枢：《对日本二十世纪八十年代以来文学批评的几点思考》，见《外国文学评论》，2005年1月。

② 蓝棣之：《现代文学经典：症候式分析》，清华大学出版社，1998年，第146页。

③ 蓝棣之：《现代文学经典：症候式分析》，清华大学出版社，1998年，第147页。

④ 蓝棣之：《现代文学经典：症候式分析》，清华大学出版社，1998年，第147页。

边而惋惜叹息"①。而这种感觉其实是未受强势话语控制的一种阐释。可是,"因为当初要理解作品的中心点和主题,而被压抑了"②。这即是说一种"元叙述"的权威话语在作者(即读者)头脑中抹杀了其他话语。其间说出了我国文学批评相当长一个时间的怪现象,即只能以阶级分析来批判文本,除此之外是没有合法空间的。

蓝棣之写作本文是在1990年,是西方后现代主义理论传入中国之后,他本人亦在论文中明确指出:"'解构'文论多少有些道理,对于我们理解某些作品,会有启发。西方的解构批评家往往不断以所谓'双重读法'读出文本中遭到的压抑、控制的要素,从而使得看似完整、统一的结构,显露出矛盾、失误、纰漏,令人目睹作者的盲点,从而质疑了一般所认定的概念。解构批评已经成为当代西方文化研究的主要动力,所谓'解构',是在'构'中解开、析出意义的力量('解'),使一种意义或解释法,不致压倒群解。"③显然,作者已明确指出"文本"是个动态的存在,连同社会、作者、读者都构织在这网络之中。那种以一种探囊取物式的"盖棺论定"的主题分析法,实乃是形而上学的猖獗,它曾在我国文学批评中占据中心,特别是在中学语文教学中具有独尊的地位。蓝棣之的症候式分析应该说是冲破这种僵化思维模式的成功范例。

对此,我们不妨回顾一下在一些文学史中对《为奴隶的母亲》的阐释。

---

① 蓝棣之:《现代文学经典:症候式分析》,清华大学出版社,1998年,第145页。

② 蓝棣之:《现代文学经典:症候式分析》,清华大学出版社,1998年,第145页。

③ 蓝棣之:《现代文学经典:症候式分析》,清华大学出版社,1998年,第148页。

对于柔石(1902—1931)这位作家,在中国现代文学史上也是列入经典作家之列的,他的短篇小说《为奴隶的母亲》(1930)亦被作为"经典"之作,进入重要的文学史教材和改编成电影。这里不想全面梳理对《对奴隶的母亲》的评价,但摘取一些有代表性的阐释可以看出一些问题。在唐弢主编的《中国现代文学史简编》中作了如下评价:

> 题材深入到社会下层劳动人民生活中,表现的形式和方法也更为朴实,可以看出他这时正在努力'转换作品的内容和形式'。作者在《二月》中流露的伤感情调没有了,更多的是负荷着人民苦难的崇高感情。作品描写一个穷苦妇女,为了全家生活被迫由丈夫出典给邻村一个秀才地主。整整三年,她离开自己本来的孩子,作为别人传宗接代的工具,并为地主家帮佣。三年内,她生下一个男孩,又被赶回从前的家,在前面等待着她的是无穷无尽的苦难生活。作者以沉挚的笔调描写了这个痛怵人心的故事,刻画了一个既是母亲又是奴隶的鲜明形象。小说写的是日常的人和事,但能够从平易中透露出深刻的意义,显示了阶级剥削制度是劳动人民痛苦不幸的根源,小说显然没有直接反映当时风起云涌的农村阶级斗争,但它接触和描绘了农村中苦难深重的一隅,具有强烈的控诉的意义。①

在2000年7月出版的由程光炜等主编的《中国现代文学史》(中国人民大学出版社)中对同一作品作了如下评价:

---

① 唐弢主编:《中国现代文学史简编》,人民文学出版社,1984年,第271—272页。

> 《为奴隶的母亲》以'典妻'为题材，不论开掘深度还是语言的力度，都超越了二十年代乡土小说中同类题材的作品。作者以被典之妻春宝娘为主人公，深刻揭示了她被两个家庭、两个男人、两个亲生骨肉所'撕裂'的灵魂上遭受的损害和侮辱。柔石的小说能够把清醒的阶级观念与复杂的人性体验结合到一种深沉的抒情笔调中，本来是应该具有较大的发展前景的。①

这里已显现出以另一视点"阶级观念与复杂的人性体验"这一症结，但对较大的发展前景则语焉不详。这一评价已处于全球化语境下的重新思考了。

最近，结合《为奴隶的母亲》搬上银幕并获奖，对于蓝棣之的"症候式分析"又有评论问世。通过对《为奴隶的母亲》过去"自明"的结论的叩问，有的研究者已提出："我们本来应该有的鲜活的体验和感受是否已被牢牢地束缚在既成的意识形态和知识体系以及墨守成规的僵化的思维模式之中？"并且发出了"如今已经到了挣脱这些体系的紧衣的时候了"的倡言。（见2005年3月20日吴晓东发表于网上的《裂缝后面的世界》）

三、解构与建构——东西文化整合

人类的文学、文化交流从其本质来讲必然是种双向的永无止息的运动过程。但是，二元对立的形而上思维往往无视这一本质，只把它看作一种单向活动。"后现代主义"所具有的"解构"特点容易使人感到它破坏既有秩序的一面；然而，破与立是辩证统一的，对

---

① 程光炜主编：《中国现代文学史》，中国人民大学出版社，2000年，第176页。

原有结构的拆解本身也是一种建构。当然，后现代主义理论家们所要建构的具体内涵尚未了然，这也是事实。不过，透过许多理论家的文本，我们已经可以看到后现代主义理论在解构西方形而上二元对立的思维模式中显示了对包括中国文化在内的东方文化的期待。是否可以说，新的建构存在于东西文化的整合呢？

与历史上众多的西方各种理论相比，后现代主义理论也许是最鲜明地带有与包括中国文化在内的东方文化进行对话的特点。D·C·霍伊说："从中国人的观点看，后现代主义可能被看做是从西方传入中国的最近的思潮。而从西方的观点看，中国则常常被看作是后现代主义的来源。"[①]这一结论是饶有意味的。

其实，近代以来西方一些哲人，特别是由于西方文化产生危机感而锐意创新的哲学家们实乃都是向东方文化发出吁请，青睐于包括中国文化在内的东方文化的先驱。

在谈及后现代主义哲学家之前，我们不妨先温习一下被称"世纪的智者"的英国著名哲学家罗素（1872—1970）的论述。作为1950年度的诺贝尔文学奖得主的西方哲人，他始终关注中国文化，对东方文化充满了一种探索的激情。他在早年就曾说过："假如西方的生活方式不能学习一些自己藐视的东方明智，那会使我们的西方文明难以趋向完善。"[②]他在谈论道家思想时指出："我们西方文明的显著优点是科学的方法；中国人的显著优点是对西方生活的目标持有一种正确的观念。人们必将期望这两种因素能真正逐渐结合起来。"[③]

下面再转向后现代主义思想先驱的海德格尔。海德格尔倾注于中国道家文化是在上个世纪二、三十年代，他曾有将《道德经》译成德语的宏愿，很遗憾未能实现。

---

① 王治河主编：《后现代主义辞典》，中央编译出版社，2004年，第009页。
② 《罗素文集》，改革出版社，1996年，第27页。
③ 《罗素文集》，改革出版社，1996年，第36页。

近年我国学者已对此进一步研究，研究者在"寻找道家和海德格尔之间的对话境域"①。正如本书作者所论，"道家与海德格尔的共同之处在于引导人们返回到混沌玄奥、不可解释、不可言说的基础本体论之处。但二者仍然存在着区别，道家理想的处世方式是让人处身在与自然、与万物、与社会、与他人的共属一体中。"②尽管中国道家学说与海氏理论相距两千年，但是，由于它们都是旨在破除主客对立的形而上思维，为此，他们的理论是相通的。

在德国纳粹失败投降后，海德格尔处于思想极端苦闷、尴尬的境地。在这时他更潜心研究老子《道德经》，并试图与中国学者合作将其译成德文。他在心灵上与中国道家文化的对话也反映在他的文艺观里。他结合荷尔德林、里尔克等诗人的作品，指出诗歌的对立面并非散文，纯粹的散文如同任何诗歌一样是诗意的。思想之音必须是诗意的，因为诗歌是真理的言说，"是存在物敞开的言说"。海德格尔认为"诗是一个历史、民族的原初语言"。他的这些论述揭示了人类的"归家"——"回归意识"。这不禁使我们感到这一思想与老子的"道可道，非常道；名可名，非常名。无名天地之始，有名万物之母"的思想。海德格尔在《存在与时间》里说过："存在的他者是虚无。"海德格尔同样重视"无"，从无才能产生有。在海德格尔思想中的"存在"与老子的"道"（海德格尔自译"saying"为"道"）非常接近。海德格尔提出："至上无言"、"沉默是金"，认为日常语言是"用竭了的诗"，这和道家所说的"不以言为主"，"不以名为常"（《老子指略》）十分相通。他揭示了人类把握世界的直觉方式，认为那不是以二元论的思维方式主体对客体的认知，而是通过人的中介让事物澄明、显现、敞开而形成世界。"语言召唤存

---

① 那薇：《道家与海德格尔相互诠释·后记》，商务印书馆，2004年，第340页。
② 那薇：《道家与海德格尔相互诠释·后记》，商务印书馆，2004年，第4页。

在","诗就是以词语的方式确立存在。"诗的命名性言说,召唤物本身的到来,就是对大地的守护,真正的诗人,像荷尔德林等就担负着这样的使命。①

另一位西方理论家荣格对中国道家思想更为心仪,他为《易经》第二个英译本所作的序言对中国人的思维方式作了独到的阐释:

> 古代中国人心灵观照宇宙的方式可比现代物理学家,物理学家不能否认,他的世界模式从根本上说是种心理物理结构。微观物理事件之包括观察者本人,一如《易经》背后的现实包含了主体性,即一个特定时刻情状总体中的心理状态。就像因果律描述了事件的先后序列,中国人心灵的先时性侧目的是事物的巧合。②

荣格体悟到东西方观念的巨大差异,他对藏传佛教情有独钟,他认为集体无意识"具有超越一切文化和意识差别的共同基础'包含了'潜在的趋于同一反应的倾向"③。为此,他将自己的心理学理论与之沟通。可喜的是荣格很有见地地指出,西方人向东方学习切忌简单化的模仿。他说:

> 人们对这些问题必须格外谨慎,因为模仿的冲动和某种主

---

① 孟庆枢主编:《西方文论》,高等教育出版社,2002年,第443页,本节为笔者撰写。
② 转引自陆扬:《后现代主义的文本阐释——福柯与德里达》,上海三联书店,2000年,第226—227页。
③ 拉·莫阿卡宁:《荣格心理学与西藏佛教——东西方精神的对话》,江亦丽等译,商务印书馆,1999年,第137页。

动的病态，渴望把异国风味的羽毛据为己有，并用这些异国情调的羽毛装饰他们自己外表的贪婪，会把许多人们引入歧途，使他们只知道取这些'有奇异魔力'的观念，并把它们运用于外部，就象涂用药膏一样。为了避免直接面对自己的灵魂，人们可以无所不用其极，无论它们是多么荒谬。"①

荣格的话使我们马上浮现在西方标识中国文化的展品中，封建社会女子的三寸金莲的绣花鞋充作展品，张艺谋因他的有关中国文化的电影在国际上得到大奖时国人的苦笑。让中国走向世界固然不易，而让世界真正了解中国（不能代替别人了解）恐怕更难，这也是面向 21 世纪东西文化交融中的一个重大课题。可喜的是这种东西对话已在东西方哲学家之间展开，世界对中国的了解越来越全面。

这里再重复一下前面已提到的一次东西方哲人的对话。进入 20 世纪后半叶，东西方哲人的探讨更趋深入。1984 年 12 月 10 日，杜夫海纳、帕斯默与今道友信围绕"美学的将来课题"的"三人谈"给我们提供了许多信息。这三位东西方哲家大师从不同的文化背景反思人类文化的发展历程。帕斯默指出："在基督教的世界观中，缺乏人对于自然的责任。"今道友信也指出"在基督教思想中，食肉非罪，人有统治自然的义务，这都是认真思考人类生存时所必需的。"在谈及科学技术对文学艺术影响时，今道友信指出："哲学应该制约科学技术借开发自然之名从自然中消灭象征性存在者的趋向。"杜夫海纳（本书译为杜夫莱纳）指出，自然是象征的源泉，"自然的象征性关系到生命力。只有这种东西是别的东西所无以替代的。……不管是逆流而游的鱼，还是乘风而翔的鸢，或是摇荡于风中的芦苇，都

---

① 拉·莫阿卡宁：《荣格心理学与西藏佛教——东西方精神的对话》，江亦丽等译，商务印书馆，1999 年，第 137 页。

可以成为人的生命存在的某种象征。这是用机械所绝对做不到的。"帕斯默认为:"自然是生命象征的家园。"杜夫海纳进一步指出:"由于技术令人吃惊的进步所带来的一种同质性和划一性,招致生活形态的机械化和思考的模式化,而这大概并非只是受到技术的恩惠的国家才如此吧。"他并由此得出:"审美经验才是人类特有的经验。"①[29](参见《文学与自然比较研究》一文)

为此,我们可以思考这样的问题,文学艺术与科学技术是在怎样的状态下共生呢?它们必须是互补互助,但同时也是矛盾的统一,并非静止状态下的多元共存。整个宇宙是个动态的整体,运动(矛盾)是贯穿一切的,只有它才是绝对真理,为此,它也必然体现在文学艺术与科学技术上。直言之,文学艺术必须承担起制约、调整科学技术带给人类负面影响的任务,在当代社会,它的价值应体现出来,并发挥更大的作用。

也许面向 21 世纪东西方学者的对话才是进一步探求"天地根"、"玄牝之门"的共同伟业。我们有理由相信,面对人类未来,为构建和谐社会,解构与建构东西方文化的进一步整合是需要全人类的共同努力的壮举。

---

① 今道友信编:《美学的将来》,樊锦鑫等译,广西教育出版社,1997 年,第 262—268 页。

用创新迎接民族文化复兴的美好明天[①]

——从"文本间性"与"典故"对话谈起

21世纪又迎来了第二个十年的春天,扑面的春风撩拨着每个人的期待与喜悦,心里都有一首"春之歌"。文化越来越发挥着重要的作用,它是构建和谐社会、振兴国家不可或缺的"软实力"。提高"软实力"的根本,是在科学发展观指导下的创新。各行各业都要创新,文化发展更要创新。中华文化优秀传统的丰富宝藏,在构建和谐社会、和谐世界中将发挥它巨大的作用。然而,要达到这一目标必须经过适应时代发展的现代转换。构建有中国特色的社会主义新文化必须靠创新思维才能有所成就。创新并非空穴来风、它绝非是毫无根基的臆造,是立足时代前沿,继承我国优秀文化传统,积极借鉴不同文化有益成果后的再创造。这里说的"新"具体说来是从本国古代文化重新激活为现代服务的东西,又要从域外文化汲取、消化新的营养后的一种超越。我们既要克服对西方文化的盲从,唯新是鹜;同时也不应该自以为无论什么我们都古已有之的肤浅自大。对待域外文化应该以一种平常心,虚心学习,细致分析,择其精华,为我所用。在当下我们尤其应该思考为什么很多西方理论我们这里并非没有与之相近的内核,可是往往外来东西一下子就会在我们的头脑里取得话语权,而我们的理论财富却得不到应有的

---

① 本文原载《人民政协报》,2012年1月28日。

发展与弘扬。在历史上我们有发明指南针的光荣,却用它看风水,让借鉴者发展成罗盘,用于指引舰船侵略我们。在今天这种思维模式是否得到彻底改变?包括在理论方面(当然这和罗盘不是一个层面的东西),在这呼唤创新的时代哪些还要反复思考?作为比较文学研究者想从自己熟悉的领域切入这一话题。这里仅以法国学者克里斯蒂娃(Kristeva,Julia,1941—)的"文本间性"(intertextuality)与我国古代的"典故"理论的对话为例,略谈一二。众所周知,"文本间性"是克里斯蒂瓦在上个世纪60年代借鉴巴赫金的理论(如对话理论、复调小说理论)而提出的。其内涵为"所有文本作为各种引用的镶嵌结构而被创作,所有的文本是其他文本的吸收、变形。一种文本并不是孤立存在的,过去被写成的文本与将来将要书写的文本是互相联系着的,文本可以理解为向社会与文化环境以及历史的外部开放的东西。文本的空间不是独话(monologue)亦即单一逻辑支配的空间,而是进行对话的复数逻辑结构。"①近年克里斯蒂娃的"文本间性"(互文性)理论在我国也有较大反响(克里斯蒂娃作为女性主义批评家亦被介绍,这两者是有密切联系的。)作为精神分析学家、语言学家、符号论学者的克里斯蒂娃的理论自有它的学术价值,这一点毋庸赘言。但是我们在理解她的"文本间性"理论时,如果结合包括我国古代文论在内的东方文化理论会有另一眼光与之互动。在这一方面日本学者的研究可作借鉴。日本学者西川直子在《克里斯托娃——多元逻辑》一书中指出:"不管是国内还是国外,古典文学通常对以后的文学都提供了丰厚的源泉。对古典的改变和引用,是典型的人所共知的间文本的例证。"②这位学者说到了关键。从我

---

① 西川直子:《克里斯托娃——多元逻辑》,王青译,河北教育出版社,2002年,第358—359页。

② 西川直子:《克里斯托娃——多元逻辑》,王青译,河北教育出版社,2002年,第67页。

国古代典籍上看，在钟嵘的《诗品》里已经有关于"用典"的明确记载，他称颜延之"喜用古事"，①在《尚书》、《诗经》中已经开始体现用典的雏形。如《诗经》"人亦有言，柔则茹之，刚则吐之。"②"人亦有言，进退维谷"③等，在这里的"人亦有言"可以看做广义的用典，和克里斯蒂娃的文本间性内理相通。这位日本学者还指出日本文学中的"本歌取、连句"就是文本间性的体现。④这对日本人来说理解文本间性时是俯拾可取之物。我国古代文论中的关于"用典"的论述似乎别有天地。翻开古典诗词，那些脍炙人口的名句很多都是从前人文本化出的，这样的例子不胜枚举。如果克里斯蒂娃懂中国文学，我相信她会很惊喜地纳入自己的理论之中。因为"用典"实乃是"对话"和"复调"的突出体现。一首传诵古今的诗实际是众多文本的合唱。我国古代的文士们是非常懂得在文本中制造"我中有你"，"你中有我"的动态境遇，旨在使极少的文字呈开放状，动起来，让读者与作者（包括前作者）一起进行时空连线的创造活动。通过文本把天、地、人统一为一个浑融的整体，这也是人的生存状态的写照，对于中国人来说是 ABC 的常识。回味毛泽东诗词的"天若有情天亦老"、"雄鸡一唱天下白"谁不拍案叫绝？因为在这里有跨越沧桑的"合力"。在这里我们还可以结合唐代著名诗人李商隐来多说几句。李商隐是"用典"高手，甚至被有人诟病为"獭祭鱼"。著名学者钱钟在论述李商隐和李贺的关系时有精彩的阐述。李商隐从小就是博闻强记的读书家，广为借鉴前贤。缪钺先生指出在这当中："所得力者乃在李贺，李贺诗出于楚骚，想象丰

---

① 陈延杰：《诗品注》，人民文学出版社，1998年，第42页。
② 《大雅·桑柔》。
③ 袁梅：《诗经译注》，齐鲁书社，1985年，第889页。
④ 西川直子：《克里斯托娃—多元逻辑》，王青译，河北教育出版社，2002年，第67页。

富,喜用象征,造境诡奇,摛采艳发"。他还举出了《宫中曲》《河内诗》、《河阳诗》等十多首诗作为例证。钱先生认为最值得注意的是:"唯诗贵独立,不贵依傍,义山若徒摹李贺,纵能酷似,亦不足矜。故义山诗之成就,不在能李贺,而在能取李贺作古诗之法移于作律诗,且变奇诡为凄美。又参与杜甫之沉郁,诗境遂超出李贺。"①在这里除了为克里斯蒂娃不大懂包括中国在内的东方文化而惋惜之外,毫无贬低之意。如果你细读克里斯蒂娃的文本间性理论,你会对她从不同视点的条分缕析而深受启发。在这里我们不必一一加以重复,它促使我们进一步思考的是,为什么我们没有开发出与时俱进的"用典"理论给不同文化的人们作为参考?也许原王青译,因很多,但是有一点恐怕是要深思的,面对我国古代丰厚的文化遗产,要使之在新世纪实现伟大的复兴,不存在简单的西方文论的中国化,同时也不存在不借鉴外来文化状态下的现代转型。这两者是辩证统一的。中国古代文论的现代转型,在某种意义上是新时代的"钻木取火",或者说永不休止的"对话"。近年"原生态"艺术备受青睐,它不是人们发思古之幽情,而是从人类的心灵故乡汲取养分,以"普适"的基因为发展注入活力。

任何理论都有它的不足,"文本间性"也不例外。正如日本学者所说"所有的文本都被打上了文本间性的烙印,在这一意义上,作品的独创性也被提出疑问。文本既肯定又否定其他文本,并通过连锁的网眼向四面八方延伸下去。"②这和克里斯蒂娃的理论产生于后现代主义语境一致。"与后现代主义相关的关键特征便是——赝品、东拼西凑的大杂烩、反讽、戏谑,充斥于世,对文化表面的'无深度'感到欢欣鼓舞:艺术生产者的原创性特征衰微了:还有,仅存

---

① 缪钺:《诗词散论》,上海古籍出版社,1982年,第31页。
② 西川直子《克里斯托娃—多元逻辑》,王青译,河北教育出版社,2002年,第359页。

的一个假设：艺术不过是重复。"①后现代主义存在着这种我们在借鉴时必须克服的"片面的深刻"，我们在借鉴时是要认真思考的。我国自古就有"天下文章一大抄"的流行语，颇有一点对"文本间性"的片面性反讽的味道。

　　季羡林先生在上个世纪90年代就预言："到了21世纪包括中国文化在内的东方文化将在东西方文化融合的基础上再现辉煌。"在新的春天到来之际，我们满怀信心与希望。我们应该对人类在未来做出更大的贡献，这就是我们的"春之歌"。

---

① 迈克·费瑟斯通：《消费文化与后现代主义》，刘精明译，译林出版社，2000年，第11页。

文学与自然科学的比较研究[①]

"后现代"、"后工业"、"后现代主义"和围绕它们产生的多歧的界定,对当今人们思想的冲击日益猛烈是不争的事实。如果从众多繁杂的多声部界定中统摄它的趋于相近的内涵,我们可以发现"后现代主义"已成为近年从西方到东方的不绝于耳的新概念,不管对这些概念有何种非议,它们已成为人们"看待世界的观念发生根本变化"[②]的标识。在"后现代主义"的众多属性中,趋于综合是一个显著特征。"在后现代中,创作明显地倾向于综合、交织、融合各种艺术,倾向于种类和体裁的统一,它追求的不仅仅是重复过的外在的(东)西,而主要的是追求思维的综合精神的材料是不可分割的,不可分化的。造型艺术与音乐相互交织、戏剧与文学相互交织、'传统的'艺术文本与报刊文章的新反射材料相互交织、'科学的'图表与表格相互交织(在这里,准确地说,是寻求这种与那种文本区分事实本身是一种反射)。"[③]

"后现代主义"也必然渗透到文学艺术领域。比较文学领时代风气之先,这一学科无论是在思维方式、批评方法上都具有最活跃

[①] 本文原载《中文自学指导》2004 年第 6 期。
[②] 威尔什:《我们的后现代的现代》,见让一弗·利奥塔等著:《后现代主义》,赵一凡等译,社会科学文献出版社,1999 年,第 46 页。
[③] 维·库科岑:《后现代主义:一种新的原始文化》,见让一弗·利奥塔等著:《后现代主义》,赵一凡等译,社会科学文献出版社,1999 年,第 208—209 页。

的特点,为此,当代比较文学中跨学科研究乃是一个不可或缺的重要属性。

在当今时代,特别是在西方后现代主义文艺理论的影响下,人们对文学批评更具多元性,纷繁复杂的批评话语所显示的是人们对过去的思维模式的超越与突破。事实上,任何时代"世上并没有包医百病的神药,自然在文学研究中也不存在囊括一切的理论大全"①。人们对于文学与相关学科的整合,并以此进行文学研究,是人们力图以更优越的思维方式看取文学的一个必然。从这个意义上来说,如果剔除文学与相关学科的研究,就会使比较文学的整体性和根本属性变得残缺不全。

从上个世纪50年代比较文学美国学派崛起,跨学科,或称科际整合就成为比较文学研究中的一个重要方面。虽然有的学者对此提出不同看法,但大多数比较文学研究者都把跨学科研究列入比较文学学科的范畴。目前,在我国的比较文学界把文学与相关学科的研究大都列入到了教材之中。

对于"跨学科研究"的一般界定为:跨学科研究,包括文学和其他艺术门类之间的关系研究,文学与社会科学、人文科学之间的关系研究以及文学与自然科学之间的关系研究。在这里先以文学和自然科学的比较切入跨学科研究。

文学与自然科学似乎是风马牛不相及的两门学科,但是它们并不是没有联系的。进入近代社会,敏感的文学家很乐意从自然科学中吸取营养。自然科学作为生产力的一部分,具有推动历史前进的伟大力量,它的进步也直接或间接地影响着包括文学在内的一切人文社会学科的发展。

---

① 孟庆枢:《全方位、综合的文学研究方法》,载《外国问题研究》,1988年增刊,第60—66页。

在人类历史上，自亚里士多德以来，自然科学的一些理论和方法就不断地渗透到文学创作和理论批评之中。亚里士多德、培根、歌德、达·芬奇等大师不仅是文学理论家，也是当时杰出的自然科学家。在这里全面回顾自然科学与文学的关系显然是不可能的，我们举众所周知的一些事实来进行阐述已足可以说明问题。左拉是闻名世界的法国作家，作为自然主义文学的创始者，他直接从自然科学中吸取了成果。由于当时解剖学的繁盛和著名生理学家贝尔纳在《实验医学研究导论》中倡导在生物学和医学研究上应用科学实验方法，又受当时孔德的把社会看作生物学机体的实证主义哲学的影响，促使他提出了自然主义文学理论。他主张作家应像医生诊断病人那样去写人，在创作上运用遗传学和临床病理学等方法去表现人的生物本能的"实验小说"。当然，在创作实践中完全照搬自然科学理论是不可能也是偏激的，就是左拉本人的创作也往往突破自己的理论。但是，我们应该看到左拉对于传统的批判现实主义理论是有创新、有突破的，对深入描写人做出了卓越的贡献。

再如达尔文的生物进化论对于世界各国作家的影响更是众所周知。达尔文的《物种起源》出版于1859年，恩格斯把它誉为"划时代的著作"，并把它与能量守恒定律、细胞学说并称为19世纪自然科学的三大成就。从这部著作产生伊始就直接影响了欧美及其他国家（包括我国）的作家。据文学史家研究认为最早接受其影响的作家是英国的塞缪尔·勃特勒，他在社会乌托邦小说《埃瑞谎》（1872）中讽刺了英国神学界对进化论的诬蔑。在俄国，革命民主主义文艺理论家别林斯基、车尔尼雪夫斯基、皮萨列夫都论述过进化论对文学的影响。当然，从另一方面，斯宾塞等人把达尔文的进化论演变成"社会达尔文主义"，目的在于鼓吹资本主义统治和奴役域外人民、推行侵略战争理论，与之配合的是在文学界出现了吉卜林的作品。而哈代、梅瑞狄斯则站在弱者的立场表示了对弱者命运的同情，体现了一种悲观主义，如哈代的名著《苔丝》，即属于这类作品。进化论也在 20 世纪初影响了东方诸国，在日本，进化论在文学界结出了硕果。我国又借助日本（当然也有从西方直接吸收）传入进化论，包括鲁迅在内的我国现代文学的缔造者都受到了积极的影响。

进化论对文艺理论的影响更为广泛，社会学派代表人物丹纳很有代表性。他把文学创作及其发展归之于种族、环境、时代三要素，在分析中他套用了进化论的观点。在《艺术哲学》中甚至强调："美学本身便是一种实用植物学，不过对象不是植物，而是人的作品。因此，美学跟着目前精神科学与自然科学日益接近的潮流前进。"[①]法国文学史家布隆迪埃在丹纳之后继承进化论观点研究文学史，他将进化论观点应用于文学体裁的研究。他认为，文学样式的不同和各种艺术目的与手段的差异以及人的精神世界的多样性一致，其变化与自然界同质的异质分化一样，受同一规律支配。各种形式经历幼年、成熟、衰亡，然后转化为另一种形式，这与达尔文的物竞天择原则是一致的。比较文学学科的建立其实也与进化论有着密切缘源。世界第一本比较文学专著作者波斯奈特就深受进化论的影响。

在近半个世纪，系统论、信息论、热力学第二定律、熵与耗散结构理论等都对文学产生了不可低估的影响，进一步显示出文学与自然科学跨学科结合的趋势。我们不妨以系统论理论与文学的结合为例来阐述这一问题。系统论具有综合性、整体性、动态性特点，定量化、最优化、信息化是其标志，处理问题的方式带有人机结合的特征。由于有这些突出的特点，近半个世纪以来，许多文学研究家就引进系统论的原则和方法，特别是系统论的普遍联系、有机整

---

① 丹纳：《艺术哲学》，傅雷译，人民文学出版社，1963 年，第 11 页。

体的观念、结构的观念和动态的观念，把文学作品作为一个有普遍联系的有机整体来对待，这不仅扩大了研究者的视野，而且往往能得出一些富有新意的结论。传统的文学研究方法往往把作者、作品、读者这一有机的信息传播和反馈系统割裂开来分析，作一种线性的单向的表述。过去一些评论者习惯于从分析作家的身世、经历、社会地位、政治态度来评判其作品，美国新批评派又反其道而行之，完全抛弃作品的外部因素，只探求文本内部，很显然这都具有片面性。近年世界各国的文学评论界发表了不少专著和论文，论述了系统论和文学研究的结合。我国学者对此也表现了极大的兴趣，在中国古典文学研究、现当代文学研究中作出了有益的尝试。在日本，当代文学评论家长谷川泉的"三契机文学鉴赏七十则"可以说是系统论方法在文学批评上的运用。长谷川泉先生将作者、作品、读者这三契机和发生、记述、发展的时间过程结合起来，将文学现象作为一个运动、开放的体系来考察，这就使文学研究改变了线性的单向的状态而进入全方位、多角度、多层次的综合文学研究。

再如信息论和文学的结合也有着十分广阔的前景。信息论是一门以数学为基础，以数字为基本表达方式的科学。狭义信息论是运用数理统计法研究信息处理和信息传递的科学，广义信息论是指运用狭义信息论原理研究其他领域问题的理论，或称信息学。将信息论引入文学艺术研究就意味着文学艺术研究的数字化。在电子计算机高度发达，各门学科正在走向整一化的时代，这已成为今后社会科学研究发展的趋势。电子计算机可以将许多用人工方法所难以奏效的工作承担下来，得出更为准确的结论。近年一些院校和研究机关应用电子计算机对作品的文体风格和个人艺术特征的辨析工作取得了可喜的成就。研究者们通过作者用词的频率、词长、句长、词序、节奏、韵律、特征词等等的综合统计来确定难以描述和定性的不同作者的风格，这一工作对于处理一些难以辨析真伪的佚文或确认作者的问题上显示出巨大的优越性。如深圳大学中文系和电脑中心联合对《红楼梦》120回本前80回和后40回的比较统计工作就是一个很好的例证。经过电脑处理，多方面的数据显示，前80回与后40回显然不是出自一位作者的手笔，这就为后40回是高鹗续写提供了可靠的根据。我们甚至可以说随着办公手段的现代化，社会科学工作者掌握电子计算机已是必不可少的。这种人机结合的方式将取代传统的手工作业是确信无疑的。一些艰难的研究工作如考古、古文字研究也都会由于计算机的介入而有长足的发展。

文学与自然科学的结合包含着非常广阔的内容，不是在一篇文章里所能涵盖的。但是，我们还应该注意到，文学与自然科学的结合不能机械地照搬、简单地相加，不然就会产生偏颇。因为自然科学与文学毕竟各自有质的规定性，如果生吞活剥往往会适得其反。

毋庸赘言，人类社会的各个领域的发展都是相伴相随，互相浸润，相互影响的。科学技术的发展对文学的影响在历史进程中后浪逐前浪。我们从史的眼光既要充分看到科学技术对文学发展给予的正面效应，同时也不可忽视它所带来的负面作用，而且，随着信息时代，后工业社会的到来这一方面更显突出。对此，西方哲人早就有深刻的思考，马丁·海德格尔（Martin Heide，1889—1976）的睿思可以使我们明确地意识到这一问题的重要性。

由于科学技术的迅猛发展，人类创造了高度的物质文明，特别是进入20世纪以后，这种发展带来了日新月异的变化。但是，与此同时这种发展也给人类社会带来新问题。其实科学技术对于人类也是一把双刃剑，他对人类最大的危险在于容易湮没对人存在本身的关注，抹杀个人个性把人化作"俗众"（the mass man），即把人抽象化。西方从克尔凯郭尔开始就敏感地意识到这一趋势。在西方传统的二元世界观业已崩溃，人们便产生了严重的精神危机。特别是经过两次世界大战的劫难，颓废主义、享乐主义在欧美蔓延，更加刺激人的不安心理，正是基于这种"失落的存在"（the lost reality），西方人怀有无限的乡愁，开始深入反思现代科学技术带给人们的究竟都有什么，它也必然反映在文学方面。

首先海德格尔认为现代社会由于科学技术的发展把动植物、金属、大地和人都变成了单纯的物质的一种展现，使一切都化成千篇一律和无本质的东西，这种强制性的"齐一化"，必然抹杀人的特殊性、个别性。他认为，"在这原子时代中，个人的特殊化、个别化、价值都为了完全的齐一性的缘故而以很快的速度消失了。"① 海德格尔形象地称当今时代为"原子时代"的命名本身也证明它是决定时代的东西，其余的一切，从宗教到文学艺术都退居到次要地位，它所带来的恶果是：在科技高度发达的时代，必然造成人类把自身与事物相对立，并以这种方式超出了在存在的秩序中曾分配给他的地位，他成为唯一权威的存在意义上的"关系的中心"，对诸客体具有独一无二的统治、支配权。这种思维模式也必然反映在人的文学创作上。"因为技术的本性不仅决定了与自然的交往，而且也深深地铭刻在人的文化创造上，占领了一切存在领域，包括科学、艺术或政治……"②

从《存在与时间》以后，海德格尔重新思考真理问题，他认为形而上学的对象不是"与事物相符的知识真理"，而是存在之真理，只有它直接与人的精神世界相关。而存在之真理不能用科学实验与理论推理的方式来获取。他提出了诗和哲学的"思"。他虽然并非从文学入手研究荷尔德林，但是那一系列有关荷尔德林的论文，却为

---

① 引自冈特·绍伊博尔德：《海德格尔分析时代的技术》，宋祖名译，中国社会科学出版社，1993年，第33页。

② 引自冈特·绍伊博尔德：《海德格尔分析时代的技术》，宋祖名译，中国社会科学出版社，1993年，第33页。

揭示科学技术与文学的关系提出了振聋发聩的见解。他明确提出应像荷尔德林一样诗意栖居,只有消解二元对立的思维方式,才能走上解决人的异化之路。海德格尔从20世纪30年代开始,在纳粹投降之后潜心研究老子的《道德经》,在中国道家文化中求得支援,与中国传统文化对话,就并非偶然了。

进入20世纪后半叶,西方哲人的探讨更趋深入。1984年12月10日,杜夫海纳、帕斯默和今道友信围绕"美学的将来课题"的"三人谈"给我们提供了许多信息。这三位东西方哲家大师从不同的文化背景反思人类文化的发展历程。帕斯默指出:"在基督教的世界观中,缺乏人对于自然的责任。"①今道友信也指出:"在基督教思想中,食肉非罪,人有统治自然的义务,这都是认真思考人类生存时所必需的。"②在谈及科学技术对文学艺术影响时,今道友信指出:"哲学应该制约科学技术借开发自然之名从自然中消灭象征性存在者的趋向。"③杜夫海纳(本书译为杜夫莱纳)指出,自然是象征的源泉,"自然的象征性关系到生命力。只有这种东西是别的东西所无以替代的。……不管是逆流而游的鱼,还是乘风而翔的鸢,或是摇荡于风中的芦苇,都可以成为人的生命存在的某种象征。这是用机械所绝对做不到的。"④帕斯默认为:"自然是生命象征的家园。"杜夫海纳进一步指出:"由于技术令人吃惊的进步所带来的一种同质性和划一性,招致生活形态的机械化和思考的模式化,而这大概并非

---

① 今道友信编:《美学的将来》,樊锦鑫等译,广西教育出版社,1997年,第262页。

② 今道友信编:《美学的将来》,樊锦鑫等译,广西教育出版社,1997年,第263页。

③ 今道友信编:《美学的将来》,樊锦鑫等译,广西教育出版社,1997年,第266页。

④ 今道友信编:《美学的将来》,樊锦鑫等译,广西教育出版社,1997年,第266页。

只是受到技术的恩惠的国家才如此吧。"①他并由此得出："审美经验才是人类特有的经验。"②

为此，我们可以思考这样的问题，文学艺术与科学技术是在怎样的状态下共生呢？它们必须是互补互助，但同时也是矛盾的统一，并非静止状态下的多元共存。整个宇宙是个动态的整体，运动（矛盾）是贯穿一切的，只有它才是绝对真理，为此，它也必然体现在文学艺术与科学技术上。直言之，文学艺术必须承担起制约、调整科学技术带给人类负面影响的义务，在当代社会，它的价值应充分体现出来，并发挥更大的作用。

近年，许多学者倡导的"文艺生态学"恐怕就是在当今具有全球性的精神危机状态下应运而生吧。人们普遍意识到，生态危机不仅指自然生态的变化和社会生态危机，亦包涵人们心灵上的精神危机。"在生存的天平上，重经济而轻文化、重物质而轻精神、重技术而轻感情。中国人的生态境况已发生了可怕的倾斜，遂导致了文化的滑坡、精神的堕落、情感的冷漠和人格的沦丧。"③

在这里，我们绝不是把现代科技与人类面临的生态危机等同，何况现代科技也是人类自身的创造物。在人类发展的历程中，科学技术带给人类的福祉与隐患始终是同步的。在享受其物质文明带来的愉悦之时容易忘记、忽视在深层次带给人类的祸端和灾难。在历史上，从18世纪以来，西方哲人已注意到这个问题，可惜，它始终并未引起人们的高度关心。怀特海认为："19世纪的文学，尤其是英国的诗歌，证明了人类的审美直觉和科学的机械论之间的冲突。雪

---

① 今道友信编：《美学的将来》，樊锦鑫等译，广西教育出版社，1997年，第267页。

② 今道友信编：《美学的将来》，樊锦鑫等译，广西教育出版社，1997年，第268页。

③ 鲁枢元主编：《精神生态与生态精神》，南方出版社，2002年，第500页。

莱生动地描述了盘桓在内在机体变化之上的永恒感官对象是如何地变幻莫测。诗人华兹华斯则把自然当成持续不变的场所,并认为其中包含着奥妙莫测的灵机……雪莱与华兹华斯都十分强调地证明,自然不可与审美价值分离。从某种意义上讲来,这种价值是整体对各部分的卵翼抚育累积起来的。因此,我们从诗人那里便得出一种说法:一种自然哲学必须研讨五种概念:变化、价值、永恒客体、持续、机体和混合。"①在这里,我们可以看出科学的逻辑思维、理性主义与文学的形象思维也总是在矛盾中相辅相克,在一定阶段,文学、艺术的思维模式对科学思维模式具有反拨、制约作用。为此,我们回首当年的英国浪漫主义文学运动,更能了解它"是对18世纪理性主义的一个反动,两者间最大分歧表现在对待社会的态度上。18世纪理性主义者把社会看成人的杰作,在社会中所有等级的人和谐共存,在理性驾驭下生活。浪漫主义者却认为社会是一个邪恶的框架,它不仅限制和压抑其成员,而且扭曲人的灵魂",是对"洛克推崇理性,把科学视为治理社会的法宝"的反拨。②这正是文学反对以科学"常识"来衡量世界一切是非之标准,而倡导人们关注超越日常生活的更深刻的精神世界的必然。

  有的科学家从理论——实践中透辟地阐述了人文科学与自然科学应该互补的道理。杨叔子先生指出:"人文是一种思维方法,科学也是一种思维方法,是一种极为严谨的逻辑思维,……人的左脑主要用搞科学技术有关,主要同逻辑思维有关,人的右脑主要同搞人文有关,主要同形象思维有关,左脑求同,右脑求异,左边搞分析,右边搞综合,这两个相互补充,才能全面发展。""我认为搞人文的先是要有很严密的逻辑思维,有求同的思维,有分析的思维,

---

① A·N·怀德海:《科学与近代世界》,何钦译,商务印书馆,1997年,第85页。
② 李赋宁主编:《欧洲文学史》,第二卷,商务印书馆,2001年,第50—51页。

而后再形象思维，天马行空，求异再创新。"[1]我们搞比较文学研究当然要把文学与自然科学的科际整合列入其中。这绝不仅仅是方法上的借用，而首先是思维方法的不断更新的需要。在一定意义上讲，学习、研究比较文学不仅是在掌握知识的层面上，同时有提高人的素质的更高层面，在这个层面上适应时代的发展，改变不正确的思维模式尤为重要。如果人们能够通过比较文学学习不仅学到了必要的比较文学知识，更对形成创新的合理的思维方式起到益处，这门课的作用将是巨大的，也是它的真正价值所在。

近年愈趋严重的脱离作品的文学理论、批评，在某种意义上说，仍是科学思维在文学上的恣意横行，亦是西方二元思维模式的延续。它不仅会使文学的人文精神遭受损失，而且会从根基上颠覆文学，将文学躯壳化，这也是我们研究文学与自然科学关系中所应面对的另一问题。

---

[1] 杨叔子：《教育思想的转变与教学改革》，霍金、杨振宁等著：《求学的方法》，陕西师范大学出版社，2002年，第196、197页。

乐无意故能涵一切意[①]

音乐在人类历史中是出现得最早的艺术形式,其产生年代早于文学。

我国作为一个文明古国,不仅很早地就产生了音乐,而且还出现了评论、介绍音乐的文字。中国古代典籍《尧典》和《周礼》中就存有重要的音乐理论论述,这些论述认为音乐具有规范人类行为的意义。礼的规范性表现为敬与节制,这是一般人所容易意识到的,也是容易实行的;乐的规范性表现为陶冶人的内心性情,这在人类纯朴、未开的时代容易收到效果。但在知性活动已经大大加强,社会生活已经相当复杂化了以后,便不易为一般人所把握,也使一般人在现实行为上无法遵行。所以,春秋时代,在人文教养上,礼取代了乐的统治地位,恐怕原因亦在于此。

自人类从"自然人"成为"文化人"之后,文学与音乐就有了不解之缘。在上古时代,诗、乐、舞是不可分割的三位一体。在《吕氏春秋·仲夏记·适音篇》中记有:

"昔葛天氏之乐,三人操牛尾,投足以歌八阕:一曰《载民》,二曰《玄鸟》,三曰《遂草木》,四曰《奋五谷》,五曰《敬天常》,六曰《建帝功》,七曰《依地德》,八曰《总禽兽之极》。"(见《二十二子》,上海古籍版1986年版,第64页)

[①] 本文原载孟庆枢等著:《中国比较文学十论》,长春吉林文史出版社,2005年。

古人也十分重视诗乐的关系，毛苌的《诗序》中论述道："诗者，志之所之也。在心为志，发言为诗。情动于中而形于言，言之不足，故嗟叹之，嗟叹之不足，故永歌之，永歌之不足，不如手之舞之，足之蹈之也。"

从跨学科研究出发研究文学与音乐的关系可以在很多层面上进行。如文学与音乐关系同源的探讨；诗与音乐如何在历史的发展过程中从相互结合到各自独立；从艺术材料、媒介和艺术存在方式的角度比较二者的同异；文学与音乐作为独立艺术而发生的相互影响或借鉴，或者说"分离"后的"结合"等。在这里我们仅就文学与音乐的结合问题进行阐述。

现代主义诗人T·S·艾略特说过："我认为诗人研究音乐会有很多收获。……我相信，音乐当中与诗人最有关系的性质是节奏感和结构感。……使用再现的主题对于诗像对于音乐一样自然。诗句变化的可能性有点像用不同的几组乐器来发展同一个主题；一首诗当中也有转调的可能性，好比交响乐或四重奏当中不同的几个乐章；题材也可以作各种对位的安排。"①

我们不妨举雪莱的《爱情的玫瑰》（1810）作为例子。雪莱的这首诗分三节：

> 希望，奔腾在年青的心里/经不起岁月的折磨/爱情的玫瑰长着密密的刺/它欣欣吐苞的处所/总是春寒料峭/少年说："这些紫花属于我"/但花儿才怒放就枯槁。

> 赠给幻想的礼物多么珍贵/可是才授予就被索还/芬芳的是那天国的玫瑰/然而竟移植到地面/它欣欣地开放/但地上的奴隶将花瓣揉碎/它才盛开，霎时就凋亡。

---

① 张隆溪选编：《比较文学译文集》，北京大学出版社，1982年，第126页。

岁月摧毁不了爱情/但薄情寡义会使爱之花遭殃/即使它正在幻想的绿荫中怒放/也会突然凋谢，使你猝不及防/岁月摧毁不了爱情/但薄情寡义却会把爱情摧残/会毁坏它闪烁着朱红光芒的神龛。

这里的每一节都是关于爱情主题的变奏，这显然与音乐变奏十分相近。

这种方法在叙事诗中也十分常见，如有的研究者指出英国诗人布朗宁的长诗《指环与书》即是一个典型。这首长诗共 20934 行，分 12 章。诗人根据 17 世纪末的一件谋杀案而成诗。诗中写了阿雷佐镇的 50 岁的老伯爵圭迪娶了穷人家的美丽少女蓬皮丽娅为妻。她不甘虐待，同年轻的卡蓬萨基潜逃，后生一男孩。伯爵带人于圣诞节之夜在罗马将她的父母杀死，并重伤了她，但她还是活着看到了伯爵被处刑。长诗的第一章呈现了全诗的主题，从第二章至第十一章则是这一事件的九种变奏，每一次变奏都是某些当事人或旁观者对于这一事件的描述或解释，最后的第十二章则是总结式的尾声。① 这种方法体现了文学与音乐的结合。从叙事方法上说是变换叙述者，它得益于音乐变奏是非常明显的。

张若虚的一首《春江花月夜》状月夜之景、诉离人之情，不仅文辞华美、馥郁，而且意境幽远、宁定、恬静，令人回味无穷。

春江潮水连海平，海上明月共潮生/滟滟随波千万里，何处春江无月明/江流婉转绕芳甸，月照花林皆似霰/空里流霜不觉飞，汀上白沙看不见/江天一色无纤尘，皎皎空中孤月轮/江畔

---

① 参见伍晓明：“文学与音乐”，《超学科的比较文学研究》，中国社会科学出版社，1989 年，同时参考浅野洋等编：《作家与作品资料·芥川龙之介》，双文社，1994 年，第 286—294 页。

何人初见月,江月何年初照人/人生代代无穷已,江月年年只相似/不知江月待何人,但见长江送流水/白云一片去悠悠,青枫浦上不胜愁/谁家今夜扁舟子,何处相思明月楼/可怜楼上月徘徊,应照离人妆镜台/玉户帘中卷不去,捣衣砧上拂还来/此时相望不相闻,愿逐月华流照君/鸿雁长飞光不度,鱼龙潜跃水成文/昨夜闲潭梦落花,可怜春半不还家/江水流春去欲尽,江潭落月复西斜/斜月沉沉藏海雾,碣石潇湘无限路/不知乘月几人归,落月摇情满江树。

仔细吟味这首诗,人们不但会被诗歌的内容所吸引,也会为其独特的韵律所陶醉。全诗融写景——状事——抒情为一体,层次分明,段落清晰,颇具情景交融之妙。诗人灌注在诗中的感情旋律,极其柔媚,充满人生无常感,但那旋律既不是哀丝豪竹,也不是急管繁弦,而是像小提琴奏出的小夜曲或梦幻曲,含蓄、隽永。诗的内在感情热烈、深沉,但读时却是自然的、平和的,犹如脉搏跳动那样有规律、有节奏。诗人将阳辙韵与阴辙韵交杂互沓,高低音相间,依次为洪亮级(庚、霰、真,见"中华韵典"二庚十一先、十八真韵)——细微级——柔和级(尤、友,见十六尤韵)——洪亮级(文、麻,见十八真、九佳韵)——细微级(雾七无韵)。全诗随着韵脚的转换变化,平仄交错使用,一唱三叹,回环反复,层出不穷,音乐节奏感强烈而优美。这种语音与韵味的变化,切合着诗情的起伏,可谓声情与文情丝丝入扣,婉转谐美。由此诗改成的古筝曲《春江花月夜》不但保持了诗中的思想内涵,而且也融入了原诗的律韵特点,使人们听曲时会默诵原诗,诵诗时耳畔又会响起乐曲的优美旋律,实可谓文与乐相得益彰。

在现代小说家中自觉地借鉴音乐的作家也很多,像我们十分熟悉的法国作家罗曼·罗兰、德国作家托马斯·曼、俄国作家契诃夫等。罗曼·罗兰的友人把他的长篇巨制《约翰·克利斯朵夫》称为"音乐小说",这不仅是由于这部作品是以贝多芬为原型、深入涉及音乐领域的作品,同时也因为作家本人精通音乐,他自觉地把音乐的一些表现手法与小说创作结合起来之故。整部作品像交响乐一样,从序曲至高潮到结尾,一个乐章一个乐章地演奏下去。我们阅读《约翰·克利斯朵夫》犹如聆听着贝多芬的《英雄交响曲》,甚至连作品的语言也赋予了音乐的质感。如小说第四卷《反抗》中有如下一般景物描写:

"正在他站在岸上,俯瞰着清澈恬静的水光感到幻惑的时候,一只很小的鸟停在近边的树枝上开始唱起来,唱得非常热烈。他不声不响地听着。水在那里喁语。开花的麦秆在微风中波动,簌簌作响;白杨萧萧,打着寒噤。路旁的篱垣后面,园中看不见的蜜蜂散布出那芬芳的音乐……"这可以说是诗情歌意的境界。

俄国作家契诃夫(1860—1904)与音乐的关系是少为人们重视和研究的一个课题。这位伟大的作家一生与音乐有着不解之缘,正如有的评论家所说:"音乐伴随了契诃夫的一生……音乐对于作家来说是作为领受大自然的陶冶,是一种内在的需要。对音乐的理解丰富了契诃夫的内心世界,成为他创作激情的取之不尽的源泉。"[①]可以说像契诃夫这样和音乐结合的作家很具有典型性。契诃夫和俄国音乐大师柴可夫斯基(1840—1893)真挚的友谊,原因在于他们虽然进行着不同艺术形式作品的创作,但在心灵上是相通的。在这两位大师的作品中都闪烁着对人类最美好的东西——人性的歌颂、对光明的憧憬、对大自然的热爱。如果我们认真阅读契诃夫的作品就可以看到他对于音乐的激赏和吸收。"毫无疑问,契诃夫创作中存在的音

[①] 巴拉巴诺维奇:《契诃夫和柴可夫斯基》,孟庆枢译,载《文艺论稿》1983年第3期,第274页。

乐感与柴可夫斯基内心息息相通。作家本人对此也非常理解。契诃夫作品中的音乐感首先表现在语言的韵调上，叙述语言流畅的旋律上。"①契诃夫本人也说过："我校对不是为了改掉小说表面表现出的毛病，我通常在校样上最后完成我的小说，而且不妨说，是从音乐性的一面来修改它。"②他甚至称自己的最好的作品《幸福》是"好像交响乐"的作品。契诃夫在他的众多优秀的中短篇杰作中创作了许多"有声的形象"。如在《邮件》中作家写道："大铃铛叮叮当当地召唤小铃铛，小铃铛就给了和蔼的回报，车子嘎吱嘎吱地响，走动了，大铃铛痛哭，小铃铛欢笑。"他还特别善于捕捉大自然的声音，白桦树的喁喁私语，雨滴的滴答声，浮冰的沉闷声……，这与契诃夫的创作思想一致。他说："文学艺术所以称之为艺术，是因为从本质上描写生活的缘故。它的宗旨在于真实和诚实。"无独有偶，柴可夫斯基也认为："我感到我确实具有真实、诚实地平凡地通过乐章表达感觉、情感和形象的天赋。在这一意义上我是现实主义者和真正的俄罗斯人。"③通过文字和音乐净化人的灵魂，这是两位大师的共同心愿。

在当代作家中我们还可以举出前苏联作家钦吉斯·艾特玛托夫（现为吉尔吉斯斯坦作家）的作品来阐述。艾特玛托夫是位风格独特的作家，他的长篇小说《一日长于百年》以假定性形式，独具特色。所谓假定性有广义、狭义两种，广义指文学艺术的任何一部作品都不可能与所反映、表达、再现的对象对等，从这个意义上讲，

---

① 巴拉巴诺维奇：《契诃夫和柴可夫斯基》，孟庆枢译，载《文艺论稿》1983年第3期，第278页。

② 巴拉巴诺维奇：《契诃夫和柴可夫斯基》，孟庆枢译，载《文艺论稿》1983年第3期，第284页。

③ 巴拉巴诺维奇：《契诃夫和柴可夫斯基》，孟庆枢译，载《文艺论稿》1983年第3期，第283页。

都是一种假定；狭义的假定性指的是与所谓"按照生活的本来面貌再现生活"相对，与模仿写实相对，文艺作品中的非写实部分均称作假定性形式。

在《一日长于百年》中，作者既描写了一位搬道工在埋葬好友的葬礼中的一天的回忆，"再现"地描写了人世沧桑，同时又用科幻、民族传说、幻想等非现实的假定性手法写了曼库特的故事、苏美宇航员发现星外文明的故事、白姬梅和老歌手的恋爱故事等情节。整部作品像音乐的多重变奏、变调与主旋律统一在一起，这样就突破了单线条、单层次的描写的局限，改单调为复调，单线条为多线条，使小说具有多层次、多结构的特点。这种写法使得读者对文学作品有种"音乐的理解"，作家实质上是尽量使文学语言成为音乐语言，使文字具有更大的涵盖量，这对于深化主题起到了有益的作用。

文学家从音乐家那里取得借鉴的例子不胜枚举。同样，音乐家从文学家，特别是诗人那里取材更是一种常识，我们也可略举一、二实例。

拜伦的长诗《唐·璜》是中外诗歌史上叙事长诗的典范。从17世纪的莫里哀到20世纪的萧伯纳，几百年来，这一人物形象始终吸引着众多艺术家。他们将其改编成多种艺术形式呈现给观众。而在音乐界，德国音乐家施特劳斯将其改编为一部规模宏大的音乐交响诗，于1888年在魏玛公演。音乐以一种向上的、浪潮般的气势开始，犹如岩浆从火山喷射出来，迅疾的旋律、符点节奏，大跳音程和宽阔的音域，使这一主题充满了生命的活力，生动地刻画出了唐·璜这一人物形象。接着，由独奏小提琴奏出了一段代表理想女性的主题，音乐安谧而富有表情，小提琴演奏的旋律流动在乐队之上，宛如一片微微浮动的白云。此后，音乐向着全面、深刻地描写唐·璜这一人物性格的方面发展。第二个和第三个女性主题的相继出现，表现被唐·璜所追求者的形象。第二个女性主题用中提琴和大提琴演奏，如同一支声音饱满的歌曲，但音色暗淡，具有忧郁的气质。第三个女性主题是用木管乐器来演奏的，富于歌唱性的双簧管唱出了唐·璜喜爱的情歌，音乐甜美、舒缓，旋律宽广、深情，如同一幅完美的人物肖像画，使唐·璜陶醉在不可企及的理想当中。这一主题的精心发展，是主人公唐·璜爱情生涯中的一个重要阶段，表现了他所常常爱恋和执著追求的一位女性。经历几次爱情时的心理动态，有高涨的热情，美好的幻想，也有失败的痛苦和对生活的厌倦。

唐·璜也有另外一种性格，在由圆号演奏出的唐·璜第二主题中，音乐一改在第一主题中表现出的狂热、躁动和轻浮，变得英勇、威武、生机勃勃，显示出唐·璜所具有的骑士风度。最后，唐·璜的两个主题结合在一起，以宏大的气势和炽烈的热情形成了一股壮丽的音流，震撼着人们的心灵。在一个不祥的寂静之后，简捷的尾声以弦乐器抖弓奏出的颤音开始，从高音区下行到低音区，尖锐的不谐和音，伴以滚奏的鼓声，力度也逐渐弱了下来，随着音乐的结束，也宣告了唐·璜生命的终结。

音乐交响诗《唐·璜》与长诗《唐·璜》虽然在内容上不尽相同，但是也像原作一样抓住了这一人物的性格特质，因此，塑造的形象同样血肉丰满。

那么为什么文学与音乐能够结合呢？对于这个问题的探讨恐怕不是很短的文字所能承担得了的。但是我们可以对其中一些主要原因加以论述。我们知道，一般来说把艺术分为七种品类：文学、戏剧、绘画、音乐、舞蹈、建筑、雕刻。其中，只有文学和音乐属于时间艺术，"它们是动的，是用时间感觉的，是一波一波接着流于真的时间——真情之流——上面的"①。这揭示了人类建立符号世界之后精神世界丰富(甚至是困惑)的实态。一方面人以理性逻辑思维把握世界越来越高超,同时,这也必然与人原初的与自然合一的心灵故乡相离越来越远,作为这种矛盾的解决,人类始终执著于音乐希冀返回心灵的故乡,恐怕这是一个根本原因。

文学与音乐的最本质关系,在于它们相通。一切的现实都可以被理性锁住,但音乐和诗歌却令人极强地感到"情感的节奏"和"想象的自由"。

音乐是这样,文学也是这样,它也是感情的自发体现,它不能与知识概念紧捆绑在一块儿。文学的震撼力在于它的情感力量,在于它通过具体形象而表达出来的内在动力。高尔基说,"文学即是人学",说的就是文学所描画的是人的喜、怒、哀、乐诸方感情,即使描述理性,也带有浓厚的感情色彩。所以,文学和音乐结合才能殊途同归。

钱锺书先生说过:"乐无意,故能涵一切意。"②这是把音乐语言与文学语言进行区别的言简意赅的论述。语言,是人类最杰出和神奇的创造。自从人类从自然人走向文化人(形而上的确定有那么一个时间),最显著的标志应该是他掌握了语言(哪怕是最简单的),只有这样,他才能认知外界也观照自己。可以说,语言是随着人类的发展而不断丰富与变化的。语言不仅仅是人类互相交流的工具,它也决定着文化。因为人类通过语言才拥有一个世界。人类的不断发展历程是从低级向高级的进化,反过来也是与自然进一步拉大距离的过程。正是由于这种原因,语言是帮助人们前进的阶梯,同时也是设在人与自然之间的障碍。鉴于此,著名语言学家萨丕尔说:"词不

---

① 朱谦之:《中国音乐文学史》,北京大学出版社,1989年,第20页。
② 钱锺书:《谈艺录》,中华书局,第290页。

只是钥匙，它也可以是桎梏。"①语言最具有诚实性，同时又有欺骗性；语言最具有明确性，同时又具有模糊性；语言既有广泛的包容性，又具有狭隘的特指性。我们在接受文学作品（用以听觉）就有明显的感觉：有无明确的联想是文字与音乐的差别所在，文学作品的语音伴有比较明确的"所指"，而乐音则不然。不少作家、诗人认识到这一问题，就借助于音乐的魔力，突破语言的"束缚力"的一面，让读者进入更自由地接受空间，发挥作品的更激动人心的效果。

这一点正如日本作家川端康成所说："人过分信赖语言，产生不了新的表现。""人的精神不限于在人拥有的语言范围之内活动，哲学也罢，宗教也罢，要作稍为深入的精神上的探索，马上就会完全越出语言的彼方。"②他甚至形象地说："声乐唱片比乐器唱片更容易听腻，标题音乐不能引起人像听纯音乐那样百听不厌。更重要的是，我常常一边听风雨声、鸟声、自然声，一边仔细沉思：这些声音如同人的语言那样，是没有意义的，这是神圣的恩惠。"③不给读者留下再创造的空间的作品肯定是会被读者抛弃的作品，而借鉴音乐，留下充分联想的空间，就会产生隽永之感，这大概是其中奥秘。

---

① 萨丕尔：《语言论》，陆卓元译，商务印书馆，1964年，第15页。
② 叶渭渠译《川端康成谈创作》，三联书店，1992年，第54页。
③ 《川端康成谈创作》，三联书店，1992年，第228页。

文学与美术的比较研究[①]

——以川端康成与美术为中心

一

川端康成出生在一个开业医家庭,少年时代的川端就对美术情有独钟。父亲(荣吉)和祖父(三八郎)都喜欢文人画,从至今还保存的他们给康成的临帖画可见一斑。这对少年时代的川端康成具有重要的熏陶作用。川端康成在大正四年(1915年)的日记记有这方面的影响。少年时代川端的个人理想经历了想当大政治家到大画家到大文学家的变化。当然,对美术的执著与他自身的观察的敏感性密切相关,失去所有亲人而形成的"孤儿根性"是育成这种极度敏感的内因。他在《落花流水》(1962.10—1964.12)中有明确的记述,"我幼年灵魂的萌芽就是方形纸罩座灯那寂寞的火影。我自八岁(虚岁)至十六岁就是同这位半盲的祖父过着两人相依为命的生活的。"[②]这种孤寂更加磨砺了少年川端敏感的资质,使他的神经不同于平常人。"幼年时代,我有一种类似直觉的直感。有一种小预言的习惯,能说中失去物品的所有,说中明天会来什么客人。我七个月出生,不足月,体质虚弱,又备受老人的娇宠,大概就会产生某种敏锐感

[①] 本文原载《文心》第一辑,2005年3月,南方出版社,ISBN 7-80660-313-1/I38。

[②] 《川端康成散文(下)》,叶渭渠译,中国广播电视出版社,1999年,第47页。

吧。"①剔除其有点神秘色彩的东西,可以看出这是川端康成的"孤儿根性"的产物。他的这一近似病态的极端敏锐性,经过时日,最后酿成的就是"临终的眼"式的谛观,他说"一切艺术的奥秘就在这点'临终的眼吧'。"②正如一位日本学者所说:"川端的眼,即他的'临终的眼'所映现的外界,确是'冰一样透明'的冰冷的透明的世界,有时所呈现的是凄绝的充斥鬼气的妖美、超现实的幽玄之美,为此他的贪婪的直视癖,在他的'临终的眼'中所映出的世界的真实,可以说是种冷沏的透视。"③这种资质首先体现在对色彩的独特凝视,通过这一凝视,构建出幻想的天地。他的早期作品《参加葬礼的名人》(1923)已有充分体现:

> 祖母的逝世,我对自家的佛坛头一次产生了一种说不出的感情。我选择祖父看不见的时候,从外面把关得严严实实的佛堂的隔扇打开一道细缝,开了又关,关了又开,不知疲倦地偷看着供灯照亮的佛坛,消磨时光。但是,我记得我是不愿意敞开隔扇去靠近佛坛的。夕阳西沉,地平线上只有山和山巅染满了明亮亮的光辉,一派恬静的气氛。我抬眼仰望,不知为什么,总联想到八岁时我所看见的佛坛上供灯的颜色。④

确实如小林芳仁所说"这是他最初对失去亲人之死的意识。对那晃动的灯光恐怕是作为祖母的灵魂的象征来亲切的凝视吧?至少

---

① 《川端康成散文(下)》,叶渭渠译,中国广播电视出版社,1999年,第48页。
② 《川端康成散文(下)》,叶渭渠译,中国广播电视出版社,1999年,第6页。
③ 小林芳仁:《美と仏教と児童文学——川端康成の世界》,双文社,1985年,第11页。
④ 《川端康成——小说经典(三)》,叶渭渠译,人民文学出版社,1999年,第44页。

那灯光不是无机的而是感觉的存在是很确实的。"①灯芯是红色的，从川端作品中可以梳理出他对这"灯"、"火"红色的独特感受的心路历程。

"通过观察，人与其他动物比较，人与颜色的关系是非常特殊的，而且人可以把在颜色上带有的意味作为认知对象……颜色实乃是认知的抓手，乃是把握人的感情表现的钥匙。"②根据色彩学研究家的见解，"在色彩当中最引人注目的颜色当属红色。"③在红色当中最为鲜明、特别的是人和动物的血。可以说"它本来是人眼所看不见的颜色，它是与生命相关的危险的信号。（中略）血无定型，对它只可从其颜色来认识，在人工染物技术尚未出现的原始时代，恐怕血即赤，赤即血。"④而且，在印欧语系中特别明显示，如梵语表示血的意义的 rudlnira，兼有'赤'的意味；在欧洲许多语言中"血"与"红"的含义是兼容在一起的。⑤（从有血的意味的拉丁语 Sanguis 派生出来的）。从汉字来说，"血"字最早就和祭祀有着直接关系。在《说文解字》中象形为点滴之血滴入皿中之意。

牺牲——对神灵的祈祷——这在古代来说是最为重要的"文明"行为。在人类的心灵深处，"血，它自身并无固定形体，它由它的色彩来显示。反过来说，红色通过血来表现血所具有的力，红色象征生命、灵力、吉祥，作为这种力的承担者在人类的前史时代起着重要作用。"⑥

在川端康成作品中，从一开始，这红色几乎如"千代崇"一

---

① 小林芳仁：《美と佛教と儿童文学——川端康成の世界》，双文社，1985年，第14页。
② 岩井宽：《色と形の深層心理》，NHKブックス，1986年，第21页。
③ 柳宗玄：《色彩との対話》，岩波书店，2002年，第116页。
④ 柳宗玄：《色彩との対話》，岩波书店，2002年，第117页。
⑤ 柳宗玄：《色彩との対話》，岩波书店，2002年，第117页。
⑥ 柳宗玄：《色彩との対話》，岩波书店，2002年，第123页。

样，频频出现在他的作品，而且贯穿终生。同样在《参加葬礼的名人》中用许多文字写了"鼻血"，而且流淌不止，它的含义在作品中有句话透露了川端的内心真谛。"对我来说，流鼻血是生来头一遭。这鼻血告诉了我：那是由于祖父亡故，我心灵受到创伤。""我心里想到：自己是丧主，临出殡前，这种失态，一来对不起大家，二来会引起一些骚乱。"①这鼻血的红色象征意味是作者对"血缘"的理解，一种自辩和解脱，同时带有一种恐怖的神秘。在掌上小说《母亲》(1926)中川端又写了"丈夫吐了口血……对，对，别让孩子吃这只奶。"这显然又与川端家的肺结核病史和整个家庭的悲剧密切相关。

从川端创作伊始"火"与"灯"（它们的对应色即"红色"）就频频出现在作品中。除上述作品外在《篝火》、《南方的火》、《走向火海》、《空中的灯》、《焚烧门松》等亦十分显眼。在《招魂节一景》中最引人注目的情景也离不开火。樱子在点燃的火圈中作马戏动作，"耳旁响起火焰的扑扑声，火光刺眼，难道今天的火焰要钻进心窝里来吗？""马戏团明星樱子连同火焰的光圈一起，从马背上摔落下来。"②"火"与"灯"的意象在他的代表作《雪国》中进一步发扬，川端不仅以神来之笔写了"山野的灯光"映在叶子脸上显示的"无法形容的美"，而且，最后叶子亦是在蚕房失火的"火事"中"内在的生命在变形，变成另一种东西。"这时，川端不厌其详地让"火光"一词出现，"在火车上山野的灯火映在叶子脸上的情景，心房又扑扑地跳动起来。仿佛在这一瞬间，火光也照亮他同驹子共同

---

① 《川端康成——小说经典（三）》，叶渭渠译，人民文学出版社，1999 年，第 46 页。

② 《川端康成——小说经典（三）》，叶渭渠译，人民文学出版社，1999 年，第 39—40 页。

度过的岁月。"①综上可见,"灯""火""红色"演绎出的是血亲的亲缘、恋母情结、死亡的悲剧意识,亲炙佛典的川端通过佛教轮回转生意识的洗礼,在打通生与死,而这媒介就是"灯光""火",毫无疑问,作为它们的意象的"红色"起着相同的作用。他在《临终的眼》中这段话似可作这一段论述的结语:"可以认为,作家的产生是继承了世家相传的艺术素养的。但是,另一方面,世家的后裔一般都是体弱多病。因此也可以把作家看成是行将天绝的血统,像残烛的火焰快燃到了尽头。"②川端藏在心里的这种意识已使他把"火""灯光""红色"转化为贯穿终生的一种意象。

在川端康成作品中对于白色(稍后将论述)、黑色、紫色亦同样进行了贯穿终生的诗意的演奏,还通过不同色彩的搭配,描画了心中的多彩的霓虹。

二

在20世纪20年代,当川端康成正式步入日本文坛,正值日本大正年代,在这一重要的文学转型期中,锐意革新的川端成为新感觉派的中坚。川端康成的新感觉派理论与创作除了自身的资质、来自佛教、心灵学的影响之外,恐怕与他对美术的独特感悟也不无关系。日本现代派文学产生在日本文艺界其他领域已率先接受西方现代主义思潮之后,如电影、绘画都先于文学接受西方现代主义思潮。在当时日本美术界已形成现代派画家群体,普门晓、中川纪之、古贺春江、神原泰、吉田谦吉等开了日本现代派绘画的先河。其中古贺春江是与川端交往甚密的友人。

---

① 《川端康成——小说经典(一)》,叶渭渠译,人民文学出版社,1999年,第109—110页。

② 《川端康成散文(下)》,叶渭渠译,中国广播电视出版社,1999年,第4页。

产生在 1923 年日本关东大地震之后的"新感觉派"(以 1924 年 10 月《文艺时代》创刊为标志)旨在"打破自然主义以来的平板的现实主义,在新理知派的影响下,并基于理知活动的新感觉(不是依据官能)而再构现实。"同时"这一派重表现形式,重视文体论、技法论,创造了独特的文体。"①在千叶龟雄的《新感觉派的诞生》(1924.11)中指出:"以微小的象征,对于人内部的全貌的存在和意义有意地从一个小孔去窥伺,这种微妙的艺术之发生是符合自然规律的。那么,他们何以在表现人生时,非选择这'小孔'不可呢?这是因为他们要使大的内部人生象征化使然。"②

另一位重要代表人物横光利一则在《感觉活动》中说:"所谓新感觉派的感觉表征,就是剥去自然的表象,跃入物体,自身的主观的直感的触发物……认识是理性与感性的综合,而构成认识客体的认识能力的理性与感性,乃在成为跃入物体自身的主观发展之时,具有更强劲的感觉触发的力学形式。"③

川端康成虽然在理论上与他们亦有不同,但是他也非常强调"新感觉",把它作为文学创作之根本。"没有新表现,就没有新文艺,没有新表现,就没有新内容。没有新感觉,就没有新表现"。④这种新感觉是企图如实地把心象表现在文学上的一种情绪。他的《新进作家的新倾向解说》和《新感觉辩》是全面体现他的新感觉理论的论文。川端康成亲炙佛学经典,甚至对心灵学亦有很大兴趣,在他头脑中"万物一如,轮回转生"的观念就成了突破在有限的时空内以实证方式把握现实的出发点,正如羽鸟彻哉所说:"在有限的时间内看问题时,如果死了的话就是死了,前面是无。只相信

---

① 藤村作:《日本文学辞典》,学灯社,1953 年,第 314 页。
② 伊藤整等主编:《日本近代文学全集 67》,讲谈社,1975 年,第 358 页。
③ 伊藤整等主编:《日本近代文学全集 67》,讲谈社,1975 年,第 372 页。
④ 《川端康成散文(下)》,叶渭渠译,中国广播电视出版社,1999 年,第 201 页。

眼睛能够看到的空间时，那么万物只能是孤立的存在，万物之间没有融合的可能性。近代思想解决不了死的恐怖，对个我与个我所产生的憎恶和孤独问题束手无策。因此川端在默默思考：万物一如，轮回转生的佛教世界观的复活是不是具有打破近代僵局的可能性呢？"①为此，他把佛典的万物一如与西方的前卫艺术的动态表现结合起来，构造了具有独创性的作品。1924年12月川端在《文艺时代》发表了题为《短篇集》的七篇短篇小说，其中的《头发》、《港》、《白花》被认为是新感觉派的出发作。在追求新感觉派的创作阶段，"色彩"在川端笔下发挥了重要作用。我们可从川端康成在大正年间和昭和初年的"掌上小说"和其他有关作品作一探寻。川端康成的作品始终贯穿一种"处女崇拜"情结。从其实质而言，乃是他从小生活在对女性一无所知，对异性始终处于一种精神游弋层面的象征性创造物。对于少女（处子）的圣洁、神秘和原始生命力的象征成为他窥伺人生新感觉的一个重要方面。大正后期至昭和初年间写有《千代》（1926）、《南方之火》、《林金花的忧郁》（1923）、《篝火》、《非常》、《脆弱的器皿》（1924）、《蚂蚱和铃虫》、《男人、女人、大板车》、《丙午少女赞》（1925）、《伊豆舞女》（1926）、《招魂节一景》、《暴力团的一夜》（后名为"米雪"）（1927）、《盲人与少女》（1928）等。②

在这些作品里，川端不厌其烦地唱了一首首对处女性崇拜的赞歌。这里蕴含了对作家少年时代人们对他的关怀、爱护的甜蜜的回忆，也有对超越性别的人类之爱的渴望。川端康成在孤独的向往中被培养出一种纯粹的、美的、使心态温暖的、对生命活力的憧憬、

---

① 羽鸟彻哉：《作家川端の展开》，教育出版センター，1993年，第125页。
② 以上作品初出年代依据长谷川泉：《川端康成论·川端康成年表》，孟庆枢译，时代文艺出版社，1993年。

凝视的姿态。①对于这种感受，川端调动了多方面的艺术手段，其中"色彩"的作用非同一般。

　　在追求新感觉派创作中川端更执著于白色。在这里我们有必要对于"白"从历史上作一些梳理，一位日本色彩学家从中外典籍中作了钩稽。"白色"既是视觉上与青、黄、赤、黑并列的五色之一，同时更有形而上的精神意味上的"白"，"这是道学哲学的重要概念，不断地用'大白''太白'来表现即在于此。"②即是说"白色"是一切色彩的出发点，所有的色彩都生于斯；同时白色也是色彩中接受其他色彩最突出的。"白色"，无论是在日本还是在中国，从古代就象征清净、纯真、纯洁、明快，是备受尊敬的神圣的颜色。（在这一方面与西方亦相同，这里不赘述）。川端康成对"白色"的这些内涵有着十分深刻的表述：

　　　　要使人觉得一朵花远比一百朵花更为娇艳。选择只开一朵白色花蕾的山茶花作为插花。无色的白是最清纯的，同时它又是具有多种颜色。③

　　他后来在获得诺贝尔奖的演讲词《美丽的日本，我》中亦重申"没有杂色的洁白，是最清高也最富有色彩的。"川端康成对于"白色"的崇拜来自佛法，同时也是他"处女崇拜"情结的具象。

　　我们不妨先看《蚂蚱与铃虫》。这是篇著名的掌上小说，作品通过一群孩子在夏夜里提着灯笼嬉戏，在草丛捕捉昆虫，在"思无邪"的氛围里，男孩女孩之间在游戏中进行心灵的交流，演奏了一

---

① 孟庆枢：《为了寻找爱》，见《孟庆枢自选集》，时代文艺出版社，2003年，第255页。
② 柳宗玄：《色彩との対話》，岩波书店，2002年，第178页。
③ 这是川端康成为在1969年于伊势丹总店举办的"川端康成展"写下的题词。

曲人类原初的爱的乐曲。当那个已颇为狡慧的男孩（他的年岁该是处在即将告别童年的时点）把一只铃虫佯称蚂蚱送给他喜欢的一个小女孩时，作品利用颜色光彩的嬉戏，揭示了象征性的内涵。映在女孩胸脯上的绿色的微光中：清晰幻化出"不二夫"（男孩名字）三个字来；而在男孩腰间摇曳的是"清子"（女孩名字）的红色亮光，而这里特别要注意文中确定它的背景是："女孩儿的白色单衣"（重点号笔者所加）。这里突出的是那个"思无邪"的女孩的纯洁，形而上地表现了"处女性"的神圣。而红光在洁白的女孩内衣上的嬉戏预示了人类告别童年之际的复杂阴翳。

《伊豆舞女》在这一点上异曲同工。主人公14岁的薰是个纯洁的处子。"一个裸体女子突然从昏暗的浴场里跑了出来……洁白的裸体，修长的双腿，站在那里宛如一株小梧桐。"（重点号笔者所加）这里的"洁白"是非常神圣的，为此下文才有"我看到这幅景象，仿佛有一股清泉荡涤着我的心"的文字。这段文字在整个小说中是至关重要的。

在《处女的祈祷》里村民们发现"一块墓像个白色的怪物"，他们认为这是神灵、恶魔、幽灵在作祟，为了驱散冤魂，就去祈祷，净化墓地。于是十六七个处女应召而至。这些处女围在恶魔的舌头似的火焰旁，"犹如猛兽，露出了白色的牙齿，在狂蹦乱舞。"（重点号引者加）除去作品有种迷信色彩的神秘，不难看到在川端内心深处的"处女崇拜"情结，是他相信"处女性"的魔力（以白色为象征）的尽情渲泄。当然，川端此时作品中的色彩并非单色，另一颜色"红"亦同样发挥了重要作用，前面已有所论述，这里需要提及的是在新感觉派时期乃至以后川端将"红色"赋予女性乃是人类的原初的生命力的象征，这和他在作品中贯穿始终的"处女崇拜"情结统一。在《伊豆舞女》（1926）不仅以白色象征处女的纯洁，而且以"红色"寓含生命力，唱一首生命的憧憬之歌。"舞女就躺在我脚跟前的那个卧铺上,她满脸绯红,猛地用双手捂住了脸。她和中间那位姑娘同睡一个卧铺。脸上还残留着昨夜的艳抹浓妆,嘴唇和眼角透出了些许微红。"①在另一部重要作品《山之音》中那位已经62岁的信吾还在内心深处苦恋早已亡故的他的妻子保子的姐姐,妻姊的遗物"盆栽大红叶"成了这位美人的象征,信吾"脑海里却满是漂亮的盆栽红叶的艳丽色彩。"②到了晚年写作的《睡美人》所描绘的神秘俱乐部的梦幻氛围,凸现的也是"红色","原来是深红的天鹅绒窗帘,使江口不由脱口喊了一声。由于房间昏暗,那深红色显得更深了。"连挂的画轴也是川合玉堂的"一张温馨的红叶",体现的是"处女"所蕴含的人的原初的生命力。这些耄耋之人,在服药入睡(无任何生理机能)的少女身边唤起往日的回忆,他们的思绪倏然间可以展开追忆和幻想的翅膀。正是这一"红色"暗示一种少女的原始生命力,使江口他们返回精神家园。③

谈到川端康成在追求新感觉吸收西方现代文学营养时代,从美术作品得到的启发很多,这里要特别提及古贺春江(1895—1933)。古贺春江稍长川端4岁,两个人的交往始于1931年,[根据秀子夫人的回忆《和川端康成在一起》(1983)]当然川端接触古贺的画当早于此时。根据2002年川端逝世30周年在东京三得利艺术馆举办的《川端康成——文豪所爱的美的世界》的展品显示,川端收有古贺春江的多幅代表作:《烟火》(1927)、《明朗的春天》(1930)、AFTER—NOON(1913)、《孔雀》(1932)、《水果》(1923)、《菊花图》

---

① 《川端康成——小说经典(三)》,叶渭渠译,人民文学出版社,1999年,第75页。

② 《川端康成——小说经典(三)》,叶渭渠译,人民文学出版社,1999年,第154页。

③ 叶渭渠、唐月梅主编:《川端康成集(中短篇小说卷·睡美人)》,东北师范大学出版社,1996年,第329页。并参考孟庆枢:《满纸荒唐言,谁解其中味——〈睡美人〉初探》,见《孟庆枢自选集》,时代文艺出版社,2003年,第310—327页。

(20世纪，具体年代不详)、《稻垛》(20世纪，具体年代不详)、《牛与少女》(1929)、《海的幻想》(20世纪，具体年代不详)、《在彼处》(1933)、《公园素描》(1933)，同时收有川端康成为《古贺春江诗画集》写的跋的手稿与《古贺春江》一文的手稿，这些弥足珍贵的第一手资料充分地体现了川端与古贺的交往非同寻常。川端康成在《古贺春江与我》一文向人们揭示了古贺的作品与川端的关系，特别是对川端的影响。川端说："古贺春江的作品，同当时的新文学（指新感觉派时期的文学——引者）有着明显的联系。"作为超现实主义画家的古贺春江来说他深受波尔·克莱的影响，川端指出："古贺不断变化、游历或者探索，而其中我最喜欢他所作的克莱风格的画。这不仅是因为我收藏了《烟火》的缘故，而且是因为古贺的禀性在这里结了果。"[1]"古贺的探索，甚至达到了病态性的程度，这种探索在二三十年前（作家写本文为1954年，二、三十年前相当于川端康成为新感觉派中坚之时——笔者）更加积极，更加悲哀。……为了扎根于全然不同的传统的美术，他竟为此倾注热情，如此拼搏，确是悲哀的，乃至招来了悲剧。倘若理解了不断促使古贺去探索的动力，大概也就可以更好地理解明治、大正年代了吧。"[2]

川端与古贺的心是相通的，连古贺家族最后无一人在世这一点也不能不让川端自怜吧。通过古贺的美术作品（包括写的诗）的点评，川端留下的也是自己在新感觉派文坛探索的心声。

---

[1] 叶渭渠、唐月梅主编：《川端康成集（中短篇小说卷·睡美人）》，东北师范大学出版社，1996年，第74页。

[2] 叶渭渠、唐月梅主编：《川端康成集（中短篇小说卷·睡美人）》，东北师范大学出版社，1996年，第69页。

三

　　川端康成是用心来"读"美术作品的。他说："买美术作品来观赏，它可以渗透到人的心灵里。"①在日本败战之后，他的这一感受更加强化。可以毫不夸张地说，川端晚期创作的美学追求与他对日本传统美，特别是古典美术作品的追求密不可分，在一定意义上讲，这是他创作进入新阶段动力之一。在川端康成整个创作历程中，如果把成为新感觉派中坚阶段作为一个重要的追求创新的时期的话，在20世纪30年代之后至日本败战这段时间相对来说是比较平稳、融汇传统与西方现代派日臻成熟的时期（尤以《雪国》的写作为标志），在日本败战之后，从50年代初起始，川端康成又进入一个新的探索时期，羽鸟彻哉认为："战后的川端，1954年乃是一大转机。新感觉时代的川端是相当行动的，但是在1931年以降至败战后的1953年之间，川端文学是以旁观者非行动的姿态呈现出来。战后的名作《名人》、《山之音》、《千只鹤》等基本如此。如何突破这一被束缚的境地的思考已在1953年左右露出端倪。这一突破的表征乃是1954年1月至12月在《新潮》连载的《湖》。"②这一看法是颇有见地的。如果联系川端后来的一系列作品，恐怕不应忘却1947年写的《哀愁》和1954年至1955年发表的《拱桥》、《阵雨》、《住吉》微型三部曲。（还有一篇《隅田川》虽同属一个坐标，但发表已晚在他逝世的1972年）。这几篇作品反映了川端康成在败战之后，他的孤儿根性已衍化为孤儿＋弃儿的情结。如果说昔日川端的"孤儿根性"还多是蕴涵个人生活的缺失体验的话，此时的

---

①　《川端康成散文（下）》，叶渭渠译，中国广播电视出版社，1999年，第70页。
②　羽鸟彻哉：《川端康成と浦上玉堂》，见《川端康成逝世30年纪念——文豪所爱的美的世界》，光村印刷，2002年，第14页。

川端作品所反映的缺失体验浓重地表现出社会性，川端的孤儿情结已深化为"亡国之民"的情结。以日本败战为界川端康成的创作有了新转折，首先是"孤儿"主题起了明显的变化，这是把握川端后期作品的钥匙。①

在这一时期川端康成对日本传统的执著，对美术经典之作的超出想象的迷恋是一个特别值得注意、研究的方面。在《哀愁》中川端说："日本人没有能力感受真正的悲剧和不幸。""战败后，我一味回归到日本自古以来的悲哀之中。我不相信战后的世相和风俗，或许也不相信现实的东西。"②他在《独影自命》中真切地描述了自己的心路历程：

> 我把战败作为一道分界，从那时开始我的脚步离开了现实在虚中浮游。（中略）仅仅是一种避世的想到山里去隐居的愿望。但是，即使现实的生活基本上结束了，即使对生活的兴趣越来越淡薄了，我的精神自觉和愿望也更为坚定。③

可以说物极必反，这种貌似逃避而实则介入的二律背反，川端在文学创作上进入新的转机。"因为战败，这种悲哀渗透进了我的骨头。但反过来它又使我的灵魂获得了自由和安定。"④川端康成认为唯一可以作为自救的就是日本美的传统的表现。"我把战后自己的生命作为我的余生。余生已不为自己所有，它将是日本美的传统的表

---

① 孟庆枢：《诗化的缺失体验——川端康成〈古都〉论考》，外国文学评论，2002年3月。
② 川端康成：《美的存在与发现》，叶渭渠译，漓江出版社，1998年，第20页。
③ 川端康成：《独影自命》，金海曙等译，中国社会科学出版社，1996年，第2页。
④ 川端康成：《独影自命》，金海曙等译，中国社会科学出版社，1996年，第3页。

现。"①

为此,在这种心境下川端康成对日本传统美术作品的执著就决非一般的美术作品欣赏问题。"对于川端来说,美术作品绝不是赏心悦目的休闲品,而是与他赌上生死的文学创作密切相关的东西。"②他在《拱桥》里亦写道:

> 我觉得,只有在观赏美术品,尤其是古代美术品的时候,我才与生维系在一起;此外的时间,我不过是在耻辱、凶残、悲伤、枯槁的生涯尽头,于死亡之中微弱地抗拒着死罢了。③
>
> 不言而喻,越是古老的美术品越具有生机灵动强烈鲜活的气韵。每当我看到古代美术品,就深知人们在过去的时光里失去许多东西以及现在丢失许多东西,但我觉得消失在过去的时光里的生命仿佛复苏过来流进我的体内。本来就破碎衰竭的心灵就分辨不清过去、现在、未来的差别,这当然另当别论。④

他还在这里具体谈到了芜村、玉堂、竹田、华山这些画家,认为他们"终是世纪末的人"还说"玉堂的雪山虽然似乎也带着僵冻般的孤寂,但是日本似乎能得到各种补救。"在这里他已提及浦上玉堂这位他所心仪的画坛大师。需要提及的是川端康成已在《哀愁》、《拱桥》中涉及了浦上玉堂的三幅作品。

功夫不负有心人,也许也是命运的安排,川端康成青睐的浦上

---

① 川端康成:《独影自命》,金海曙等译,中国社会科学出版社,1996年,第3页。

② 羽鸟彻哉:《川端康成と浦上玉堂》,见《川端康成逝世30年纪念——文豪所爱的美的世界》,光村印刷,2002年,第14页。

③ 川端康成:《再婚的女人》,叶渭渠等译,漓江出版社,1998年,第255页。

④ 川端康成:《再婚的女人》,叶渭渠等译,漓江出版社,1998年,第255页。

玉堂真的与他有着不可思议的缘分，他竟然鬼使神差地邂逅了浦上玉堂的传世之作《冻云筛雪图》这一后来定为国宝级的杰作。他传奇般以当时看来是天文数字的价格（采取预支稿费、借款方式）买到了这稀世珍品。是什么使川端如醉如痴地对待这幅珍品呢？显然首先是这画体现的"日本风的悲伤"，它沁人肺腑，而正是这一悲伤，川端康成把它视为日本人败战后的唯一自救法宝。也许正是画中那种遮天蔽日彻骨的寒气，让人窒息的氛围才能转化成一种生机，这恐怕是川端当时的思考。

川端康成从1949年开始特别关注浦上玉堂，其间已得知《冻云筛雪图》的信息。从这一年年末陆续在一些文章里出现了与浦上玉堂相关的文字。《天授之子》则是这一珍品到手不久发表的自传体小说，这是我们了解川端与浦上艺术珍品关系的重要资料。

> 我感到自己的悲哀和日本的悲哀融合在一起。古老的日本把我漂流到现今。我觉得我必须活下去而泪下沾襟。我想如果自己死了，那会是一种哀亡的美。我的生命并非我一个人所有。我想我是为日本的美的传统而活着。人只要活下去，感到自己活着的意义的时刻迟早一定会到来，我就是为此才活下去的，想以战败国的悲惨强化自己活着的意义，那也许是始料不及的避难处。[①]

至此，我们对《冻云筛雪图》入手前的川端的心境已非常了然。可以说，浦上玉堂的《冻云筛雪图》既真切的表现了川端此时的文学探讨，同时这一珍品又给了川端以后创作增添了新的启迪与活力。这在作家与美术作品关系中也是非常典型的。

---

① 川端康成：《天授之子》，李正伦等译，漓江出版社，1998年，第153页。

而且我们在探讨川端与美术大师浦上玉堂的关系时还不应忽略他们身世相近的另一面,即他们心有灵犀,浦上其人对于川端创作后来的系列"魔界"人物也并非没有干系。

在《天授之子》中川端笔下的浦上玉堂是这样的形象:"浦上玉堂……五十岁时,女儿出嫁后,他领两个儿子春琴、秋琴出藩,在江户、会津把他们安抚好之后,一个人带着琴,在大阪、九洲、广岛放浪。"①浦上玉堂(1745—1820)是冈田新田藩的藩士,本来可以过安稳生活,但在50岁时,只抱了琴,抛弃家庭、生计,成为一个旅人、流浪者,他的一生体现了日本式的悲剧美。

在浦上玉堂的身上显现出川端后期作品中的"魔界人物"特点。川端多次在战后书写一休的偈语:"佛界易入,魔界难入。"和与之相通的佛典中的"火中莲"等书法。对于佛界与魔界的具体探讨将有另文,此处只想根据浦上玉堂和川端康成的关系对它的总体把握作一阐述。如果说入佛界的谛观在于无视世间的假相,将天地融化在心灵中化作"无",是一种静默中的消融的话;那么入魔界则是一种无视俗世之后一种积极行动的姿态,以非社会性,非人间性来对抗俗世,敢于向既成的伦理道德挑战,求得精神上的一种"自由"。川端的小说《湖》中的银平即是这样的角色。浦上玉堂抛弃了俗世安排给他的舒适生活,逸出正常的轨道,抛弃亲生骨肉(虽说是对两个儿子作了一定安排),自己放浪形骸,不能不说充满了"魔性"。这正是川端康成此时所特别钟情的形象。为此,浦上玉堂无论从画(《冻云筛雪图》)还是其人对于川端康成都是难得的精神契合,战后的川端康成居然能将这一国宝级艺术珍品到手,在许多文字中显示溢于言表的喜悦就不难理解了。

当然,川端康成从美术品鉴赏家一面来说,他的收藏也叫人叹

---

① 川端康成:《天授之子》,李正伦等译,漓江出版社,1998年,第153页。

为观止，他还藏有池大雅(1723—1776)和与谢芜村(1716—1783)两位文人画巨匠的国宝级作品《十便图》(池大雅)和国宝级作品《十宜图》，尾形光琳(1658—1716)的《松图》、池大雅的《般若心经书岩中观音阁》。江川坦庵(1801—1855)的《山水图》《木莲图》。我国清代扬州八怪之一的金农(冬心)的《墨梅图》。朝鲜民间绘画(19世纪作品)。明惠(1173—1232)的《梦江断简》。小林一茶(1763—1827)的俳画二幅、岸田刘生(1891—1929)的《丽子喜笑图》、《村女》、著名作家永井荷风(1879—1959)的《筑地草》。近藤千寻的《十一面观音图》、当代日本画坛大师东山魁夷的多幅珍品，毕加索的画、罗丹的雕刻，绳文、古坟时代出土文物多件。对于中国美术作品来说虽然川端没有系统研究的文字，但对南宋以后的文人画和有宗教色彩的作品的格外倾注是明显的。限于篇幅，这里不再多述。总之，川端康成与美术的内涵是丰富的，透过这一面使我们更能走近川端的文与人的深邃世界。

日本:中国比较文学的重要参照系

克服"自明",促进交流,加深理解[①]

——以日本近现代文学研究为中心

当今时代是多元的时代。在全球化、地域化语境下加强各国人民间的文化、文学交流,是达到互相加深理解的重要一环。在这之中,中日之间的文化、文学交流又占有非常重要与独特的地位。中日两国具有两千多年的文化交流史,渊源之深,时间之长,范围之广,在世界历史上亦属罕见。当今中日两国在世界舞台上都发挥着重要作用,中日关系的走向不仅关系两国,而且对亚洲及世界格局亦有着重要影响。构建和谐世界中,中日关系具有举足轻重的地位。这是具有重要现实意义的课题。更好地促进中日文化、文学交流,我们有必要总结在这一领域的经验、教训。

总结本身即是自我超越。毋庸讳言,虽然在这一领域成绩斐然,但是,所存在的一些亟待解决的问题仍然不少,特别是一些"自明"的东西束缚着我们的手脚,我们应该走出误区,以更积极的态度加强这一工作,为中日两国人民之间的理解作出应有的努力。

一、在世界文化背景下全面了解一些重要国家的文化、文学,通过该国文学发展全貌探讨一些重要理论问题是非常必要

[①] 本文原载孟庆枢等著《二十世纪日本文学批评》,吉林人民出版社,2008年。

的，这对于建设有中国特色的社会主义文化是当务之急。以日本为参照系具有独特价值，对这一点的认识应该加强。

  日本作为地处东亚的一个重要国家，是汉文字圈国度之一。在古代深受中国文化的浸润，近代以来又始终处于和西方文化交流、碰撞的漩涡（但在深层次上仍与中国文化有割不断的关系），为此在日本发生的东西文化交融中的经验、教训足资借鉴。在过去的许多研究著述中关注、记述了近代中国借助日本这个"窗口"、"桥"而了解西方和借鉴西方的作用，这是确实的，也有必要。

  但是，如果将日本文化的作用止于此，则是片面的。其实，在近代史上，日本了解西方有相当大部分是来自于中国，当时中国译介西方的一些著作倒是早于从日本传入中国的译著。费正清先生在《剑桥中国晚清史》中指出："从中国传来的危机新闻以及在中国的直接观察和经历都是重要的。日本人对西方的感受本身又引起他们与中国人的竞争意识。从西方著作的中译本中得到的教益虽然是重要的，但不是主要的。"[①]同理，我们应该不仅重视从日本转手得到的对西方的了解，而且更应深思日本是如何消化、吸纳西方文化的过程。

  由于在封建社会中，中华文化处于强势，不可能产生现代意识的开放与交流，为此，中国对日本文学的发现是相当迟到的。前苏联著名学者弗·伊·谢曼诺夫说："日本文学真正使中国产生兴趣竟然经历了17个世纪之遥的漫长岁月。"[②]

  明治维新之后中日文化、文学交流进入新的历史阶段，但是在

  [①] 费正清编：《剑桥中国晚清史》，第384页，转引自孟庆枢主编《二十一世纪世界文化热点丛书日本卷》，吉林摄影出版，2000年，第3页。

  [②] 谢曼诺夫：《19世纪末和20世纪初中国对于日本文学作品的译介》，莫斯科：苏联科学出版社，1962年，第166页。

20世纪30年代又由于日本军国主义发动那场灭绝人性的侵华战争致使中日双方在40年时间里（1972年恢复邦交正常化）处于几近停滞状态。我国改革开放前的闭关锁国又加重了相互理解的障碍。从1972年至今的35年，中日文化、文学交流进入了一个新的双向交流的历史时期，与过去相比，非能同日而语。但是，对于以往的一些重要问题的研究有许多课题是需要补课的。对日本文化、文学的理解是应该全方位了解的。

从20世纪七、八十年代以来，日本文坛处于多元态势，其根本原因是西方多种文化思潮，尤其是后现代主义思潮的影响，使得日本文化和西方文化的碰撞、交融更为激烈，它被评论界称作日本文坛的"转型期"。对这一阶段日本文学全面了解就必须考察这20多年的日本主要作家、作品、评论、文学机构和文学奖项、重要文学活动（特别是一些争论）。在世界文化动态的网络中展示日本文学发展的律动，是以日本为参照系的重要内容。我们以日本为参照系，在于更加深入探讨西方理论的复杂性，揭示日本如何吸收、改造西方理论，其结果（当然有的还在进行中）如何，这对于建设有中国特色的社会主义文化非常有利。当今，我国正处在新一轮东西文化交融的高潮之中，自觉地、清醒地认识其中的规律很具现实意义。

二、克服片面性，全面、深入了解日本文学（文化）才能使双方达到更好的理解。

任何事物都处于一种运动、变化的状态，中日关系也不可能例外。1972年中日关系正常化。1978年《中日和平友好条约》签订，在那段时间里由于中日关系突破性的改善出现所谓"蜜月外交"、"干杯外交"是情理中的。但是，这并不能将日本如何对待侵略历史等问题抹消。由于出现各种摩擦，对于中国人民来说必然产生失望，甚至愤怒的情绪。上个世纪90年代中期媒体上出现的一些文章和调查说明了这一点。从逻辑上讲这种变化是正常的，因为它是事实的反映。

　　但是，作为从事这一专业的研究者来说不能不注意到更深层次的问题，即对一些根本问题不论何时应有一个全面的总体的认识，使之不失偏颇，防止一种倾向掩盖另一种倾向就尤显必要。单从文学、文化研究来说，有的学者从日本某位学者的著述中讲日本文学有"脱政治性"的特点，忽视所论述的语境和整个日本文学历史就匆忙认同。殊不知，任何国家的文学根本不可能与政治无涉，且不说日本明治维新时代的政治小说，几近政治的传声筒，稍后的夏目漱石、森鸥外、芥川龙之介，这些文坛巨子，他们的成就恰恰在于与时代气息相通。至于20世纪20年代出现的无产阶级文学不是曾给我国无产阶级文学以相当的影响吗？

　　从另一方面来说，在那场法西斯战争中出现的为军国主义张目的"笔部队"的"侵华文学"非但与"脱政治性"挂不上钩，恐怕在世界文学史上其政治色彩之强烈也是少见的。然而，对于这一点却长期存在盲点，相当长时间除少数专业人员，很少有人了解这一实际。似乎成了一个"遗忘的角落"。值得充分肯定的是，王向远教授从1997年起陆续发表了以《日本的侵华文学与中国的抗日文学》为开端的一系列论文，经过几年艰辛的努力，终于完成了《"笔部队"和侵华战争——对日本侵华文学的研究与批判》。著者不仅仅填补了日本文学研究中这块不应忘却的"空白"，而且体现出了中国学者应有的社会责任感。当然，所谓"笔部队"中的作家情况各异，既有像火野苇平那样的法西斯文人，也有被郁达夫斥为"却真的连中国的娼妓还不如！"的佐藤春夫和被林林斥为日本军国主义的一只"小疯狗"的林房雄等作家，他们绝大多数是被战争裹挟进去的。

我们今天谈论这一话题只是强调"以史为鉴"的必要性，而并非要把一些作家重新钉在历史的耻辱柱上。中国人民是能够区分军国主义分子和一般民众的，会根据具体情况具体对待。但是，作为日本文学研究者如果把它从文学地图上一笔抹去，给一般学习者的导向就有以偏概全之虑了。

这种片面性还表现在相对而言对日本的政治、经济等方面的研究给予较大的关注，对其文化研究的重要性有待加强。为什么日本军国主义阴魂不散？同德国相比，为什么日本对待侵略战争态度迥异？这是长期困扰人们的问题。除了其他方面的原因，从日本文化的深层次探讨这一问题尤显必要。有的学者已注意到这一问题，指出"从内容上我们只习惯于从政治经济军事上去认识日本，而少有立足于文化的角度去剖析它；从时间上我们习惯从明治维新的断面去领略日本，而甚少从'前近代'的角度去梳理日本的传统"。在日本，已有一批学者注意到从文化上剖析日本军国主义的成因，如小森阳一的《日本近代国语批判》等著作，即是从话语问题入手，剖析日本军国主义产生的文化原因。近年，已有中国学者提出日本式的东方主义问题，这对认识日本近现代文化中深层次问题很有必要。最近，我的一位日本籍博士生在他的论文《日本式的东方学话语——近代日本汉学与中国游记》中从日本汉学在历史上不同阶段的变迁透视出了日本近代以来"日本式东方话语"形成的过程。全面论述了"进入明治时代之后，日本将中国看成'落后'国家，汉学已不再作为达到'先王之道'的学问，随之汉学渐渐地分成几门客观的、科学的学术领域。一批研究中国经典的学者及爱好汉学的作家，虽然一方面对传统中国有憧憬、向往的心情，但另一方面他们一致认为应该用近代化获得的优势，对中国施加压力，进而改变它。在这一过程中，秉承西方列强，形成了为日本帝国主义获得殖民地提供理论支持的日本式东方学话语。"[①]我们一方面很称赞这位日本学者的理论勇气与锐敏,同时切感我国的日本学研究者应该克服一些"自明"的东西,全面地认识、把握一些重要理论问题。

三、任何国家的文学都是与时俱进的,是个变化不居的动态过程,而绝非是个客观静止的存在。研究日本文学必然要动态的把握。和其他国别文学研究比较起来,也许在翻译介绍上,对日本文学的译介差距不是很大,但是在研究上则显滞后。这其中一个很主要原因恐怕是对日本文坛变化跟踪需要加强。

自上个世纪70年代后半至今的四分之一世纪里,日本文学处于一个新的转型期。无论是在创作与研究上都呈多元态势。在西方当代各种文化思潮影响下,日本文学创作、理论研究新作迭出。单从文学理论来说,一些理论家、文学史家,对明治维新以来"自明"成见的反思,特别是近代历史、文化、经典作家、作品的再认识成为日本文学界的一个引人瞩目的焦点。本文在这里只想从对几位经典作家的再认识聊陈己见(因已有专文发表,不再重复)。

坪内逍遥作为日本近代文学的"开拓者",在中日两国文学史上均有评论(当然中国的日本文学史多是引自日本学者论述)。虽然评价很崇高,但是,人们总认为他的《小说神髓》在理论上有"局限性","落后"一面也很突出。近年,一些日本学者对他进行再认识,认为以往的评价实质上是以西方话语来框定,指出坪内在剧烈变化的明治初年,既有急于接受西方文化、赶超西方的一面,又有执著于江户文学、植根于日本传统文化的一面。在他身上充分地反

[①] 泊功:《浅论日本近代日本汉学与对中国的东方学话语》,深圳大学学报(人文社科版),2006年第5期。

映了日本文学转折期的特征,他是处在日本近世与近代境界上的人物。这一评价体现了日本文学界力图克服在西方话语下被湮灭或忽视的东西。同样,我们从这里不是可以借鉴如何看待我国近代以来一些新文化、新文学先驱的著述吗?

夏目漱石在中国是近乎家喻户晓的外国作家,他的作品大都译介成中文,有的亦有多种译本(如《我是猫》),但是,作为研究新成果却很少见。从 1929 年《草枕》译介出版[崔万秋译,(上海)真善美书店]至 1997 年共有 33 种(次)出版(含重译者)。研究漱石的著作至今尚未问世,这不能不是个缺憾。①众所周知,漱石研究在日本文学界盛传不衰,是门显学,它成为不少博士论文的题材来源。在日本文学处于新的历史时期中漱石研究出现了许多成果,开拓了许多新的空间。在这篇短文中笔者不能全面综述,只能只鳞片爪地采摘若干加以介绍就是管中窥豹了。

也许由于文学创作的辉煌,对于文艺理论家漱石的成就形成了某种遮蔽。其实包括《文学论》、《文学译论》、《创作家的态度》、《文艺的哲学基础》和一系列文学理论短论、讲演、随笔中的文学理论论述都有极高的价值。可喜的是近年日本学者在这一领域作出了很多成绩。理论家前田爱曾指出,漱石在他的作品《草枕》中刻画的两个主人公画师和那美的不同的读书方法,早于伊瑟尔提出的以读者为中心的读者阅读理论,同时这一作品对文学与绘画的关系、与福柯的"差延"理论的相似等问题都作了很有启发的论述。②围绕夏目漱石与中国这一论题不仅在日本引起研究者的注意,而且在我国也有学者论及。一方面,从小就对汉学产生浓厚兴趣,而且集中国文化教养于一身,且有很深造诣的漱石,从内心对中国、中国文

---

① 王向远:《二十世纪中国的日本翻译文学史》,北京师范大学出版社 2001 年 3 月版,第 312—320 页。

② 前田爱:《增补文学文本入门》,筑摩书房 1993 年 9 月,第 9—32 页。

化是憧憬的。但是，在漱石的"中国游记"里也有对中国人描写上的"侮蔑"话语，对此有不同评论。综观多家论述，大都认为，在漱石作品中不乏对中国和中国人赞美之辞，但是，针对具体人与事（如卫生问题、苦力形象、车夫形象）的描写确实让人感到有"反感"。从漱石所处时代看，他的新见新闻并非是虚构、偏见所致，有的研究者从漱石"现实主义"手法的视点来阐释也并非是为漱石故意遮掩一些什么。但是，漱石在《满韩处处》（1909）中所体现的"对殖民地的态度偶尔流露出令人难以置信的'迟钝'。"[①]比如他对描写中国时称日本为"内地"，相对而言流露出对中国东北的殖民意识，在这篇纪行里，夏目漱石对在中国能半价买到'纯白的纺绸'一事表示说"太好了"，这不能不让人感到遗憾。对此深江浩在《漱石与日本的近代》一书中作了很有意味的论述。他说："这与漱石的留学体验而形成的特殊性格有关。他所说的自己本位个人主义是在价值观方面由西洋的心理压迫而产生的独立性，《文学论》即是在他专业研究领域中的具体化……但是，在这里需要注意的是在（漱石）赴英国旅途上他亲眼目睹了在西洋列强压迫下每天切身感受的殖民地民众的内心世界，但这一感受并未与自己所感受到的心理压迫重合在一起思考。"[②]也就是说漱石没有把殖民地受压迫民众与自己置于同一身份来思考。这一点对于认识夏目漱石的中国观是值得玩味的。

小森阳一通过新历史主义批评方法重新细读《哥儿》这本小说，从明治时代中学"值宿室"一词入手，恢复原来的历史维度，指出了主人公哥儿私自漏岗，离开值宿室去温泉玩耍，过去只当不尽职来读取。然而，在明治时代"值宿室"乃是供奉天皇御照和

[①] 泊功：《浅论日本近代日本汉学与对中国的东方学话语》，深圳大学学报（人文社科版），2006年5期。

[②] 深江浩：《漱石与日本的近代》，樱枫社，昭和五十八年5月，第88—89页。

"教育敕语"之重要场所,他的所作所为,以及学生们敢于往"值宿室"放蝗虫,实在是对天皇制的大不敬。这就对重新看取这部作品提供了新的视点。

还有的研究者们结合绘画论述《草枕》与美术之关系,都别开生面。偶举几例只是想说明,我国研究日本文学急需有新的进展,要克服陈旧感,就必须及时了解日本学者的新成果。如果在20世纪80年代之前资料问题有相当制约,致使一些学者的文章难以了解先行研究成果,难免出现重复日本学者一些旧调。那么,今天这一问题已大大改观,我们已比较有条件接受新的资料,与日本学者在新的平台上对话,这是推进日本文学研究的新契机。

四、将日本近百年文学研究置于世界文学场域之中,从中、日、西多维互动关系中动态把握,着眼于我国文坛实际形成问题意识。

在科学研究中形成问题意识是衡量有无创新的关键。伽达默尔曾多次强调,在追求智慧或知识的过程中,提出问题优先于回答问题。问题意识的形成依赖于解决实际问题的能力和超越自己的欲望。我们研究日本文学(文化)决非把它当成一种死学问,静止之物来对待,而是要以它的借鉴有助于解决我国文学发展中的实际问题,问题意识是在知己知彼中从锐敏的创新思维触发形成。

如前所述,自上个世纪80年代以来,日本文学处于转型期,在西方各种文学理论、文化思潮影响下,不少理论家结合日本实际进行了勇敢探索,近20多年出版了一系列很有新意的著作。在这些著作中所涉及的问题几乎都可作为我们的参考。有许多论述看过之后颇有在我国似曾相识之感。在这一篇短文中不必开单罗列,我想仅举出由小森阳一等学者主编的一套丛书为例来谈这一问题。这套丛书为《岩波讲座·文学》，丛书分为13卷，加上别卷计14册。是本世纪初付梓的(从2002年起至2004年出齐)大型丛书。因为我国读者至今还不大熟悉(未有译介)，在这里简介一下。第1卷为"何为文本?"，第2卷为"媒体之力学"，第3卷为"从物语到小说"，第4卷为"诗歌的乡宴"，第5卷为"演剧与表演"，第6卷为"虚构与愉悦"，第7卷为"被制造的自然"，第8卷为"超越性的文学"，第9卷为"是虚构还是历史"，第10卷为"对政治的挑战"，第11卷为"身体与性"，第12卷为"现代与后现代"，第13卷为"超越国家"，第14卷为别卷，则集中了对当今一些重要文学理论的探讨。这一套皇皇巨著已涉及当前在全球化、地域化语境中我们所遇到的各种重要文化(文学)现象。仅从后现代主义思潮来说，在日本从上个世纪70年代几乎与西方同步地进入日本，如今在日本文学理论界和文化研究中各个领域都显示了受其影响的态势。

日本学者对待西方后现代主义采取了一种积极的策略。仅从这14卷著作中，我们有如下感受：首先日本学者锐敏地意识到，后现代主义理论是在当代世界发展历程中的产物，他们梳理了后现代理论家和其他理论家、思想家的关系，如解构主义与索绪尔以来的结构语言学、弗洛伊德心理学说、巴赫金理论等等的纠葛，对此作了认真的探讨。同时他们能够结合日本实际，为我所用，如对日本近代的反思。他们对于在西方文化影响下的所谓"近代文学""近代文学史"都进行重新思考，正如小森阳一指出的"在新闻界概念随意流行的背景下，称作'近代'的概念就会有了极为流通的方法，在文学研究领域里，'近代'这一概念是一种花言巧语，是起着给某作品、某作家的特别好的权威标签的机能",①明确指出这是以西方话语,"把自己的想法与思考通过一个框架来相对化的自我意识。"②对于女性主义(女权主义)的研究日本学者通过与美国女权主义比较,指出美、日两国女权主义明显不同,在日本体现为一种理论的探讨,而在美国往往是与政治实践相结合。

而且,我们从日本学者的研究中看到了文学研究与文化研究趋于综合的态势,如今跨学科研究已成为不可逆转的趋向。在这当中包括大学教育在内的研究将如何面对,不仅在日本同样在我国都提出了许多新问题:在这当中日本学者所遇到的困惑同样也可引发我们的思考。我国也曾在上个世纪80年代中期开始介绍西方后现代主义,至今译著可谓琳琅满目。不加分析的简单介绍者有之,轻率否定者也不乏其人。虽然后现代主义随着几位代表人物的去世似乎已成历史,可是,西方后现代主义在中国将会产生哪些影响却并非是过时的话题。在一定意义上讲,它在许多方面的影响还刚刚开始。一些学者认识到了后现代主义"具有积极的文化反思与社会批判意义。后现代主义思潮无疑有力地促进了当代文化思想及人的个性的进一步开放,激发了人类对某些文化成规、思维方式及科学技术之弊端的反思。"③由于社会历史背景的差异,不要说我国和西方发达国家迥异,和日本亦有很多不同,但是,面对全球性的问题,结合我们实际,还是可以从中借鉴很多重要的东西。结合日本对后现代主义的研究,立足于我国实际,似可从后现代主义研究中思考如下

---

① 小森阳一:《日本近代文学的成立——思想与文体的探索》,砂子屋书店1986年,第64—65页。

② 小森阳一:《日本近代文学的成立——思想与文体的探索》,砂子屋书店1986年,第64—65页。

③ 孟庆枢、杨守森主编:《西方文论》,高等教育出版社,2007年4月第2版,第462页。

问题:

(一) 重视"差异性"与破除"欧洲中心主义"

论及当今世界文化的态势,"多元化"频频出现,这是世界各国的共识。在多元化的世界里,人类所面临的是机遇与挑战共存,为此求得"和谐"就不仅是一个国家的目标,也是世界各国人民的共同希望。有的后现代主义理论家已经指出,"我认为多元文化的主要形式就体现在现在这种重新组合里。多元文化主义促使人们互相沟通,而不互相保持距离,促使人们彼此做出反映,而不是彼此轻视,互相分离。"[①]明确地显示了摒除"欧洲中心主义"的态势。

后现代主义最具有代表性的理论家福柯认为应当"差异地"理解差异,"因而差异就不再让位于导致产生概念一般性的普遍特征,而是要使关于差异的研究本身成为当然的东西,成为题中应有之义,即着眼于差异的思想、对差异的思想"。[②]另外一位理论家德勒兹则提出"差异逻辑",在他看来概念是差异的超常(excess)表达,而不是一致性的仲裁者。真理与意义的可解释性、多元性;重视差异性,反对普遍性;以对话求得的"协同性"来取代再现事物的客观性。

(二) 批判元叙事,质问其合法性,给阐释开拓新空间

正因为强调"差异性",摒弃主客二分的形而上学的思维模式,把认识看作是一不断生发的过程,则必然批评具有"权威性"的"元叙事",这是后现代主义思想家们对启蒙运动以来受自然科学和理性主义影响,把人类认识建立在因果联系及寻找所谓普遍规律之

[①] 阿兰·图海纳:《我们能否共存?——既彼此平等又互有差异》,狄玉明、李平沤译,商务印书馆,2003年,第255页。

[②] 陈嘉旺等:《现代性与后现代性》,人民出版社,2001年,第18页。

上的质问。在文学批评上对许多"自明"的结论的诘问,对一些所谓规律的反思都可以说是在这一思潮影响下的产物。这一影响如今在中国文学批评中也俯拾皆是。

(三)解构与建构——东西文化进一步交融

"后现代主义"所具有的"解构"特点容易使人仅感到它破坏既有秩序的一面;然而,破与立是辩证统一的。诚然,后现代主义理论家们所要建构的具体内涵尚未了然,这也是事实。不过,透过许多理论家的文本,我们已经可以看到后现代主义理论在解构西方形而上学二元对立的思维模式中显示了对包括中国文化在内的东方文化的期待。是否可以说,新的建构存在于东西文化的进一步交融呢?与历史上众多的西方各种理论相比,后现代主义理论也许是最鲜明地带有与包括中国文化在内的东方文化进行对话的特点。D·C·霍伊说:"从中国人的观点看,后现代主义可能被看作是从西方传入中国最近的思潮。而从西方的观点看,中国则常常被看作是后现代主义的来源"[①]这一结论是饶有意味的。

还有对"大众文化"的研究,对网络文学的探讨,对身体与人类的研究,都是面向21世纪各国都很关心的。我们有理由认为在这一方面多借鉴一些日本学者的成果会增加我们的视角,帮助我们看得更全面,这是有助于建设有中国特色的社会主义新文化的。

结　语

文化、文学交流在促进各国人民相互理解中起着重要作用。在21世纪的今天,"文化"所起的作用尤其重要。在世界多元文化场域

[①] 王治河主编:《后现代主义辞典》,中央翻译出版社,2004年,第9页。

中如何建设本国文化，是中日两国所面临的共同任务，都有许多新的机遇与挑战。由于历史上文化交流的特殊渊源，中日两国能否在新形势下让这一领域结出更多的硕果，是两国人民所期待的，也符合两国人民的根本利益。我国政府多次申明不管任何时候决不谋求霸权，在文化上亦如此。世界文明发展的历史自有其历史存在。中国文化在发展历程中在朝鲜半岛、日本和亚洲一些国家得到广泛传播，这其实也含有共建。面对新一轮更加深入、广泛的东西文化交融，我们有理由共同努力，与西方文化平等对话，坚持"和而不同"的原则，共同发展。同样，对于同属汉文字圈的东亚国度日本来说，促进两国之间的文化交流也是难得的机遇。这是时代的嘱托，两国人民的共同期盼。

日本比较文学概论[①]

日本近代比较文学研究是在明治维新打破封建的闭关锁国状态，对欧美诸国实行开放政策后兴起的一门新学科。同处东亚汉文化圈的日本比较文学研究对于我国比较文学研究是一个重要的参照系。

日本近代比较文学研究始于明治二十年代。日本近代文学的开拓者之一的坪内逍遥（1859—1935）在明治二十二、二十三年间（1889—1890），于东京专门学校（早稻田大学前身）讲授"比照文学"，揭开了日本近代比较文学研究的帷幕。同时他在明治二十三年4月到5月间在《读卖新闻》上以"兄弟文学"为题发表的一系列论文，是日本比较文学研究的最初实践。坪内逍遥的《比照文学》是以世界上最早的比较文学著作——以英国比较文学研究家波斯奈特1886年出版的《比较文学》为蓝本而写成的。他引进西方"比较文学"理论的目的在于打破日本文学创作和研究中的闭锁式局面"将东西文明协调起来"，使世界文学（当然主要是指西方文学）走向日本，也使日本文学走向世界。这一现象与19世纪在欧洲产生比较文学的背景极为相似。日本比较文学研究家龟井俊介说："比较文学的兴盛发达是19世纪欧洲各国本国文学史研究异常发达的反省的产

[①] 本文原载孟庆枢等著：《中国比较文学十论》，吉林文史出版社，2005年9月，部分内容有增加。

物。""那时的研究风靡民族主义,虽然在研究本国文学方面取得了杰出成就,但是限于民族主义范围的偏向也随之产生了。因为任何一种文学还有受别国文学影响的事实"。① 可以说,日本的比较文学研究就是冲破这种局限的产物。为此,他又说:"日本文学研究对比较文学研究有自身的需要,这才使它有了机运,如日本文学本身无这种需要比较文学就没有存在的意义。"②

总的来说,明治、大正年间的日本比较文学研究处于草创时期,但是它对日本文学的研究带来了相当的影响。在这一阶段高山樗牛(1871—1902)、畔柳芥舟(1871—1923)、坪内锐雄(1878—1904)、樱井天坛(1879—1933)等人对日本近代比较文学的研究作出了很大贡献。草创期的日本比较文学研究不是简单介绍接受法国实证派的研究方法,基本属于"对比"研究的范畴(和后来的美国学派亦不同)。这些比较文学研究家们主张用多维的方法研究日本文学,如高山樗牛在仙台二高时就发表过以《比照文学》为题的论文,他受坪内逍遥的影响,提出文学有三种研究方法,即"审美的"、"历史的"、"比照的"方法,认为"比照的"方法的重要性超过一般的审美研究的方法。作为他的比较文学实践,不仅将日本作家与西方作家(如将近松和莎士比亚)进行比较,而且将老子哲学与斯多噶派进行比较。另一位研究家畔柳芥舟于1904年3月在《帝国文学》发表了《日本诗歌的精神和欧洲诗歌精神之比较》,显然也不是"影响研究"。他在此论文中首先使用了"比较文学"术语。他从时代的发展变化出发,认为研究各个时期的文学家和时代的关系,揭示文学家受他所处时代思潮的影响,或文学家给予时代的影响,评论文学作品的价值及特点,全面地研究一国文学等等,这些都是比较文

---

① 龟井俊介编:《现代比较文学的展望》,研究社,1972年,第15页。
② 龟井俊介编:《现代比较文学的展望》,研究社,1972年,第16页。

学研究所能奏效的。他进一步丰富了比较文学研究的内涵。他认为:"文学的比较研究到底是什么呢? 这并不是很容易回答的问题,如果仅仅是将两种不同的文学的相同点加以罗列对比,不探究其中的内在联系,那就仅仅是些零碎的知识而知识是要有整体性的,这就要有一定的原理。"①他还特别强调在文学研究中将作品、作家、环境三方面的研究结合起来。坪内锐雄在比较文学研究中也作出了不少贡献。他于明治36年(1912年)11月出版的《美文学研究法》中论述了比较文学的一些理论问题。他对比较文学研究的方法分为三个方面:(1)将有类似特点的作品随意选择进行比较研究;(2)将特点类似的作品按年代顺序进行比较研究;(3)设一特定题目,然后将各种作品的异同点进行比较研究。第三种方法实际与德国学派的"主题学"的研究方法是一致的。他将"乌托邦"主题的东西方作品进行了比较研究。这说明最初的日本比较文学研究从方法上看也是多元的,吸收了西方不同国家的研究方法,从一开始就没有简单照搬一种模式。另一位研究家樱井天坛在1914年进一步介绍了歌德的"世界文学"的论述和德国学派的理论(如郭霍创立的《比较文学》杂志)。大正年间的高安月郊(1869—1944)对于日本比较文学研究也作出了自己的贡献。他明确指出比较文学研究不是为"比较"而"比较",认为比较文学研究应着眼于将来,目的在于通过比较、融合,对将来的文学发展寄予厚望。同时,他还将比较研究深入到文体学领域。他将文学作品分为抒情诗、风景诗、叙事诗、剧、小说等五种样式(当然这种分法未必很科学),他从不同体裁入手,寻根溯源,探讨文学体裁发展的过程,这无疑对扩大、深入比较文学研究是很有意义的。

在日本明治时代比较文学界不能忘记的学者是芳贺矢一(1867—

---

① 参见富田仁:《比较近代比较文学史》,樱枫社,1978年,第18页。

1927)。他是日本在欧洲大学里最早听过比较文学课的日本人。1900年6月他为钻研《文学史研究法》而赴德国柏林大学留学,系统地听过柏林大学 Riehard Moritz Meyer(1860—1914)的"比较文学研究法和德国小说史课"。芳贺矢一后来成为国学院大学校长,他在《国学到底是什么?》(1904.1.2)的讲演中指出,日本的国学乃是日本的文献学日本的语言学。日本所以把它命名为国学,对于西洋文献学术语,如果A·贝克所倡导的科学的文献学成立的话,日本的国学也可以作优秀的科学而成立。这一主旨显然是以德国文献学为借鉴,将日本的"国学"研究提升到与西方文学研究可以比肩的地位。因为芳贺矢一是地道的国文学者出身,因而他赴德学习比较文学的意义就更显突出。

进入昭和年间(1926年)以后,特别是法国实证派比较文学研究方法的传入,加速了日本比较文学研究的进展并促使日本比较文学研究向科学化、系统化方向迈进,一直到1948年日本比较文学学会成立,可以看作是日本比较文学研究的发展阶段。

1928年法国《比较文学杂志》第八卷3、4号上发表了后藤末雄的《近代远东和西洋的最初的文化交流》一文,这是日本学者最早在外国比较文学专门杂志上发表论文,也是日本比较文学走向国际的一个表现。在昭和初期,日本比较文学研究者们对法国和德国学派的比较文学研究作了切实的介绍。1933年4月,野上丰一郎在《比较文学论》中介绍了法国实证派比较文学家梵·第根的实证派研究方法。这篇论文对于法国学派研究方法的传入起了重要的作用。同年10月,太宰施门发表了《从卢梭到巴尔扎克》一文,对欧洲一批名著进行了比较分析,研究了欧洲各国间的文学影响。同时,他依据法国实证派研究方法提出了比较文学的几种研究方法:(1)围绕同一主题,考察在不同国家的文学作品中是如何创作、发挥的,然后进行比较研究;(2)对于作品体裁的研究,研究它在各民族形成、发展、变化的过程；（3）对于一部作品的起源及它在外国文学的构思、创作过程中所起的作用，研究它的影响范围如何扩大、展开，一位作家或一部作品在外国的命运、影响、变化等等。著名比较文学研究家岛田谨二(1901—   )将上田敏的《海潮音》作了认真的剖析，用实证方法，从不同角度考察了它与欧洲文学的关系。后来，他撰写的《在日本的外国文学》、《在俄国的濑武夫》、《在美国的秋山真知》等著述都是日本比较文学研究中难得的优秀成果。

1940年3月著名比较文学研究家小林正在《思想》214号上发表了《比较文学的实质》，进一步明确了比较文学的概念，从文学作品的体裁史、思想史、感情史、主题、来源、传播者、接受者、媒介者、翻译等方面阐述比较文学。他坚持比较文学研究要有严正的科学态度和广泛的资料作基础，同时指出这一工作要大批学者的通力合作才能取得有价值的成果。

太田咲太郎在1942年将梵·第根的《比较文学》全部译出，这可说是日本比较文学界全面引进法国学派研究方法的一个标志。

同时，在这一时期对德国学派的介绍也开拓了日本学者们的视野。1933年伊藤整翻译了《世界文学和比较文学史》，介绍了德国比较文学研究家修德利赫的著作。这位研究家认为，用"比较"一词来冠这一学科并非恰当，因为文学研究不限于"比较"，对于"文献学"、"历史学"的方法也很需要。他还指出："根据类似的诸现象的相互比较，探索一个个现象的深奥的本质，发现其类似性及相异性产生的规律，这是比较文学的实质。"[①]显然，这些观点的传入对日本比较文学研究的发展起了有益的作用。

虽然在第二次世界大战期间日本的比较文学研究处于停顿状

---

① 参见千叶宣一：《明治时期的比较文学的命运》，孟庆枢译，收在《日本现代主义的比较文学研究》，中国社会科学出版社，1997年，第286—287页。

态，但战后很快得到了复苏，这也说明在战前那些年里的研究队伍素质还是相当高的。1948年由中岛健藏、岛田谨二、吉田精一、小林正等倡导，在东京大学成立了日本比较文学会，有三百多名代表出席了大会。1950年以东京大学教养学部为开端，之后又在早稻田大学、立教大学、青山学院等大学和研究生院相继开设了比较文学课，使日本逐渐成为比较文学研究十分兴盛的国家之一。

50年代以来，日本的比较文学研究进入深入发展阶段。从1954年开始，美国学派比较文学研究方法传入日本，在日本研究界引起很大反响。美国学派研究方法既给研究界带来了新的生机，同时又引起一场又一场争论。其实，争论本身就是深入的表现。在研究方法上出现了不同学派并存的局面。在60年代，苏联学派又传入日本，这样日本的比较文学研究更加纷繁多彩。有的研究家坚持法国学派的方法，但是，在事实上坚持这一观点的人也不是原封不动地保持法国学派的实证主义观点。有的研究家主张尽量保留法国学派的长处，最小限度地修改它的一定不足（如小林正的观点），同时也有的研究家如太田三郎则主张大量吸收美国学派，应用这一方法进行比较研究。还有相当一大批研究家则主张集法国、英国、美国、德国、苏联学派的研究方法之所长，根据本国的具体情况进行比较研究。也有的研究者对比较文学能否作为一门独立学科提出质疑。即使这一意见一直存在，它并未妨碍这一领域的研究的继续发展。

日本比较文学研究者深入地探讨了几种主要流派产生的历史及它们的长处与短处，可以说这也是一种比较研究，它使人们的认识产生了新的飞跃。

很多日本比较文学研究者认真地研究了法国实证派产生的历史，他们认识到这一流派据实集纳，把研究作为构成历史的细节。但是，由于它侧重研究确实存在的"事实关系"，而反对对作品进行美学评价或审美鉴赏，主张"比较"这一词语应摆脱全部的美学涵义而取得一个科学的内涵。而且，它的研究范围只限于欧洲文学和文艺复兴以后的文学，这些不能不说是一种局限。任何事物总是发展变化的，传统的法国学派也不是一成不变的。正如美国比较文学研究家奥尔德里茨在与日本比较文学研究家龟井俊介对话时说："如今在法国比较文学研究者倒有不少采用美国方法的人，而在美国却有人主张保持法国传统手法。"①

日本比较文学研究者认为德国学派从纵的归纳出发建立自己的体系，有黑格尔、歌德的思辨的气息，其长处是从宏观上看更显优越性。但是，日本学者认为应将宏观研究与微观研究有机地结合起来，"不伴随宏观研究的微观研究是盲目的，而不伴随微观研究的宏观研究不过是肥皂泡而已"。②

对于美国学派既认识到它冲破了法国学派的框框，开拓了比较研究的新领域，有它的贡献，但也认为有它自身的弱点。日本学者柳富子援引苏联学者聂乌波科耶娃的论述，指出美国学派乍看起来是非常正确的，是包罗万象的理论，但是也有短处。在美国学派的理论中，世界各民族的丰富性的概念消失了，而且各国人民对世界文学的贡献问题也被排除掉了，民族的独创性也被埋没了。美国学派的产生与汤因比的历史观有联系，与"新批评派"的关系也很密切。新批评派主张以文学作品为本位来从事研究，运用一系列具体的、深入的方法来分析作品，这是有助于发掘文学作品深层意蕴的，也能更好地把握作品的内涵。但是，从方法论的角度来看，它过分强调了内在因素，而忽视作品的外部条件和外延功能，抛弃了文艺批评的社会的、心理的、道德的、历史的方面，因此也不可避免地产生许多偏颇。

---

① 富田仁：《日本近代比较文学史》，樱枫社，1978年，第87页。
② 龟井俊介编：《现代比较文学的展望》，研究社，1972年，第196页。

通过这种比较分析，日本学者们强调比较文学研究的方法多样性。正如小林路易所说："如果忘了方法的多样性，将自己所信奉的研究方法当作唯一的最好的方法来考虑，这与世界文学的实际就相去甚远了。""纯正的不偏不倚的唯一正确的文学方法如果能有固然是好的，但这仅仅是个理想，可望而不可得。"①这一思想的延伸必然得出这样的结论：研究方法不是强加的东西，而是自然产生的。（麻生矶次语）。法国的实证方法为法国重视历史的特点所决定，德国强于思辨才有它的"主题学"研究，美国作为一个历史年轻的国家善于综合欧洲各国学说，实用的特点突出。为此，许多日本学者都认为用什么方法进行比较文学研究，应据本国条件而定。"法国比较文学不过是冰山露出的部分，它的下面被巨大的法国文学所控制。如果没有后者，法国学派比较文学存在的意义就失之大半"。②为此，从日本比较文学的发展中我们也可以看到学习任何一个流派都要学习其精神实质，生搬硬套是不行的。许多日本学者都主张学习法国派的实证精神，德国学派的思辨和美国学派的重教养、实利、实用的特点。日本学者主张根据自己的国情，走自己的路，创造具有日本特色的比较文学是刻不容缓的任务。这一方面正如吉田精一所论述的，同欧美相比日本处于远东诸岛，文化交流的基础与欧美大不相同。日本古代有汉籍传入，近代又有基督教文化、明治以后又有各国文化传入，其中除少数外，基本上是被影响关系，"因此在日本文学中比较文学所占的地位，具体问题同欧美相比就没有

---

① 小林路易：《文明圈的成立》，《比较文学方法与课题》，早稻田大学出版部，1970 年，第 65 页。

② 小林路易：《比较文学方法导入的反省》，《比较文学方法与课题》，早稻田大学出版部，1970 年，第 21 页。

那么深广"。①

随着研究的深入，日本比较文学研究者切实感到要冲破"欧洲中心主义"，将亚、非、拉美、大洋洲的比较文学研究纳入到世界的比较文学研究的范围之内。日本学者感到以前的比较文学研究有局限在"欧洲文明圈"的弊病，"明治以前的日本文学，中国、印度、阿拉伯、波斯文学等如果被排除，'世界文学'是不能称其为真正的世界文学的"。②

日本学者认识到对自己所处的"文明圈"作认真的调查，把亚洲文学作一整体进行研究十分必要，只有这样才能将"亚洲文学"确立起来，"研究从《诗经》、屈原到三岛、大江健三郎"③。使比较文学成为不偏于西方，成为名副其实的世界范畴内的比较文学。

在20世纪七、八十年代，日本比较文学界由于长期发展的蓄积，及在当时西方各种文艺思潮的影响下，在面临日本文学新的转折期的背景下，迎来了新的发展变化的机遇。在这当中出现了以东京大学一批优秀的比较文学研究家为中心完成的由东京大学出版会于1973年出版的《比较文学讲座》（共8卷）。正如芳贺彻、平川祐弘、龟井俊介、小崛桂一郎在该丛书前言所说，这套丛书并非是对建构了的完整体系的回顾，也不是在讲坛上的说教，执笔者仍然以"试行错误"的探索精神推进日本比较文学。他们强调了一贯的研究态度：（1）总是立足于原典文本分析把它作为研究的基础。（2）不把比较文学单纯作为国文学和外国文学研究的辅助手段，而是从这两个领域扩展到历史学、文化人类学、语言学、美学、美术史等领

---

① 小林路易：《比较文学方法导入的反省》，《比较文学方法与课题》，早稻田大学出版部，1970年，第19页。

② 转引自《比较文学方法与课题》，早稻田大学出版部，1970年，第3页。

③ 小林路易：《比较文学方法导入的反省》，《比较文学方法与课题》，早稻田大学出版部，1970年，第75—76页。

域的视野，取得外援，建构一种跨学科的充满活力的学科。(3)由于日本学者的操作而有了造成日本籍的比较文学的自觉并遵此而进行研究。即是说立足于知识的国际主义对日本文学、文化的再研究的同时，这并非是日本人的宿命的障碍，乃是20世纪后半叶研究者的特有条件，以此来迫近东西诸国的思想和艺术真谛，对此投射我们些微新的光亮。(4)通过比较文学研究与比较文化论相通，并扩展到比较文化史。

这八卷分别为：世界中的日本文学、处于近代的日本文学、近代的日本思想与艺术(上、下)、西洋的冲击与日本、东西文明圈与文学、西洋文学诸方面、比较文学理论。

从发刊辞和上述各卷卷名已经可以约略看出日本比较文学研究者们从上个世纪70年代以来，以更恢宏的视野来进行立足于日本文化传统的比较文学研究，从执笔者来说都是该领域的资深学者，代表了当时的最高学术水平。在这里我们不必罗列，如吉川幸次郎、神田喜一郎、增田涉、麻生矶次、太田青丘等等。接踵而至的是日本比较文学界著作迭出，而且许多有影响的著作并非出自所谓"比较文学"领域的学者之手，这也证明比较文学研究已扩展到各个领域。

在上个世纪后半叶，世界在走向综合的特点更为突出，这是一种在更高层次上的综合。仅在本国文学范围内探讨一些文学上的重大问题，必然遇到视野的局限、思维的局限，要克服这一障碍必须对此进行跨文化、跨学科的超越。这一超越带来的一个值个注意的趋向是对于"何为文学？"的重新叩问。我们可以看到在80年代初期，前田爱、柄谷行人、龟井秀雄、小森阳一等人并非所说的"比较文学"专家已经在日本比较文学界大显身手。他们的著作早已超越了本国文学范畴和只就文学研究文学的局限。比如说对于文学史上的重大课题，研究者们克服过去的"自明"，以反思、重新审视的眼光对于"小说"这一文学现象进行了系统地再阐释。20 世纪以来,"小说"是带有世界范围的重要文学样式。小森阳一等学者主编的岩波文学讲座(全部为 13 卷,加上别卷计 14 卷)的第三册《从物语到小说》(2002 年 10 月 18 日出版)里,编撰者从三个层面集中各个研究领域的专家集中探讨了这一问题:即从物语到小说、小说的成熟、叙述的变貌,从古希腊、罗马、日本平安朝的物语文学到近世的西鹤的小说及《鲁滨逊漂流记》、法国近代小说论、俄国 19 世纪小说、德国 20 世纪小说、我国的鲁迅、20 世纪美国小说(福克纳、品钦)、拉丁美洲文学等都给予了不同角度的论述。

在这本著作中,不同领域的研究者进行了一场"日外古今"的纵横捭阖的讨论,或者说撰写者通过纵向(历时)与横向(共时)的比较研究,将不同国家的"小说"进行剖析,"以超越一国文学史的框架的方式作为思考的基础"①。这种研究发现了以往研究中把小说的发展作简单的线性描述的偏颇,通过对前近代的诸种体裁向近代小说的发展历程的考证,追溯从口承文学向文字记录书面作品的发展的轨迹,得出了"不管说话作为小说的原动力这一普遍原理是否可以成立,但是由于小说(书面作品)对物语(口承作品)的抑压而招致了自己的衰退是显而易见的"②的结论。研究者同样辩证地通过对荷马史诗从口诵到笔录过程的研究得出了:"文字确实是加速口头文学传统衰退的灾难,但是,正是这一灾难对于后世的西方文学来说,将已经消失的口承创作的卓越技术和代表作得以正确保存,灾难又

---

① 小森阳一等主编:《从物语到小说》,《岩波讲座·文学》第三册,岩波书店,2002 年,第 2 页。

② 小森阳一等主编:《从物语到小说》,《岩波讲座·文学》第三册,岩波书店,2002 年,第 11 页。

转化成恩惠。"①

这就使我们深思"文学消亡论"实乃是把"文学"固定在某一时间的形而上学的见解。随着时代的发展任何事物都是"与时俱进"的,"文学"也不例外。"在今后也会像以前一样,小说会像魔术师一样自由变幻形式,在言语与现实之间……在人类存在的限界内,继续生存下去。"②

同时,这种跨学科的"文化批评"对于从更广层面上理解文学中的复杂关系也提供了新的视点。如对作者、作品、读者的关系的理解,研究者们从世界范围内对这一问题进行了全面探讨。在岩波讲座(文学)这套丛书的第一册里,宫下志朗在《书物的出现　作品的出现》中指出:"要言之,中世文学里的作者(author)只是相当暧昧的身份,附着于作品的标签具有与近代意义上的'作者'不同的谈话(说教)的机能。"③在那时作者、读者的诸关系在写本时代是"浑然一体的星云状态"④,而真正地出现作者意识、读者意识乃是在欧洲于15世纪中叶活字印刷出现之后的事情,正是"由于活字印刷的文本促进了'被封闭的感觉'(a sense of enclosure),这与麦克卢汉所说的使之固定化的视点(the fixed point of view)的产生变为可能"⑤。可见,源于西方的各种批评方法诸如作品论、新批评、读者

---

① 小川正广:《从口诵文学到文学文本——以荷马为中心》,《岩波讲座·文学》第一册,岩波书店,2003年,第36页。

② 小森阳一等主编:《从物语到小说》,《岩波讲座·文学》第三册,岩波书店,2002年,第13页。

③ 官下志朗:《书物的出现　作者的出现》,《岩波讲座·文学》第一册,岩波书店,2003年,第77页。

④ 官下志朗:《书物的出现　作者的出现》,《岩波讲座·文学》第一册,岩波书店,2003年,第80页。

⑤ 官下志朗:《书物的出现　作者的出现》,《岩波讲座·文学》第一册,岩波书店,2003年,第91页。

反映批评、文本论种种批评方法如果放在流动不居的文化长河中来审视，就不必拘泥于只在方法上打转转。日本研究家们尝试以一种进入网络状的立体研究对待不同的文本。如在哪一时代某种媒体对文学的影响（手抄本、印刷物、书籍、报纸、刊物、版画、电视、网络等）。

这种研究也引发对一些自明的结论的重新思考，突出的是对于"日本近代文学"的质疑。对于"比较文学"的反思。小森阳一在《质疑"日本近代文学"》里开篇就颇具挑战地质疑天天挂在嘴边的"日本近代文学"的自明性、诡异性。作者以锐敏的眼光发现了一件怪事：在学术水准很高的《日本近代文学大事典》中竟然没有"日本近代文学"这一条目。"日本近代文学"的缺席一方面是撰写者难以处理的尴尬，同时也表明它是"占据了被授予特权地位的符号。"小森使人信服地阐明，在明治时代，在匆忙追赶西方的潮流中，"脱亚入欧"成为国策。在以西方眼光为准绳的范式下，以日语作为母语的外国文学或者说比较文学学者们用西洋（occident）看取东洋（orient）的眼光（东方主义），把西方中心主义的价值观的框架内面化，进而把在日本用日语写作的文学作品再发现和等级化，反转的东方主义就在"东方"的日本出现了。这是日本式的东方主义的一面；另一面则是把中国在内的亚洲国家以西方的眼光视为"半开"或者"未开"的民族和国度，当时的比较文学研究成为这一趋势的助推器，其中开拓者坪内逍遥为其代表。（可参考孟庆枢主编：《中日文化文学比较研究》吉林出版集团责任有限公司2013年第6—14页）

小森的可贵之处是没有停留在表面层次的"接受"、"影响"之类的线性思维上，而是以睿智的目光看透了隐藏深处的真谛。"那些具有'日本'国籍，在日本生活，使用日语，而且也能驾驭外语的比较文学研究者们在确定的条目里，把欧美的文学家们的主题、方法之类典型化。在那里比量，确认日本人用日语写的诗、小说具有了'近代文学'的价值与否而重新给予位置。进而言之，对欧美文学者的主题、方法的认识，大体就成为产生这一文学家所在国度通行评价基准的基础。"置言之，西方中心主义就是由这种中介而得以更为广泛的传播和理论化。置言之，从日本的比较文学研究的复杂性，我们不是也可以更多地思考一些什么吗？表面的前沿并非就是正确。（详见拙文《反思'比较文学'》），还有对"言文一致"的再阐释。日本学者从日本语的"国语"制度化和"国民国家"的形成来考察这一问题。他们用确凿的资料证实那个时代讲演的"速记"体如何促进言文一致，"洒落本"（嫖客与妓女的低俗小册子）在"言文一致"中扮演的角色，还揭示"翻译"在"言文一致"中发挥的独特作用。在明治时代"言文一致成为小说的主导形式，从我们现在的语感来说，更显言文一致的是屠格涅夫的翻译作品，而不是普通的小说"，"在这当中《圣经》的翻译意义重大。"认为"是否可以说二叶亭四迷在翻译中实现了近代小说的实质"[①]。这些论述对于纠正片面地理解"言文一致"是有益的。

这种新的比较研究也促进了古今对话，激活古典中的有生命力的东西的目的是为当代和未来服务。《源氏物语》是日本平安时代王朝文学的女性作家的杰作，作为"经典"，有自己的独特历程日本研究家们探讨《源氏物语》的"经典化"历程，不仅包括作为权威的经典化的《源氏》，亦包含反经典的大众文化的《源氏》现象。这一研究就以所有的媒体为对象，是扩大到跨学科的跨文化的研究。

传统的版本学、书志学在当代古典文学研究中又注入了新的活力也接上了地气儿。日本文学研究家不仅考察日本古典，亦涉及西

---

① 柄谷行人主编：《近代日本的批评 明治·大正篇》，福武书店，1992年，第71页。

方古典，对古代抄本中的"定本"问题进行了探讨。他们指出"定本化"与"经典"的产生有着密切关系。通过抄写本而传播的文本建立起来的正本概念必须经过文本的古典化、圣典化的过程，于是在这逐渐创造出规范的文本过程中，意识形态发挥着作用，它乃是特定集团的认同对自己的文化的过去的共同化。把正本的存在作为自明的前提即是近代文献学，这一方法的颠倒，即要涉及书志学和媒体论。在进入21世纪的新的媒体时代的今天，进行文学研究如果不涉及相关学科是难以置信的，正如日本学者所说："我们是在叫作微机的媒体中来思考了。现在，我们的文章，从微机的硬盘中调出，如同记忆的粘贴画一般。使'正本'与'复制'丧失差别意味的今天的媒体，在因特网上就突如出现流通，增衍的超文本，这就是最早的征兆"，"在电脑与活字印刷还有书写文本交织在一起的21世纪媒体中，编织文本的行为，如今，也成为我们通过它而确认我们生存的真实的行为而继续存在下去。创造文学文本的行为仍然是与人类存在的不条理部分相关的古老而又新的命题，它被重新探究"①。

近年，日本比较文学研究界新锐学者频出，推出不少力作，在这有限的篇幅中不可能全面介绍。我们仅以有泽晶子这位女学者的《比较文学——通过比较生存的时代日本·中国》〔『比较をきた时代日本·中国』（研文社，2011）〕为例谈几个值得关注的问题。有泽晶子着力研究的领域是中国戏曲，曾出版《中国传统戏曲形式研究》（研文社）。她在《比较文学》这本新著当中从比较文学理论和中日比较文学研究领域进行了范围广泛的探讨。在比较文学理论方面，她在本书的序言开宗明义："所谓的比较并非是为了对于事务进

---

① 柄谷行人主编：《近代日本的批评明治·大正篇》，福武书店，1992年，第71页。

行比对的方法。乃是实施对于事物现象更为深刻更为明确把握之谓也。因此即或将来比较这一说法不存在,它的本质属性也将继续存活。"①我们至今仍然对于"比较"这一术语和概念感到困惑。我们曾长时间把"影响研究"、"平行研究"看作为法国学派、美国学派的属性。在接受来自西方的概念的时候,恐怕没有充分地反思在我们的语境里是怎样的内涵。有泽晶子指出:"如果考虑日本与中国关系的话,那就不可能去掉影响研究,对于日本人来说,这根本就不是什么新方法。在接受中国的外国文化的影响时,和魂汉才里的内涵是在与受容过程产生的憧憬、模仿之后,迈出的对于变容和独自性摸索的步履。"②由此也印证了日本近代比较文学从其产生就不会把法国学派当成唯一的接受的原因。同时她还谈到了所谓的"平行研究"。诚如所知,由于美国自身文化特点,在第二次世界大战之后为了打造文化强国的战略,在包括构建文化、文学理论在内推出了一系列新的举措。新批评派和与之有密切联系的比较文学理论就是其中的重要组成。有泽从自己的研究实践总结道:这种平行研究方法(日本语用"对比"来书写)"这是在亚洲意识之外的东西。在日本来说,明治以后对于除中国以外的欧美文化流入日本之时,在受容外国文化之时,日本人在把它和原有文化对比当中来接受。虽然那里没有严密的学术性,文化的接受和人的自然反应的尺度还是必要的。是通过比较而了解的。在这之后,平行研究在明确的视点下,设定研究的主题,追求客观性的比较方法得以运用。"③这段话

---

① 有泽晶子:《比较文学——通过比较生存的时代 日本·中国》『比較文学——比較をきた時代日本·中国』,序,研文社,2011年,第1页。
② 有泽晶子:《比较文学——通过比较生存的时代 日本·中国》『比較文学——比較をきた時代日本·中国』,序,研文社,2011年,第2页。
③ 有泽晶子:《比较文学——通过比较生存的时代 日本·中国》『比較文学——比較をきた時代日本·中国』,序,研文社,2011年,第2页。

是从实践梳理出的平行研究的发展脉络。伴随研究视野的扩展就必然和其他相关领域结合在一起。即或有所谓影响和平行研究的名称，"但是，不管各式各样的比较的体裁如何扩展，在比较方法上，影响与平行研究，或者平行与比较总是复合地被运用。"①这也是当今在包括我国在内的比较文学研究中普遍的现象。在这本著作中，有泽晶子从她的视点看取中国比较文学，对于我们似乎更具现实意义。她对于中国百年多来比较文学历史进程进行了认真思考。她梳理了从王国维、林纾、鲁迅、胡适、周作人、茅盾、郑振铎、齐如山、欧阳玉倩、钱锺书、宗白华等多位中国比较文学的先驱的研究业绩。在此仅以他结合论述中国比较文学的本质特性加以介绍、阐述。有泽认为中国比较文学的突出属性在于"打通"。对于"打通"的内涵有泽根据中国典籍总结说："熟知在不同时代、历史的时间纵轴上的事物的同时，又超越领域进行横的延伸，最终的目的是通过学科的把握探求普遍之道与理。"②虽然"道"与"理"是颇为难以具体表述的概念，但是在比较文学中我们体会到人类就是在不断更新自己的思维中更全面地认识自己和外部世界，在这一过程中方法的分合，不断整合，体现了人类进行探索的精神历程。"打通"先出于钱锺书本人。有泽在论述中归纳分析了中国的钱锺书研究者的论述，她归纳了以下几个观点："一，他是中国古典文化的现代化的传承者，是把中国的人文凝缩起来的人。"关于人文的凝缩，有泽作了很具体的表述："要具有国学的修养和古文能力，很深的诗文的造诣，还要有文人气质。文人气质即是能把人生的失意通过诗歌进行

---

① 有泽晶子：《比较文学——通过比较生存的时代　日本·中国》『比較文学——比較をきた時代日本·中国』，序，研文社，2011年，第2页。
② 有泽晶子：《比较文学——通过比较生存的时代　日本·中国》『比較文学——比較をきた時代日本·中国』，研文社，2011年，第31页。

升华，把人生的丑付诸笔端用审美之眼来凝视。"①"二，通过语言沟通中国与西洋的知识和道理，在这当中以阐释学的造诣，成为中西文学间的传达者。"②这就是我们常讲的打通中外。"三，不分文学、史学、哲学领域，成为超越中国传统领域（经史子集）具有综合性超越的专门家，成为'通人'，但是这并非是集学术大系统于一身。"③当然成为真正的百科全书式的人物绝非易事。这里强调的是主要是素质问题，是深博的知识、开阔的视野，丰富的人生经历的集合。有泽谈"打通"是把中国古代文化传统置于现代化语境中的再阐发。她结合中国史学研究中的"会通"进一步阐述。如《朱子全书·学三·致知》，里提出了"作为研究者的态度，'会通'是理想的手法。"④又考察了唐代杜佑的《通典》、宋代郑樵的《通志》、马端临的《文献通考》，以上三本著作被称为"三通"，和后来的"续三通"、加上《清三通》与清代刘锦藻的《清朝续文献通考》并成为《十通》是体现中国文化、文学研究精神的著作。有泽认为："钱锺书就是在这些'通'的蓄积上建立了他的'打通'的方法论。"⑤如果我们重新学习章学诚的《文史通义》，这一体会就会更加深刻。限于篇幅此处不再展开。另外，有泽把钱锺书的小说创作与文学研究结合其俩思考，也有新意。此书的其他内容留给他文

---

① 有泽晶子：《比较文学——通过比较生存的时代 日本·中国》『比較文学——比較をきた時代日本·中国』，研文社，2011年，第70页。

② 有泽晶子：《比较文学——通过比较生存的时代 日本·中国》『比較文学——比較をきた時代日本·中国』，研文社，2011年，第70页。

③ 有泽晶子：《比较文学——通过比较生存的时代 日本·中国》『比較文学——比較をきた時代日本·中国』，研文社，2011年，第71页。

④ 有泽晶子：《比较文学——通过比较生存的时代 日本·中国》『比較文学——比較をきた時代日本·中国』，研文社，2011年，第81页。

⑤ 有泽晶子：《比较文学——通过比较生存的时代 日本·中国》『比較文学——比較をきた時代日本·中国』，研文社，2011年，第81页。

叙述。

不断发展并不意味对以往的批评方法的简单扬弃。对于曾有很大影响的"文本论"一些批评家仍力图使之注入活力,他们力图以文本为切入点,在动态中综合把握,以小见大,微观与宏观结合的批评方法建立以作品为中心的"跨文化研究"。三田村雅子说:"它兼有超越时代、体裁、方法论的广阔视野,兼有立足于文本的细微之处认真阅读这一发展动态,我们须以此研究为目标。"①

日本比较文学在不断发展,所谓研究就是跟踪式的探讨。

---

① 柄谷行人主编:《近代日本的批评 明治·大正篇》,福武书店,1992年,第71页。

在世界文化场域中的文学史构建[①]

——以近代日本文学史的建构为中心兼中日文学史比较研究

一

中日两国文学史是在欧美列强伴随军事行动觊觎东方，实施殖民化，两国学者在面临危机的境遇中应变的产物。19世纪末至20世纪初，面对西方的强势话语，通过建构自己的"文学史"，显示本民族文化、文学在世界的价值与地位，力图以此来对抗"西方中心主义"，重塑国家形象，是当时中日学者的共同思考，文学史著即是这一思考的成果之一。同时，它首次显示了中日文化在世界文化场域中（至少纳入了欧美诸国）寻找"他者"形象，发现"自我"，激活自身传统的追求。但是，作为悖论的另一面，中日文化同时也把自己的文学（包括批评话语）纳入到以西方话语为中心的体系（这当然是个渐进并始终充满矛盾的过程）。于是，围绕文学史的不断思考、重写，中日两国的文学、文化既各自与西方文化形成繁复的动态，同时中日两国的文学、文化交往也纳入了在世界文化场域中的互动网络之中。

论述近代日本文学史的产生不能不追溯近代日本文学研究方法确立的过程。在这方面"从芳贺矢一博士的日本文献学出发是至今

[①] 本文原载《深圳大学学报（人文社会科学版）》2006年第5期。

也无疑义的。"① 留学德国的芳贺矢一(1867—1927)认为文献学是"通过文献,并以此为根据,了解日本的真相的学问"(《日本文献学》),即文献学以探明日本的国民性为主要任务。接着在佐佐木信纲和池田龟鉴的进一步推动下,这一研究更明确地成为"必以探讨民族固有的精神生活为首任"的学问,而且"在这一意味上,文献学研究、国文学的历史研究、文学批评研究都是密切相关的。"② 并认为国学具有与西洋文献学相等的地位。

从"日本文献学"出发,对传统的国学重新整理而确立新的国文学研究领域的意图便产生了,这是明显地受近代以来"世界史"观念的影响,在"国民国家"观念下,寻找"他者"后的一种"发现"。在这里,有必要回顾西方的"文学史"的产生。

文学史著作首先作为西方文化的结晶出现于19世纪,一般以丹纳的《英国文学史》(1864)等为代表,它是民族——国家观念的产物。正如安德森(Benedict Anderson)所说民族国家是一个"想象共同体",抛弃这一说法可能产生的民族虚无主义,它反映了文化(包括语言文学)在塑造国家形象中的独特作用。对于与文学史密切相关的文学历史主义,美国学者 Lee Patterson 指出:"要增强在阐释中的可信性必然促使利用历史文脉的愿望,19世纪的文学历史主义认为文化的各个部分,都受贯穿于文化整体的价值观的支配,这是当然的思考。为此,对于时代精神(Zeit geist),即掌握特定时代文化行为的价值,必须予以探究。这一历史主义同时通过确定的历史的文脉,进行同质化,成为完璧式的建构。在把过去同质化的倾向里,爱国的民族主义和过去在文化统合的名义下使其反抗声音沉默的意志使之强化。历史学,特别是在德国是适应国家统一的趋势而得以发展

---

① 森修:『文学史の方法』,东京,墙书房,1990年,第50页。
② 森修:『文学史の方法』,东京,墙书房,1990年,第51页。

就绝不是偶然的了。"①日本近代文学史的先驱者芳贺矢一首先着眼于德国的历史主义,日本明治时代无论在文化、文学还是政治、法律诸方面对德国情有独钟就非常好理解了。

对于文学史的西方文化背景的理解还不应忽视法国在19世纪的"文学史"研究。以朗松为代表,以巴黎大学为中心的索尔蓬法"乃是与美学相对的历史的方法。是通过文献学的运用,实证的文学研究。"②包括法国"比较文学"的产生,都是"比较先进的法兰西民族文化试图向欧洲乃至世界说明自己优越的产物。"③文学史写作实乃是塑造民族精神的行动,激发爱国激情、唤起民族主义的重要举措。为此,朗松说:"我们不仅是在为真理和人类而工作,我们也在为祖国而工作。"④

日本最早出现"日本文学史"的时间恰恰是日本民族主义上升之际。明治20年代的民族主义运动始于条约修改⑤,它由反对明治政府对西方发达国家——当时称西方列强的追随姿态而开始(参见富永健一《日本的现代化与社会变迁》,商务印书馆,2004年版,"民族主义的高涨"一节)。联系西方文化和日本文化发展的脉络,可以看出在近代东西文化互动的轨迹。

我们从日本最早出现的《日本文学史》中可以得到相同的印象。在这本《日本文学史》的"绪言"中写道:"著者二人在大学就

---

① Thomas Mclanhin:『现代批评理论の22基本概念』,大桥洋一等译,东京,平凡社,1994年,第526—527页。

② 小林路易:「对比较文学导入的方法的反省」,东京,早稻田大学比较文学研究室编,『比较文学课题』,早稻田大学出版部,1970年,第9页。

③ 陈惇等:《比较文学》,北京:高等教育出版社,1997年,第70页。

④ 朗松:《文学史的方法》,昂利·拜尔:《方法、批评及文学史》,徐继曾译,北京:中国社会科学出版社,1992年,第32页。

⑤ 指1858年(安政五年)德川幕府与美国之间签订的"日美友好通商条约"之后,明治政府面临修改与西方发达国家之间不平等条约的课题。

读时，常常共同翻阅西洋文学书籍，对其编纂方法之妙由衷赞叹，其中有文学史著作，对其文学发达详加介绍，对此研究的路数之完备深感惊喜。"由于在世界文化场域中形成了"他者"，反观自己，则产生了本国文学的自觉。"我国亦有不劣于他们的文学书，也应产生不逊于他们的文学史之感慨，勃然而生。"①明治23年成为日本近代文学史发轫年绝非偶然。正如日本著名文学史家久松潜一所说："在明治时代国文学的复兴是由于植根于文学的自觉和日本的自觉起了巨大的作用力。文学的自觉从明治18—19年坪内逍遥的《小说神髓》清晰可见；日本的自觉则有明治21年《日本人》杂志问世，日本学的名称亦出现，进而有国史的编纂于明治21年开始。这就使国文学上产生了国文学史……到了23年，对醉心于西欧开始反省，日本的自觉与文学的自觉结为一体……'教育敕语'发挥了真正的威力，在这一年随着上田万年国文学(卷一)的发表，芳贺矢一、立花铣三的国文学读本问世，接着出现了作为近代日本文学史嚆矢的三上参次与高津锹三郎的《日本文学史》，可以看出这一潮流的动向。"②

今天，我们回顾这段历史可以发现，寻找"他者"的同时就是"自我"的产生。日本明治年代以后，新名词从域外纷至沓来，所谓近代的自然科学和人文社会科学的术语体系逐渐确立。文学批评术语的实质性转型也主要发生在这一时期。它来源于西方，但进入日本学术话语网络，又必然经过翻译(哪怕是音译)而重组，在这一过程中，一个"术语"就成为东西文化交流的一个小场域，它既使自身纳入西方文化话语之中，又通过复杂的张力，不同程度地保存、改造自身原有的话语。顺便提及，中国近代文学术语有相当一

---

① 三上参次 高津锹三郎：《日本文学史》，东京，日本图书センター，1982年，第1—2页。

② 久松潜一：《日本文学评论史——理念表现论编》，至文堂，1976年，第406页。

部分来自日本也始于此时，因有另文论述，这里不再重复。

首先对于"文学史"这一概念，日本最早的"文学史"开创者们认为"正如历史可分为世界史与各国史一样，文学史亦可分为世界文学史和各国文学史两种。前者是综合各国人智的发达、进步，从文学上予以观察；后者乃是对一国内之文学现象进行历史的叙述。"①在《日本文学史》第二章则名为"给文学下定义之困难——文学定义"，两位作者首先指出明治维新之后，出现对"文学"了解的广泛性，但对于到底什么是"文学"则难以表述，同时援引"古今东西"之定义回溯对"文学"的认识。已经表达出了"文学"随历史发展而变化的认识。撰写者指出："叙述人的生活、禀性和与之相关之事者称之为文学。"②之后，又指出："所谓文学乃是某种文体，巧妙地表现人的生活、思想感情，想象兼有实用、娱乐之目的，对于大多数人来说又能传布大体的智识。"③我们知道，在西方"文学"从泛指一切文本到确定为指那些具有审美象征性的特殊文本，是在20世纪起始阶段。在这里本书撰写者显然已经进入西方话语体系来表述"文学"概念。

二

纵观日本和世界其他国家的文学史著，都是发展变化的，随时代变化而不断重构。

---

① 三上参次 高津锹三郎：《日本文学史》，东京，日本图书センター，1982年，第1页。

② 三上参次 高津锹三郎：《日本文学史》，东京，日本图书センター，1982年，第13页。

③ 三上参次 高津锹三郎：《日本文学史》，东京，日本图书センター，1982年，第13页。

"文学史"的不同建构往往围绕文学史与历史、文学与相关学科的不同视点,在不同时代有不同范式。

文学史的本质涵义应提升为对"文学性"的把握,也是对人的存在本身的深入理解的过程。中日两国文学史的书写,显示出一种动态的开放的结构。正如日本学者森修所说:"论及新的文学史立场……与其说是方法论,莫如说是其对于研究对象文学自身的追问。"①

近代以来,由于东西文化的差异,对于"文学"人们从不同理解中不断寻求对话。这对话也生动地体现在文学史著里。这正如一位学者所说:"没有一个抽象的、永恒的、客观的文学性,只有具体的、历史的、实践中的文学性。"②接受西方话语,给"文学"以新的界定,并将本国文化产品经典化,使它走向神圣的殿堂,特别是"小说地位"的颠倒,是近代文学史上的突出事件。以西方新概念为标准,与西方文学比肩,产生了小说地位在东方日本发生逆转式的提高。把"novel"置换为"小说",并认定它是最先进的文学体裁,再以这一概念指向广泛的日本古典作品,再由文学史家使之经典化。于是,910年问世的《竹取物语》在1905年的藤冈作太郎的《国文学全史·平安朝篇》中被赋予最崇高的地位。这是日本文学史在发轫期的走向,它也直接影响了我国近代以来的文学史。随着时代的发展,人们是不会满足于把文学作为历史文献来考察的。对于芳贺矢一文献学的质疑就产生了从主体人的立场出发的文学史(风卷景次郎为代表)、从文艺学(样式、形式)出发的文艺学史观(冈崎义惠为代表)和历史社会学文学史观的文学史。成为20世纪初至60年代最主要的几种文学史流派。首先风卷景次郎质疑了文献学的文

---

① 森修:『文学史の方法』,东京,塙书房,1990年,第148页。
② 周小仪:《文学性》,赵一凡主编:《西方文论·关键词》,北京:外语教学与研究出版社,2006年,第592页。

学史观，他认为我们审视文学史作品时，我们感受到的作品和没有感受的作品间已经产生了区别。"这样捕捉到的作品系列，就不能仅以文献对待了，是作为文学自身的东西被感受到了。"①正如森修所说："这是主体立场"观点。

日本近代文学文学史在发展过程中不断变貌，从探讨文艺本质入手，产生了冈崎义惠（1892—1982）的《日本文艺学》（1935）。冈崎义惠作为美学家大塚保治（1868—1931）的弟子，亲炙大塚所讲授的康德、黑格尔美学，对狄尔泰的阐释学也有深入研究，这对他形成新的文学史观具有重大影响。在昭和10年（1935年）10月出版的《日本文艺学》把文学史置于文艺学的附属地位。他认为"'日本文艺学'的终极目的不是对历史事实的追查，而是对于文学本质的探讨"这种内部研究的趋向，必然要超越文艺史而进入对文学本质（即文学性）的探究。接着他在《日本文艺的样式》中作了如下表述："文艺学即使以文艺理论为对象，亦涉及文艺的历史，但均不是为了理论和历史，乃是为了弄清文艺的本质……为此，在文艺学中即使涉及历史现象，也是很有限度的。"②正如森修指出的：冈崎的文艺学"结果必然是取否定文艺史的立场"③。

冈崎义惠专注于日本文艺样式论研究，实际是从形式主义（内面）出发对文学性的叩问。对于冈崎的论述，他的后继者北住敏夫提出了质疑，他指出了冈崎论述中的悖论、矛盾性，他认为"对文艺的传统、变换视点作为体系来把握，将之归为静止的类型状态时，这恐怕就是样式吧。但是，必须对于文艺的动态的个性作直接把握的历史的传统观点，又是具有自体独立意义的东西。"④北住敏夫抓

---

① 森修：『文学史の方法』，东京，塙书房，1990年，第107—108页。
② 森修：『文学史の方法』，东京，塙书房，1990年，第115页。
③ 森修：『文学史の方法』，东京，塙书房，1990年，第116页。
④ 森修：『文学史の方法』，东京，塙书房，1990年，第122页。

住了这一矛盾,但他也未能提出解决的方策。他说:"大概精神科学的对象,即使置于历史研究,也必然给予我们内在的个性意味。对这一意味是由我们来理解的。为此,认识文艺就必须依靠文艺理论,因它是建立在理论与历史相互关系之上的,将文艺现象按时间顺序,根据相互关系来捕捉文学意味亦无妨。历史的观点、理论的观点,未必非得整合在一起,作两立之物考虑也可以吧。"①

显然冈崎为了强调"文学"的独立性,已经否定了它与有关领域的内在联系,正如有的评论者所言"(冈崎)氏所设想的方法明显与历史方法相对立,两者之间没有一点妥协、折中的余地。"②今天看来这种文学史观的片面性是不容否认的。

在不同特点的日本文学史中,称作"历史社会学派"的文学史写作是其重要一翼。日本文学史家认为,这一派始于第二次世界大战前(30年代),作为它的前奏,实际已从"日本文献学"吸收了这一方法的"探索国民思想、精神"的内核,从文学作品研究日本人的恋爱观、自然观、政治、道德、宗教、思想、人生观诸层面。正如作为历史社会学派文学史萌芽的藤冈作太郎的《国文学全史·平安朝篇》(明治三十八年)中所说:"探求国民思想和现实生活的关系"为其宗旨,已显示了这一文学史识的初衷。除了文学的自觉、日本的自觉与来自西方的影响密不可分,据调查藤冈写作文学史著时深受丹纳、勃兰兑斯和其他欧洲文学史著影响③。

作为日本文学史的历史社会学派的确立既有流行的欧美文学史论的影响,同时应强调的是马克思主义文艺观的巨大影响力。在大正十年(1921年)二月《播种人》创刊,日本无产阶级文学兴起,受前苏联文学理论影响(普列汉诺夫等)在昭和初年翻译、介绍马克思

---

① 森修:『文学史の方法』,东京,墙书房,1990年,第122—123页。
② 森修:『文学史の方法』,东京,墙书房,1990年,第118页。
③ 森修:『文学史の方法』,东京,墙书房,1990年,第82页。

主义文论达到高潮。在这一时期先后出现了篠田太郎的《国文学概论》（1931）、《从历史唯物论看近代日本文学史》（1932）、山元都星的《日本文学史——从社会学角度看》（五卷 1939—1941）等。这些著作都是马克思主义影响下的产物。在昭和六至八年（1931—1933）年《岩波讲座日本文学史》（20卷）出版，在这当中津田左右吉的《当代文学的社会性》、三木清的《现代阶级斗争的文学》、土居光知的《文学论》、阿部次郎的《比较文学》均属于这一系列。在这一时期产生的历史社会学派对立足于德国文献学立场的冈崎义惠的著作《国文学概论》进行了批评。在昭和十年至十一年间，逐渐以近藤忠义《日本文学原论》（昭和十二年成书），永积安明的《古典文学的传统》为代表而形成了历史社会学派。应该说对文献学派局限的批评促使了历史社会学派的壮大。在昭和十二年（1937年）近藤忠义出版的《日本文学原论》中对这一派作了如此界定：这一方法："乃是对作品及作家活动的确认，历史意义的确认，但绝不是年代的定位和当时世态的理解，只能是在文学艺术范畴里作家活动、作品全部存在置于历史、社会观点下给予把握。"[1]正如日本文学史家所说，当时虽然日本无产阶级作家同盟在1934年被强行解散，在它三年之后出版的此书所采取的"现实主义立场"不能不说继续体现了无产阶级文学理论。

历史社会学派得以进一步发展是在第二次世界大战结束后。"昭和二十年，随着败战，民主主义高唱的自由时代来临了"[2]。在世界上"介于世界两阵营的日本，产生了日本民族自觉的高涨，国民文学的讨论更加热烈。""这一时期成为历史社会学派最活跃时期。"[3]许多成果体现在对日本古典文学研究中。概言之，是把文学研究与

---

[1] 森修：『文学史の方法』，东京，塙书房，1990年，第85页。
[2] 森修：『文学史の方法』，东京，塙书房，1990年，第88页。
[3] 森修：『文学史の方法』，东京，塙书房，1990年，第90页。

文献学、民俗学、神话学结合起来，突出了注重文学的历史性的同时，加强对其文学性的探讨。日本文学史家西乡信纲无论在他撰写的《日本古代文学史·修订版》还是和永积安明、广末保合著的《日本文学的古典》（第二版，1966）中都体现了历史社会学派的新发展。特别是围绕"古典"的辩证的文学史观至今仍然有参考价值。"古典既是过去的同时也是现代的，为此它总是新的，不可避免地被世代重新阅读的命运。"在由西乡撰写的收入本书的《如何阅读古典》一节中说："古典尽管是过去所创作的作品，但是能越过若干世纪的时间，不断地为新时代所阅读。把这一现象称为永远性应该不会有异义。但是，在这里容易被遗漏的视点是这一永远性是以历史作媒介的。古典，首先是为当时而作，对同时代产生作用力，也只有通过这一点才能具有跨越若干世代的力量……优秀的古典被世代反复阅读，在于它表现人的本性（着重号原有——笔者）并非是将其归拢在一起，而是组织起不同种类、层面的经验、蕴藏了多元的音阶的看法是正确的。"①

在这里我们已感受到了与后来的新历史主义史观相通的东西。这就再一次说明文学史的撰写是与时俱进的，随着对"文学"本身的深入探究，任何一种史识都将变貌、发展，绝不是一旦出现就是一成不变的东西。

三

进入20世纪80年代，西方后现代主义和新历史主义理论日盛，并广泛地影响了日本。在日本文学史界出现了重写文学史的讨论，并推出了一批新的文学史著。新一轮的重写文学史有许多复杂

---

① 西乡信纲等：『日本文学の古典』，东京，岩波书店，1966年，第196页。

因素，究其实质，主要症结还是在东西文化场域中，对日本文学（文化）走向的再思考。一些文学史家旨在对明治维新以来"自明"成见的反思，特别集中在对"现代性"的再认识成为建构新的文学史的焦点。

在众多的新论中，柄谷行人的《日本近代文学的起源》具有代表性。这本著作的一些篇章初见于20世纪70年代末，成书于1980年（讲谈社出版）。在该书"后记"中柄谷强调必须把"日本""近代""文学""起源"加上括号，以示对这些概念内涵的重新思考。他从"起源"切入，对"日本近代文学"不证自明提出质疑，从被颠倒的事物现象中观察深深隐藏起来的"起源"。在本书第1章《风景的发现》里写道："'普适的东西'在19世纪西欧确立的同时，它自身的历史性就被遮蔽了。'历史主义'和'文学'同样是在19世纪确立起来的支配概念，历史主义地看待过去，是以'普适的东西'作为自明的前提的。"①他长篇援引了明治文坛巨子夏目漱石的《创作家的态度》，重新评价了漱石当时对西欧中心主义的拒绝和质疑。柄谷认为漱石揭示了"历史主义里潜藏着西欧中心主义，或者说对把历史看作是连续的、必然的观念提出异议。他（指漱石——引者）还拒绝通过作品向'时代精神'、作者所谓Whole（全体）的还原。而是朝向'仅就作品所显示的特性'的探讨。这一想法有些形式主义的味道，但是比它走在前面。"②

80年代以来一种新的历史观、文学史观也反映在其他一些日本文学理论家的著作里。小森阳一指出："在新闻界概念随意流行的背景下，称作'近代'的概念就会有了极为流通的方法，在文学研究领域里，'近代'这一概念是一种花言巧语，是起着给某作品、某作

---

① 柄谷行人：『日本近代文学の起源』，东京，讲谈社，1988年，第12页。
② 柄谷行人：『日本近代文学の起源』，东京，讲谈社，1988年，第15页。

家以特别好的权威标签的机能,即是所谓'近代'"。①很显然,这是在20世纪70年代以来西方后现代主义思潮影响下对"现代性"反思的产物。鲍曼说:"后现代主义话语,涉及作为西方文明自我命名之'现代性'本身的可靠性,……它意味着蕴含于现代性思想中的那些自我论断的特征,现在已不复存在,或许过去也不曾存在过。后现代主义讨论涉及西方社会的自我意识。涉及这种意识的根基(或根基的缺失)。"②在这里鲍曼揭示了西方面对自身文化危机的反省,即进入工业社会以来,由于经济、军事的强势,同时建立了强势话语,而一直自言自语,缺乏"他者"的话语必然走向反面,寻找"他者"才能发现"自我",东方曾经通过西方的"他者"发现了"自我",同样,西方也要从东方的"他者"对"自我"再发现。中国俗语中有"自己的刀削不了自己的把",缺乏他者参照的文化是缺乏生命力的。正是基于此,后现代主义理论家们重复反思"历史"。日本学者指出:"'历史'这一概念本身,作为在各色人物和社会集团的力的关系中被构成的话语加以把握,围绕'历史'的韬略布置亦是围绕近代的权力关系的争斗场。另外,'文化'这一概念,也作为每个当事者分别被置于历史的、社会的、政治的文脉中被不断塑造且不以人的意志为转移的这种争斗的场来被重新把握。它并不具备实际的价值,而是作为不断提出新的问题的场被发现。正因为如此,在'历史'和'文化'之中,我们作为怎样的主体被建构的?对此必须使之问题化。"③包括柄谷行人在内的日本文学史家这种力图克服把"历史""文化"看作一成不变的客体的二元论,将

---

① 小森阳一:『日本近代文学の成立——思想と文体の摸索』,东京,有精堂,1986年,第252页。

② 鲍曼:《立法者与阐释者》,洪涛译,上海,上海人民出版社,2000年,第156—157页。

③ 小森阳一:『近代日本文化・総序』,东京,岩波书店,2001年,第1页。

"每个人"都置于历史、社会的网络之中动态地把握，成为他们建构、书写新的文学史的新思路。

在这里已显示出"新历史主义"的观点。传统的历史观试图建立一个线性发展的谱系，"在这样的历史观中，历史事件有其成因，历史演进有其发展趋势，通过研究历史，人们可以把握历史的总体脉络，预测历史前进的方向。"①以福柯为代表的后现代主义理论家对此提出了挑战，他认为，"不同时期存在着以不同原则对知识进行分类的知识型。人们对世界的认识和把握离不开他们身处时代的知识编码。"②他进一步得出"不断进步的历史是一种话语表述。"③新历史主义对文学史的撰写给予了很大影响，一些文学史家引入了新历史主义的"文本的历史性"（historicity of texts）和"历史的文本性"（textuality of history）的双向关注，这也就必然将文学置于更宽广的文化网络之中，文学研究与文化研究的界限模糊起来。这也是我们所看到的日本新近文学史新貌的一个重要特征。

在这里我们无须对《日本近代文学的起源》作详细的介绍与复述。我们仅从这部史著中的"发现"这一关键词来窥伺一、二。在整部著作的六部分中，有三部分出现"发现"这一关键词，至于在行文中所见更是频频。他结合国木田独步的《武藏野》和《忘不了的人们》（明治三十一年）阐释了如下观点："从《忘不了的人们》这一作品所感受的，不但是风景，而且有某种根本倒错的的存在。进而言之，即'风景'是在这一倒错中被看出的。如前所述，风景不

---

① 周小仪：《文学性》，赵一凡主编：《西方文论·关键词》，北京：外语教学与研究出版社，2006年，第671页。

② 周小仪：《文学性》，赵一凡主编：《西方文论·关键词》，北京：外语教学与研究出版社，2006年，第672页。

③ 周小仪：《文学性》，赵一凡主编：《西方文论·关键词》，北京：外语教学与研究出版社，2006年，第672页。

单是在外的东西。为了风景的出现,就非变化知觉的样态不可,为此就需要这种逆转。"①

《风景的发现》这一章读起来比较艰涩,但是,结合全书的文脉还是可以把握柄谷所要谈的内容。他曾在本文先说了一句:"我想说'国文学史'实乃也是在'风景的发现'中形成的吧。"②接着说"所谓风景乃是一种认识的装置,一旦完成,它的起源就会遮蔽起来。在明治二十年代的'写生主义'里虽已有风景的萌芽,但还没有决定性的颠倒。它基本还是以江户文学延长线的文体写出的。在这之后,作为与之断绝的是国木田独步的《武藏野》和《难忘的人们》(明治三十一年——1899年)。特别是《难忘的人们》如实地反映了风景在成为写生之前的价值颠倒。"③在此我们不能长篇引用国木田的本文,为了说明柄谷的观点,有必要作如下介绍。《难忘的人们》写的是一名叫大津的文人在多摩川客店偶遇名叫秋山的旅伴,向他介绍自己写的《难忘的人们》手稿。所谓"难忘的人们"不是指"朋友知己和对自己有恩惠的师长、同学",而是指"忘了也没关系,但又难以忘却的人"。《难忘的人们》中大津在轮船甲板上偶见附近孤岛上一个赶潮的男人,看到他朦胧的人影,却在10年间一直难以忘怀。

为了明确柄谷的论述,《难忘的人们》的这一段应该译介:

今夜只有我独自一人再次面对孤灯,催发的生的孤独让人难以承受,哀情阵阵袭来。这时,我的自我似乎戛然折断,莫名地涌出对人怀念之情,各种往事和友人浮现脑际。这时油然浮在心头的正是那些难以忘却的人。不,可以说是我看到的是

---

① 柄谷行人:『日本近代文学の起源』,东京,讲谈社,1988年,第27—28页。
② 柄谷行人:『日本近代文学の起源』,东京,讲谈社,1988年,第24页。
③ 柄谷行人:『日本近代文学の起源』,东京,讲谈社,1988年,第24—25页。

站在他们周围光景里的那些人。我与他们有何不同？此生不都是身处天涯之一隅，匆匆行路，携手共归无穷天国的旅人吗？当这样的思绪从心底泛起，我不知不觉泪流双颊。这时已处于无我无他之境，无论对谁都难以忘怀了。①

对此，柄谷紧接着对"风景"的"发现"作了阐释。他说：

在这里，'风景'是与孤独的内心状态紧密联系在一起的。大津对无从说好的人感到'无我无他'的一体感，但反过来说却是对眼前的他者表示出冷淡。换言之，只有对周围外部不关心的'内在的人'（Inner man）那里，风景才被发现。风景乃是被无视外部的人发现的。②

柄谷行人在后面反复谈论明治20年"现代的制度已经确立起来，而'风景'不单是作为反制度的东西，相反其本身正是作为制度而出现的。"③尽管柄谷的论述仍然费解，但是，如果联系国木田独步整个创作历程和其他文学史家对他的评论，还是可以理出端绪。

1961年出版的由柳田泉、胜本清一、猪野谦二等人以对谈方式写出的《明治文学史》中，在论及国木田独步的《武藏野》时，他们有如下对话：

平野（谦）：再说哀感吧，看来是"物哀"吧，恐怕是人在自然面前的无常感的奇特感情难以表述的很好表现吧？作为思

---

① 柄谷行人：『日本近代文学の起源』，东京，讲谈社，1988年，第28页。
② 柄谷行人：『日本近代文学の起源』，东京，讲谈社，1988年，第29页。
③ 柄谷行人：『日本近代文学の起源』，东京，讲谈社，1988年，第48页。

想也许是幼稚的,但作为文学的结晶,它的结晶是相当高的,我感到所执著的东西始终与此相关。

猪野:我感到这是作为文学的无可替代的发现。

柳田:在当时如此写作不是新的文学吗?为此现在的文学史上未给予的革新的位置,在给予独步文学不好吗?①

可以说柳田泉等人已发现了独步散文之新,它的新恐怕既与"物哀"仍有血缘联系,但已表现为吸收了西方文化,包括基督教精神(虽然柄谷不想把这一点引入)的话语已成为"先文本"——一种装置存于他的头脑里,为此"风景"才被发现出来。包括国木田独步受二叶亭四迷翻译屠格涅夫作品的影响均不可低估。小森阳一指出:"正如独步自己所明确告白的那样,他是在读了二叶亭四迷的《幽会》之后才发现武藏野橡树林之'美'的。并不是通过观赏事实上的自然风景而感受到'美',而是通过翻译文体的框架,凭借新的语言风格找到了'美'。"②这恰恰说明,在80年代以来重写日本文学史当中,一些学者所探讨的就是西方话语如何作为一种"装置"进入日本文学,改变了日本文学的面貌。这是柄谷在《起源》中聚焦的核心问题。在《内面的发现》中对"文言一致"的重新审视,对"儿童"的发现的梳理,都是循这一思路的思考。虽然,有的学者对此提出了不同看法,但是反拨者所围绕的问题意识仍然没离开这一框架。

龟井秀雄的《明治文学史》可以作为另一个个案分析。本书虽有侧重从文体形成的角度重构明治文学的倾向,但它的根本出发点在于突破过去那种套用西方模式,按时间顺序对文学进行"史"的

---

① 柳田泉等:『座谈会明治文学史』,东京,岩波书店,1961年,第333页。
② 小森阳一:《日本近代国语批判》,陈多友译,长春:吉林人民出版社,2003年,第184页。

界定的老框框。龟井认为:"阅读行为的根源在于同未知的东西的碰撞,为了对它的理解而动员'知'的活力,通过经验而感觉到文本的历史性、唤起自身反思的历史性等。"这一见解与俄国形式主义的"陌生化"理论是相通的,也显然受了克里斯蒂娃等"文本间性"理论的启发。为此龟井认为,借助于按物理时间顺序整理的年表,由于要使年表的知识优先,这种含有历史感觉的距离感,即文本与自己存在的历史差异感可能会消失,这对文学鉴赏有负面效应。为此他从文本是多层的系谱的交结点的思考出发,指出"一个文本乃是先前的几个文本的再构建的产物。换言之,每个文本自身,都在叙说与先行文本的关系,使自身历史化。"[①]

再看他对岛崎藤村的《春》的新的自身历史化的阐述。藤村的《春》在发表之前在报纸的文艺栏中已出现了"现在藤村正以'文学界'同仁为模特儿构思作品"的文字。事前就确定了阅读方向。在这篇小说里,藤村作为岸本(主人公之一),而北村透谷与青木作了置换。"所引用的青木的文章均为北村透谷的随笔。"[②]如透谷的《厌世诗人与女性》(明治25、26《女学杂志》)的文字成为《春》中青木的文章,如"恋爱是使刚愎的青木哭泣的微妙的音乐。"而透谷在上文中有"恋爱超越了使刚愎的拜伦哭泣的微妙的音乐。"[③]限于篇幅,这里不再多引,在本书中龟井把"文学史"作为生产的文本来看待,注视过去被忽视的媒体与物语之关系、读者的生产性等等。

这种新变化在这本文学史著作中得以开拓,亦在别的文学史著中体现。这里有必要特别提及的是小森阳一等主编的《岩波讲座·文学》丛书,在这方面作了全方位的探讨,产生了很大影响。如在

[①] 龟井秀雄:《明治文学史》,东京,岩波书店,2000年,第227—228页。
[②] 龟井秀雄:《明治文学史》,东京,岩波书店,2000年,第231页。
[③] 龟井秀雄:《明治文学史》,东京,岩波书店,2000年,第232页。

第一卷"文本论"里,多位专家梳理了东西文本的产生、发展的历史。从口承文学到今日的电子文本,这是一个不断变化的文本世界,不与时俱进地追踪时代脚步,无从认识文本的实质,也不可能深入理解"文学"的实质,即使在今日,对文学实质的认识仍在继续,它不可能毕其功于一役。恐怕这是东西文化交融给予我们的最重要的启发之一。

四

当今被称作全球化、信息化时代。全球化与地域化同时呈现出鲜明的特征,特别在文化上,各国文化并未因全球化而趋衰落,在某种意义上,各有特色的差别倒是互补的前提。重视地域文化研究是摆在我们面前的新课题。可以说,在世界文化场域中的中日文化文学交流,互为借鉴,在东西文化融合中将发挥新的巨大作用。

对两国构建近代以来文学史历程的回顾,反思东西文化交流中的规律性问题已成为中日两国学者的共识。对此,一位研究中国文学史的学者说:"我想,今天我们回顾早期文学史的真正意义和价值,还是在于借此机会反思近百年来文学史著述所经历的过程,从中了解我们今天有关文学史的观念、概念、语言,并不是在一旦接触了西方文学史的条件下,就立刻简单生成了的,而是经过了与传统的长期磨合,经过了对传统的改造与吸收,经过了对文学史在西方所具有的内涵与形式的误解与歪曲,然后才逐步建立起来的。"[①]

中日两国在一百多年来走过了各自不同的历程,这也反映在文化、文学诸方面。在当今都面临在世界文化场域中如何发展自己的

[①] 戴燕:《文学史的权利》,北京:北京大学出版社,2005年,第178—179页。

民族文化的问题。笔者曾在多篇文章里论述日本对于中国来说具有独特的参照系作用，这是有别于其他国家的；同样，因为中日在历史上文化交流的渊源之深，中国也是日本文化发展的独特参照系。在21世纪的今天，这种互动性将更为突出。

毋庸讳言，由于中、日两国各自选择了不同的发展道路，在意识形态上亦有很大不同。近代以来，反映在文化上的差异值得中日两国学者认真研究。我们不妨再从文学史谈起。

前面说过，对近代以来出现的文学史著作的再版，重写文学史的论争，我国稍晚于日本出现（我国是在1985年左右）。近年我国重新刊印了近代最早的几种文学史著①，从20世纪80年代中期至今绵延不断的重写文学史的讨论都与日本的重写文学史成为前后。在阅读最早的中国文学史著时，必然浮现那段国耻难忘的近代岁月，一些先觉者出于爱国之心想重塑中国文化形象，重振国民精神的良苦用心跃然纸上。林纾是中国近代译界第一人，他以翻译近200部左右西方文学著作的实践而体会良深。在翻译狄更斯作品后，他对狄氏能以深入揭露时弊而赞叹不已，称之为"无一不足为环球法，……顾英之能强，能改革而从善也。吾华从而改之，亦正易易。"同时抱憾"所恨无迭更司其人，能举社会中积弊，著为小说，用告当事，或庶几也。"他寄希望于李伯元之后来者"惟孟朴及老残二君，能出其绪余"，要拭目俟之，稽首祝之。②他还将我国古代文学名著《红楼梦》、《水浒传》、《三国演义》等悉与狄更斯作品比较，他在盛叹《红楼梦》为"中国说部，登峰造极者"之后，对比狄氏作品，指出不足在于"雅多俗寡，人意不专属于是。"而狄更斯"则扫

---

① 林传甲等：《早期北大文学史讲义三种》，北京：北京大学出版社，2005年，第1页。

② 舒芜等：《近代文论选》，北京：人民文学出版社，1959年，第715页。

荡名士美人之局，专为下等社会写照。"①虽有简单比附之嫌，透漏出的发挥文学的特殊功用之心是明显的。

由于日本率先走上了资本主义道路，后来又发展成军国主义国家，反映在文学作品和文学史观中的意识形态性必然产生与中国文学史观迥异的因素。当然，这里绝非说日本近代文学史都有这样的政治色彩，但至少在相当多的作品和文学史观里已有突出的体现。和三上、高津的"日本文学史"产生同年（明治23年）的矢野龙溪的《浮城物语》（载邮便报知新闻）就宣扬了明治政府的"南进"思想。作品的主人公作良义文、立花胜武（隐喻为文武结合）指挥一群"志士"乘海号王，直捣印度尼西亚，每到一处则大发："此地于我得保护之，且为我版图之一附庸。"②殖民主义面孔昭然。它的根源不能不追溯到福泽谕吉（1835—1901）的"脱亚入欧论"。这种理论虽然不能说它导引日本近代以来各个领域的全部，但是对于包括文化、文学在内的诸多领域都发生了深刻的影响是确实的。

竹内好在论述日本文化时曾说过近代日本文化中有着一种"优等生情结"，即"我们之所以优秀，是因为接受了欧洲文化，因此落后的人民当然会接受我们的文化施舍，也必须接受。"③这种情结实际上已成为日本式的"东方主义"，即虽然日本无论在地域上，还是历史渊源上属于东亚，属于汉文字圈，从思维上迥异于西方文化。但是，以西方为标准"的 优等生"情结，转而蔑视东方文化（特别是中国文化），这在明治时代一些人的头脑里已非常突出。

---

① 舒芜等：《近代文论选》，北京：人民文学出版社，1959年，第715页。
② 孟庆枢主编：《日本近代文艺思潮与中国现代文学》，长春：时代文艺出版社，1992年，第45页。
③ 竹内好：《近代的超克》，李冬木等译，北京：生活·读书·新知三联书店，2005年，第201页。

近年，一批有识的日本学者从文化中最核心的问"题 语言"入手，批判潜隐其中"的 日语民族主义"。其中小森阳一的著作《日本近代国语批判》极具启发性。他在《作者后记》中说：这不只是"在'语言学'、'国语学'、'日本语学'方面起到了推陈出新的作用，而且还对'历史学'、'思想史'等学界的理论预设予以决定性的转换处理。"①小森指出写作此书是"要 澄清近代日语与日本近代文学之关联。"②语言问题对近代中、日两国来说是文化中最深层次的问题，也是文学史撰写中的核心问题。现在日本许多学者的视点已关注于此，这是非常值得瞩目的。在《近代日本的批评》一书中，野口武彦亦说过："明治时代的日本所直面的与其说是思想，莫如说是语言问题。"③

小森阳一等学者论述了从明治时代之前，日本就出现了的对"汉字"观念的变化。特别是在甲午战争（日本称作日清战争）后，力图消"去 汉字"这一"他者"以高扬日本民族主义乃是不争的事实。尽管还有谷崎润一郎（1886—1965）这样的作家还珍爱汉字。在进入21世纪的今天，小森阳一重新认识日本近代以来日本的国语教育问题，尖锐地指出了它在日本军国主义、殖民主义当中的重要作用。在第二次世界大战中，日本军国主义侵占朝鲜，霸占我国领土台湾时，当时任台北帝国大学教授的安藤正次在1940年的《台湾的国语教育》中这样表述：

---

① 小森阳一：《日本近代国语批判》，陈多友译，长春：吉林人民出版社，2003年，第310页。
② 小森阳一：《日本近代国语批判》，陈多友译，长春：吉林人民出版社，2003年，第311页。
③ 柄谷行人：《近代日本の批评明治·大正篇》，东京，福武书店，1992年，第69页。

在台湾推行的国语教育之所以能够看到今天这样的成果，其重要的原因在于，实行了通过国语教育逐渐使外民族皇民化的政策，同时又不强行要求国语。

对此小森指出："所谓'皇民化'，不是通过'强行要求'或'镇压'来达到的，而是自发地学习'国语'，学成者将在'皇民'这一平等性中得到承认。"①语言问题的实质不是昭然若揭吗？在那场侵略战争前夕，作为舆论之一的"所谓建立大东亚共荣圈"里很重要的组成部分是日本要作亚洲的执牛耳者，包括在文化上，亦是"魁首"。

在21世纪的今天，中日两国都面临新的机遇与挑战，在这当中，文化建设是重要的一环。中国政府多次表明自己不管任何时候决不谋求霸权，在文化上亦是如此。世界文明发展的历史自有其历史存在。中国文化在发展历程中亦在朝鲜半岛、日本和亚洲其他国家得到广泛传播，其实这同时也是共建。面对新一轮的东西文化交融，我们有理由共同努力，与西方文化平等对话，坚持"和而不同"的原则，共同发展。同属东亚汉文字圈国度的中日两国应当为这一伟业共同作出贡献。研究文学史重构的根本目的即在于此。

---

① 小森阳一：《日本近代国语批判》，陈多友译，长春：吉林人民出版社，2003年，第254页。

对日本 20 世纪 80 年代以来文学批评的几点思考[①]

一

从 20 世纪七八十年代以来,"全球化"在日本媒体上频频出现,西方后现代文化理论纷纷传入,日本文学无论在创作上还是在理论研究方面都出现了多元的态势。作为地处东亚的日本,它的文学、文化发展从近代(宽泛的概念)以来,一直处于东西方文化碰撞的激流之中,正如日本著名文学史家吉田精一所说:日本的近代文学乃至于近代思想,最大的问题之一是东西两洋如何调和,或者说交融的这一问题[②]。虽然不能以东西文化交融作为探讨日本近代文学发展的全部,但是,不抓住这一主要结症点,就无法揭示日本近代文学的本质。如果把明治 20 年代至昭和初的文学与西方文学交融作为一个重要阶段的话,那么从 20 世纪 70 年代至今是一个值得注目的阶段。

从 20 世纪 60 年代开始,随着西方新批评派、读者反映批评的译介,许多文学研究者已经迅速地把这些方法应用到自己的文学批评实践之中。具有代表性的是长谷川泉这位以实证批评著称的文学

[①] 本文原载《外国文学评论》2005 年第 1 期。
[②] 吉田精一:《漱石の东洋と西洋》,《夏目漱石全集·别卷》,东京:筑摩书房,1979 年,第 15 页。

研究家，他在《近代文学研究法》中说过下面一段话：在文学相关联的场里，经常处于一种从作品的下降和对作品的追溯的反复工作的状态。同时，虽然作品是以文字固定而成为客观存在，但在发挥文学机制的场里，总是存在著者与享受者、接受者的关系，所以必然从作家、作品、读者的三契机来考察不可①。他首创了以作者、作品、读者为三契机的文学批评七十则，针对"新批评派"，既充分肯定它"将理论批评从不恰当的受蔑视的地位中拯救出来②"，同时又指出它犯了"把文学的机制放在一个闭锁的环境里③"的弊病。在这个时期，三好行雄、越智治雄的作家作品研究都取得了很大的成就。

70年代西方文化（文学）理论纷至沓来，符号学、结构主义、现象学、俄国形式主义文论、后现代主义文论大量译介到日本，在新的东西文化碰撞中，日本文学批评迅速发生着变化。前田爱的《都市空间的文学》被认为是"日本近代文学史研究上一件划时代的事情④"，具有"依照近年活跃的西方的符号学、现象学的最新成果而被称作都市空间论的独自视点⑤"。

从日本进入经济高速增长期的60年代后期，日本就出现了"文学衰亡论"，"文学"被其他领域所浸润，但"文学"亦以一种积极

---

① 長谷川泉：《近代文学研究法》，孟庆枢译，时代文艺出版社，1991年，第172页。

② 長谷川泉：《近代文学研究法》，孟庆枢译，时代文艺出版社，1991年，第171页。

③ 長谷川泉：《近代文学研究法》，孟庆枢译，时代文艺出版社，1991年，第171页。

④ 小泉浩一郎：《続・テクストの中の作家たち》，翰林书院，1993年，第240页。

⑤ 小泉浩一郎：《続・テクストの中の作家たち》，翰林书院，1993年，第240页。

的态势应变,这样就使文学批评走向更加开放的道路。高桥修对此提出了自己的看法,高桥认为:对不能单纯还原的阅读者的集团想象力与媒体等状况的要因的关联不认真思考,就不足以说明解释这一文本的主体也是在社会、历史的文本中构成的。①

这些论述旨在信息社会里,人的思维的变化引发了对文学的重新认识。

近年在日本研究"东方主义"、"后殖民主义"等问题的一些著述既被当作文化研究的重要成果,又因为文学研究与文化研究的交叉,加上作者又是文学研究家(如小森阳一),亦被看作日本当代文学批评的一个重要方面。代表作有小森阳一的《后殖民化》一书。

日本女性主义文学批评著作也是当今日本文坛的一道引人注目的风景线。代表作有竹村和子的《'后'女性主义》、江原由美子等主编的《女性主义与自由主义》、与那霸惠子的《现代女性作家论》和北田幸惠的《初探女性主义批评——阅读近代女性文学》等。

二

尽管后现代主义思潮十分复杂,西方不同的后现代主义理论家在一些问题上亦见解不同,但是,总的来说,后现代主义理论旨在充分暴露西方资本主义制度和文化的各种难以克服的矛盾与缺陷,对其意识形态实施颠覆性的批判,显示了西方理论家对西方文化危机的深层焦虑。

日本接受西方后现代主义文化理论的学者紧密联系本国实际,具有鲜明的批判性。首先是对明治维新以来"自明"的成见的反

---

① 高桥修:《新しい文学のために》,文学,岩波书店,2002年9、10月号,第152—154页。

思，特别是对近代历史、文化的再认识成为当今日本学术界的一个引人注目的焦点。

超越"历史"的自明性显然受了福柯等人的影响。"'历史'这一概念本身，被作为在各色人等和社会集团的力的关系中被构成的话语重新加以认识，围绕'历史'的韬略布置亦自然地被认为围绕近代的权力关系的争斗场。另外，'文化'这一概念，也作为每个当事者分别被置于历史的、社会的、政治的文脉中被不断塑造且不以人的意志为转移的这种争斗的场来被重新把握。它并不具备实际的价值，而且作为不断提出新的问题的场被发现。正因为如此，在'历史'和'文化'之中，我们作为怎样的主体被建构的？对此必须使之问题化[①]"。克服把"历史""文化"看作一成不变的客体，将"每个人"都置于历史、社会网络之中动态地把握，成为一些日本当代文学批评家问题意识的核心。

柄谷行人的《日本近代文学起源》一书即是这一思想变迁的一个很好的例证。在该书的后记中，柄谷强调必须把"日本"、"文学"、"起源"加上括号，以表示这些概念的内涵都有必要进行反思。他从"起源"上对日本近代文学的不证自明性提出质疑，从被颠倒的事物现象中观察深深隐藏起来的"起源"。在这本著作中引人瞩目的是一系列的"发现"（风景的发现，儿童的发现，内部世界的发现，自白制度的发现，病的发现等等），柄谷强调，"风景"也好，"儿童"也好，都不是原本存在的"物"，而是对不曾存在的东西使之具有"普遍性"之后，让人们感到它就一直这样存在过。柄谷行人认为这是一个颠倒，今天应该重新溯源，把这种颠倒"正立"过来。究其实质这是重新反思日本在从封建社会进入资本主义社会过程中接受西方话语而产生的"近代"意识，今天应该对其重

[①] 小森阳一：《近代日本文化史前言》，岩波书店，2001 年。

新把握。

　　对此小森阳一也指出：在新闻界概念随意流行的背景下，称作"近代"的概念就会有了极为流通的方法，在文学研究领域里，"近代"这一概念是一种花言巧语，是起着给某作品、某作家以特别好的权威标签的机能，即是所谓"近代"，它不是简单的时间概念，而是以什么来认知"近代"的问题。即是"把自己的想法与思考通过一个框架来相对化的自我意识。"①

　　由于历史局限，对于明治维新以后产生的关于"近代文学"的"自明的意识"是难以避免的。吉田精一在上个世纪60年代的《近代日本的文学世界》一书中就已经意识到这一点：简言之，说起日本的近代化，在江户时代、明治以后甚至到今日乃是西欧化的同意语②，但是他同时提醒人们注意：因明治维新而与传统断绝这一看法是不正确的。③

　　近年为突破既往形成的"近代文学"、"近代文学史"的框架，一些文学研究家作了很多努力。龟井秀雄的《明治文学史》可以说是一部开拓性的著作。它包括"文本、生产体系的文学史"、"媒体与物语"、"地文学的系谱"（地文学是因日本古代受中国文化影响有天、地、人三分说，至明治时代遂有天文学/地文学/人文学之分，在这里龟井秀雄所论述的是指在文学当中体现的新的自然观，他特别以铃木牧之的《北越雪谱》为例作了论述——笔者）、文体与主体、物语世界与叙述者、郊外物语、文学者自己的幻想、"叙述物语的女性"的物语、女性叙说的物语、物语当中的文学史等12章。这里虽有侧重从文体形成的角度重构明治文学的倾向，但它的根本出

---

①　小森阳一：《日本近代文学の成立——思想と文体の模索》，有精堂，1986年，第64—65页。

②　吉田精一：《近代日本の文学世界》，小峰书店，1968年，第6页。

③　吉田精一：《近代日本の文学世界》，小峰书店，1968年，第6页。

发点在于突破过去那种套用西方模式,按时间序对日本文学进行"史"的界定的老框框。龟井秀雄在第十二章《物语当中的文学史》里,一反以往的年表方法,以岛崎藤村的《春》为范例,以文本的具体内容(他称作物语前史),通过广征博引找出"相关事项","不是把(日本)近代文学从产生、近代文学的形成作一个年表式的通观"而是以更宽广的视野"立于几个系统而探讨其系谱",把握这些共时的、并行存在的系谱,把握它们之间的交互影响。①龟井秀雄认为,历史距离感是非常重要的,阅读文本时为了克服这种历史距离感,人们用文学年表来求得帮助,这当然必要。但随即产生的是这种距离感所蕴含的历史感觉、文学文本自身和历史的差异感也可能会消失。为此龟井认为:阅读行为的根源在于同未知的东西的碰撞,为了对它的理解而动员"知"的活力,通过经验而感觉到文本的历史性、唤起自身反思的历史性等②。这一见解与俄国形式主义的"陌生化"理论是相通的,也显然受了克里斯蒂娃等"文本间性"理论的启发。为此龟井认为,借助于按物理时间顺序整理的年表,由于要使年表的知识优先,这种含有历史感觉的历史感,即文本与自己存在的历史差异感可能会消失,他从文本是多层的系谱的交结点的思考出发,认为"一个文本乃是先前的几个文本的再构建的产物。直言之,每个文本自身,都在叙说与先行文本的关系,使自身历史化"。③龟井秀雄很有创意地用另一种方法从文本中钩稽出网络状的年表,这当然不是对过去年表的否定,而是一种补充。它的实质在于一种动态的思维来把握文本。

由于思维模式的变化,对于明治以来(甚至还需追溯以前的历史,如江户时代)日本文学发展中的一些焦点人物的评价也必然发生

---

① 龟井秀雄:《明治文学史》,岩波书店,2000年,第1页。
② 龟井秀雄:《明治文学史》,岩波书店,2000年,第227—228页。
③ 龟井秀雄:《明治文学史》,岩波书店,2000年,第227—228页。

变化。近年对过去被认作是保守的国粹主义者的冈仓天心又有了新的认识,指出他是"从幕府末年乃至明治年代在混乱的文化状态中,具有卓越的掌舵者能力的先驱者之一①"。

对坪内逍遥的再认识也同样体现了这一趋势。坪内逍遥作为近代文学的"开拓者",虽有崇高评价,但是,人们总是认为他的《小说神髓》在理论上的"局限性"、"落后"的一面突出。近年,不少日本文学史家进行再认识,认为以往的评价实质上是以西方话语来框定,指出坪内在剧烈变化的明治初年,既有急于接受西方文化、赶超西方的一面,又有执著于江户文学、植根于日本传统文化的一面。在他身上充分地反映了日本文学转折期的特征,他是"处在日本近世与近代境界上的人物②"。对坪内逍遥的再评价显示了日本文坛力图重新审视在西方话语下被湮没或忽视的东西。

甚至有些研究家(如小森阳一)向一些"禁区"挑战,如对"天皇制"和"日本式东方主义"加以批判,显示了理论家的社会责任感和勇气。

三

在西方文论蜂拥而至的20世纪六七十年代,许多敏感的理论家都以依据本土视点取己之所需,以积极的态势进行一场更为深广的东西文化交流。前述的长谷川泉先生可谓一个代表。另一位著名文学批评家前田爱的一系列被称作"文本论"的著作在东西文化融合中作了卓有成绩的探索。总的说来,他努力借鉴西方,又力求不与日本文学批评断裂。正如高桥修等人所说:前田氏所尝试的都市

---

① 神林道恒:《日本の芸術論》,ミネルウ书店,2000年,第11页。

② 小森阳一:《日本近代文学の成立——思想と文体の模索》,有精堂,1986年,第252页。

论、文化符号论的手法以把作为作品结构化为切入点,但还是具有作品论的一面,意外地与作品论接近。另一方面文本论(中略)乃如一根根纺线,必须把它作为错综体来理解,文本被相互置换与别的文本、言说对照而带有意味,这就必然与外部的文本交织在一起,作品论的出口,自然就在这里①。同样借鉴俄国形式主义文艺理论,前田爱更多的是接受了洛德曼的《文学理论和结构主义》,洛德曼对以往的俄国形式主义有许多突破,在重视文本结构的同时,比较注意文本的社会、历史关系。

前田爱在他的代表性论著《都市空间的文学》中对立原道造的《我归来的地方》这首诗即从多种关系的交织进行了文本分析,并指出诗作者是从事建筑业的,为此在他的诗中"是把建筑空间的认识进行了诗的文本的'内空间'的转换②"。而且指出这首诗反映了经济高速发展时代公司职员们的生存焦虑,以及"与未知的人和不能预测的事的遭遇会有多种可能性的等待他③"的心态。可见,这种文本分析并非是抛弃文本与社会、历史的联系,这和当时日本盛行的作品、作家论批评并非脱节,而是一种深入。

另一位评论家三浦雅士在80年代对于形式主义亦提出了切中肯綮的见解。他认为接受西方文学理论不能简单照搬,应从更深层次思考,辩证法在这里还是发挥着它的魅力和作用。他在《死的视线——80年代文学的断面》中的《作为文本的人》一文中对结构主义的论述值得思考:

在文学上的结构主义,它的理论多赖于弗洛伊德是无须多

---

① 高桥修:《新しい文学のために》,文学,岩波书店,2002年9、10月号,第155页。
② 前田爱:《都市空间の文学》,筑摩书房,1988年,第41页。
③ 前田爱:《都市空间の文学》,筑摩书房,1988年,第42页。

谈的。只关注语言、只关注作为语言纺织物的文本的方法，其实是从连人都看作是文本的精神分析出发的，这是值得注意的反论。众所周知，结构主义从文本中驱逐了人。但是真的成功地驱逐了人之后，又只能把文本看成是人。语言产生语言，文本产生文本，所谓言语的自立的运作实乃只能是人的操作的正确的模仿而已。人产生出人，人的关系产生人的关系。文本理论有时使人惊诧，使人感动，那正是正确地反映了人的关系。①

在上个世纪70年代末，当西方后现代主义纷至沓来之时，如何以本土视点吸收、为我所用是摆在日本文学批评界面前的大问题。在批评简单照搬套用的同时，有的批评家指出了另外一种盲目性，这种盲目性在于缺乏"他者"意识，以自我为中心，缺乏批评意识，实乃缺乏"和而不同"的辩证思维。柄谷行人在1984年写的《批评与后现代》一文中说：日本的后现代主义，具有西洋影响外观的国家主义含义。虽然所有一切都是从外部引入的，但却又不像持'外部'的闭锁的言说体系。在那里所有一切均以自我为中心，而却忘却了其自身是如何存在的②。这里提出了一个值得深思的问题，表面的勇于接受，并不等于与"外"的对话与互动，"本土意识"并非固守己见，而是吸收他人之所长，融会贯通，平等对话，不然同样会产生一种封闭状态。

在吸收域外文化时往往并非是"非此即彼"的简单认同或否定，在这当中常常出现似非而是的悖论。柄谷行人援引福田恒存在《反近代的思想》中的一段话作了论述：从明治到大正的比较长的启蒙时代里，甚至连鸥外、漱石、荷风等人，也并非是自觉地把握

---

① 三浦雅士：《テクストとしての人》，见《死の視線，80年代文学の断面》，福武书店，1988年，第170页。
② 柄谷行人：《批評とポストモダンリズム》，福武文库，1989年，第30页。

近代的局限这一主题，并予以探究。日本的近代化，用当时的语言来表述叫'文明开化'，他们最早感觉到了它的赝品性。但是，另一方面，他们又起着最积极的推进作用。在明治时代里，连最优秀的知识人都只能具有双重姿态，与此相对，大多数知识人，对于西欧人早就看透了的近代文明的本质而深感不安的诸多现象，反而不加理睬的予以接受，仅以赞叹之心情合盘欢迎①。柄谷引述上段话后意味深长地说：在对后现代主义更简单接受的今天，上述文字虽然看上去陈旧但并非过时。比如说，我们说的是后现代实乃是现代，我们在说现代实乃是后现代，在强化着这种似非而是的悖论②。

这些看法提示我们在接受外来文化需要的是深入、细致地分析，特别是历史人物，他们身上的成就与局限同时并存，这并不是什么不可思议的问题，它恰恰反映了人类前行的实际与艰难。

日本近年来重视对翻译的研究与此不无关系。柄谷行人、浅田彰、野口武彦、莲实重彦、三浦雅士等人撰写的《近代日本的批评 明治·大正篇》对于这一问题作了很好的论述。他们指出"观念"、"自由"等等词语都是从西洋传来的。"从西洋传入的东西是用东洋哲学的概念翻译过来，作为它的结果反而是东洋哲学也依据西洋哲学来阐释了，山路爱山的《支那思想史》就是这一产物。"即"为了要把西洋的东西用汉文译出，东洋哲学亦被带入西洋的体系了。""由于翻译。东洋与西洋结合，正因为此，'东洋'被'发明'出来了。"他们论述翻译的"互换性"，即"用同一个语言，使东洋思想懂了，也懂了西洋思想史，在很短时间就完成了。""连民族主义也是由翻译创造出来的。"③

---

① 柄谷行人：《批评とポストモダンリズム》，福武文库，1989年，第22页。
② 柄谷行人：《批评とポストモダンリズム》，福武文库，1989年，第23页。
③ 柄谷行人：《近代日本の批评》，明治·大正篇，福武书店，1992年，第70—71页。

近代我国不断深入进行的翻译研究也昭示了这一点。从考察一些根本术语的译介、转化入手了解东西文化交融,探讨域外文化的本土化过程中的一些规律是一个必要的环节,也是外国文学和比较文学的基本建设。

四

20世纪以来,"小说"成为世界范围内最重要的文学样式。小森阳一等学者主编的岩波文学讲座的第三册《从物语到小说》集中各个领域的专家探讨了从物语到小说、小说的成熟、叙述的变貌这三个发展阶段。从古希腊、罗马、日本平安朝的物语文学到近世的西鹤的小说。从《鲁滨逊漂流记》、法国近代小说、俄国19世纪小说到德国20世纪小说、我国的鲁迅、20世纪美国小说(福克纳、品钦)、拉丁美洲文学、它都给予了不同角度的论述。

在这本著作中,不同领域的研究者进行了一场"日外古今"的纵横捭阖的讨论,或者说"以超越一国文学史的框架的方式作为思考的基础",通过纵向(通时)与横向(共时)的比较研究,对不同国家的"小说"进行了剖析。①这种研究发现了以往把小说的发展作简单的线性进化描述的偏颇。本书通过对前近代的诸种体裁向近代小说的发展历程的考证,发现了从口承文学向文字记录书面作品的发展的轨迹,认为"不管说话作为小说的原动力这一普遍原理是否可以成立,但是由于小说(书面作品)对物语(口承作品)的抑压而招致了自己的衰退是显而易见的。②"研究者同样通过对荷马史诗从口诵

---

① 小森阳一:《物语から小説へ》,见:《岩波讲座》,文学,岩波书店,2002年,第2页。

② 小森阳一:《物语から小説へ》,见:《岩波讲座》,文学,岩波书店,2002年,第11页。

到笔录过程的研究而断言：文字确实是加速口头文学传统衰退的灾难，但是，正是这一灾难将已消失的口承创作的卓越技术和代表作得以正确保存，灾难又转化成恩惠①。

这就使我们相信，"文学消亡论"实乃是把"文学"固定在某一时间的形而上学的见解。"在今后也会像以前一样，小说会像魔术师一样自由变换形式，在人类存在的限界内，继续生存下去。②"

这种跨学科的"文化批评"对于从更广层面上理解文学中的复杂关系也提供了新的视点。如在岩波讲座（文学）第一册里，宫下志郎指出：要言之，中世文学里的作者（auteur）只是相当暧昧的身份，附着于作品的标签具有与近代意义上的'作者'不同的谈话（说教）的机能③。而真正地出现作者意识、读者意识乃是在欧洲于15世纪中叶活字印刷出现之后的事情，正是"由于活字印刷的文本促进了'被封闭的感觉'（a sense of closure），这与麦克卢汉所说的使之固定化的视点（the fixed point of view）的产生变为可能④"。

这种批评方法运用于日本近代以来的文学批评，带来了许多新成果。以明治文学的研究为例，研究者们从作品、作家分析进入网络式的立体研究。如研究那一时代媒体对文学的影响（报纸、刊物、版画、广告等），用确凿的资料证实那个时代讲演的"速记体"如何促进言文一致。考证"洒落本"（嫖客与妓女的低俗小册子）在"言文一致"中扮演的角色⑤，揭示"翻译"在"言文一致"中发挥的独特作用等。

---

① 小川正广：《踊伝統を文字テクストホメロスをめぐって》，见岩波讲座文学，岩波书店，2003年，第36页。

② 小森阳一：《物语から小说へ》，见：《岩波讲座文学》，岩波书店，2002年，第13页。

③ 宫下志朗：《岩波讲座文学》，第一册，岩波书店，2003年，第77页。

④ 宫下志朗：岩波讲座文学第一册，岩波书店，2003年，第91页。

⑤ 柄谷行人：《近代日本の批评》，明治·大正篇，福武书店，1992年，第71页。

对古典作品的现代阐释也得益于"文化批评"。《源氏物语》是平安时代王朝文学的女性作家的杰作,作为"经典"。它有自己的独特的历程。日本的《源》学相当于我们的《红》学。研究家们探讨《源氏物语》的"经典化"历程,不仅包括作为权威的经典化的《源氏》,亦包含反经典的大众文化的《源氏》现象。

　　传统的版本学、书志学为当代古典文学研究又注入了新的活力。日本文学研究家不仅考察日本古典,亦涉及西方古典,对古代抄本中"定本"问题进行讨论。他们指出"定本化"与"经典"的产生有着密切关系。通过抄写本而传播的文本建立起来的正本概念必然经过文本的古典化、圣典化的过程,于是在这逐渐创造出规范的文本的过程中,意识形态发挥着作用,它乃是特定集团的认同对自己的文化的过去的共同化。把正本的存在作为自明的前提即是近代文献学,这一方法的颠倒,即要涉及书志学和媒体论。

　　在进入21世纪的媒体时代的今天,进行文学研究如果不涉及相关学科是难以置信的。不断发展并不是对以往的批评方法的简单扬弃。对于曾有很大影响的"文本论",一些批评家仍力图使之注入活力,他们力图以文本为切入点,在动态中综合把握,以小见大,用微观与宏观结合的批评方法建立以文本为中心的"跨文化研究"。三田村雅子说:他兼有超越时代、体裁、方法论的广阔视野。兼有立足于文本的细微之处。认真阅读这一发展动态,我们须以此研究为目标①。

---

① 高橋修:《新しい文学のために》,文学,岩波书店,2002年9、10月号,第174页。

当代日本后殖民主义批评管窥[1]

后殖民主义(postcolonial)也称"后殖民理论"(postcolonial theory)在我国学界一般界定为:"指在欧美文化与其他文化的关系问题上,对欧美帝国主义文化霸权及其引发的第三世界文化问题进行的一系列理论研究。后殖民主义以帝国主义国家在文化领域的霸权统治为主要研究对象,对帝国主义的文化霸权进行批判,并进而探讨殖民地与前殖民地摆脱帝国主义文化霸权的有效途径。(中略)致力于揭示西方文化与西方帝国主义霸权之间的互生互助关系,尤其是西方文化中存在的权利话语对帝国主义霸权统治所起的积极作用。"[2]后殖民理论的历史可以追溯到弗兰茨·法农(Frantz·Fanon)和 CIR·詹姆斯(Cyril Lionel Robert James)等人的第三世界解放理论,理论界把它看作是后殖民理论的先声。

以赛义德(1935—2003)、斯皮瓦克(1942—   )、霍米·巴巴(1949—   )为代表的"后殖民主义"理论家们的著述、活动始于20世纪70年代末,很快就掀起了一股从西至东的后殖民主义理论冲击波。

这一理论对日本的影响也很明显。从地政学角度来说日本处于东亚,它在近代走了一条与其他亚洲国家不同的道路。同样是"后

---

[1] 本文原载《外国文学评论》2008 年第 2 期。
[2] 王治河主编:《后现代主义辞典》,北京:中央编译出版社,2004 年,第 295 页。

殖民主义"其内涵在日本与亚洲其他国家有别，但它又不同于欧美，为此研究"后殖民主义"在日本，既是把握这一理论的不可或缺的一部分，同时又对于我们深入了解日本当代文学、文化的特性及走向至关重要。探讨日本对西方后殖民主义批评的接受态度，可增加我们在东西文化比较研究中的新视点。而且我们看到，从某种意义上说后殖民主义批评也促使日本对其近代历史的反思，特别对认识日本军国主义形成的原因产生了积极的批判作用。

一

日本对西方"后殖民主义"理论的接受和形成理论热点是在20世纪90年代。一批脚踏东西两方，对西方后现代主义作出即时反应的理论家们确实让人感到他们的敏感，反应之迅速。我们可先看一下西方后殖民主义代表人物的著作的日译情况。赛义德的《东方主义》原出为1978年，日译为1993年。（今泽纪子译，平凡社），《文化与帝国主义》1993年原出，1998年日译出版（大桥洋一译，みすず书房）。《伊斯兰事件报导——新闻是如何制造出来的?》1981年原出，1986年日译（浅井信雄等译，みすず书房），还有《世界、文本与批评家》1984年原出，1995年出版（山形和美译，法政大学出版局）。霍米·巴巴的《表像和殖民地文本》，原出1984年，1992年译出（大桥洋一等选译，河出书房新社）。斯皮瓦克的《作为文化的他者》，原出1990年，当年译出。（铃木聪等译，纪伊国屋书店），《后殖民主义的思想》原出1990年，1992年译出，（清水和子等译，彩流社出版），《萨巴尔坦能叙述吗?》原出1985年，1998年译出，（上村忠男译，みすず书房出版。）（书名均据日译译出。）这里不是详尽地开列有关西方后殖民主义理论代表作的译介目录，只是把具有代表性的著述译介情况作一介绍。与此相关的福柯、德里达、拉康、杰姆逊等人和女性主义批评家们的著作也都在同一时期大量译介到日本。1996年《批译空间》11期发表了由柄谷行人、酒井直树、鹈饲哲、郑暎惠、村井纪、富山一郎六人的题为《何为后殖民思想？》的座谈纪要。这篇30页的长文反映了当时日本知识界、理论界对后殖民主义的理解与对日本后殖民主义问题的思考。同年斯皮瓦克访问日本，她在大阪大学参加学术研讨会并作了学术报告，对后殖民主义理论在日本传播推波助澜。用日本学者的话来说是"如同化学反应一样，"（《批评空间》1996年11期第7页）这一概括形象地说出了这一理论传播的迅速也道出了在不同地域的多样化。由日本当代理论家丹治爱（1953— ）主编的《理论批评》（2003）和大桥洋一（1953— ）主编的《现代批评理论大全》（2006）两本被推荐为文科学生的必备之书都以显著地位对后殖民理论作了介绍与阐述。

日本学者认识到了后殖民理论的复杂性。他们指出："所谓殖民主义毋庸赘述，它的含义是明确的，但'后'字表现了仍然保有以前的东西"，"必然性是由于话语霸权斗争中所决定的"。[①]他们直面当今世界尖锐地指出"当今还有操纵世界市场，通过经济在事实上构建'帝国'的美国的存在，这种无殖民地的殖民主义也被称作新殖民主义。为此，后殖民主义不是产生于殖民地终结之后。对殖民主义精神构造的质疑意味着从殖民地发生的瞬间后就开始了。同时，虽说这是对抗性言论，因为它以空间、时间的多种事实为对象，因此含有仅以反殖民主义的姿态不能解决的众多问题。"[②]上述观点与其他国家的后殖民主义理论大体一致。与此同时，日本学者在思考这一问题时必然要考虑到日本的特点。日本在明治维新以

---

① 柄谷行人ら：『ポストコロニアルの思想とは何か』，『批評空間』1996(11)，第9页。

② 丹治愛编：『批評理論』，东京，讲讲社选书メチエ282，2003年，第163页。

后，由落后的封建君主制国家，跻身于世界资本主义、帝国主义国家的行列，对朝鲜半岛和我国台湾实行了殖民统治，又发动了一场血腥的侵略战争。如何正确对待这段历史至今仍然是未很好解决的重大历史问题，因此一些理论家结合后殖民主义理论对此进行认真反思。体现日本后殖民主义理论的独特性之处还表现在有的学者从非洲裔美国人的状况，联想到在日朝鲜人。对国内曾具有殖民化味道的北海道和当今的冲绳问题，也进入了一些研究者的视野。他们指出："对于冲绳问题如何考虑才好呢……冲绳具有既非内又非外的（空间）的一种暧昧的表现。"由于意识到在争取冲绳归还运动中又与"战争责任"问题纠葛在一起，即在要求冲绳归还潮流中"又浮现了否定战争责任的问题。"①为此，"天皇制"、"战争责任"问题在这一思潮中必然凸现出来。近年，对于历史上北海道问题也在这一思潮中成为聚焦点之一。在日本历史著述多称日本为单一民族之国，但是，北海道的阿伊奴族及其文化的存在也是不争的事实。中山昭彦的《围绕阿伊奴和冲绳的文学现状》一文针对向丰昭和、目取真俊的有关冲绳、北海道文化、文学作品和论述的评论从后殖民主义视点进行了别具眼光的阐释。②笔者在这里不想全面论述这一关于历史范畴的问题。中山昭彦从语言学角度切入重新认识日本文化中的阿伊奴文化，针对近年日本熊次郎的世界上最早的《阿伊奴辞典》深入探讨了在后殖民主义语境下的阿伊奴人文化状态，这些问题意识对于了解具有日本特色的后殖民文化批评也是不可或缺的。

对"东方主义"的复杂性的认识引发日本学界对东西文化比较研究的深入思考。小谷野牧的《"东方主义"概念的功过——普提

---

① 柄谷行人ら：『ポストコロニアルの思想とは何か』，『批评空间』1996(11)，第12页。

② 小森阳一ら主编：『岩波讲座·文学·13』，东京，岩波书店，2003年，第165—188页。

尼、西洋人所看到的日本》一文具有代表性。在这篇文章里，小谷野牧借用了夏目漱石在明治末年（1910）写的《主义的功过》立题，同时摘引了夏目漱石这篇重要文章中的一段：

什么主义啦、ism 之类，把无数的事实捆绑起来，变成墨守成规的男子装在自己头脑的抽屉里的货色。（中略）这众多的 ism 乃是零碎杂乱的事例，经过比较细致的头脑过滤凝结后得出的一种形式，与其说是形式，莫如说是一种轮廓而已。是没有实质的东西。舍弃内容仅把轮廓搞齐整，颇像同一个人把天保通宝换成纸币揣在怀里。（本段译文依据《夏目漱石全集·十六卷》岩波书店 2003 年版译出）

这位研究者目的在于阐述"东方主义"作为西方来的术语，在进入日本话语中出现了不可避免的误读及理解不当的曲解，这也是东西文化比较中的难题。在这篇文章里，作者通过针对西方一些文化传播者针对日本"性"问题（特别是对女性）所写的观感、议论，以新的视点进行了重新阐释。如针对在日本战国时代（1467—1568）来日的西方传教士路易斯·弗罗伊斯称"日本女性一点不重视女性的贞操"等记述，有的日本学者站在狭隘的民族主义立场上发表简单、片面言论；也有人从相反方面对此给予肯定。针对这一现象小谷野牧认为，这种情况反映了"作为比较文化论的粗糙、混杂"①，作者从西方人杂沓的记述中细致分析感到，它们当中既有从西方基督教观点而发的偏见，也有对日本国情知之不多以偏概全的曲解，也有一些是不同文化在接受上的"误读"。小谷野牧感到对于日本学

---

① 小谷野牧：『「オリエンタリズム」概念の功過―フッチーニ、西洋人が見た日本』，『比较文学研究』2005（第86号），东大比较文学会，第34页。

者来说，有人从狭隘的民族主义出发的简单反驳，有企图把一切事实抹消的意图；也有人不细致分析而把西方学者观点统统认作西方的东方主义话语的简单处理。从这里我们可以看到对于在历史上存在的一些西方记述亚洲（日本、中国等）的文本，在分析时应置于当时历史背景，而且要针对不同个案细致分析，切忌简单化。对于那些有明显政治色彩，在今天仍然起着意识形态作用的观点重新审视也是必要的。

从上述简介可以看出日本后殖民主义研究中的一些特点。但是，笔者认为在当今日本"后殖民主义批评"中的最强音是关于重新反思第二次世界大战中的侵略历史的深层文化问题和对"随军慰安妇"问题的深入批判。研究日本后殖民主义批评如果忽视了这些无疑是本末倒置。

二

在日本，对在第二次世界大战中发动侵略战争这段历史的反思与"'后'女性主义"批评是联系在一起的。日本女性主义批评家海妻径子在《慰安妇（性奴隶）——女性国际战犯法庭》一书中指出在世界妇女大会上，对于由国家施行的性侵犯问题应欲解决的呼声对于日本政府具有很强的影响力。她明确指出"日本军队实行性奴隶制，是对人类的犯罪"。①这些观点在上述柄谷行人等人的《纪要》中也作了多处阐述。

日本著名文学、文化研究家小森阳一十多年来推出多部著作和主编多套大型丛书，对日本军国主义形成的文化原因和至今在日本对于历史问题仍然不能很好解决等深层次问题作了很有理论勇气的

---

① 竹村和子：『ポストフェミニズム』，东京，作品社，2003年，第209页。

探讨。其中从后殖民主义视点对日本文化、文学问题作了鞭辟入里的剖析。他在人类步入 21 世纪前后，先后推出了《日本近代国语批判》（2000）、《后殖民的》（2001）、《天皇的玉音放送》（2003 年 8 月 15 日）和《村上春树论》（2006）等系列著作。（在 1998 年，他曾与高桥哲哉主编了《超越国家历史》一书，由东京大学出版会出版，因篇幅有限，这里暂不多涉及）。它们有内在的联系，一以贯之的是批判抹杀历史，重新审视日本军国主义侵略的历史原因，并直捣禁区——审问天皇裕仁的战争罪责，进而从深层批判日本为什么不能彻底解决对战争罪行谢罪的问题。小森在《后殖民的》（他特意强调书名用'后殖民的'，点出日本具有追求西方列强的味道）。他在书中引用赛义德的理论，比较了欧美与日本"后殖民"问题的同异，澄清了日本如何秉承西方殖民主义者的衣钵，制造日本式的"东方主义"话语对亚洲周边国家施行殖民主义的原因，进而明确表示在半个多世纪的今天必须对这些错误加以清除。他写道："在欧洲形成的历史学、语言学、文献学等 19 世纪的理论、学说，经常将西洋与东洋对比之后构建出话语体系。对于东洋这一他者，通过精细的分析和论述，创造出话语体系，并依据它，把作为他者的东洋文化的异质性像镜子一样造出，再构建出欧洲人自己的形象……欧洲人把异质的西洋权威化，又以之支配东洋、教导东洋，依据西洋的价值观、世界观而成为操纵世界的主体。"[①]这也就是"欧洲中心主义"、"美国中心主义"形成的路数。小森阳一又梳理了明治以来日本政府对华政策的走势。福泽谕吉的《脱亚入欧论》已明确主张为了追上西洋"文明"之国，日本应持有不与亚洲邻国为伍。山县友朋在第一帝国会议（1890 年 11 月）的演说中，称朝鲜半岛为大日本帝国的利益线。他的演说乃是"殖民地之无意识与殖民主义意识

---

① 小森阳一：『ポストコロニアル』，东京，岩波书店，2001 年，第 6 页。

无媒介的结合的体现"。在这一过程中,日本的"文明开化"一方面是"以欧美列强为基准来衡量自己,这就必然彻底改变自己使之殖民化。"①即屈服于西方(以美国为首)的"自我殖民化";另一方面又反转来用西方话语,以"大东亚执耳者"的面孔耀武扬威,对亚洲邻国行使殖民主义政策。小森认为这是至今为止日本文化深层次中的症结所在。

《日本近代国语批判》则从日本近代"国语"形成史入手,论述了日本伴随军事上的侵略,对亚洲邻国如何进行文化侵略。这是在日本国内长时期被忽视的一个方面,甚至在我国的日本学研究中也未予充分关注。近年有关近代"言文一致"与"民族国家"的关系在中、日两国学者中已有较深的论述,这里不再重复。我觉得小森阳一在本书的突出之点是将日本发动侵略战争时在殖民地、半殖民地推行的"双重国语制"从"后殖民主义"话语角度作了重新认识。他指出:"欧洲的殖民统治是贯穿这种'属地'甚至是'殖民地'意识,而日本却将台湾、朝鲜当作'帝国的延伸',也就是在语言上作为领土的延伸平等对待。"这种结果在于"实行了通过国语逐渐使外民族皇民化的政策",当年日本政府显然是吸取欧美殖民者文化侵略的经验与教训,是让被殖民者"自发"地学习"国语",学成者将在"皇民"这一平等性中得到承认。小森指出这里"平等化的关键问题是'皇民化'。"②无论是昔日在台北帝国大学推行这一政策的安藤正次,还是当年在京城帝国大学执教的语言学家时枝诚记,都心领神会,他们思考的核心就是"大东亚共荣圈内日语之优越性"③而这一话语的根源在于以天皇为中心的皇国史观。

小森阳一另一本著作《天皇的玉音放送》则直指日本战后存在

---

① 小森阳一:『ポストコロニアル』,东京,岩波书店,2001年,第47页。
② 小森阳一:『日本语の近代』,东京,岩波书店,2000年,第256页。
③ 小森阳一:『日本语の近代』,东京,岩波书店,2000年,第258页。

的无视、抹杀历史倾向的核心问题,即免去对天皇裕仁的战争罪责的追究。他在本书的第一章《在 21 世纪的历史认识》里,单刀直入地对西尾干二为首的"新历史教科书编撰会"歪曲历史的行径进行了深入批判,小森鞭辟入里地指出日本所以对侵略历史不能正确认识,其核心在于"现人神"裕仁天皇被免除战争罪责。《终战诏书》的终极目的是免除战争罪责,其幕后乃是美国(以麦克阿瑟为代表)的反共战略。小森尖锐指出:"《终战诏书》是以免除裕仁战争责任的形式在歪曲历史,是战后日本一系列相关言论的出发点。"① 与《终战诏书》相匹配的是"一亿总忏悔",将战争罪责除完全推给军界外,还将裕仁塑造成一个"和平之神"的形象,"身为'唯一君主'的裕仁,以自己的名义赋予'万民'以和平;而怀着感激之情接受它的'万民'要就战败对这个'唯一君主'表示'忏悔'"。② 确实如我国学者指出的:小森阳一"则将解剖刀伸向了战后诸多历史问题的主要根源——应当被清算但逃脱了审判的昭和天皇裕仁(中略)小森审判完成了东京审判的遗留工作。"③ 小森审判的立足点是正视历史,对抹杀历史的严正抗议。

在进入 21 世纪门槛之际,日本出现了"疗愈"(癒し)这一有点生造味道的新的流行语,它透露出了在迈向 21 世纪时日本公众的一种心态。说得直白一点是一种文化危机感。对这一方面的论述切忌简单化,但是有一点:即对日本军国主义那段侵略历史进行深刻反思的困惑是包含其中的。正如有的研究者很有见地的论述:"在即将

---

① 小森阳一:『天皇の玉音放送』,东京,岩波书店,2003 年 8 月 15 日,第 65 页。
② 小森阳一:『天皇の玉音放送』,东京,岩波书店,2003 年 8 月 15 日,第 85 页。
③ 董炳月:《平成时代的小森阳一》,见陈多友译《天皇的玉音放送》,北京:三联书店,2004 年,第 296—297 页。

跨入一个全球化新世纪之际，摆脱和抹平被上世纪国家历史所笼罩的心理阴影和精神重负，自然而然地成为整个社会的一种集体无意识。"①当今在日本走红，在中国形成出版热点的村上春树（1949— ）作品，因在2006年获弗兰茨·卡夫卡奖而成为2007年度的诺贝尔文学奖的候选者，更促使他名声大噪。作为敏感的理论家小森阳一始终关注这位作家，他透过村上作品表面的通俗化和脱意识形态性，看到了村上春树《海边的卡夫卡》所蕴涵的抹杀历史，构建"中间地点论"的叙述策略，"清晰地看到了一种在日本已经社会化和大众化的无意识的欲望，以及一个作家与此相迎合的具有危险性的文学转向。"②我们对于村上作品的评论将有系列论文，这里暂不多谈。阅读本身是见仁见智的，很多中国读者把读村上作品作为一个阶层的标记，也不能不说自有它的理由。然而借鉴巴赫金的理论，在文本中存在各种各样的"声音"，"表达着不同的观点、不附属于作者控制的意图的在场。因此，文本讲述超越作者权威的解放的往往是颠覆性的话语"（着重号原有）。小森阳一对村上春树的《海边的卡夫卡》作了别具只眼的解读，也许一些评论者对此未必首肯，但是，小森阳一绝非是不着边际的侃谈，至少文本本身蕴涵了读出这种声音的结构，仅从这一点也足可以让村上读者、研究者深思了。小森阳一从"前文本"（文本间性）视点剖析了《海边的卡夫卡》与俄狄浦斯神话、《一千零一夜》、卡夫卡的《在流放地》、夏目漱石的《虞美人草》、《矿工》、大冈升平的《莱特战记》的关系网络。因有小森阳一的著作（有中译本）在，这里不必赘述，笔者想强调的一点是小森和有关日本评论家指出的在《海边的卡夫卡》中，

---

① 小森阳一：《村上春树论——精读〈海边的卡夫卡〉》，秦刚译，北京：新星出版社，2007年，第2页。
② 小森阳一：《村上春树论——精读〈海边的卡夫卡〉》，秦刚译，北京：新星出版社，2007年，第5页。

村上春树表述的"女性憎恶"主题。小森阳一认为:"卡夫卡少年与中田受到'损毁'的原因,全部被归结为女性成了自己性欲望的主体。这一设定同《一千零一夜》套匣式结构中的女性憎恶主题相吻合。(中略)与此相对应的是,将与卡夫卡少年的性关系认作自己罪行的佐伯,把记载了自己全部记忆的'三本文件'托付给中田烧毁,然后在没有任何合理因由的情况下死去。女性的一切精神与记忆,全部被彻底抹杀,最终被'转化为自然性欲问题'。所谓'自然性欲',是指基于种族延续的肉体本能的异性间性欲望。"[1]女性评论家水村美苗也指出"《海边的卡夫卡》虽然将夏目漱石的《矿工》和《虞美人草》作为相关文学作品加以引用,但是却把全部问题'转化为自然性欲问题'。"[2]村上春树的一种"无媒介的结合"的书写策略"使阅读小说文本的读者陷入思考停滞的功能,隐藏着将因果论式的正常的思考方式实施处刑的企图。"[3],小森认为这种叙述策略会将日本侵略战争中"随军慰安妇"等历史记忆抹杀掉,造成一种记忆空白,它的意识形态性有无、强弱不是发人深省吗?

我们应该反复思考小森阳一在这本书的中文版序中的一段话:"精神创伤决不能用消除记忆的方式去疗治,而是必须对过去的事实与历史全貌进行充分的语言化,并对这种语言化的记忆展开深入反思,明确其原因所在。只有在查明责任所在,并且令责任者承担了责任之后,才能得到不会令同样事态再次发生的确信。小说这一文

---

[1] 小森阳一:《村上春树论——精读〈海边的卡夫卡〉》,秦刚译,北京:新星出版社,2007年,第98页。

[2] 小森阳一:《村上春树论——精读〈海边的卡夫卡〉》,秦刚译,北京:新星出版社,2007年,第99页。

[3] 小森阳一:《村上春树论——精读〈海边的卡夫卡〉》,秦刚译,北京:新星出版社,2007年,第113页。

艺形式在人类近代社会中，难道不正担当了如此的职责吗？"①

三

对西方经典作品和日本近代以来的经典作品的从"后殖民主义"视点重新阅读与阐释是近年日本文学理论界非常活跃的方面。（已有赛义德、斯皮瓦克开了先河）从"后殖民主义"视点回顾昔日的经典，发掘被湮没、忽视的盲点，作为与时俱进的文学研究是很有价值的。

日本学者富山太佳夫对《鲁滨逊漂流记》的再阅读是从后殖民主义视点重读经典的一个很好例证。（还有仙叶丰的《〈鲁滨逊漂流记〉作为小说的产生》一文，载《岩波讲座·文学·3》，第135—156，可参考，这里暂不论及。）

他指出这部作品自出版以来在英国文化中到处渗透。他详细地考察了这部小说与1689年英王室制定的《权力法案》的关系。《鲁滨逊漂流记》是以当时一个水手赛尔利克流落荒岛28年与世隔绝的经历为素材而写的作品。在我国的外国文学史当中多数概括为从这部小说可以认识到资本主义原始积累时期新兴资产阶级的面貌。除了表现新资产者的创业精神外，《鲁滨逊漂流记》也刻画了主人公的清教徒的心理。有的文学史也顺便提及了鲁滨逊这个形象也反映了殖民主义者的一些特点。富山太佳夫指出《权力法案》发表之时，笛福29岁，对《权力法案》的核心内容是非常了解的：国王保证臣民的权力，保护臣民；与此相对应，臣民方面要对国王竭尽忠诚。这是以上的力量对下的保护和下对上的忠诚的关系的前景化。而在

---

① 小森阳一：《村上春树论——精读〈海边的卡夫卡〉》，秦刚译，北京：新星出版社，2007年，第11页。

这里存在把榨取的压迫关系隐蔽起来的构图。与之相匹配，在笛福作品中把它现实化了。首先，黑人星期五被描绘成"高贵的野蛮人"。在小说当中不仅突出他的美好的外表，而且殖民者用《圣经》将他培养成一个基督徒，成为鲁滨逊的忠实卫士。这一点与《权利法案》的精神完全一致。"宛如是《权力法案》的寓意的呈现，说这一殖民地小说中英国国政的约束已深埋其间绝不为过"。[①]同时这位日本学者指出，笛福在小说中设计了鲁滨逊、星期五、西班牙人的复杂的臣民关系。在小说里写道："假如包括星期五在内三人均为清教徒的话就不会产生任何问题，假如其他二人均为异教徒或天主教徒，在孤岛上也不会产生大问题。问题在于我的仆人星期五是新教徒，他父亲是异教徒和吃人生番，那个西班牙人是天主教徒。但在我的领土上，我允许信仰自由——这只是顺便说说。"（引文参考了国内译本）这一些话与《权力法案》中适用清教徒的王室的观点是相悖的，但是作者采取了"随便说说"的叙述策略，避免有政治犯言论的嫌疑。在这里其实已隐含对大英帝国的将来殖民地政策走向预见的话语。

这位日本学者联系了比《鲁滨逊漂流记》晚70年出版而更畅销的《非洲人奥拉德·伊魁诺，别名葛斯卡乌斯·万萨有味人生的故事》，里面的同名主人公是一名被诱骗的黑人，他自愿归属大英帝国，接受宗教洗礼，主动思考进入上流社会。这一小说的思想与《权力法案》和《鲁滨逊漂流记》是完全相通的。当时在英国国内已开始允许奴隶解放，从表面上看已把奴隶当作人对待，在作品中出现的是报恩型黑人奴隶。在这部小说里已显示了殖民统治者在进入拥有广袤殖民地与不同文化、宗教信仰矛盾的环境中与被殖民者

[①] 小森阳一ら主编：《岩波讲座·文学别卷》，东京，岩波书店，2004年，第284页。

的一种妥协，是一个统治的方策，而殖民统治本质并未改变。正如这位日本学者所说，这种理想化的人的解放关系，反过来倒偷偷地隐藏了伪善。相对于全部以野蛮暴力屠杀为手段来解决被殖民人们的反抗来说，这里已具有"后"的意味，从今天的视点来看，所说的"后殖民"的问题已浮现。富山还梳理了一系列西方文学作品，指出在不少经典作品里这一意识是贯通的，一些经典文本在种族支配中起同谋作用，如康拉德的《黑暗之心》暴露了康拉德是一个彻头彻尾的种族主义者。对这些"经典"文本的重新阐释应该受到我国外国文学史编写者的关注。

"后殖民主义"思潮对当代日本文学批评与研究的影响还体现在对明治以来一些经典作品从新的视点的再阅读、再阐释。

夏目漱石被称作日本的"国民作家"，千元纸币印有其肖像更显示了他的崇高地位。但是，这一些"装置"却也遮蔽了他许多作品中的复杂性。近年，围绕重新认识夏目漱石的作品，许多研究者从"后殖民"视点作了开拓性的努力，不仅使我们更深入地把握夏目漱石其人其作，而且对于反思日本近代文化深层次的内涵很有启发。

夏目漱石是有深厚汉学教养的明治时代知识分子典型，他在转型期时代又被称为"英文学队长"，成为学贯东西的人物。特别是他在1900年赴伦敦研究英国文学之后，使他既能从身处西方文化之中的"外部"来看日本，又能以东方人的文化身份从"内部"来体会西方，这对于夏目漱石日后一系列作品和理论著作产生了决定性作用（这可以体会到"文化身份"内涵的多义性和变化性）。

小森阳一把夏目漱石心中产生的时代烦恼概括为"内心波澜"，"内部的向心力与外部迸发的离心力，互为碰撞而产生的运动"[①]这

[①] 小森阳一：『ポストコロニアル』，东京，岩波书店，2001年，第52页。

是他心灵矛盾的关键所在。这是在福泽谕吉的"脱亚入欧"的框架里，拼命追赶大英帝国，一切都模仿欧美使日本人产生的困惑。虽然日本通过甲午战争大胜清政府，让英国等西方国家大吃一惊，然而，身处英国，夏目真切感觉到不管日本如何追赶英国，做到真正让英国人敬服日本还不知何年何月，为此产生一种焦躁。他目睹大英帝国衰落的前兆，不仅对"进步"持有疑义，而且也必然忧虑日本的未来。

夏目漱石在1902年3月15日给他岳父中根重一的信中初次涉及马克思，指出以金钱来确定人之价值这一观点是西方的主旨。在《伦敦消息》中他与子规谈及日本的"文明开化"，"乃是无休止地以英国人的他者作为镜子使之接近英国人，以他们的基准测定自己，即是说'文明开化'就是以欧美列强的伦理观与价值观彻底改变自己，使自己殖民化。"①夏目漱石是意识到这一矛盾的人，"为了实现帝国主义的殖民主义的野心，对亚洲周边国家实行侵略成为手段，其结果必然通过自我殖民化再煽起民族主义，使自己陷入不能自拔的矛盾之中。"②这种矛盾产生的焦虑从夏目创作伊始至临终前是一直贯穿的。在《我是猫》中，那只憨态可掬的猫，听说日本进行一场与俄国的战争，调侃地说猫们也得搞一个"混编旅团"一起去对付俄国兵。这里的"混编旅团"乃是日俄战争中在步兵旅团因作战中死伤者众多的情况下，编入其他兵种的士兵投入战争的手段。显然这只猫在调侃"混编旅"。而它的后台东乡平八郎就是当时的军阀。然而，这只猫究竟没有在厨房里练就捕捉老鼠的本领，最后也一只老鼠没有捕捉而死掉了。小森阳一认为："这是对同时代的日本军人杀死如鼠似的俄国兵，一下子成为报纸上的英雄而成名的

---

① 小森阳一：『ポストコロニアル』，东京，岩波书店，2001年，第55页。
② 小森阳一：『ポストコロニアル』，东京，岩波书店，2001年，第55页。

拒绝。"①小森阳一又以后殖民主义视点重新阐释了夏目漱石的《门》(1910)。对于这部小说一般的解释只注意到小说的显在情节，主人公宗助与朋友妻复燃旧情，终于结婚。宗助长期背负夺了友人之妻的精神负担，不仅遭到各方面的抛弃，而且受到自己良心的谴责，他们夫妻俩在城郊一隅过着孤独的生活。宗助与阿米追求个人幸福，但在思想上没有冲破社会道德的束缚，只得待在社会的"门"前无所作为。但是细读这部小说不难觉察还有一条隐线，那就是当时的重要政治事件，伊藤博文被朝鲜爱国者安重根暗杀(1909年10月26日)及当时日本的殖民化进程的一些重大事件。在小说里阿米询问宗助，伊藤博文为什么被暗杀？宗助没有做出正面回答。今天的读者在阅读这一作品时与夏目漱石发表《门》时(连载于1910年3月26日，是伊藤博文被杀后的5个月)，已相距遥远。在当时的各报纸上天天连载、报道这方面的新闻事件，如暗杀伊藤博文的安重根的供状中所陈述的伊藤博文的15条罪状，这在当时应该是家喻户晓的。小森阳一指出"从日清战争不久的闵妃暗杀事件开始，由大日本帝国推进的对朝鲜半岛的殖民地控制的过程，这些都与伊藤博文密切相关，作为维新元勋的伊藤博文的罪状很好地被暴露出来了。"②由此可见，"《门》这一作品把日俄战争及以后对殖民地控制的过程，以及伊藤博文这一政治家与之相关的深刻关系通过小说的时间结构起着使人回忆起来的作用"。③同时，在小说里还写了当时日本一些知识分子去朝鲜和满洲(我国东北)的背景材料。在小说中最后提出，"为什么去满洲呀？"一方面它是触及宗助和阿米二人的伤疤，有着将忘却的记忆唤醒的装置的机能。同时也可以看到当时满洲和朝鲜成为冒险家的乐园，这已深深地刻上了阶级和殖民主

---

① 小森阳一：『ポストコロニアル』，东京，岩波书店，2001年，第59页。
② 小森阳一：『ポストコロニアル』，东京，岩波书店，2001年，第65页。
③ 小森阳一：『ポストコロニアル』，东京，岩波书店，2001年，第73页。

义的烙印。在日俄战争以后日本处于经济不景气的状态，除了有财产继承权的男人过高等游民生活（如小说中的阪井家长子），那些不能登上社会上层的失败者，就无法在'内地'安身，转而去'满洲'和朝鲜冒险了。

　　夏目漱石是直面这一现实的，他感到一种焦虑。他心灵深处已意识到这可能是场绝大的灾难。但是，他作品中的主人公以孤独、苦闷、甚至想以参禅来摆脱这一精神危机而终于不得要领，一筹莫展。与此同时，他又应满铁总裁中村是公的邀请赴我国东北、朝鲜半岛旅行而写下《满韩处处》（1909）在这一游记中，他把日本称作为"内地"，并且对能在中国东北以相当于在日本一半的价钱买到"纯白的纺绸"一事感到欣喜，说这太好了。有的日本学者已指出"对殖民地的态度偶尔流露出令人难以置信的'迟钝'"。[①] 把《门》和《满韩处处》等作品结合起来考虑的话，我们有理由说日本近代文化中逐渐生长的日本式的东方主义从日本确立走上帝国主义之路后已浸透在各个方面，即使夏目漱石这样的作家也有复杂的阴翳。

　　针对这一问题，我们还可以把近年日本学者对中岛敦的研究联系起来思考。中岛敦显然与夏目漱石、森鸥外，芥川龙之介相比无论从哪个方面来说都相差甚远，但一篇《山月记》在战后日本中学教科书中登场使他声名鹊起，他的一系列取材中国历史、典籍而写成的"历史小说"也已成为"经典作品"。我国有的研究者对《山月记》这篇短小的小说望文生义，认为这篇作品是对逼人为虎的罪恶社会的控诉，是作者向你提供一件法西斯残害'人性'，逼人为虎的罪证，而草率地将中岛敦列为反战作家。对于中岛敦已有专文，这

---

① 泊功：《浅论日本汉学与对中国的东方学话语》，《深圳大学学报》2006（5），第15—22页。

里不赘述。近年，有的日本学者从后殖民主义批评视点指出了中岛敦的作品中一些代表作(《李陵》、《弟子》)里所表现出来的"南洋体验"问题。中岛敦在战争年代曾赴南洋殖民地实施日语殖民教育，他把这一过程中的感受写进了作品。正如西原大辅所说："作家感受到在南洋当地人对实施教育抱有强烈的不融合感。通过密克罗内西亚的体验，中岛敦设定《弟子》的主题，礼的形式和纯粹的'心'的不调和的主题，表现了他对外部的形式与'内部的精神'之矛盾的关心"。①但是，这绝不是说中岛是反战派，正如西原大辅所分析的，"中岛虽然对在南洋的日本式教育的强制性持有疑问，但他绝非是反对战争、反体制思想者，这也是事实。中岛敦与当时普通的日本人一样，是爱国主义的。给他儿子的信中就写有'日本的海军真强大呀，海军的飞机好厉害呀'"②他对强大的日本军事力量并非持有否定态度。这一看法是公允的。

今天，对这些经典作品从后殖民主义视点重新审视，可以窥见当年政治风云留下的各种痕迹，过去有的由于阅读者的视域没有纳入，有的由于某种建构而被遮蔽。今天，我们把它们诀别出来可以重现文本中历史网络的复杂性，对于重新认识一些重要的问题不无益处。

---

① 西原大辅：『「李陵」と南洋殖民地』，『比较文学研究』，东大比较文学研究会，2005(第86号)，第4页。

② 西原大辅：『「李陵」と南洋殖民地』，『比较文学研究』，东大比较文学研究会，2005(第86号)，第19页。

全球化语境下的日本当代文学理论[①]

——从作品论到文本论、超文本论

从 20 世纪 60 年代以来,在西方发达国家和东方的日本陆续出现了"后现代社会"、"后工业社会"的话语。进入 90 年代,它已经成为具有全球性并获得普遍关注的新概念。人们越来越认识到包括文化、文学在内的各个领域进入了一个新时期。它同以往任何时期都迥然有别。在这样的语境下论说日本文学,特别是 20 世纪 80 年代以来的日本文学,就必须将它置于这一背景,否则则会南辕北辙。时代的转型是整个系统的剧变,它不可能是某一领域的单独行动。政治、经济、文化乃至于文学、艺术都膠着成一个复杂的网络,交织互动。归根结底,时代的变化最根本的是促使人的思维模式的变化。为此,研究任何国家的文学决不应该拘守于过去的模式,对于日本当代文学研究当然不能例外。把握日本当代文学千头万绪,在这里仅从文学批评模式的变化来管窥这一大的课题。

一、从作品论到文本论

在人类历史中,任何文学理论都是流动不居的,不存在一种放之四海而皆准的理论和模式。作品(Deovre)、作家研究是近代欧洲

[①] 本文原载《南京师范大学文学院学报》2007 年第 3 期。

社会发展的产物。西欧近代思想植根于把所有的存在都作为具有与其他对象相异的独立性的基础上。它适应近代自然科学的迅猛发展，以分析性思维见长，在工业社会之后的文学批评模式都具有一种像自然科学研究那样，究明某一对象特质的特点。正如有的学者所说："在科学领域里，语言只是传达的工具、手段，要求它的价值尽可能是透明的、中性的。科学的语言过分宣扬制度的规则，建立的是以自己为准绳的模式，是一种权威的、家长式的存在。"①受这种思维模式的影响，对文学语言也持相同看法，反映在理论上是西方近代的作家、作品论。

作为在历史上深受中国文化影响的东方国家日本的文学理论在近代接受西方文化、西方文论之后，作家、作品论曾是主要批评模式。论及日本在战后的文学批评理论，有的学者指出，主要是以下几种批评占据主要地位。即"自我史观、历史社会学派、吉田精一等人的实证研究，以上都是作品论。"②所谓自我史观是指"以自我确立的程度如何而衡量文学的价值"，而历史社会学派，是以"阶级意识的有无来衡量文学"③，实证研究则对文学进行传记、文坛状况、外在关系分析古典与外国文学对其影响的实证考察。

但是，随着时代的发展，包括文学理论、文学批评在内的人类文化活动必然发生变化。在1965—1974年间，以三好行雄的《作品论之尝试》(1967)为代表，作品论盛极一时。众所周知，日本学者以实证批评见长，有代表性的理论家很多，如长谷川泉，他在研究川端康成、森鸥外方面的考证功夫叹为观止，如发现川端康成在一

---

① 土田知则等：《现代文学理论》，新曜社，2005年，第175页。
② 羽鸟彻哉：《关于文学研究》，见《文学·语学150号》，1996年第3期，第73页。
③ 羽鸟彻哉：《关于文学研究》，见《文学·语学150号》，1996年第3期，第74页。

高时代最初的作品《千代》而寻觅出川端步入文坛的轨迹，在作家、作品论中颇有建树。但是，从1975年开始，以谷泽永一为代表的理论家对三好行雄的作品论进行了激烈的批评。众所周知，作品、作家论不仅在过去，即使在今天仍然有它存在的价值和理由，而且同样冠以作品、作家论，在不同论者手中也有很多差异。不过，那种把作品当作封闭的客体、阅读、阐释似乎是找出其中的作品所存在什么"意义"、"主旨"之类（特别是唯一的），把作者看作是作品的唯一的创造者的观点显然很有局限。随着人们视野的扩展，这种文学理论也必然面临挑战。进入80年代之后，以前田爱（1931—1987）为代表的理论家率先在日本倡导文本论，他于1982年出版了《都市空间的文学》，1988年又出版《文学文本入门》〔（在他去世后由多木浩二、十川信介整理出版了他的遗稿，于1993年出版了本书增补本（筑摩书房）等一系列著作（可参见他的四卷本文集）都是这一领域的优秀成果〕。

前田爱的文本论的出现不是偶然的，它首先是东西文化、文学理论交融的产物。在1960年代以后西方现象学、存在主义、结构主义理论盛行并传入日本。罗兰·巴尔特的《物语的结构分析》（其中《作者之死》、《从作品到文本》在1979年翻译出版，花轮光译），对西方形式主义、结构主义著作，前田爱都进行了认真的钻研和创造性的借鉴。从普罗普、格雷马斯、托多罗夫，一直到德里达的后结构主义理论都成为前田爱文本理论产生的重要借鉴。

小森阳一在论及前田爱文本理论时作了言简意赅的阐释。他指出前田从夏目漱石的《草枕》中的主人公那美按时间顺序阅读作品和画师的随意翻阅的不同阅读方式入手，表述了"以读者论为中介的物语论的形成"①,前田爱借鉴俄国形式主义理论(托多罗夫)提出把"对物语作为以一定的文法单位之结合而构成的'文'本分析的方法。"②前田爱很理解普罗普摆脱传统的民俗文学研究中那种孤立的主题分类的模式,以功能作为基本的(最小)单位,以组成民间故事的各因素在体系中所占地位来考察民间故事的基本形态。他总结出童话中的 31 种功能。"普罗普用这种功能研究,着眼于叙事作品自身内在形式特点,试图抽象和简化出一种基本的结构功能模式,这种模式正是结构主义文论关注的重心之一。"③这也是前田爱文本论的基本思路。

前田爱的文本论吸收了这一点,正如小森阳一指出的:

> 最小单位的情节是整个文本构造的凝缩,一句话里有空间化的模型。依据西欧文法规则,一句话一个主语,以主语为轴的句子受主语统制。但是,在主语未必显得那么必要的日语中,则另有别论,正如前田爱所说是遵从谓语的统合而建构物语论是可能的。④

总之,前田爱旨在突破传统的作家、作品论,从"读书的空间、或者说读者生活空间、与印刷品的文本自身中间体现出的物语内容、物语行为共鸣,横穿于经验领域与符号领域空间,重复往返

---

① 小森阳一:《文库版解说》,见前田爱《增补文学文本论入门》,筑摩书房,1993年,第234页。
② 小森阳一:《文库版解说》,见前田爱《增补文学文本论入门》,筑摩书房,1993年,第235页。
③ 孟庆枢主编:《西方文论》,高等教育出版社,2002年,第401页。
④ 小森阳一:《文库版解说》,见前田爱《增补文学文本论入门》,筑摩书房,1993年,第237页。

而构建一个个结构的时间程序。"①在这里对前田爱的文本论暂不多叙(将有专文发表)。简而言之，前田爱是从形式入手，从结构语言学视点出发，把以往单一视的"作品"作为一个多重结构，网络状的动态事物来把握。毫无疑问这种文学研究从把作品当作封闭的客体的研究模式当中解放出来是有积极意义的。在这之后一大批理论家积极推进文本理论研究。

小森阳一、石原千秋、小林康夫等学者接续出版了这方面的专著，如小森阳一的《作为结构的叙述》（1988），小森阳一、石原千秋等主编的《为了阅读的理论》（1991，世织书房）。进入21世纪，这方面的研究方兴未艾，其中小森阳一等主编的《岩波讲座·文学》的第一卷即是《何为文本？》（2003年5月20日第1次印刷，由著名的岩波书店出版），还有加藤典洋等人的著作陆续问世。

如果说上述文字还未能充分体现日本学者文本论的真谛的话，我们可以从1979年起，翻译出版了的罗兰·巴尔特、热奈特、德里达等西方理论家的著作之中体会到这一点。罗兰·巴尔特在《文之悦》中这样论述：

> 文(Texte)意思是织物(Tissu)；不过，迄今为止我们总是将此织物视作作品，视作已然织就的面纱，在其背后，忽隐忽露地闪现着意义(真理)。如今我们以这织物来强调生成的观念，也就是说，在不停地编织当中，文被制就，被加工出来；主体隐没于这织物——这纹理内，自我消融了，一如蜘蛛叠化于蛛网这极富创造性的分泌物内。倘若我们喜好新词的话，则可将

---

① 小森阳一：《文库版解说》，见前田爱《增补文学文本论入门》，筑摩书房，1993年，第240页。

文论(la theoriedu texte)正名为 hyphology(织物论)(bupbos 乃织物及蛛网之意。)①

罗兰·巴尔特的这段论述可作我们认识日本文学理论界由作品论转入文本论的向导。

二、日本文坛对文本论的探讨也体现在对文学史的反思,对经典作品的再认识上。

小森阳一等主编的《岩波讲座·文学》第一卷《何为文本?》就是从日本文学史和外国文学史切入来深入研讨这一问题,对"经典"进行再认识的。

任何国家、民族的文学都有从口承文学到文学记载的历程。口承文学时代是不会存在什么"文本"(或称作作品)。正如有的学者所说:"口承诗歌被文字化,进一步被经典化这一过程,才出现了荷马这一特定的吟游诗人的名字作为作者而定位。"②日本学者考察了荷马史诗从口承文学到文字记录的过程,从世界文学史的经典入手,阐释了文本的产生。

另一位日本学者宫下志朗梳理了中世纪文学到近代文学的发展过程,廓清了"作者"、"作品"产生之脉络。很显然,在口承文学时代,所谓"作品"是由吟游诗人(歌者)存储在头脑中的,通过子承文业,世代相传(在传承中也必然发生不同变化)。为此,宫下志朗说:"简而言之,中世纪文学中的'作者'(auteur)只是相当暧昧的身份而已。被贴上作品的固有的标签与近代意味的'作者'是迥

---

① 罗兰·巴尔特:《文之悦》,屠友祥译,上海人民出版社,2002年,第76页。
② 兵藤裕己:《前言:变貌的文本、本文、书物》,见小森阳一等主编《岩波讲座·文学第一卷》,岩波书店,2003年,第9页。

异的,它具有的是说教、谈话的机能。"①今天把中世纪的'说话者'轻率地转化为近代意义的'作者'又写进了我们的文学史,使我们自明地把古代的吟游诗人、口承作品当成了"作家"、"作品"。

总之,在写本时代里,作者、编纂者、演唱者、抄写人、读者等,与作品的成立与接受的诸阶层,是浑然一体和呈星云状态的。②

在西方活字印刷诞生于15世纪中叶。随着科技发展,人的感觉、思维模式必然发生变化,"固定化视点(the fixed point of view)成为可能。(中略)印刷术这一固定本文的技术,酿成文本被封闭起来的概念,由此'作者的机能'也牢牢地被聚焦,于是近代意味的作者就出现了。"③我们从西方导入的"作者"、"作品"、"作品论"就是在这一背景下出现的。

日本学者还结合《源氏物语》等经典著作论述了它如何被经典化的。产生于12世纪初的《源氏物语》在13世纪的《无名草子》中已对其作了评论,并认为是神佛所赐的杰作,这说明在贵族社会中,它已被经典化,它在12世纪已成为贵族吟咏和歌的规范,已如藤原俊成所说:"不看源氏歌咏毕竟是憾事。"④

《源氏物语》经历了从口承到文字记载的过程,而且在文字本文出现之后,曾有不同抄本。从13世纪就出现了以藤原定家所主持

---

① 官下志朗:《书物的出现,作者的出现》,见小森阳一等主编《岩波讲座·文学第一卷》,岩波书店,2003年,第77页。

② 官下志朗:《书物的出现,作者的出现》,见小森阳一等主编《岩波讲座·文学第一卷》,岩波书店,2003年,第80页。

③ 官下志朗:《书物的出现,作者的出现》,见小森阳一等主编《岩波讲座·文学第一卷》,岩波书店,2003年,第93页。

④ 土方洋一:《〈源氏物语〉的文本研究——中世文献学》,见小森阳一等主编《岩波讲座·文学第一卷》,岩波书店,2003年,第165页。

的青衣纸本系统《源氏物语》和以源光行父子主持抄写的"河内本系统"《源氏物语》。在这一过程中，正如藤原定家在他的日记《明月记》（嘉禄元年，1225年2月16日条）所记，他为了寻找、勘定"定本"《源氏》中，虽遍见诸本，犹有狼藉不审之虞。这说明在定家所生活的时代里，《源氏》是有很多异文的。源光行父子也同样遇到这一问题，从《紫式部日记》也可看出《源氏》写出之后就存在不同抄本的。

土方洋一指出比较定家本与抄本是有改动的，虽然定家是很严谨地对待原底本的。"定家的改动并非是误读，是从减轻阅读者的负担的意图出发而作的"。"定家的抄写古典作品态度，是想完成更明晰、确凿的本文，或者说是建立在他的美意识上的对本文的确定。可以说，与其说是忠实于抄本莫如说适应时代的思考优先，这是不能否定的。"①

接着土方又对比了青表纸本与河内本在具体章节的文字上的差异（他举的是桐壶卷，对更衣的美貌以杨贵妃作比喻的文字）即"诗中说贵妃的面庞和眉毛似'太液芙蓉未央柳'，固然比得确当，唐朝的装束也固然端丽优雅，但是，一想桐壶更衣的妩媚之姿，便觉得任何花鸟的颜色与声音比不上了。"②但是，在古本的这一段中，有的异文中有："犹如挂着晶莹剔透的露珠，随熏风摇曳之抚子（瞿子）……"土方洋一考证说："桐壶卷文中引用的未央柳一句与青表纸本一致，挂满晶莹的露珠之抚子（瞿麦）一句更近于河内本。"③原因在

---

① 土方洋一：《〈源氏物语〉的文本研究——中世文献学》，见小森阳一等主编《岩波讲座·文学第一卷》，岩波书店，2003年，第169页。
② 见丰子恺译《源氏物语》，人民文学出版社，1982年版，第10—11页。
③ 土方洋一：《〈源氏物语〉的文本研究——中世文献学》，见小森阳一等主编《岩波讲座·文学第一卷》，岩波书店，2003年，第171页。

于不同版本在临摹中受当时日本出现的《唐物语》的影响态度不同而产生差异的文字。

以文本论的批评方法重新审视《源氏物语》，我们会深刻感受到经典的魅力并非在于它是一个静止的对象，恰恰是在不同时代的发展、变化过程。著名日本史学家家永三郎说："在后世作为日本最高古典之一而被尊重的大作（指《源氏物语》——引者）在产生当时，也被当作抚慰女孩寂寞的娱乐读物。"[①]从写作角度来说，《源氏物语》的执笔是超越作者个人创作的，因为"成为彰子后宫文化事业的文化，即使考虑从执笔到向中宫献呈这一过程，在这之间就会有各种各样形态本文的产生，对此是必须明确的。"[②]换言之，在古代古典中的'本文'，具有流动性、不定型性，所谓经典，"它本身究竟只能是种抽象的概念。"[③]这种动态地把握"经典"的文本论对于把象《源氏物语》这样的重要古典作品研究提升到一个新的层面。文本里所蕴含的复杂的网络会使我们接受更多的信息，而不是面对一个偶像似地的膜拜。

在全球化语境下，从文本论的视点出发，一些日本文学理论家改变传统的文学作品观，把"文学"作为一个"事件"看待。"我们已不把文学仅仅作为文化的一种样式，更为根本的是，对于人类来说，是引导我们把它作为与人类存在的事件的可能性与不可能性相关的方向来思考。具有某种'文学哲学'的方向性。"[④]这显然既与西方现象学、存在主义理论相通，也与东方传统文论有承继关系。

[①] 家永三郎：《日本文化史》，岩波书店，1967年，第91页。
[②] 土方洋一：《〈源氏物语〉的文本研究——中世文献学》，见小森阳一等主编《岩波讲座·文学第一卷》，岩波书店，2003年，第184页。
[③] 土方洋一：《〈源氏物语〉的文本研究——中世文献学》，见小森阳一等主编《岩波讲座·文学第一卷》，岩波书店，2003年，第184页。
[④] 小林康夫：《作为事件的文学》，作品社，1995年，第10页。

在作品论中，作品是被规定的"场"。受制于这一概念里，作家享受优先权，作品归属于作家，那么文学的事件就要还原于作家。而文本论语言符号的 texture（织物），即基于语言的准物质组织作为契机而规定文学的场。在这里与其说是作家的表现，莫如说是从语言事件、或者说意味的事件来考虑文学。这种思考的优势在于能够把过去称作"作品"的静止的思维模式转换成一种把主客融合在一起的生生不息的统一场来考虑文学的思维。①把"作品"看作一个链接作者、社会（自然界）、读者的动态的场，这里众声喧哗，充满张力，读者不是消极的接受者，而是生产者，在这一网络中都在互动。在西方，文本论的核心在于破除形而上的思维模式。在日本，文本论的推动也还原于文学本身的活力。

诺贝尔文学奖得主川端康成的作品在日本早已作为经典。从历史社会学视点理解他的作品固然是一种阅读方式，但是，这种批评模式显得浅尝辄止。小林康夫以川端康成的掌上小说之一的《收遗骨》为个案运用文本理论作了新的阐释。《收拾骨》发表于昭和 24 年（1949 年）《文艺往来》，以往的评论把它作为川端在 16 岁失去最后亲人——祖父时收取祖父火化后收遗骨的写实文字来对待。作品里有这样一个段落：

祖父的生与死。

我有力地挥动右手，像是装上了发条。骨头都嘎嘎地响着。我捧着一个小骨灰盒。

老爷子是个挺可怜的人啊。那是个顾家的老头。村子里忘不了的人哪。回家的道上都是讲祖父的话。真不忍心听，最悲伤的肯定是我自己。

---

① 小林康夫：《作为事件的文学》，作品社，1995 年，第 31 页。

在家里等着的一帮人，对失去祖父的我，今后孤身一人如何生活，深表同情。不过同情中，我总感到夹杂着好奇心。

桃子从树上嗒地掉在地上，滚到了我的脚前。从墓地回家，我们是绕着桃山的山麓走的。

小林康夫指出"桃子从树上吧嗒地掉在地上，滚到了我的脚前。"这句"作为故事来说几乎不具有任何机能。""没有有机的意味"。但是，小林康夫从语言结构出发指出："在这一文本里，一切似乎都为桃子落在地上，滚到脚前这一事件而写的似的。或者更正确地说，从物语观点、描写这一观点看，没有什么必然性的桃子掉在地上这一事件，不经意地击打祖父火葬这一叙说。"①

诚如大家所知，川端康成在失去祖父之后成了天涯孤儿，火化祖父对他是一个重大的事件，但是，桃子落地这样的小事却与这样大的事件纠葛在一起。这为什么呢？小林康夫认为这里不是什么隐喻之类的手法，而是要作为"事件"来把握的文本真谛。

川端康成从少年时代即陷入对于人的生与死的苦苦思索。为了对抗死亡，他寻找非情的世界。小林康夫说："在人的行为与感情编织展开之中，一件简直是毫无关系的事件产生，它的无意味恰恰起到了抗拒祖父之死的危难，这是不可测的事件的作用。"②

从川端康成传记可知，他祖父是在大正 3 年（1914）5 月 14 日去世。从纪实角度说不存在桃子成熟落地的问题。作家自己在这篇小说中也写有："祖父于 5 月 24 日去世，但'收遗骨'却在 7 月间进行。看来有些夸张。"这已道出了文章发表时（川端已 50 岁，成为名

---

① 小林康夫：《作为事件的文学》，作品社，1995 年，第 32 页。
② 小林康夫：《作为事件的文学》，作品社，1995 年，第 35 页。

家)作者对自己作品虚构性的自白。不管这句话是在写作文本的17岁青年时代写的,还是后加上的,都体现了《收遗骨》这一文本所具有的独特张力。如果我们注意到在这不长的短文里,"我"在收遗骨中曾避开众人感到"什么都无所谓了。真想一仰脸躺在地上。"面对乡里乡亲喋喋不休的话语,他内心发出的是"别说了"的厌烦。这似乎缺乏人情("我"因此也被一些人误解)。但是,"我"正是要以一种"非人情"来抗衡"死"。因此文中的"桃子吧嗒地掉在地上,滚到我的脚前"就是以大自然的无意识、非情来对抗使"我"难以忍受的生离死别。所以小林康夫说,在这文本编织的图案里"放射出的是非情之光。"这是很有见地的。如果从作品论出发,很容易把这句当作赘笔。我国古代文论,包括日本文论都有"细读""看取字缝里的含义"之阐释法,这其实与文本论是相通的。

三、从文本到超文本,这是人类迈向21世纪之后对于文本的再思考,如今在日本文学理论界对于这一问题的讨论也值得注意。

如今,我们早已进入了信息社会,继电视成为主要传媒之后,电子计算机的飞速普及形成了又一次对"作品"、"文本"概念的新冲击,预示人们对包括写作、阅读等在内传统概念的革新。

日本文学理论家近年对这一问题进行了热烈的探讨。1962年美国学者泰德·纳尔逊创造了'超文本'(hypertext)这一术语。当时是作为情报管理方法提出的。"超越文本,或叫'被普遍化文本',在机能上面将文字、图像等有机结合,在必要的信息之间自由地定义其关系的一种思考方法,超文本就是以此为基础的。"[①]或者说:超文本是关于巨大文本的想象力。超文本中频频出现的概念是"链接",WWW(word wide web)的登场代表了当今世界的风貌。

---

① 桂英史:《超文本等不存在》,见小森阳一等主编《岩波讲座·文学第一卷》,岩波书店,2003年,第286页。

超文本的链接无论是在读者自由选择度上，对文本的随机生产性，增添表现力等方面都非过去"文本"可同日而语。它在"写作""阅读"方面都催促人们的观念发生根本性的变化。

对于"超文本"特性的探讨还有待时日，日本学者已经注意到它在以下几个方面的属性，特别是把它与当代文学批评、文学理论研究结合起来思考，是有启发的。

（一）由于超文本的利用，从开始至结束的'阅读'或'写'单方向进行的工作必然转变为从一个文本向复数的文本的方向开放的状态，超文本通过工程技术学文脉大大地逸脱，并与写作论结合在一起。如果说，过去对"读""写"还能清晰划分界线的话，在电脑接近普及的今天，这种线性思维已面临挑战。人们在"超文本"面前犹如跃入一个生生不息的网络之中，"你""我"都被融入。这些年常见的"参与"一词恐怕与此也是密切相关的。在这一网络中，身不由己，你既是读者，也是作者，既在其中，也可出乎其外，但是，你已存在于一个硕大的网络之中，这是不争的事实。

这种现象对于西方理论家的冲击是不言而喻的。如果说罗兰·巴尔特说"作者死了"还有一点"江南水暖鸭先知"的感觉，或者说危言耸听的感觉的话，那么在他之后其他的后结构主义、后现代主义理论家们则把"超文本的写作，不断地进行把主体和中心性解体的尝试，这是和后现代主义思想是结合在一起的。（中略）超文本成为得到后结构主义文本理论支持的实践方法。"[①]这已把罗兰·巴尔特的"作者死了"更具体化，更往前推进了。

（二）超文本在打破近代以来形成的科际，对于所谓"纯文学"提出质疑。

---

① 桂英史：《超文本等不存在》，见小森阳一等主编《岩波讲座·文学第一卷》，岩波书店，2003年，第291页。

在人类的远古,所谓文学(诗)与音乐、舞蹈是统合在一起的。随着社会的发展,"文学"独立出来,但与相关科际(人类前进中的分工后形成的)仍然会有各种联系。但是,在近代以来相当长时间里,由于人们通过科际建立的壁垒,把这种联系阻断。但是,进入后工业社会,这种壁垒被不断冲毁,无论在自然科学、人文社会科学,所谓交叉学科的不断涌现即是明证。仅就文学而言,不要说戏剧与许多学科密不可分,就是小说、诗歌等体裁的作品也已经融于整个文化网络之中了。在日本以往的通俗文学作家与影视的关系虽然密切,但在出版上还有一定时间差,如今同一作品的不同形式的文本同时出现(如梦枕貘的作品)已经司空见惯。作为文学批评、文学理论如果无视这一事实,只能是人为地、形而上的分割,将一个动态的网络零碎化、静止化,这样的文学理论当然只会越来越脱离实际。

(三)文本社会学,是否会成为一种新的文学批评模式?这是在出现"超文本"时代引发的人们的又一思考。

在《岩波讲座·文学》第一卷里选入了美国学者唐纳德·弗朗西斯·马肯瑟(Donala Francis Mckenzie,1931—1999)的《文本社会学》一文(由河合洋一译)。在这篇论文中,马肯瑟回顾了西方"书志学"产生、发展的历史,面对当今时代提出了"文本社会学"的概念。由古雷格始创的"书志学",所谓古典的书志学者们只把某种符号书写、印刷的纸乃至羊皮纸作为问题意识,书志学者对书写仅仅把它作为任意的符码来对待,对它的意味、内容并不关心的。"[1]但是,马肯瑟认为在变化的世界里,古雷格所定义的书志学的理论基础太狭隘了。其中他认为最根本之点在于古雷格虽然依据历史,

---

[1] 唐·弗·马肯瑟:《书志学的诸问题》,见小森阳一等主编《岩波讲座·文学第一卷》,岩波书店,2003年,第213页。

但恰恰"最大弱点是没有把握到历史。"①换言之，古典的书志学是从纯技术层面来考虑文本，连媒体（载体）对于表达内容产生何种影响也漠不关心。显然，我们结合今天不同载体（媒介）负载的文本会产生迥然不同的效果是了如指掌的，马肯瑟的质疑是值得深思的。古雷格指出：

> 文本乃是由作家、印刷业者、出版者共同产生的。设计方案、传达、批发、零售者、教师等共同体使之流通。由图书馆先收集、分类、由读者读取、体会意味，附带说乃是新的意味的再生——的过程。不管对书志学如何定义，这样的人与制度相关的事项，我们在传统、实践的书志学还无缘看到。②

我觉得马肯瑟在这里不仅仅是谈书志学的更新，他还表达在"超文本"出现的时代，对所谓"书"或"文本"的认识人们正在经历思维转型。他对新的书志学定义为："书志学乃是通过文本记录形式的研究及对它的产生、接受、流动传达过程研究的学问。"③这也就是他的文本社会学，这种研究将文学与文化（实乃整个社会）联系在一起，远不是传统的文学研究的模式了。

这些观念点见仁见智，哪些可为我所用，哪些值得探讨，有的还有待时日作出回答。不过有一点是明确的，这些问题的出现是不能无视的，它呼唤我们的文学批评、文学理论在立足民族传统之

---

① 唐·弗·马肯瑟：《书志学的诸问题》，见小森阳一等主编《岩波讲座·文学第一卷》，岩波书店，2003年，第215页。

② 唐·弗·马肯瑟：《书志学的诸问题》，见小森阳一等主编《岩波讲座·文学第一卷》，岩波书店，2003年，第216页。

③ 唐·弗·马肯瑟：《书志学的诸问题》，见小森阳一等主编《岩波讲座·文学第一卷》，岩波书店，2003年，第217页。

上,站在时代前沿作出回答。如果不是立于这一平台,谈不到什么与国际交往,与域外对话,只能是自言自语,时代已需要我们立于这一层面。在这方面日本学者的思考是可以作为一个重要的参照系认真研究的。

立于实证的综合文学评论[①]

——评长谷川泉"三契机说文学鉴赏七十则"

长谷川泉(1918—2004)在《近代文学研究法》(1966年5月1日明治书院出版,1988年3月5日改定版)中,积多年研究之经验,提出了"三契机说文学鉴赏法七十则"。这位以森鸥外、川端康成研究而著称的学者,也是一位文艺理论家和诗人。他的文学批评以"实证"闻名,在昭和年代的作家、作品论基础上,他又能及时吸收西方文学批评理论,以"三契机"为中心进行综合的全方位的文学批评方法。他从作者、作品读者这"三契机"和"发生、记述、发展"的时间发展过程出发,阐释了鉴赏文学作品的复杂过程。诚然,世上并没有包医百病的神药,自然在文学研究中也不存在囊括一切的理论大全。他的探讨留下了日本现代文学批评的步履。

长谷川泉所提出的这套批评方法在某种意义上是有承上启下作用的。它既能涵括作家、作品论,又有突破与超越,预示新的批评空间、批评视野的出现。为读者研究的方便,先将"七十则"扼要介绍如下。[②]

(Aa1)[作者的显匿,即作者署名清楚与否,还是匿名——是凡原作者语言,我放在括弧里,同下,笔者]

[①] 本文原载孟庆枢等著《二十世纪日本文学批评》,吉林人民出版社,2008年。
[②] 引文请参见长谷川泉《近代文学研究法》,孟庆枢、谷学谦译,时代文艺出版社,1991年。引文按作者叙述序列,不一一标明页码。

（Aa2）[创作主体是一人还是多人]有的作品是同时代续写完，有的是隔代人补完，古今中外均有这种情况。

（Aa3）[确认]指的是一些佚文经过发掘、考证，证实某一作家的作品。

（Aa4）[作家的家系]即作家的出身和家族情况。

（Aa5）[遗传的要素、身体的条件]即指有的作家由于身体条件、特别是精神条件而形成自己作品的独特风格，有时需要从精神病理学角度来进行考察。当然，作家亦指出身体条件、先天条件虽然很重要，但是后天的因素、自己以后的规制，锻炼也改变其要素这一点亦不能否定。

（Aa6）[家庭环境、个人经历、作家人格的形成]

（Aa7）[交友、恋爱]如果仅仅围绕作家的家庭来考察其人格的形成显得太狭隘、片面，为此必须考察作家的交友、恋爱方面的实际。

（Aa8）[社会、风俗]即在不同时期出现的作家群，他们所受所处的时代的影响，这一点亦是很重要的。

（Aa9）[教育、教养、思想]这是作家后天要素中最受重视的。不同时期出现的作家群，他们都受到不同的教育，这对形成作家的文学人格关系至为密切。

（Aa10）[文坛、文艺思潮]在这里应明确有的作家顺应潮流，也有的作家逆潮流而行动。要了解每个作家从文艺思潮中接受了什么，摒弃了什么，这些活动与他们创作的关系。

（Aa11）[氏族、种族]即了解作家的民族意识对其创作的影响。对于这一点我们必须注意到，在国际各民族交流日渐频繁的时代，各民族间的影响在加深，如何取长补短，和而不同是个大问题。

（Aa12）[风土、自然环境]这一则与社会、风俗相辅相成。这一则着重于地理、自然环境的原因。

（Ab13）[作家的心理结构]这一则指的是作家的文学个性是作为怎样的形式存在的，是从现象学角度出发来考察作家的文学个性问题。长谷川泉先生举例说：

"在把握太宰治这一特殊的文学个性时，我们所注意的不仅是津轻这一地域的社会特殊性、津岛家豪门所具有的要素，以及它是如何培育了太宰治的，而且要从太宰治的文学个性及自身的全部精神、心里构造的固有的特征等问题出发来加以研究。"

（Ab14）[心理记述]这一点是指专门从心理学角度来把握作家的文学人格的个性特征，它属于应用心理学的范畴。

（Ab15）[心理分析]这一则指示的揭示作家深层心理的欲望问题。显然这里指与弗洛伊德的学说相关联。长谷川泉先生不同意弗氏将隐藏于人的深层心理只归于欲望的理解，后来弗氏弟子格荣等人亦作了修订。

（Ab16）[心理形而上学]长谷川泉先生指出这一则的含义是"在追求文学的个性的场合，看取人的主体所固有的精神性的最终的特质的方法。"他还举例说："在国木田独步的《春鸟》中，有位神经病儿童六藏登场。独步对于《春鸟》中的精神病儿童六藏的死赋予很深的意味。除了这是受了华兹华斯的影响之外，同时在这里显示了作为作家的独步所具有的泛神论的赞美自然的心理形而上学的要素。"

（Ab17）[心理美学]这则指的是作家的文学个性存在不是心理学的解释对象，而是美学的评价对象。

（Ac18）[文学的个人样式的变迁]文学的个性是彼此各异的，作家都具有个人样式。各个创作主体在自我发展的历程中，在不同时期也会具有不同的特征，对此应进行认真研究。

（Ac19）[为文学以外的要因而发生的变迁]这则指的是作家的文学个性不是由于文学内部发展而发生的变化，而是由于文学以外的因素而产生的变异。

（Ac20）[著作者人格受到的侵害]这一则与作者著作权、版权问题密切相关，著作者人权是指保护作品不被违反著作者意愿而随意进行的删改、剽窃、伪造等。

长谷川泉先生从作品出发归纳了29则，它们的内容是：

（Ba21）[写作史]即每部作品都有创作的始末。有的作品从构思到最后完成经历了复杂的过程，并几经改变主题，如托翁的《安娜·卡列尼娜》。

（Ba22）[创作年代]有的作品创作年代明确，有的不明确；有的作品发表年代与实际有出入，要弄清作品的创作背景，了解清楚这一点很有必要。

（Ba23）[素材与选取]这一则指的是作品素材的来源，作家是如何摄取、选择素材的。有的作家用同一素材创作系列作品。

（Ba24）[出典]这一则一般指的是历史小说，它的内容的原出处是什么，尽管有的作品写完之后已成为异质的了。有的作品出典是单数，有的是复数。

（Ba25）[原型]这则指的是作家创作作品的雏形，如川端康成的《少年》的原型是他的《日记》、《书简》、《汤岛回忆》等。

（Ba26）[初出稿]即作品首次问世的版本。

（Ba27）[推稿、修改]研究作家对自己作品的修改、推敲，是接近作品形成的秘密的好方法。

（Ba28）[定本]不同的出版社在选编作家选集时，对于同一作品的不同版本均有自己的考虑，到底以哪个版本为准可以看出编选者的见识。

（Ba29）[和创作部分的分离]这里指的是作家依据创作素材在写作作品时，有些部分完全依据材料，部分是作者主观改造，可将其与作品分离开来，确定作家构思中的考虑，以此来分析作家的创作动机、心路历程。

（Ba30）[动机、意图]创作动机是激发作家创作积极性的要素，也可视为主题产生的根源。意图是指由动因迸发，再与目的意识结合而凝聚的产物。

（Ba31）[抑制]长谷川泉先生将动因与抑制比作车之两轮"动因不单纯指的是冲动的，而且是有理智的，带有整体性序列的规制力，这样动因与抑制就成了相辅相成的东西。"

（Bb32）[主题]主题在作品内容上占有重要位置。主题的设定角度及其内容直接关系到对作品的评价。

（Bb33）[思想、理念]这一则与主题有关，它贯穿与作品之中，是观性的东西，可以概括出来的升华出来的精神方面的东西。

（Bb34）[登场人物]作品的人物有单、复数之分，有是主角的主人公，也有做配角的非主要人物，既可是历史的真是人物，也可是完全虚构的。

（Bb35）[梗概、构成]这则指的是构成作品骨架的梗概，犹如人体用 X 光透视时所显现出的骨骼一样。

（Bb36）[背景]这一则指的是登场人物按照梗概、构成而为体现主题所设定的环境及场面。如川端康成的《雪国》的背景即是汤泽温泉的四季变化的景物作为作品的舞台。

（Bb37）[高潮]作品的高潮是发展的顶点，研究作品的高潮对于全面研究作品十分重要。

（Bb38）[形象化与表现形式]这一则主要是指的是作品的形象化过程，长谷川泉先生举例说，森鸥外的历史小说形成的理论有"忠于历史又离开历史"的特点。

（Bb39）[文体]这则指的不是文章的体裁，而是指的由于作家创作风格所致在文章和文脉中所体现的特点。

（Bb40）[段落]这一则指的是在一篇作品中都有几个作为构成主

题要素的小主题，这些小主题的统一部分被看作是段落。

（Bb41）[用语]即通常所说的语言、词汇、方言等都包含在内。由于创作的主体个性不同，表现亦各有千秋。用语是构成文体的重要因素，具有独立意义的单位，由这些单位组合而成文节，由文节而成文章。

（Bb42）[表示法]这一则指的是用文字或符号、记号所表现的意识、方法的规则。你每个国家都有自己的语言方案、文字方案，一般来说这也是作家要遵守的。

（Bb43）[技巧]即作家为提高表现效果运用自如的方法。不同流派、风格的作家有不同的手法、技巧。

（Bb44）[发表舞台]这一则与作品创作的历史有关。作品再以有预想读者存在的基本特点为前提而产生出来。由所发表的刊物进而考虑到读者的层次而变更作品的结构、内容、甚至使作品发生质的变化的情况也是有的。在一定意义上说这是预先的读者意识。

（Bc45）[作品样式史]对某位作家的作品系谱搞清楚，如有的作家从初期至晚年风貌几经变化，可以从中看出他追求的兴味的变貌。

（Bc46）[流派样式史]了解不同文学流派的产生、发展、变化的历史，对于研究具体作品也是十分重要的。

（Bc47）[精神史、思想史]长谷川泉先生认为"文学是用语言来表现的艺术，与其他艺术相比，精神和思想都更为深刻，而且具有更高的层次。因而从广义方面解释文学时，在文学作品中存在着有意识地考证精神与思想轨迹与过程的方法。"

（Bc48）[问题史]次则与（47）和下面的（49）相联系。（47）和（49）可看作问题史考察的一个特殊类型。

（Bc49）[社会学的考察]这也是问题史考察的一种类型，作品中的人物虽是具有个性的自我，但是不能否定他又是个社会的存在，所以文学只要描写人（包括拟人），从社会学角度考察就必然成为问题史的一个重要方面。

长谷川泉先生从读者角度提出了20则。具体内容如下：

（Ca50）［作者的读者角度］这一则指的是作家在创作过程中只要以发表为前提，那么必然会意识到读者的存在。这种意识的有无、强弱可以作为一个问题的研究。

（Ca51）［读者的有无］这一项与(50)有关。没有读者的最极端的情况是创作主体即是读者，如不希望别人阅读的日记、手书等。也有在当代无读者，后来被发现而得以传播、出版的情况。

（Ca52）［读者的多寡］这一则指的是有的作品印数很少，有的是畅销书，有的是发行限量。但是，随着时间的推移，当时的畅销书过后并不畅销，也有与之相反的情况的，应当探讨其中的各种原因。

（Ca53）［任意感受者］在读者当中存在着不能正确评价作者意图，对作品来说是不负责任的接受者。误读、误解的情况是存在的。

（Ca54）［研究者］与任意接受者相反，能够有理论、系统地把握作品的研究者，这是高层次的读者。

（Ca55）［感受者］这部分读者既不像研究者那样把作品作为学问来研究，又不像随意接受者那样不负责任的任意接受，对于作品有一种"观赏"的态度，这部分读者人数较多。

（Ca56）［批评家］他们也是读者的组成部分，他们具有评价作品的明确标准，并以不同的价值标准对作品作出评价的人。

（Ca57）［对作品存在的认知］这是指从读者角度对某位作家散佚的作品的发现、认定它的存在，对一些口承文学的发掘亦包括在内。当然口承文学一般不存在固定的作者，古代口承文学应作集体创作。

（Cb58）[辨认真伪]是指读者能够辨别有的作品是否为某作家的作品，这一则是从读者感受角度来谈的。

（Cb59）[读解]通过对文章的表现的阅读达到理解文章内容的方法，这种方法在中学语文教学中被非常广泛地应用。

（Cb60）[享受]这则指的是从整体上接受作品，与其说从辨别、分析作品入手，毋宁说是综合的接受，它还必须以正确理解作品为前提。

（Cb61）[追体验]这一则指的是感受作品的读者站在与作者相同位置上观念地体验作品的内容。为使这种追体验成为可能，需要充实读者的主体。期望读者与创作者处于同样的层次虽然有些勉强，但其位置相差过大就不能对那部分作品很好感受。

（Cb62）[批评]有了价值判断的基准，并以此基准对作品进行评价、判断，以自己的态度对作品自由评价，主体的价值观先行。

（Cb63）[研究]有目的意识先行。方法论是成体系的，学问的，所得到的结果有助于目的的实现。

（Cb64）[方法论]这则指的是为达到研究的目的而寻找有效的、适当的手段。由于方法论的不同，对文学的着眼点亦不同，采用不同的方法，对于评价的目的和成功率关系至为密切。方法论适合与否又受鉴赏实际的反馈，反过来推动方法论的不断发展。

（Cc65）[读者层次的变迁]因为宣传媒介的作用而不断改变读者的层次。

（Cc66）[评价的变迁]随着时代的变迁，有时由于政治形势的变化，对同一部作品的评价也有明显的不同。

（Cc67）[影响]这一则与上一则关系密切。读者把作品作为媒介来接受，并使其影响继续下去以至传到下一代。

（Cc68）[方法论的变迁]这一则指的是以感受者的状况和理论的构造为中心而发生的变化。它以前面的业绩为基础，当然有不断积累的特点，评价和反馈工作不断反复，由此产生实效。

（Cc69）[作者的人格受到侵害]这一则与（20）则不同的是著作者人格的侵害是由读者造成的，违反作者的意图随意地改变原作即属此种情况。

（Cc70）[今后的发展和问题的焦点]这一则指的是要弄清读者主体的变化和包括对感受机制变化的预见和潜藏在的问题。

通过以上这"七十则"的介绍，我们可以发现长谷川泉先生力图以一种立体的、全方位的、综合的研究方法来从事文学评价与鉴赏。

文学是一个运动、发展的事物，不应该把它看作是一个封闭的体系。为此，我们进行文学评价与研究也旨在揭示文学现象、文学与社会、不同文本之间和文学与其他学科之间也已存在的联系，并力争更好地把握它的本质。一篇作品不仅在纵向（历史上）与其本国其他作品存在联系，而且在横向上（空间方面）也与其他民族的作品发生着联系，任何一部作品都是整个文化体系中的一个小"系统"，它不可能是孤立存在的。我们正是从这个角度充分肯定长谷川泉先生的"七十则"它使我们以一种发展、变化的眼光看取具有开放体系的文学本身。

在长谷川泉先生的"三契机"里我们还能感受到接受域外文化的过滤，取其所长为我所用，不照搬，简单认同的态度。如对"新评价派"的辩证分析，令人惊叹。

在本世纪初（1910年）美国最早提出"新批评"概念的恰恰是哥伦比亚大学比较文学教授焦埃尔·斯宾汉。在本世纪二、三十年代形成的"新批评派"反对以作者生平、社会背景、文学传统为研究中心，他们激烈地批评传统的批评方法，认为文学作品是一个"独立和自足的客体"，"批评应该是客观的活动，应该引证的是客体的本性。"不把文学作品当作为研究历史而提供线索的文献，它具有独特的审美价值，文学作品的研究中心是文学作品本身。这一学派的理论家们主张通过对作品本身的精通、细读来理解文学作品本身，这一流派在于其他流派的论争中迅速发展，到四、五十年代成为美国大学里文学教学的主导方法。美国的比较文学研究也受其深刻影响。可以说，比较文学中的"美国学派"的理论支柱就是"新批评派"。

美国学者认为人类的共性决定了各民族文学中存在着不限于某一国家、某一社会形态仅有的普遍现象。同时，各国、各民族的文学也会因各方面的因素的制约而产生异点。这样，即使两个没有直接影响关系的作家、作品之间也可以通过比较研究的方法，寻找出异同点来。这种思想为"平行研究"提供了理论依据。这对于比较文学研究方法是个突破。

此外，美国学派也打破了法国学派排斥文学与其他学科的关系的研究。主张"比较文学"应当成为把人类创造活动本质上有关而表面上分开的各个领域联合起来的桥梁。这种"科际整合"也可以说是时代走向综合的产物。

但是，长谷川泉先生明确指出美国学派也有其自身的弱点，最突出的是由于受形式主义美学的影响，它过分强调文学作品的"美学价值"，有"见物不见人"的缺陷。这一学派往往把文学作品中不属于美学研究范畴的东西统统地简单排斥在自己的研究范围之外。事实上脱离开社会、政治、历史的外部原因来谈文学作品本身的审美问题是不能奏效的。

长谷川泉先生的"七十则"发表于美国"新批评派"传入日本不久，是日本文坛对此争论的产物。作者力求避免传统的研究方法与"新批评派"之所短，使二者有机地结合起来而创造出一种更全面的研究方法。他在肯定"新批评派"企图摆脱文学研究的困惑的同时，也批评了这种方法"陷于抛弃发展的历程而只着眼于终点的境地"(《近代文学研究法》167页)他指出"只把终点当作终点来看待以此去把握作品的全体是办不到的。"他又举例说,"这正如很好地了解了海面下的冰山的巨大质量,才能更好地把握露出水面的冰山。"(同上)"研究和鉴赏需要的活动,不限于只针对海面上冰山露出部分就算了,当然还必须把海面下巨大的冰山的质量作为问题来研究,那也是创作作品的作家的问题,还有在作品形成过程中的种种问题,如果说哪方面更重要的话,则要依据研究的动机而定。但是,无论从哪个方面来讲,都要搞清海面下冰山的质量,认清它的活动,这是为鉴赏浮在海面上的冰山露出部分服务的。"(同上)我们认为这种方法更接近全面,借鉴这种方法使我们更有利于形成综合的比较文学研究观点。

此外,长谷川泉先生的"七十则"把作品放在全方位的时空观中来考察,既把作品作为一个"独立和自足的客体"又当作一个发展、变化的事物,又将作者—作品—读者联系起来,形成一个有机的审美链条,这就使文学鉴赏具有辩证法的观点,实践证明这种方法越来越受到人们的重视。

比较文学与世界文学名家讲堂

创新是为了适应时代的发展[①]

——小森阳一文论译后记

小森阳一(1953—)对于我国文艺理论界和高校人文社会科学研究者来说已是相当熟悉的日本当代著名学者。作为出色的社会活动家，他经常针对当今日本社会的许多尖锐问题挺身而出，仗义执言。针对二战"历史问题"的认识他把批判的矛头直指昭和天皇。作为"九条会"的事务局长，为捍卫日本和平宪法奔走呼号，不辞辛苦；他紧密关注全球性的焦点问题，著书立说，在国内外讲演，体现了有良知的学者的责任心。也许正因为这些方面的著作和活动非常活跃，对于他在当代文论方面的建树就有些被遮蔽，有待加强介绍与研究。其实小森阳一在这方面的造诣和他的政治、社会活动并非分离开来，而是互为相连。在当今时代许多领域已没有绝对的界限，为此全面介绍研究这位锐意创新的学者的文论尤显必要。

《小说言语表现的生成》这篇论文是小森阳一在1988年出版的《作为结构的叙述》(新曜社)的总论。从本书的《后记》我们可以了解小森"围绕日本近代小说'文体史'或者说'表现史'"[②]探索过程中的问题意识的形成。在一定意义上，本论写出了当代日本文化转型期中站在理论前沿的学者对于近代以来西方文化和本土文化

[①] 本文原载孟庆枢主编：《中日文化文学比较研究》2012，吉林出版集团股份有限公司，2012年9月。

[②] 小森阳一：《作为结构的叙述》，新曜社，1988年，第539页。

交融的反思和对理论界一直存在的"自明"结论的批判。正如小森阳一在"后记"中所言，他那时的问题意识在于"对于小说的言语表现，不是探讨**什么**被述说即从内容出发的思考，而是转向**怎样地以何种立场**（着重号原有—引者）来述说即从发话行为来重新捕捉的操作"。①显然这是围绕近代小说研究在思维模式上的转型。

从上个世纪七八十年代以来，在后工业社会（又称作信息社会）在西方社会出现了对西方传统文化的反思，接着在日本也出现重新叩问"何为近代"的问题意识。一些日本学者加入了对于西方"形而上"思维地再认识的探讨。在信息社会，人的创新意识首先是思维的更新。小森阳一文论的核心即在于此。置言之，我们借鉴他的文论不在于把一些结论简单地译介过来，更为主要的是要深入理解他为什么这么思考，他要超越的是什么，并且结合我国当前文艺理论界的实际思考可以借鉴什么，进而创造出更符合我国实际的理论来。

读过本论文首先会深感作者突出了时代的发展变化决定了人与语言关系的变化的观点。任何文学理论的发展都与时俱进。小森阳一在开篇就指出活字印刷的发达，纸质文本的大量的生产，造成了"近代小说"的言语行为的变化，昔日的口耳传承的叙述被阅读的以眼传授所取代，"作者"死亡的同时"作家"诞生，"作品"成为"文本"。小森阳一以二叶亭四迷为例准确地形象地说明了这一巨变。小森阳一回顾了日本近代以来的文化发展历程，他指出："大正末期至昭和初期的文坛表现状况，大约可以和在这之前的日本近代文学的表现态势划出一条区分的线来。这条线，在语言的认识与感觉上，具有世界的同时性。当然所谓同时性并非单单由于这一时期的前卫艺术的影响之故。资本主义的急速发展到了成熟阶段，带来

---

① 小森阳一：《作为结构的叙述》，新曜社，1988 年，第 540 页。

了进入垄断资本主义阶段的发达国家行列的生活样态的均值化，这是同时性的根本原因。"

他接着指出："对于个别民族文化传统的一种超越形式，资本主义在表面的生活层面，在衣、食、住全领域流通，按着这一方向，所有的东西都作为商品进行交换，它们（各民族文化传统——笔者）从各种民族的共同性中被撕裂下来。正因为如此，我国领导层的'近代化'指向'脱亚入欧'的路线就不能被抛弃。而是以更扭曲的形式，将民族共同性粗暴地弃之如敝屣（当然民族性也扭曲为国家主义是其反弹），加入了'世界共同性'潮流之中。"置言之，如果离开这一时代变化的大背景侈谈文体样式等问题就不得要领。

无论是口承文学还是纸质文本，人类需要的都是心灵的互动，是人的生存状态的美的观照。为此，纸质文本所丧失的"叙述起源的作者的死亡"，文字成了如同"尸体"一样的"断片"，变为"商品"，在这一无奈的得失面前，近代小说家们（当然包括理论家）一直处心积虑地寻找丢失的世界，让文字"重新发光"，和人的心灵接上血脉，"表现史"的真谛就在于此，可以说这就也是小森阳一探讨的意旨所在。

出于这样的思考，小森阳一必然颠覆把"近代小说"孤立静止看取的"形而上"的思维模式，而以动态的多维的思维取而代之。如果稍稍注意一下就会发现，论述严谨的小森阳一在这四万字的论文中重复使用了 57 次"场"这一术语，"场"（topos），它的语源为希腊语，含有位相、动态的场所之意。在小森的文论中，它的指向为：文本是开放的，不是静止之物，它是各种文本的集合，各种关系的纠葛，体现的是时空连线的动态，是邀请读者参与共同创造的场所。可以说是通过符号、结构，艺术地表现人的关系、状态的天地。这是对那种从小说中探囊取物式地解读进行超越，是对线性思维地无情批评。

人们的这一思维变化来自于对于语言的认识。只把语言文字当成一种工具，其实质是把活生生的人僵化。语言并非和实物处于一对一的对应关系，自索绪尔以来，人们越来越深切认识到人类是由于语言而把握世界，"索绪尔以后，把世界作为实体的（思维）停止了，世界为语言的视点产生的对象。对于索绪尔而言，世界只能是符号产生的世界，这一革新的索绪尔的符号论的视点，通过文本写出的符号，不断地撼动现代的文学批评。"①在以后的形式主义、结构主义、解构主义从根本上来说，都是从这一视点出发对于人，对于世界，对于任何世界关系的新的思考。不抓住这一点就容易将思维的革新引起的理论发展浅显地进行技术处理。最近有一位日本学者围绕这一问题说过："人们捕捉到的客体并非就是那个客体，那是被人的感受性或者体验捕捉到，已经过某种曲折之物，为此，所谓客体是永远捕捉不到的。但是要是无此客体，我们自己所捕捉的客体也不存在。"②他又说，阅读伊始，所谓的"原来的文章"就与"眼前的文章"分离，在文本的场里进行着一场动态的碰撞。这位日本学者提出了"深层批评"的想法，即"达到读者价值观、世界观的瓦解，到达宿命的深层批评。"③小森阳一在20世纪80年代已经很有见地的论述了克服线性思维的辩证法。在本论中，他结合一系列的对立、矛盾之物的互相转化真切地表现了文本"场"的生生不息，诸如：人/物、地/图、新/旧、明/灭、动/静、空白/实有等等。只有这样才能切近作为人的生存状态的美学观照的"文学"的本体论。"文学"和人一样不是"既成之物"而是"不断生成之

---

① 土田知则等：《现代文学理论》，新曜社，2005年，第24页。
② 田中实：《'原文'与'叙述'再考》，国文学解释と鉴赏，至文堂，平成二十三年7月，第9页。
③ 田中实：《'原文'与'叙述'再考》，国文学解释と鉴赏，至文堂，平成二十三年7月，第16页。

物"。在如行云流水的论述中，全篇充满辩证法。我们仅以"叙述的空白/空白的叙述"为例来做具体说明。在这一部分里，小森结合幸田露伴的《风流佛》这一文本进行阐释。这部作品写了一对青年男女的悲苦的恋情，对珠运和阿辰的亦真亦幻的苦恋作了让人荡气回肠的艺术表现。其中幸田露伴引用了木曾地方的民间小调，增加了小说的艺术魅力。作者在文本中并没有将歌曲全部引进，有的段落是以"空白"的形式处于背后。在空白部分里，第七是织染，第八是锦金襕染（中国传入的金线编织的锦缎——笔者），第九是出嫁，第十为与老爷的初逢，第十一首是"怀了宝宝，照顾孩子。"的歌。很明显，在这里和珠运制造出的对阿辰的幻想执着地结合在一起。同时被省略的歌曲部分用丝编织锦比喻的手法述说了女性成长的物语。它既是阿辰之母室香的物语，也是阿辰和珠运的物语。特别是第九歌《刚做新娘》和第十歌《和老爷初次相逢》这两段歌词，表现了江户时代在驿店服务的下等女性们不可摆脱的命运，她们成为路过驿店街的"老爷们"的玩物，而且常有怀了孩子的事情发生——歌里做了这一暗示。从这意味上来说，这首球歌对于权力者恣意践踏人的心灵的行为发出一种诅咒。

"作为**空白**（着重号原有—引者）的球歌的声音，它不仅是唱歌的孩子们的声音，也是室香、阿辰（驿店的女性们）同时还有珠运所说对于那些在作品登场的人物没用语言表达的思念也被书写出来，这声音响在文本的后面，这一空白的声音，在文本中真可以说是此时无声胜有声。纸面上的空白并非是"无"，有和"无"在不断地转化。对于中日两国文人来说，"天下万物生于有，有生于无"的"道"是谙熟于心的。如果一切都以"有"来显现，那就会戕害人的丰富性与多变性。把"有"与"无"辩证地联通在一起，就会成为动态的"场"，读者就会参与其中，与之共同创造。空白就是给读者（也是生产者）以创造的空间，让他的生命在这里闪光。有的时候空白的蕴涵会超过实有。熟悉我国书法中的草书的人对于"飞白"会心领神会,在"空白"处会看到万千气象的。

　　为什么日本学者近年格外重视语言或者叙述学研究?在我国也出版许多这方面的书籍。对此小森指出:"在明治二十年代至三十年代,围绕以西方小说为样本的小说表现的摸索,把物语世界从文化文脉中分离出来而成为自立的言语空间再使之对象化,使说物语的物语行为极力潜在化,文体的变革就在这一方向上发展。作为它的结果,使小说文体无限制地从日本语的说话语言的特质分离开来。"他又讲,所谓的"言文一致体"的确立,绝非是单纯意味上的"说话的语言"(言)与书写的语言(文)的一致。基本上是基于英语教育,平均值的翻译文体的建构,形成日本知识人文章感觉的准星,在这之前的传统的多样的文体的记忆,只是被置于背景,使这样的"口语文体"宛如就是自然的"言"的错觉而已。近代的"言文一致体"也是随意制造出来的,只是一种文而已,绝非是说话的语言。"这一点从明治二十年代末至四十年代的国语教科书的文体变迁来看一目了然。"通过这些文字我们深深感到,对于语言表现的探究,对于叙述学的格外关注,从根本上来讲是对本民族文化记忆的守护。在中日两国近代以来文化转型过程中,表面看去保守的现象有的是与传统文化的维护相联系的。近些年来,日本文坛对于泉镜花的研究热即很好地说明了这一点。小森还结合幸田露伴讲了新与旧的辩证法。他说:"在一定的意味上'表现史'并非是按着进化论的轨迹发展描画的。'表现史'是一个民族所养育的语言在通时的也是共时的结构体系当中,螺旋状漩涡似的星云一样的运动。"在一定意义上来说,从语言或者从叙述学来重新审视文学表现史(样式史)的核心是对于"文学"的再认识。如果固守于近代以来的西方的"文学"(literary)理念恐怕就难以突破陈旧的范式。

　　还要和读者诸位交流的是,小森阳一的本论文涉及如何对待本国文化传统与外来文化的重要理论问题。细心的读者可以感受到小森立于对日本文学经典作品的细读，对坪内逍遥、二叶亭四迷、夏目漱石、樋口一叶、宫泽贤治等经典作家的耳熟能详的文本，别具只眼发掘出新意，而且绝不牵强。比如说从宫泽贤治的童话作品《银河铁道之夜》的焦班尼去印刷所工，检铅字挣钱别有见的地揭示了近代小说的纸质文本的特质的形成。结合漱石创作勾勒了日本近代文学文体的变迁。同时，由于把西方文论置于东西方文化交融的背景下去考察，不是简单地褒贬，而是着重在从人的精神成长历程方面来思考。比如读者的作用问题，有姚斯的接受美学和伊瑟尔的读者反映批评理论在，小森不是简单重复，而是从近代语言的发展变化的视点，结合日本文化世纪加以论述还是别有新意。其他如翻译问题、新感觉派问题、自然主义文学、大众文学虽然没有很多文字论述，但是一些见解也让人耳目一新。有小森的论文在，不必赘言。最后想进言的是，小森的本篇论文发表于20世纪80年代末，已经过去了30年，如果仅从前沿、时尚方面考虑显然未必时髦，但是正如历史上经历的事情过后的反思似乎更有价值一样，我们从小森探讨的历程可以借鉴什么为我所用肯定不会过时，包括文本论所存在的悖论至今仍然要我们认真探讨。道理很简单，时代前进了，探囊取物式的线性思维已不适应时代的发展，而走绝对相对化、朦胧化之路也有很多问题，借鉴小森的论文引发我们的探讨不是更有意义吗？

对于"比较文学"的反思[①]

——小森阳一《溢出规范的日本文学》总论译后记

前面提及的小森先生的《小说言语表现的生成》,是篇颇有创意的论文,不少读过该文的学者在反馈的信息中对于小森阳一的文论给予了很高评价。每位学者从不同的视点各有见解,但是共同的感受是:紧跟时代发展的创新,紧密结合日本文化实际,在世界文化场域中克服"自明",走出误区的大胆探索是小森阳一文论的主要品格。把东京大学教养学部从事比较文化研究的教授小森阳一称之为比较文学专家没有错。但是小森本人没有把自己列入比较文学界。笔者无意要为他特殊正名,强调小森阳一为比较文学家。但是我在他的这本著作中深深体会到他对日本比较文学研究的反思,许多见解值得比较文学研究者参考。

任何比较文学、文化研究首当其冲的是研究者的主体性,或者说身份问题、立场问题,说得直白一点即自己研究的指向性。从明治维新以来,日本接受法国比较文学理论,开展了日本的近代比较文学研究。我国新时期比较文学重新崛起之时,日本的比较文学理论曾经发挥了不小的借鉴作用。那时我们对于日本比较文学还知之甚少,如果不能全面了解而希冀获得具有主体意识的借鉴是不可能

[①] 本文原载孟庆枢主编:《中日文化文学比较研究》,吉林出版集团责任有限公司,2013年10月。

的。一般来说借鉴域外文化从模仿开始,在很多经典作家身上也不少见。在比较文学研究中往往专注于域外文化给予接受者积极影响的一面,而忽视了由于历史的局限无法克服的消极的一面。忽视这一点,主要原因还是在于没有没有全面看取东西文化碰撞中的复杂性。如果忽视这一问题,对于推动比较文学的发展是不利的。在《质疑"日本近代文学"》(即《溢出规范的日本文学》的总论)里小森阳一开篇就颇具挑战地质疑天天挂在嘴边的"日本近代文学"的自明性、诡异性。作者以锐敏的眼光发现了一件怪事:在学术水准很高的《日本近代文学大事典》中竟然没有"日本近代文学"这一条目。"日本近代文学"的缺席一方面是撰写者难以处理的尴尬,同时也表明它是"占据了被授予特权地位的符号。"于是小森以西服的三件套为比喻剖析了"日本"、"日本语"、"日本文化"、("日本文学")等概念的构建。小森使人信服地阐明,在明治时代,在匆忙追赶西方的潮流中,"脱亚入欧"成为国策。在以西方眼光为准绳的范式下,以日语作为母语的外国文学或者说比较文学学者们用西洋(occident)看取东洋(orient)的眼光(东方主义),把西方中心主义的价值观的框架内面化,进而把在日本用日语写作的文学作品再发现和等级化,反转的东方主义就在"东方"的日本出现了。这是日本式的东方主义的一面。另一面则是把中国在内的亚洲国家以西方的眼光视为"半开"或者"未开"的民族和国度,当时的比较文学研究成为这一趋势的助推器,其中开拓者坪内逍遥为其代表。

  在这里比较文学研究中一个值得深入探讨的问题置于我们面前。一般来说,在人类历史上,任何民族、国家的文化(文学)都是与不同文化交流中发展的。在西方进入近代以后,伴随殖民主义,在经济、军事扩张的同时,以强力推行文化,作为东亚"汉文化圈"国家的日本,必然要迎接一次新的文化转型。小森阳一在《小说言语表现的生成》里已经说过:"对于个别民族文化传统的一种超越形式，资本主义在表面的生活层面，在衣、食、住全领域流通，按着这一方向，所有的东西都作为商品进行交换，它们（各民族文化传统——笔者）从各种民族的共同性中被撕裂下来。正因为如此，我国领导层的'近代化'指向'脱亚入欧'的路线就不能被抛弃。而是以更扭曲的形式，将民族共同性粗暴地弃之如敝屣（当然民族性也扭曲为国家主义是其反弹），加入了'世界共同性'潮流之中。"日本的文化（文学）的"近代化"在吸收促进自身发展的能量的同时也付出了割裂自身传统的代价。作为优秀文化理论研究家，小森的可贵之处是没有停留在表面层次的"接受"、"影响"之类的线性思维上，而是以睿智的目光看透了隐藏深处的真谛。"那些具有'日本'国籍，在日本生活，使用日语，而且也能驾驭外语的比较文学研究者们在确定的条目里，把欧美的文学家们的主题、方法之类典型化。在那里比量，确认日本人用日语写的诗、小说具有了'近代文学'的价值与否而重新给予位置。进而言之，对欧美文学者的主题、方法的认识，大体就成为产生这一文学家所在国度通行评价基准的基础。"置言之，西方中心主义就是由这种中介而得以更为广泛的传播和理论化。

在小森阳一的文论中避免了所谓"纯学术"的偏颇。他在本书的《终章》里揭示了日本政府在明治维新以后效法西方在东亚全面推行殖民主义的过程。"日俄战争以后，逐步推行的'日韩合拼'，使得韩国、朝鲜真正成为日本的殖民地。在这一时期，以报纸发表的连载小说为中心的'国民文学'、乃至于'大文字'的文学，通过标准记述它们的近代'言文一致'体的确立的'日本语'向韩国、朝鲜强力推行，甚至剥夺其母语，施行彻底的'皇民化'的语言，同化政策是以暴力的形式展开的。"（见《溢出规范的日本文学》第287页）由此可见在语言方面的殖民活动是与军事、经济等殖民活动紧密结合在一起的，在1923年关东大地震时，以煽动手段虐杀在日朝鲜人，语言成为决定生死的关键。"在当时，称作为'自警团'的暴力部队区别是否为在日朝鲜人的标识就是看能否说'日本语'"（同上，第 288 页），在殖民地朝鲜半岛，强行把日语作为必须学的语言，"为取得正统的'大日本帝国臣民'的资格，就必须学习和'国体'结合在一起的作为'国语'的'日本语'"可见在近代，日本推行殖民主义和军国主义过程中"日本"、"日本人"、"日本语"的三位一体所起到的作用。小森阳一把它作为比较文化的研究课题是结合日本实际的重要举措。泛泛地谈近代的各国文化影响问题，如果缺少主体性，是连外贸记录也不如的。

　　在小森的文论中还很强调翻译问题。这一道理很简单，"明治时代日本人所直面的与其说是思想问题，莫如说是语言问题。"如果把翻译问题从人类思维的角度来思考的话，将会把比较文学研究提升到一个新的高度。众所周知，中日两国近代以来的一些词语是从西洋传入的，先用日语汉语词标记再传入中国，为此对这些术语的探求，在一定意义上是个基本建设。在东西文化、文学理论比较研究中，始终存在"求同"，还是"寻异"，的争论。在这里无意对比较文学理论全面展开论述，只想围绕日本明治时代的翻译实践与理论阐述"同"与"异"的问题。笔者认为在比较文学研究中是无法将"同"与"异"机械割裂开来的。从中华文化原典看一清二楚。《老子》四十二章中说："道生一，一生二，二生三，三生万物。万物负阴而抱阳，冲气以为和。"①我们的先民早在两千多年前（一定比这更前）已深悟到包括人在内的世间一切总是在生生不息、变动不居中存在，从这个意义上讲根本不存在绝对的"同"与"异"。在文化交流中，特别是东、西不同文化交流中，我们不应该把"差异"作为障碍，它往往会成为互补的前提。试想，真的一切都"同"，犹如晏

---

① 《老子·庄子》，上海古籍出版社，1995 年，第 25 页。

子所嘲讽的梁丘据,只能是一切都唯唯诺诺,无视差别的"同而不和"的"小人"(孔子语)。反过来,只研求"异"而失去"同"的互照,就不可能有学习、借鉴的出发点,恐怕超过地球人的"星外文明"如果不转换成地球人的思维也无法与我们对话。从宏观上讲,这就是人的生存状态。为此,人类需要"和而不同"。柄谷行人谈到日本明治时代东西思想的互为阐释(当然有时候是某种话语占了强势,一时湮灭某种话语,但在根底上也是互动的)是必然的。我们对西方的阐释学理论所以感到亲切,其中原因之一在于它与中华文化原典的真髓相通。伽达默尔说:"理解就不只是一种复制的行为,而始终是一种创造性的行为。"①创造性也是变异性吧?在这个问题要追溯原创性,自然也不是伽达默尔、老子,而应是以《易》(或更早,有待今后发掘)的中华先民。小森阳一的翻译理论已经具有从人类文化发展的根本探讨翻译问题的思路,这是难能可贵的。

  同时,小森阳一在本文中还针对比较文化文学研究中存在的一些热点问题作了新的拓展。例如日本文化到底是东方文化还是可以列入西方文化的范畴?这一问题似乎没有在学界认真研究过。可是如果翻阅新中国成立以来的报刊对于日本文化的属性的提法是暧昧的。(笔者将有专文探讨)从小森阳一的论述来看,他认为日本明治维新以来,"日本近代文化"对于传统是有割裂的(但是不是"失语"),在当今日本要成为世界文化强国,在什么基础上发展,向哪个方向前行?这是必须解决的问题,首先是找到坐标,然后才能确定路线和方向,在本书的"终章"它的标题即是日本文学的方向。我们对于这一问题格外关注。在上个世纪末,我在《日本:再寻坐标》中写了下面文字:日本自明治维新以来一直存在着"在东方文

---

① 洪汉鼎主编:《理解与解释》,洪汉鼎译,上海三联出版社,1999年,第9页。

化(以中国文化为代表)和西方文化(以欧美文化为代表)之间如何选取坐标的问题。特别是在面向21世纪的重要时刻,这一问题尤显突出。"①

我们认为,在中国比较文学研究中,日本是一个有独特价值的参照系,笔者在多篇文章里言及,不再赘言。

---

① 《孟庆枢自选集》,长春:时代文艺出版社,2003年,第82页。

小林多喜二《蟹工船》的"复活"[①]

一

日本文学评论界普遍感到近年日本文坛有些落寞。但是，从2008年以来，已经逝世70多年的无产阶级作家小林多喜二(1903—1933)大放光彩，他的代表作《蟹工船》成了畅销书，被日本评论家说成为"复活"，成为日本文坛一道新的风景线。仅从新潮社来说2008年一开始就发行了3.7万册，之后印刷册数一路攀升。（因本文写得较早，后来出版印制的数量不作列举——补记，作者。）正如该社社长所说："能够在远离了印刷品的一代人中拥有如此众多的读者让人非常惊讶。"（朝日新闻，2008.5.23）

小林多喜二为我国广大读者所熟悉，他的短暂的一生是壮烈的。他的作品对我国无产阶级文学也曾产生过一定影响。随着时间的斗转星移，包括小林多喜二在内的日本普罗文学不仅在日本，就是在中国也不如其他一些日本作家的作品被关注。继川端康成(1899—1972)获诺贝尔文学奖之后，大江健三郎(1935—)也获此殊荣，这两位作家的作品在我国都拥有大批读者，如今走红的是村上春树(1949—)，似乎还超过前两位作家。但是，进入21世纪以

[①] 本文原载《东疆学刊》2012年第2期。

来，小林多喜二的地位悄然发生变化，日本近代作家中小林多喜二与夏目漱石、芥川龙之介相提并论。根据日本大众的投票结果，多喜二的肖像和他的代表作《蟹工船》的封面被印刷成邮票，在全国普及开来。而且《朝日新闻》社所拟的20世纪十大新闻特集中，小林多喜二被警察拷打致死事件也赫然入选。该报在2008年5月13、19日两天，连续报道了小林多喜二作品大受青年读者欢迎的盛况。在电子媒体已成为强势的今天，小林多喜二的作品（特别是《蟹工船》）在书店里经常售罄，一印再印，而且摆放在显眼的专柜上。

小林多喜二的《蟹工船》热，不仅仅是对这位无产阶级作家本人及其作品的重新关注，它还有多方面的内涵。和这一现象相关的是日本共产党入党人数激增。"据（2008年）8月4日《产经新闻》报道，从去年9月以来，已经有九千人入党。8月10日该报大阪版报道已增至一万人。9月上旬查询已至一万零六百人①。另外与《蟹工船》等小林多喜二作品一起在书店里被热购的书还有日本共产党前领导人不破哲三的著作，研究日本共产党历史的著作的销售也明显增加，日共领导人在议会的演讲也产生了前所未有的影响。正如有的文章所谈，在20世纪70年代，当宫本显治领导的日共在对色情文化、颓废文化批判之时，许多文化人认为这是时代的普遍现象而不以为然。但是，在如今，"'性解放'已几乎实现，至今已变得不再有趣和好奇，此时的我们已经在认真地谈论一夫一妻制的伦理观，对于同居、性产业、黄色文化、颓废的东西做出断然的批判（哪怕对此不同意），不是感到有奇妙的魅力吗？"②而且，小林多喜二的作品近年在韩国也出现了译介、研究热，日韩两国学者举行了学术研讨会。2008年在我国也由中日两国学者共同召开了小林多喜二研

---

① 浅羽通明：《请入共产党者诸位一睹此书》，《文艺春秋》2008(11)，第151—157页。

② 浅羽通明：《请入共产党者诸位一睹此书》，《文艺春秋》2008(11)，第157页。

讨会。可以说小林多喜二的《蟹工船》热已超出日本，开始走向国外。

二

任何文学现象究其实质都是整个社会现象的不可缺少的组成部分，它以自身的独特性反映人的生存状态。日本无产阶级文学的产生是"大正中期幸德秋水事件以来接踵而至的社会主义思想运动、大正民主主义运动的时代风潮急速发展，资本主义与世界经济危机而引发的尖锐的社会矛盾的产物。'米骚动'等形式的运动的出现，'劳动文学'、宫岛资夫等人的'第四阶级的文学'的主张乃至于大正10年《播种人》杂志由小牧近江、金子洋文等创刊应运而生。"[①]如果说在过去日本无产阶级文学为当时的劳苦大众所欢迎，今天它们重新赢得年轻人，特别是"自由打工者"[②]的共鸣。

在日本90年代就业困难加大，失业率不断增加。如果以90年代失业率最低的1990年与最高的2002年比较的话，失业率在相同年龄中的百分比为：1990年为2.1%，而2002年为5.4%。对20岁—24岁这一年龄段的年轻人的统计为1990年为3.4%，而2002年为9.8%。25岁—29岁分别为2.7%与7.1%，比其他年龄段显著上升。从这一失业率来看，90年代以后雇佣环境恶化的影响，与中

---

① 奥野健男：《日本文学史——近代到现代》，东京，中央公论社，1998年，第114—115页。

② 自由打工者(freeter)是日本1980年后出现的新造语。原意是本来虽然具有正式员工的能力，但是为了保持自由的立场而以"打工"为生，作为非正式职工而生活的年轻一代。但是，在90年代以后，由于雇佣环境的恶化，以非正式员工的身份就业的年轻人骤增。这样，原来具有的肯定意味已经消失，而此语专指非正式职工的年轻人。

老年的再就业的失业率比较,年轻阶层比率更大。①

日本著名文学研究刊物《国文学》于2009年一月号(五十四卷一号)辟有"再读'无产阶级文学'特集"。在本期特集中发表了日本当代女性作家雨宫处凛的答记者问。她的家庭蒙受的苦难与当今大批"贫困劳动者"相同,几乎是个缩影。作家本人在20岁后有五年左右的"自由打工者"的亲身经历,由于精神痛苦也曾产生过自杀之念。她的弟弟虽是正式职工,因过度劳累而死去。如今,过了30岁又目睹了当今的"自由打工者"的"无家可归化",切感形势的日趋严重。她十分熟悉这些"自由打工者",翔实地介绍了他们的情况。"一些这样的年轻人手里拿的只有20、30日元硬币"(笔者在日本经常看到在电车售票处,有时掉在地上10元硬币都无人拾取。)出现了"荐头"(或称"小包工头儿"),他们掌握日工信息,这种雇工形式扩展开来"加速了'无家可归化'"②"这些自由打工者,一方面责备自己,同时感受到了社会的殴打。在这之中,我身边有一些自由打工者自杀。不安定的生活导致精神的不安定,得抑郁症产生自杀念头的人多起来。"③于是在两年前的五·一游行时,这样的年轻人打出"让我们生存!""每月必须保证12万日元才能活着!""付不起房租了!"等标语示威。在这次游行中逮捕了三个人,更增加了人们的愤怒。她深入剖析了产生这一现象的时代原因。她说:"九十年代,所有问题都被看作是心的问题,比如'有心理障碍儿童'、还有把这些问题加以掩盖的倾向。对这一现状的感觉已有

---

① 参见佐佐本毅等编:《战后史大事典 1945—2004年增补新版》,东京,三省堂,2005年,第64页。

② 雨宫处凛:《答记者问:"为什么现在无产阶级文学……"》,《国文学》2009(1),第8页。

③ 雨宫处凛:《答记者问:"为什么现在无产阶级文学……"》,《国文学》2009(1),第8页。

10年左右了,在自杀者突破了万人的1998年,派遣劳务更加广泛,自由劳动者更为贫困,非正规雇佣激增。"①于是转化为家庭问题。父子、母子关系恶化,家庭暴力频出等等。

对过去的无产阶级文学作品中贫困生活的场面,当今年轻人看过后觉得自己的生活还今不如昔。因为那时即或每天疲于奔命但是还能"在家里与亲人一起吃顿饭",而如今打工者独身或三个人同住在'寮'(公寓)里,吃个方便餐盒了事。""在过去某种程度上这些都是社会问题,不是个人的责任,人们都这么理解。"而今天把责任推诿到个人身上去了。比如说:"你当了正式职工能被解雇吗?"②

其他一些研究者的评论也佐证了《蟹工船》热产生的社会原因。近年,那些贫困劳动者感到"自己存在的意义完全丧失了,心里万分难受。但是,他们希望有展示自己的场所,这是人之常情。为此,劳动环境的恶化,希望心灵在哪里能欢乐一下。这种契机就给了左翼了吧。"③日共不破哲三前委员长说:"《蟹工船》这部小说如今年轻人很爱读它,这实在太好了。""如今被派遣的劳动者的各种形态中的'非正规'劳动在大工业地带泛滥,在这种形势下《蟹工船》被广为阅读。……多喜二知道将会无比喜悦吧?"④雨宫处凛和其他评论者的这些话已经很具体地说出了当今日本一些年轻人,特别是"贫困劳动者"为什么对《蟹工船》情有独钟了。

完成于1929年3月20日(刚好80年前)的《蟹工船》真实地描

---

① 雨宫处凛:《答记者问:"为什么现在无产阶级文学……"》,《国文学》2009(1),第10页。

② 雨宫处凛:《答记者问:"为什么现在无产阶级文学……"》,《国文学》2009(1),第11页。

③ 井上章一:《〈蟹工船〉小林多喜二用三枚裤头取胜》,《文艺春秋》2008(11),第145页。

④ 井上章一:《〈蟹工船〉小林多喜二用三枚裤头取胜》,《文艺春秋》2008(11),第145页。

写了在日本加速实现军国主义化的过程中,统治集团血腥剥削贫困人民的一角。在北海道临近俄罗斯的鄂霍次克海捕捞大海蟹,获取高额利润,不顾渔工的死活的画面让人触目惊心。作品一开始就写"喂,下地狱喽"(即是指上渔船作业)。这些从农村来的季节工、穷学生、甚至十四、五岁的童工从"四方八面"被雇佣,被称作"猪仔"。他们为了一顿饭干的活"简直是卖命"。在《蟹工船》屡见剥削者对这些"贫困劳动者"作"勤劳致富"的虚伪宣传,而他们所付出的是血泪和生命。在作品结束前这些被压迫者偶然邂逅俄罗斯无产阶级,自觉意识到应该"团结一致"而进行坚决斗争。

如今,当代的日本"贫困劳动者"看了《蟹工船》甚至感到"今不如昔"。不仅在物质方面的煎熬使他们感到绝望。更使他们没有了归属感,产生了"对资本主义的疑问、对新自由主义的疑问,和唯以这些利益优先的社会的抵触感是其根本。"为此,这些人越来越意识到人不能脱离开政治。因为这些"自由打工者"在小泉"改革"时代似乎是支持小泉政权的。"相反,生活反而更被破坏了……,为此,就要认真地非学习政治不可才能活着了。"①

三

小林多喜二的《蟹工船》热也引发了日本文学理论界对过去无产阶级文学理论的再探讨,特别是对"文学"与"政治"关系的再认识。

日本无产阶级文学理论家岛村辉在《国文学》2009年1月号(无产阶级文学再阅读特集)撰文《'政治'与'文学'的转位——从

---

① 雨官处凛:《答记者问:"为什么现在无产阶级文学……"》,《国文学》2009(1),第9页。

'艺术价值论争'的轨迹所看出的》的论文。本来任何国家的文学都不可能与政治无涉。但是，曾有日本学者提出所谓日本文学的"脱政治性"（或称"超政治性"）①很显然这一提法是片面的，仅从近代以来的日本文学说，产生于明治初期的政治小说（直接影响到我国近代文学）几近政治之传声筒，至大正年代出现的普罗文学其意识形态是鲜明的，至日本发动侵华战争期间的"笔部队"所炮制的鼓吹军国主义的文字与法西斯的战车捆绑在一起。即或其他流派作品也可以不同方式与政治有着不同联系。当然这么讲不是说日本文学无自己独特的品格，只是说这种提法的片面，而且把它作为与中国文学的直接对比来说更有浅尝辄止之嫌。

岛村辉在这里的"转位"，旁注英文'dislocate'，有使"脱臼"，"使脱离原位"之意。岛村辉自己在文章里解释说："重新考察'政治'与'文学'的领域的设定，乃是对不同领域所指向的自体进行历史的再探究。在一定意义上是对这落入常规的框架，在今天有进行使之'脱臼/转位'的考虑之必要。"②可以说，岛村辉是在后现代主义（福柯、德里达）理论的影响下，对"自明"的"意义""概念"进行解构，以期获得新的理解。

他说，"古来'文学'与'政治'共同借助语言在现实中深结因缘，在历史上时时一些难以对付的事就浮现出来。"因此他认为，政治是与权力结合的语言，文学何尝不如此。"在某种意义上，把'政治'与'文学'分离开来，无视两者的密切关系，这理论自身也是相当'政治'的东西。"③作者为了进一步阐述他的这一观点，回顾了日本无产阶级文学在发展历程中的一次重要争论，即由平林初之

---

① 铃木修次：《中国文学与日本文学》，吉林大学日本研究所文学研究室译，福州：海峡文艺出版社，1989年，第34页。
② 岛村辉：《使"政治"与"文学"脱位》，《国文学》2009(1)，第31页。
③ 岛村辉：《使"政治"与"文学"脱位》，《国文学》2009(1)，第31页。

辅引发的"艺术价值与政治价值"之争。1929年3月号《新潮》发表了当时并未加入"纳普"的批评家平林初之辅的此文。平林这篇文章里的最重要的一段为:

"我认为现在的马克思主义艺术理论是一政策论,是政治的,未必非冠以艺术论的名字吧。为此,现在有几分嵌花木雕感觉的马克思主义艺术论要解体,政治部分与艺术部分都还原,有对其进行重新规定之必要……与之相反,认识到马克思主义者是以政治尺度评价艺术作品对社会、大众的效果的话,这一问题不是明白至极吗?这就是政策论。但是,为了人类的幸福的政策论,是无法以艺术之名来拒绝它的。"①平林初之辅的观点的核心是:"政治价值与艺术价值明确的对立,马克思主义文学的特质,艺术价值是从属于政治价值的。"②平林初之辅所倡导的是政治、艺术二元论,他在本文结尾重申:"马克思主义艺术运动绝不会对艺术重新定义,对艺术价值和政治价值加以机械的混合。它终究是场政治权力下的运动,政治支配艺术的运动。这个关系不应该用政治与艺术辩证统一这样暧昧的语言加以说明,必须先将这两者区别开来,把它置于应有的关系上。"③

当年平林的观点引发一场激烈的争论,胜本清一郎、藏原惟人、中野重治、宫本显治、川口浩均发表文章批驳。胜本清一郎在同年《新潮》九月号撰文《史的艺术科学的树立》,对平林把艺术价值看作不变、凝固之物表示反对。"胜本认为某部作品的艺术性绝

---

① 平林初之辅:《政治价值与艺术价值》,千叶俊二等编《日本近代文学评论 昭和篇》,东京,岩波书店,2004,第84—85页。
② 白井吉见:《近代文学论争》,东京,筑摩书房,1956,第229页。
③ 《政治价值与艺术价值》,千叶俊二等编《日本近代文学评论 昭和篇》,东京,岩波书店,2004,第84—85页。

非一成不变之物。"①藏原惟人在 1929 年 6 月 17 日至 21 日于《东京朝日新闻》上发表文章《作品与批评》，他提出把艺术价值与艺术性区别开来，即"艺术之所以为艺术的条件、艺术的基本要求"作为抽象的艺术性。把"作品内容所具有的时代意义、题材的广泛和对社会的把握等称作艺术价值。"②中野重治的主张不同于胜本和藏原，他认为胜本和藏原的论点"没有对无产阶级的阶级性、政治作用作明确论述。"③在《新潮》1929 年 10 期发表《艺术上没有什么政治价值》一文，中野重治举具体实例论述说：

"女孩的歌是多种多样的。如果比较资产阶级小姐的失恋的歌和无产阶级女孩失恋之歌的话，两位诗人的才能之高是相等的（象平林所说的），那么从歌唱方面来说两人都十分完美，那么哪个人的歌的艺术价值高呢？当然是无产阶级女孩的歌艺术价值高。为什么这么讲呢，因为无产阶级女孩的感情的性质比资产阶级小姐的感情性质远远高出许多。"④

宫本显治在 1931 年 1 月号《文学党员》上发表《论评价之科学性》中提出马克思主义艺术性的根本立脚点是"科学性"。他说："马克思主义第一要义，既不是功利性也非理论观，只能是事物的科学认识。无产阶级文学'对无产阶级事业的发展有促进力'成为其价值。只能是从科学的认识出发，人的实践、能动的契机的叙述，除此别无其他。"⑤

---

① 岛村辉：《使"政治"与"文学"脱位》，《国文学》2009(1)，第 33 页。
② 白井吉见：《近代文学论争》，东京，筑摩书房，1956，第 33 页。
③ 白井吉见：《近代文学论争》，东京，筑摩书房，1956，第 34 页。
④ 岛村辉：《使"政治"与"文学"脱位》，《国文学》2009(1)，第 35 页。
⑤ 岛村辉：《使"政治"与"文学"脱位》，《国文学》2009(1)，第 36 页。

今天回头审视这场争论，可以感受到在当年由于经验不足的历史局限，日本无产阶级文学理论界所存在的缺欠。在第二次世界大战日本投降之后，平野谦、荒正人和中野重治之间围绕"政治"与"文学"再次出现论争，直至20世纪60年代这一争论仍在继续，在那段特殊的历史时期又出现了新的情况。

深受西方当代文论家（特别是后现代主义理论家）影响的日本文学理论家们自觉地克服"自明"的"文学"理论观，深刻认识到任何文学其实都和不同的政治话语密切相关，正如伊格尔顿所说："从19世纪后半确立的literature，从面世以来意识形态性是鲜明的，这是由英国文学来武装那个时代的帝国主义的公仆们，好让他们带着毫不动摇的国民意识，到海外向野蛮的当地人宣传自己国家的优越性。"①

岛村辉这位新锐的批评家已经带着更宽阔的视域来重新把握"文学"是什么。他说："要采取从广义的'文学'的位置来构建的方法。"②当今的文学不仅和许多新媒体有不解之缘，大到和国际复杂的形势、小到身边琐事都组成一个网络。因此，他感到这两年在日本产生的小林多喜二的《蟹工船》热，"在这理不尽状况的逐个事态，基于反感、愤怒不断提出反对意见，他们的'文学'行动本身不是也成为了'政治'行动吗？"③鉴于这一思考，岛林辉支持小森阳一的观点作出"政治是文学，文学是政治"的结论。（这里的实质是对把"政治"与"文学"绝对二元化的反拨。）

经过"文革"获取许多宝贵经验教训的我国文学理论家，在改革开放30年后的今天看取《蟹工船》热会明晰很多。我们认识到由西方近代构建的"文学"概念是"自明"的范式，必须突破它。当

---

① 伊格尔顿：《什么是文学》，大桥洋一译，东京，岩波书店，1985年，第46页。
② 岛村辉：《使"政治"与"文学"脱位》，《国文学》2009（1），第38页。
③ 岛村辉：《使"政治"与"文学"脱位》，《国文学》2009（1），第39页。

今一些日本理论家采取返回原点（东方文化传统的原点）来重新叩问文学为何？在我国从《论语》上初见的"文学，子游子夏"，那时的"文学"的内涵与西方近代概念迥异。后来的"文学"概念包含了文、史、哲的众多层面，是不可分割的。今天，把"文学"重新作为人的生存状态的一种反映来理解的话，返回原点是必然的选择。从这个意义上讲文学与政治的界限必然是暧昧的。由于时代而人为划分的界限在经历一段历史之后又交织在一起，然而它并非简单地后退。今天，日本学者重新提出"文学是政治，政治是文学"并非简单地退回到上个世纪二、三十年代的肤浅认识水平上，而是从时代的发展，学科趋向精细与整合并重的思考。另一位日本文学理论家高桥英夫说："政治当中含有意识形态，文学当然也是一种意识形态。知道语言这种观念体系的危险性与卓越性，对其如何更好运用，了解它与其他意识形态如何交织在一起，对此必须冷静、机敏地观察。"[1]新媒体将人的生存空间网络化，人们的思维模式在发生着一场深刻的变化。从这个意义上讲，过去西方界定的"文学"、"政治"概念都不能不发生动摇，其原定界限的消解也是必然的。可以说，小林多喜二的《蟹工船》热不能简单地理解为日本无产阶级的重新崛起。

---

[1] 高桥英夫、矶田光一：《战后史的空间·解说》，东京，新潮社，1993年，第296页。

评高桥和巳的《李商隐》①

一

日本著名作家、汉学家高桥和巳把李商隐的诗作为一个开放的文本,把它与李商隐生活的晚唐社会、李商隐对儒道释的接受和文学上的承继与创新进行了综合、动态的把握。高桥和巳在《解说》中指出:"诚如所知,唐诗的绚烂到所谓盛唐业已实现。李白(701—762)、杜甫(712—770)、王维(699—759)等作为本时期辈出的大诗人,摆脱了南北朝消遣文学的桎梏,在与人类密切相关的现实上构筑诗的美。但是,至晚唐之后,诗的格调一般来说极度地纤细化,内容上浪漫色彩、有时是颓废的色彩变得浓厚。中唐时代的白居易(772—846)、元稹(779—831)体现的平易化运动,韩愈(768—824)等人追求新奇苦吟的'古文运动'对晚唐诗人都有不同影响,但是晚唐诗的大趋势是'变'字当头,进入了独特领域。"②

高桥和巳比较全面地分析了晚唐诗坛变化的原因。他认为不能简单地只从社会学角度来分析,只归结为"国家政治的衰运而直接导致的"。他指出:"原因是多种的,主要为:与致仕、从官命运攸关

---

① 本文原载《文心》第二辑,2006年8月,南方出版社,ISBN 7-80660-631-9/H·12。

② 高桥和巳:《李商隐》,岩波书店,1958年,第5—6页。

的知识界所生存的现实的变化及促使他们对现实态度的变化。"①他引用了陆龟蒙的《书李贺小传后》来佐证。"吾闻淫畋渔者谓之暴天物。天物既不可暴,又可抉擿刻削露其情状乎,使自萌卵至于槁死,不能隐伏,天能不罚耶。长吉夭,东野穷,玉溪生官不挂朝籍而死。正坐是哉,正坐是哉"。(译文依据《全唐文》中华书局版卷八〇一)。高桥和巳揭示了晚唐文人的"世纪末"心态。这一时期的文人与儒家把文当作经世伟业以此建功立勋的观点明显不同,有躲进诗文天地中自娱的倾向。高桥和巳举了司空图的《白菊杂书四首》之二:"四面云屏一带天,是非断得自翛然。此生只是偿诗债,白菊开时最不眠",杜牧的《将赴吴兴登乐游原一绝》"清时有味是无能",意在揭示李商隐的诗就产生这一具体时空之中。

一方面,李商隐生活、创作的年代是大唐在经济、政治方面发生巨大变化的历史时期,同时,与此密切相关的是,意识形态、思想方面也发生了剧变。高桥和巳指出李商隐已把所处时代"既有的观念形态——儒教、道教、佛教贯穿起来"②,他引用了李商隐在25岁的青年时代所写的很有个性的《上崔州书》。

始闻故老言:"学道必求古,为文必有师法。"常悒悒不快,退自思曰:夫所谓道,岂古所谓周公、孔子者独能耶?盖愚与周、孔俱身之耳。以是有行道不系今古,直挥笔为文,不爱攘取经史,讳忌时世。百经万书,异品殊流,又岂能意分出其下哉!

这篇文章曾在我国历史上那个特定时代被看作是李商隐批儒崇法的代表作。纵观李商隐思想全貌,不能以此一文简单地下这一结论,而应从他所处时代思想界的复杂性和他本人特性全面分析。对于此文,我国学者罗宗强的分析很精当,他认为:"实际上只不过是

---

① 高桥和巳:《李商隐》,岩波书店,1958年,第6页。
② 高桥和巳:《李商隐》,岩波书店,1958年,第10页。

要直笔为文,直抒性情而已。以直抒性情去代替明道说,这正是李商隐的反功利的文学思想的核心。"①高桥和巳在本书中亦阐述了相同观点。

高桥和巳虽然在"前言"中没有更多地展开自己的论述,但是已深入到了问题的核心。李商隐(813—858)生于宪宗元和八年,卒于宣宗大中十二年,短暂的一生却经历了宪、穆、敬、文、武、宣六朝。在这40多年时间里,他不仅是唐由盛至衰的历史见证人,同时也是各种社会矛盾激化、意识形态、文化转型期的在场者。在李商隐研究中,我们不仅要注意到当时政治方面(藩镇、宦官、党争)的大事件,而且还需深入思考晚唐在思想、意识形态方面发生的流变。从思想史上来说,中晚唐一个非常重要的问题是如何改变思想的混乱与颓势。其中对外来的佛教思想生吞活剥引起的几代人思想上的混乱,已到了非整治不可的程度。外来文化既是促进本土文化发展的活力,也可以产生破坏本土文化的负面效应。中唐之后兴佛灭佛之争绵绵不断,根柢在于统治阶级既有想利用佛教思想巩固自己统治的一面,同时在实际中又出现佛教具有从根基上颠覆儒学思想的危险,为此如何使佛学本土化势在必行。禅宗的确立可以说就是克服生吞活剥外来思想的过程。"唐朝佛教中国化,即佛教玄学化,这是化的第一步。……佛教儒学化,是化的第二步。禅宗兴而其他各宗派都基本上消灭。禅宗获胜的原因,主要是自立宗旨,不依傍他人,放弃天竺佛教传来的奴仆面目,装上中国士大夫常见的普通相貌。这样,外来宗教在中国封建社会里,得到统治阶级的容纳,作为统治阶级的辅助工具之一,与儒、道并存。"②兴禅灭佛显示了不同文化交融的根本规律。任何民族在对待外来文化时都是根

---

① 罗宗强:《隋唐五代文学思想史》,中华书局,2003年,第245页。
② 范文澜:《中国通史简编》修订本第三编第二册,人民出版社,1965年,第614页。

据自身发展需要的为我所用,但往往要经过长时间正反两方面的经验、教训才能找到科学的接受观。在唐代出现的"天台"近道,"华严"近儒,展示了中国文化吸收外来文化的特色。李商隐生活的年代是这一过程业已完成,正在深刻化之时。他所尊崇、承继的前辈诗人、古文大家韩愈是这一文化转型过程中的核心人物。著名历史学家陈寅恪在《论韩愈》中剖析唐开国以来儒学陷入承继南北朝以来的正义、义疏繁琐之章句学之病时,肯定了韩愈以"复古"面貌除弊布新的历史作用。"退之生值其时……睹儒家之积弊,效禅侣之先河,直指华夏之特性,扫除贾、孔之繁文"[1],他的《原道》就是一篇具有振聋发聩作用的檄文。陈寅恪先生指出韩愈以"天竺为体,华夏为用,退之于此奠定后来宋代新儒学之基础,退之固是不出之人杰,若不受新禅宗之影响,恐亦不克臻此。"[2]这一见解切中肯綮。这些论述对于我们理解李商隐思想的复杂性非常有价值。儒学在晚唐也面临如何使其进一步发展的问题,韩愈是先行者,李商隐是得其神韵的。为此,李商隐是位"一生坎坷,内心世界十分丰富、复杂,思想创作上也是融儒、道、释于一身的色彩纷呈的作家。"[3]

虽说唐代诗人,包括盛唐诗人的作品中已体现了儒、道、释交融,如李白、杜甫、王维,但是他们所体现的复杂性都和李商隐迥异。儒、释、道交融之深、色彩之斑斓,李商隐更为突出。高桥和巳看到了"至晚唐,诗人的生活方式、现实生活和文学的关系,在

---

[1] 陈寅恪:《金明馆丛稿初编》,生活·读书·新知三联书店,2001年,第319页。
[2] 陈寅恪:《金明馆丛稿初编》,生活·读书·新知三联书店,2001年,第322页。
[3] 孟庆枢等:《中国比较文学十论》,吉林文史出版社,2005年,第215页。

比重上几乎产生了颠倒"①，即面对难以把握的世界，出现了梦幻感，把诗文提到了人生中更为重要的层面，其实这是一种无奈之后的反拨。我们从《太平广记》中的《李征》写书生变虎的传奇可以体味这一点。在《太平广记》中的《李征》故事写的是："陇西李征皇族子，家于虢略，征才博学，善属文。弱冠从州府贡焉，时号名士。天宝十载（751年——引注）于尚书右丞杨没榜下登进士第。后数年调补江南尉。性疏逸恃才倨傲，不能屈迹卑僚。尝郁郁不乐……"以致后来李征由人变为虎（用现代眼光看是异化的寓言）。（引文见《太平广记》第四十七卷）有关李征由人变虎的传奇虽然设定在玄宗的天宝年间，但一种世纪末的味道在晚唐尤显突出。

在李商隐的创作中，早年诗作《行次西郊作一百韵》更多地表现了诗人青年时代满怀抱负、"齐家治国平天下"的远大理想，核心是儒家思想。该诗作于唐文宗开成二年十二月（838年初），李商隐时年25岁。"大妇抱儿哭，小妇攀车车番。生小太平年，不识夜闭门。少壮尽点行，疲老守空村。生分作死誓，挥泪连秋云。……逆者问鼎大，存者要高官。抢攘互间谍，孰辨枭与鸾！千万无返辔，万车无还辕。城空雀鼠死，人去豺狼喧。"正如有的研究者把此诗看作唐王朝治乱兴衰的历史，是唐王朝近百年历史的真实写照，它让我们想起杜甫的《北征》、《三吏》、《三别》这些史诗性的作品。高桥和巳指出了李商隐创作前后的变化。至《井泥四十韵》这首长诗风格迥异（大中十二年，858年作，依张彩田说。当代注家刘学锴、余恕诚也持此说），张氏就其内容、风格定为晚年之作，虽无确据，然大体可信②。这首诗已不再用写实的手法抨击世态，而是抒发了对人生命运难以把握的哲理思考。在这首诗中还以寓言手法写出了世

---

① 高桥和巳：《李商隐》，岩波书店，1958年，第7页。
② 刘学锴、余恕诚：《李商隐诗歌集解》，第五册，中华书局，1998年，第1432页。

界、人生的荒诞,从古至今,怪诞迭出,有不知其父的伊尹,以钓干文王的吕望,樊哙、灌婴出身微贱而位极人臣,由于偶然而得幸于汉景帝的程姬,怀孕生出了刘发。窦太后的男宠董偃也是偶然机会出人头地,还有传闻中男子化为女人等等诡谲传闻,这些虽然都是"传闻异辞","不必泥",但它的深刻则在于其中的寓意,即世界乱了套,已不是过去的常理所能认识的了。这里不仅仅专指世事,也不光是哀叹自身,李商隐是以《易》的"变化"观来反思自身与外界,它的含量并不比《一百韵》少,但表现形式为之一变。他得出"大钧运辟有,难以一理推。顾于冥冥内,为问乘者谁?我恐更万世,此事愈云为。"此诗立足于《易》,承继屈子《天问》,"前半杂阵古今变态,皆为篇末张本"[1]这一见解是对的,指出此诗是"天问之遗",但"其与天问相似处,不在形而在神"[2]说到了点子上。可以说,懂此诗才能全面了解李商隐晚期诗的本质,它也是晚唐诗人异于前代诗人们的独特之处。

二

高桥和巳从晚唐文学实际和李商隐创作全貌具体地分析了李商隐诗歌的独特个性。这里既有具体的接受史,也有当时文坛的语境,商桥和巳力图在李商隐对前人的承继与创新的全貌中窥探李商隐诗歌。

李商隐诗歌的继承与创新在我国古代诗歌研究中早有论述。许多李商隐研究家们在这方面的考证、研究留下丰硕成果,前述罗宗强的《隋唐五代文学思想史》论述颇为精辟,近年又有刘学锴推出

---

[1] 刘学锴、余恕诚:《李商隐诗歌集解》,中华书局,1998年,第1412页。
[2] 刘学锴、余恕诚:《李商隐诗歌集解》,中华书局,1998年,第1415页。

《李商隐诗歌接受史》①这部力作，全面、系统地梳理、论述了李商隐对前人的吸收、融合之后的创新，还把李诗对后来诗坛的影响一并作为一个动态的系统展现出来。如刘著中对李商隐与宋玉、汉魏六朝民歌、阮籍、庾信，对盛、中唐时代杜甫、李贺、韩愈的接受都揭示许多中鹄之论，这里不必赘述。高桥和巳在《李商隐》中提及的晚唐文坛色彩纷呈的多元状态与李商隐诗与文的关系以及李商隐本人创作的多元性在这一方面给了我们许多启发和参考。

高桥和巳从李商隐诗文中所存在的前文本，所受影响来动态把握李商隐的创作。高桥和巳指出李商隐既受南北朝"达到烂熟的修辞主义"之影响，受惠于任昉（460—508）、范云（451—503）、徐陵（507—583）、庾信（513—581）等前辈诗人。又受杜甫诗、韩愈文的浸润，加上李商隐先以古文出世，后来受令狐楚点拨而成为章奏名手、今文（骈体文）名家，"为此在他的诗中天衣无缝地将一种悲伤的空想性和杜甫式的内面化的现实性绝妙地统一融合在一起，为此他的诗成为无与伦比的真实的文学"。②高桥和巳指出李商隐作为诗史上的大家最突出的是他的集纳百家融会贯通，自成一格的独创精神。

高桥和巳认为李商隐创作源头很多，表现方法多样，但是，"目的在于只要能达到咏叹真情之目的，在李商隐这里都一律受到尊重。他对此是不囿于一格之定规，是将过去与现在、空想与现实和其他异质的东西都在同一层面上罗列存储。"为此，李商隐既有"由儒教的伦理而发之悲愤慷慨，也有对道教梦幻世界的歌吟，同时又透露对佛教的归依之心，李商隐绝非是无思想的人，他是将以上平等视之，一以贯穿。"③

---

① 刘学锴：《李商隐诗歌接受史》，安徽大学出版社，2004年8月第1版。
② 高桥和巳：《李商隐》，岩波书店，1958年，第8页。
③ 高桥和巳：《李商隐》，岩波书店，1958年，第11页。

高桥和巳在《李商隐》中引用李商隐《献相国京兆公启一》作为论据之一。

人禀五行之秀，备七情之动，必有咏叹，以通性灵。故阴惨阳舒，其途不一，安乐哀思，厥源数千。远则郦、郯、曹、齐，以扬领袖。近则苏李颜谢，用极菁华，嘈赞而钟鼓在悬，烂而锦繡入习元。刺进见志，各有取焉。某爰自弱龄，侧闻古义，留连薄宦，感念离群，东至泰山，空吟梁父，南游郢泽，徒和《阳春》，游于自得之场，实窃德音之选。①在这里我们不妨再用我国学者的论述来与高桥和巳"对话"。刘学锴在论及李商隐与宋玉的承继关系时强调了李与宋终生是"以诗文为业"的相同人生历程，"这种专业文人，往往更具灵心慧感，也更醉心于艺术上的精雕细琢，呕心沥血，视文学创作为生命。"②为此在李诗中的"贫士失职的孤愤和强烈的生命凋衰的伤感"③尤为突出。对阮籍的接受亦主要体现在"兴寄无端"④，而对庾信的接受可从李商隐诗歌"绮艳清新与沉郁苍凉相统一的风格"⑤中窥见一斑。杜甫"伤时感世、关注国运的思想感情及创作精神"⑥乃是杜诗的真髓，李商隐深得真谛。（当然主要是李商隐的前期）对李贺，李商隐则青睐于他的创新精神，把李贺的"奇诡冷艳"⑦融进了自己的诗篇。对韩愈则重其气势磅礴，"句奇语重"⑧使其诗的"曲喻"具有更为深厚的内涵。可以说高桥和巳先

---

① 见全唐文，并参阅刘学锴·余恕诚：《李商隐文编年校注》第四册，中华书局，2002年，第1911—1912页。

② 刘学锴：《李商隐诗歌接受史》，安徽大学出版社，2004年，第368页。

③ 刘学锴：《李商隐诗歌接受史》，安徽大学出版社，2004年，第381页。

④ 刘学锴：《李商隐诗歌接受史》，安徽大学出版社，2004年，第391页。

⑤ 刘学锴：《李商隐诗歌接受史》，安徽大学出版社，2004年，第393页。

⑥ 刘学锴：《李商隐诗歌接受史》，安徽大学出版社，2004年，第397页。

⑦ 刘学锴：《李商隐诗歌接受史》，安徽大学出版社，2004年，第159页。

⑧ 刘学锴：《李商隐诗歌接受史》，安徽大学出版社，2004年，第403页。

生已意识到以上各方面，可惜所论篇幅太少，未及充分，留下一些遗憾。

同时高桥和巳在50年前已很有见地地提到了李商隐诗创作和晚唐文坛变化的密切关系，如认为李商隐的"无题诗"虽然有诗人的个人生活经历作为支撑、保障，"但是还是可以理解为有了小说的建构"①，高桥和巳指的是"小说的虚构性"，"但这种虚构性是融合整个社会、人生感悟之后的虚构"②。这对于我们理解李商隐的"无题诗"和"准无题诗"颇有启发。

由于李商隐在诗、文方面的成就一般来说容易忽略他在晚唐文坛上对笔记小说方面的涉足。如李商隐的《象山太守》实乃是一篇笔记小说，在李商隐文集(《全唐文》中收录)中类似作品是有一定数量的。郑璠是个意趣不同凡俗、"嗜好有意"的人物，短短的文字以他收集奇石相衬，塑造了一个"怪人"形象，与《酉阳杂俎》、《太平广记》中的超短篇作品有异曲同工之趣。再如《刘叉》一文，是写狂狷诗人刘叉的超短篇，他的任性使气，傲视权贵，又颇有无赖性的性格跃然纸上，李对其评价可以看出思想上的解放。"叉之行固不在圣贤中庸之列，然其能面道人短长，不畏卒祸，及得其服义，则又弥缝劝谏，有若骨肉。此其过人无限"。(《全唐文》卷七八〇)。《宜都内人》则以武则天男宠之事演义阴阳，亦多趣味。(见《全唐文》卷七八〇第二)

李商隐还写有《虱赋》、《蝎赋》等作品，被王芑孙评为中国古代"最古字数最少的短篇"之一，"自古短篇，以魏孙湛《果然赋》为最，凡十八字。其次则唐李商隐之《虱赋》、《蝎赋》，凡三十二字。"(《厄言·谋篇》)，《渊雅堂编年诗稿，第2293页》)

---

① 高桥和巳：《李商隐》，岩波书店，1958年，第21页。
② 高桥和巳：《李商隐》，岩波书店，1958年，第21页。

另外，李商隐诗中的讽刺性和李商隐笔记小说的密切关联也不容忽视。陆龟蒙读李商隐的《虱赋》后引发兴致："余读玉溪生《虱赋》，有就颜避跖之叹，似未知虱，作《后虱赋》"，李商隐讽刺虱为欺贫惧富的势利小人。短短数十言，入木三分，陆龟蒙亦写了续篇。《蝎赋》是讽刺性寓言小说，与《井泥》之关系清晰可见。

由于李商隐独特的人生历程，他在同时代诗人中是融会了各种文体于一身的全才。李商隐受从叔的家教，少年时代遍读古籍，在古文写作上崭露头角。16岁著《才论》、《圣论》，"以古文出诸公间"（《樊南甲集序》），他的弟弟义叟也"特善古文"，可以看出家学渊源。虽然他的诗歌创作以近体为主，但是他诗歌中内涵深厚和风骨清峻风格的形成，古文产生了不可忽视的影响。李商隐是位读书家、学问家，从其诗文所涉猎的著作看，"除了儒家的典籍以外，还相当广泛地涉猎了史部、子部和集部的重要著作。"[①]左、国、史、汉应该说是他少年时代就已经烂熟于心的，对老、庄和其他诸家也广为吸收，《诗》、《骚》、《文选》为他的创作输送了营养。他在19岁弱冠之时得到天平军节度使令狐楚之青睐，"令狐楚镇河阳，以所业文干之。"令狐这位章奏大家，把今文的看家本事授予商隐，为其创作开拓了新的天地。还有一点不应忽视的是从令狐楚幕后更加开阔了李商隐的眼界。令狐不仅让李商隐"与诸子游"，还把他介绍给当时文坛的巨星白居易等，唐代许多重要诗人的宅第其实就是当时的文学沙龙，在那里可以交流文学创作信息，切磋诗艺，这对于李商隐的整个人生成长都有不可低估的作用。为此，他在《与白秀才（景受）书》中说："伏思大和之初，便获通刺，升堂辱顾，前席交谈。陈藻及门，功称文学；江、黄预会，寻到《春秋》。"在这里记录了他见到白居易，领略其风采之后感到的欣幸，而且自愿列为白

---

① 刘学锴：《李商隐传论》，安徽大学出版社，2002年，第47页。

门弟子。虽然他在诗歌创作上是轻元、白而崇杜、韩,但元、白在开阔其眼界上的作用是不容否定的。

范文澜在《中国通史简编》中援引了李商隐的"杂纂",说他"专收集俗语和鄙事,又有蜀尔雅",专采蜀语①。可见李商隐研究的空间是广阔的。一个更全面的李商隐等待人们去认识。可想而知,李商隐不仅博闻强记,人生经历苦辣酸甜一应俱全,他在少年时代随父去江南,18岁入幕府,至死辗转大江南北,后又入蜀赴桂,对当时许多少数民族文化亦多有了解,因此可以说,他在晚唐时代,乃至中国文学史上是一个色彩最复杂,内涵最丰富的巨匠之一。

三

高桥和巳还在《李商隐》中尝试用西方文学理论阐释李商隐诗。这对当前李商隐研究既最有启发性,也最需要深入探讨。他称李商隐是具有"唯美主义倾向"的诗人,在李诗中"表现主义"成为一种"独特的方法"②。我们可从高桥和巳书中的前后文脉具体了解他所界定的内涵。高桥和巳认为李商隐已把"文学作为经世之业","变成了对美的执著追求。""虽然在现实中还有宏图大志,但是在官身已是对自己的一种束缚的风潮之中,产生了一种表现主义的极限,这一诗人就是李商隐。"③他认为李商隐"有时把文学看作是至高无上的倾向是不可否认的。"④为此,在他的诗中存在一种

---

① 范文澜:《中国通史》第四册,人民出版社,1965年,第319页。
② 高桥和巳:《李商隐》,岩波书店,1958年,第6页。
③ 高桥和巳:《李商隐》,岩波书店,1958年,第8页。
④ 高桥和巳:《李商隐》,岩波书店,1958年,第6页。

"文学的纯粹化""对男女之爱的强烈的关心，空想的大胆导入"①等等特点。

众所周知，作为西方文学批评的"唯美主义"本是19世纪在欧洲产生的一种文艺思潮。这种思潮在它的本土是对资本主义工业社会功利哲学、市侩风习的批判，而且深受康德美学理论的影响。"为艺术而艺术"、"追求超然于生活的所谓纯粹的美"、"对技巧与形式情有独钟"均成为其主要内容。在它的原产地法国则是"适应了当时法国的社会心理，即波旁王朝复辟和七月君主政体时代笼罩在法国青年人心头的绝望和反叛情绪的需要"。"现实和理想的巨大反差，使一些浓厚的绝望情绪滋生，并弥漫在法国（乃至整个欧洲）青年人的心灵。""以追求艺术的纯美来映照现实生活的丑陋和凡庸。"②和19世纪欧洲唯美主义对照，高桥和巳所说的李商隐的"唯美主义"在以下两点上是相通的。即：1."为艺术而艺术"，即为了艺术而呐喊、拼命、创作；2."形式"和"美"至上，即强调形式，美是艺术的根本目的，此外再无其他目的③。

表现主义则是20世纪初至30年代盛行于欧美一些国家的文学艺术流派。是"一种反传统的现代主义流派"，它在绘画、音乐、文学创作中都先后出现。在它的产生地德国，表现主义"致力于表达一种发自新的心灵状态的内心体验，彰显'主观主义'（Subjekivismus）原理和社会—伦理的'行动主义'（Aktionismus）原理。德国表现主义把艺术创作的形式结构完全推翻，提倡主观主义的创作自由。这一派的艺术家认为，艺术的任务就是把作者个人内在世界的品质和特征淋漓尽致地表现出来，因而他们的作品是不依据客观世界的纯粹事实来进行描述，而是凭自己的'灵魂'来表现，并且特

---

① 高桥和巳：《李商隐》，岩波书店，1958年，第6页。
② 孟庆枢主编：《西方文论》，高等教育出版社，2005年，第206页。
③ 孟庆枢主编：《西方文论》，高等教育出版社，2005年，第213页。

别强调用'激情'"①。

在高桥和巳看来李商隐诗中与唯美主义、表现主义均有相通之处。即"李商隐文学的整体都被一种朦胧的气氛所包围,一种奇妙的等同贯穿始终,即现实世界、幻想世界,过去与现实,在现存的观念形态上——对儒教、道教、佛教的态度都等同视,一以贯之。"②也就是说李商隐诗中有一种超越时空,由心中绘出人生图画之特点,它不再是对现实的直接摹写、理性的判断。

> 任何术语(实际整个语言)都是一个开放的体系,是一个阐释的过程,而这一过程始终处于复杂的网络之中,既有特定的历史语境——术语产生的时代、地域的具体内涵,又有传播过后的衍变,在他种文化中被接受后的改造,亦有话语阐释主体独特的生命体验。③

对于"唯美主义"、"表现主义"中的所指,后人往往在远离这一术语产生前的异国文化中寻觅到与它相通的东西,诸如把杜甫称作"现实主义诗人",称李白为"浪漫主义诗人"即属于此。然而,不同时代用相同文字标识的术语的内涵并非等值,为此我们在理解高桥和巳的界定时决不可用贴标签式的手段照搬。高桥和巳的研究也不是将李商隐等同于西方的唯美主义、表现主义诗人。

叶嘉莹先生《从西方文论看李商隐的几首诗》一文把李商隐的诗与卡夫卡的小说作了对比,指出卡夫卡"他所有的故事都不是现实实在的故事,他所有的故事写的都是他心灵之中的一种感受、一种体验,他把它变了形再表现出来。李商隐在这里也是如此的,把

---

① 梦海:《对新人、新世界的呼唤》,见《文艺研究》,2006 年第 2 期。
② 高桥和巳:《李商隐》,岩波书店,1958 年,第 10 页。
③ 孟庆枢等:《中国比较文学十论》,吉林文史出版社,2005 年,第 278 页。

他内心和一种情思、一种感受通过幻想和想象体现出来。"①叶嘉莹虽然没有说李商隐是个表现主义诗人，但是时隔千载、地距万里的西方表现主义作家与中国唐代诗人之间似乎也是心有灵犀，这在比较文学研究中是个值得重视的课题。

高桥和巳的阐释实际是融会西方话语之后的阐释。正如吉川幸次郎在"跋"中所说：如"唯美"这个词本来就是一个难以界定其具体内涵的词。但是，在20世纪的日本学者那里已有新的内涵赋予其中。吉川先生从以下几方面来谈：1.李诗中的意象有呈现华丽色彩的特点。那些色彩纷呈的意象，在地上日常生活中难以找到，就步入非日常的世界里去寻找。（例如"锦瑟"）他还指出，诗与散文是迥然不同的。"散文是使对象作出规定形式后的成果，反而却剪除了对象的阴影；与散文不能完全传达意味相对，诗是对于对象的周边或阴影的讴歌，由无规定的暗示，反而使对象能完全被捕捉到。他（指李商隐，引者）的诗即是这一倾向的进一步的延长"。②我认为吉川幸次郎所说的"延长"，已把"隐喻"、"意象"这一中、日诗学概念中的内涵融进了西方唯美主义、表现主义的界定。高桥和巳的《牡丹》诗的解说即是在这一层面的操作。

牡　丹

锦帏初卷卫夫人，绣被犹堆越鄂君。
垂手乱翻雕玉佩，招腰争舞郁金裙。
石家蜡烛何曾剪，荀令香炉可待薰。
我是梦中传彩笔，欲书花片寄朝云。

---

①　叶嘉莹：《从西方文论看李商隐的几首诗》，见《陕西师范大学学报（哲社版）》，2005年第4期。

②　高桥和巳：《李商隐》，岩波书店，1958年，第220页。

对于《牡丹》一诗，历代评家褒贬不一，人言言殊。朱彝尊笺评曰："堆而无味，拙而无法，咏物之最下者。"①陆□曾则曰："牡丹名作，唐人不下数十篇，而无出义山右者，惟气盛也。"②高桥和巳（包括吉川幸次郎）则盛赞此诗，并作为有"唯美主义倾向"的代表作之一来赏析。对于此诗写作年代，高桥和巳取太和三年（829年），李商隐是年18岁。此诗为"李商隐在他最初的恩人令狐楚（765—837）宅邸举行的宴上为侍宴歌妓所作"③，在国内李商隐诗评家中也有人持此看法，如香港邓中龙（见《李商隐诗译注》，岳麓书社版）。高桥和巳所取的注基本上是我国历代注家的材料，这里不必重复。他着重指出的是李商隐把"牡丹周边的各种阴翳都用暗示捕捉到，让读者进入一个色彩华丽的空间"④。在阐释中高桥和巳以南子的"锦帷"与鄂君的"绣被"，把牡丹置于繁艳无比之中，推出既有美艳绝伦的南子（含苞待放之花），也有众多花蕊拥抱的盛开之花（越鄂君），美女、俊男同进画面争辉斗艳，这是别的牡丹诗所未有的。正如钱锺书在《谈艺录·补订》中所言："当是谓兼取美妇人美男子为比也。实则义山《牡丹》……早已兼比。"把花比作男人是个创新。高桥和巳又把微风中轻曳和在强风中折腰争舞的牡丹写得风姿绰约。接着高桥和巳指出李商隐借晋石崇的以烛代薪的典故，状牡丹的光、色，再让人从荀彧的香炉联想牡丹的典雅、高贵。最后一气呵成落到诗人自诩得了五彩之笔，今后要大展才华，一显身手。

对"我是梦中传彩笔，欲书花片寄朝云。"高桥和巳作了总括性点评："我在睡梦之中得授真传，惠我以得意的如椽妙笔（教导自

---

① 刘学锴、余恕诚：《李商隐诗歌集解》，中华书局，1998年，第1550页。
② 刘学锴、余恕诚：《李商隐诗歌集解》，中华书局，1998年，第1550页。
③ 高桥和巳：《李商隐》，岩波书店，1958年，第76页。
④ 高桥和巳：《李商隐》，岩波书店，1958年，第77页。

己写今文的大家、恩主令狐楚当是授笔之人），为此，我要把恋心写在花瓣上，献给美如巫山神女之人。"对于李义山此诗写给何人，有的评家认为是令狐楚，高桥和巳认为是席上歌妓，也有人认为两者均可能，不必定指。我以为高桥和巳的看法更贴切一些。因为从李商隐本诗整体上看献给令狐楚有些太露，而献给席上歌妓则合情入理。从诗句可看出花与人互衬的神韵，李商隐把恋心献给歌妓，决不妨碍让令狐体会到这位才华横溢，初出茅庐就有贵人提携的青年诗人当时志得意满，踌躇满志的心态。让他的恩主体会到自己很有眼力，找到了合格的传人，这位白衣少年将不会辜负恩主的一片苦心。这可以说是本诗感情上的阴翳，没有这层阴翳，难免被看作一首有堆砌之嫌的咏物诗。高桥和巳的阐释具有日本歌人那种细腻、纤细的悟性，为此更能发李商隐诗"唯美""表现"之彩。

对于《锦瑟》诗的鉴赏、阐析也颇见高桥和巳将东西文论结合的功力。一般来说都把《锦瑟》当作李商隐诗的压卷之作。然而对它的理解众说纷纭，莫衷一是。据有的学者统计，自北宋刘分攵到清末民初之张采田，共七十余家、一百多条笺释文字，至少有十几种观点。这一现象既反映了李诗的难解，亦可看出它的丰富性。

锦　瑟

锦瑟无端五十弦，一弦一柱思华年。
庄生晓梦迷蝴蝶，望帝春心托杜鹃。
沧海月明珠有泪，蓝田日暖玉生烟。
此情可待成追忆，只是当时已惘然！

高桥和巳对《锦瑟》的解释总的来说取的是"悼亡"说。"对于这首诗，有多种解说。我作如下解：看到眼前妻子的遗物锦瑟，睹物思人，想起曾经一起度过的美妙时光，油然而生一曲感伤之歌。"①

高桥和巳持此说把《锦瑟》一诗从实切入，由物及人，浮想联翩，现在与过去，现实与梦幻，物与我浑然一体。昼与夜，天上、海底交织成一个朦胧的世界。"沧海月明珠有泪，蓝田日暖玉生烟。此情可待成追忆，只是当时已惘然。"高桥和巳犹如窥探了李商隐创作时的心态："回忆起往昔你弹奏锦瑟，它拨动了我的心弦。当你心存大海之时，我心里马上涌现月亮普照的沧海；当你心存高山，我眼前现出的是阳光照射的玉山。但是，如今月夜里的沧海，你的倩影竟如滴玉的人鱼泪珠涟涟，在白昼里追寻你的妩媚的风姿，却像吴王的紫玉化作一缕青烟。越是千回百转地追忆，失意、朦胧越叫我理不清思绪。在这里，是追忆的起始，亦或并非如此？现在难以看清之物，在往昔已如隔世，就是现世恐怕早已是朦胧之境了。"②

写到这里，我想起司空图在《与极浦书》（见《全唐文》卷八〇七 8487 页）中说："戴容州云，诗家之景如蓝田日暖，良玉生烟，可望而不可置于眉睫之前也。象外之象，景外之景，岂容易可谈哉。"司空图去李义山不远，这几句话作读《锦瑟》参考也颇切。高桥和巳是否读过司空图此文或司空图所引戴叔伦的论述不得而知，不能臆测，但思路却与此文一致。在晚年已心近释门的李商隐诗中的禅味已很浓了，这一追求，使他的诗作，尤其使无题性质的诗发生了很大变化，如果我们把它们看得太实则很难理解了。用我国当代评家的话来说就是："重叠的象喻，是李商隐的诗朦胧情思与朦胧意境的一种独特表现手法。"③高桥和巳抓住李商隐沟通现实与往昔，打通时空，在心灵中构织朦胧之图来解《锦瑟》对我们是有启发的。

---

① 高桥和巳：《李商隐》，岩波书店，1958 年，第 29 页。
② 高桥和巳：《李商隐》，岩波书店，1958 年，第 31 页。
③ 罗宗强：《隋唐五代文学思想史》，中华书局，2003 年，第 236 页。

而这一手法又非常容易被国外读者把《锦瑟》看作古代中国版的"唯美主义"、"表现主义"之作,至于是否如此称呼无关宏旨。

正如前述"唯美主义"和"表现主义"都是距李商隐时代1000年左右的概念,如果简单地界定容易造成混乱。可是概念的内涵又往往能突破具体的时空,使它回溯或延伸,甚至在其他文化、文明中找到它的相关话语而继续生存。生活在19世纪后半的尼采(1844—1900)曾提出审美的"酒神精神",把它作为"审美的现代性方案""尼采告诉理性转向艺术,一方面是对德国古典美学传统的继承,另一方面又是对这种传统的改造,因为他注意到宗教的衰落需要有新的东西来填补;同时,对理性的怀疑和拒斥,又使他走上以审美对抗启蒙现代性的道路"。"这是一些非中心化的主体自我展示的体验,他从认知和目的活动的种种限制中摆脱出来,从有种性和道德的律令中解脱出来。"[①]尼采的论述对于我们以现代眼光看李商隐作品足资启迪。

另外,高桥和巳指出李商隐在他的诗歌中已产生了新的接受群体意识,"在唐代社会里,都市风情,从中唐开始繁盛的传奇小说或是杂记、地志类作品等情况,只是我们了解其情状的一面而已。随着市民社会的勃兴,享乐设施的发达、对于艺术享受水准的提高,与国家的政治衰亡相左,随年代前行新兴阶级抬头,这是最近历史学家、文学家所强调的……某些女性作为不能无视的文学享受阶层不断形成。……李商隐作为恋爱诗人之冠冕者,留下众多的恋爱诗,在这一风潮对士大夫的浸透的背后,是具有新的享受阶层的鼓掌欢迎的影子的。"[②]

李商隐诗的词曲倾向也可从这一视点来考虑。晚唐五代是我国

---

① 哈贝马斯:《现代性的哲学话语》,译林出版社,2004年,第94页。
② 高桥和巳:《李商隐》,岩波书店,1958年,第16—17页。

古代另一种重要文学形式"词"兴起之时。从文学史的角度来说"词"并非突兀出现，在唐、五代是以"曲""曲子"流行，（当时亦用曲子词这一术语）至宋才约定俗成界定为"词"。高桥和已从晚唐社会的市民阶层的形成，当时国际性的大都市（尤以长安为代表）的享乐生活来思考这一问题。读者阶层也发生了变化，女性读者、歌坛、流行歌曲都催生了"词"的产生。在某种意义上，诗着重于吟咏，而"词"则侧重于演唱。文学与音乐本是统一在一起的，这是在分离之后的又一次回归。钱锺书先生说："乐无意，故能涵一切意。"[①]李商隐的一些诗具有词的特点，配合乐曲之后引起人情感上的共鸣，可从多层面接受，而不是如他在《行次西郊作一百韵》中杜甫式的现实主义的真切了。

这本不厚的书里确实有很多值得参考的见解，高桥和已作为一位优秀作家，他在阐发李商隐诗时，作家创作心理的分析别开生面，使我们感到我国当代著名作家王蒙李商隐研究的特色，限于篇幅，暂写这些。还有日本作家如何吸收李商隐（如川端康成，将有另文发表），都可以为我国研究李商隐提供一些新的视点。李商隐也是一位架起了中日文学、文化交流之桥的人。

---

① 钱锺书：《谈艺录》，中华书局，1974年，第290页。

返归原点　旨在创新[①]

—— 读中村三春的几本新著

我们生活在信息社会，比以往任何时代都更需要思维的创新。提高我国的软实力，迎接民族文化的伟大复兴特别需要的是"原创精神"，它是文化强国的根本。其实我们的先人早就告诉我们："苟日新，日日新，又日新。"[②] 近来读过日本新锐学者中村三春（1958— ）的几本著作：如《修辞学的现代主义——文本样式论探讨》（2006）、《语言的意志——有岛武郎和艺术史的转向》（2011）、《万花筒》（2012）。连同读过的柄谷行人、小森阳一、铃木贞美、野家启一等一批日本学者的著作，共通之处是文本里透露出强烈的创新精神，充满对百多年来日本与西方文化交融碰撞的反思，立足于21 世纪对日本文化何处去的构想。中村三春是一位映像学理论家，对于符号学、现象学、解构主义理论很有造诣。他聚焦本国文艺实际，通过对一批耳熟能详，有"定评""成见"的经典作品的再阐释，生发新意。在论述中，最突出的特点是：他从修辞学入手，对传统的语言观和西方的一系列传统文学理论提出挑战。以返回人类文化原点，用"原符号论"（克里斯蒂娃语）呼唤原生态的创新精神，从更深层次上对"文学"作出与时俱进的再认识。研究者徜徉

---

① 本文原载《人民政协报》"学术家园"，2012 年 5 月 24 日。
② 《大学章句》，上海古籍出版，1995 年，第 9 页。

于古今东西文化之间不断探索,许多见解对于创建具有中国特色的文艺理论也有启发。

横光利一(1898—1947)是日本现代文学中一位最具创新精神的作家。他的作品对于我国读者来说也比较熟悉。中村三春结合文本细读,指出横光在上个世纪20年代就对语言工具论进行反驳,发表了"纯粹小说论"。中村认为横光的这一理论即是"文化创造论"。横光对既成的语言工具论给予颠覆,明显地具有后现代主义语言观特点。

中村指出:"通过自己生命的自我维持与类比相结合,把读书作为全部人生的持续时间的一部分来看待。实际上通过如此的读书状态而雕琢出的文本形式,横光不是就把它命名为纯粹小说了吗?"[①]很明显这里讲的文学只能是人的生活状态的美学观照,是回到原点的"文"的观点,绝不是近代以来的西方的"文学"的内涵。用中村的话来说"是未制度化('原叙述'未形成)之物。"[②]正如中村引用阿多诺的话指出的:"艺术的概念顺应形形色色的历史变化的配置而不断衍变。艺术是抵抗概念的。"[③]

我们先看横光利一在大正十三年(1924)发表的《小夜曲》[④]这是他的最初的"纯粹小说",具有代表性。这一小说几乎谈不上什么情节,在作品里只写了在欢迎R博士归国聚会中的事。两个人物即男主人公梶和女主人公町子,他们之间已结成婚约关系。这部小说的核心是他们在酒店庭院中的谈话。那些谈话乍看上去"简直是傻

---

① 中村三春:《修辞学的现代主义——文本样式论探讨》,翰林书院,2006年,第118—119页。
② 中村三春:《修辞学的现代主义——文本样式论探讨》,翰林书院,2006年,第119页。
③ 阿多诺:《美的理论》(日文版),转引自中村三春《万花筒》,2012年,第2页。
④ 《大阪每日新闻》,大正三年,8月10日。

话或者吵架"毫无意义，而且谈话是突发的，并非事前有所考虑要刻意表达什么。

"哎，在你身上也有缺点吧？"町子说。
"有一点的。"梶回答道。
"说给我好了，以后我会注意的。"
"说了怕你生气呀"
"我不会生气的，对我自己也有好处嘛。"
……
梶使劲地把町子的双手从她的耳朵边拉下来，把他的嘴凑近町子的耳边问道："你知道自己最大的缺点是什么吗？"
"不知道，真的，真的。"町子说。
"是你并不爱我！"
"你呀，你呀，是你不爱我吧？"
町子忽地从梶的手里抽出身来，梶追上她把住她的肩膀。町子挣脱开梶，跟跟跄跄地踏进花坛中。
"你讨厌！"
"我也讨厌着呢。"
"这不就对了。"
"不是，我说的是我也讨厌自己呀。我怎么会讨厌你呢？绝不是像你那样。这一点我可是比你底气足。"
"不知道。"町子喊道。
"为什么，为什么，我爱你是彻底的，你对我只是有时喜欢而已。在这场投保中赔本的是我呀。今后我不会爱你了。"
（自译）

篇幅的关系在这里不长引用了。中村三春认为，在一般的小说中，人与人之间的关系是"在由语言所唤起的形象或者意象的世界上展现出来，即靠语言使关系再现。"①但在横光看来这一关系并非存在于小说之外，"恰恰是随着语言的逐渐展开而存在。"中村认为小说中两个人物之间，"他们的对话不是关系的再现，相反恰恰是他们的关系本身。"②"这是对语言工具论的宣战。"③这使我们立刻想到20世纪西方的一些哲学家的论述，他们把语言与存在结合起来思考，无论是海德格尔的："语言是存在之家"，还是稍后的维特根斯坦的语言游戏说、德里达的解构主义，都否认文本意义的确定性，尽管他们的理论存在不少悖论，但是对过去僵硬的语言工具论的冲击，对纠正把阅读当成如探囊取物式归纳唯一的主题之类（这在我国中学教育中仍然存在）的定式很有现实意义。中村援引符号学家莱恩的话："行动是经验的函数。同时经验也好行动也好，已经存在于自己以外的他者、他物的关系之中了。"④自我与他人的关系也不能用截然分开的二元对立来思考，"对于他者经验的研究，是立足于我的经验，通过我的经验对你（他者）的研究。"这也从哲学层面印证了语言的不透明性，中村把它称作"经验间性"（间经验）。

横光利一的另一篇作品《上海》（1928）是很有代表性的。因为和我国著名都市及重要历史事件五卅运动（1925）相关，也备受我国研究者关注。在这一文本中我们看到，同样一位作家在不同时期，由于思想的活跃，探讨的繁复，其文本色彩斑斓。为此对于它的阐

---

① 中村三春：《修辞学的现代主义——文本样式论探讨》，翰林书院，2006年，第103页。

② 中村三春：《修辞学的现代主义——文本样式论探讨》，翰林书院，2006年，第103页。

③ 中村三春：《修辞学的现代主义——文本样式论探讨》，翰林书院，2006年，第103页。

④ 中村三春：《修辞学的现代主义——文本样式论探讨》，翰林书院，2006年，第105页。

释更显多歧。中村认为:"横光的《上海》是从都市上海文本扒下来的又一超文本,是他充分运用新感觉派手法把城市这一文本转变成又一文本的大胆尝试。"[1]在这里的"超"就意味着它不可能是所谓的都市的再现,"用语言表现都市必然是虚构。"[2]因为任何叙述都是作者以自己的视点和手法,对信息的选取和组织。同样在读取这一文本时也见仁见智。我国一位学者用社会学批评的方法如此阐释:"横光在这部长篇小说里,企图以个人的心情和体验为中心,通过上述故事,在半殖民地上海的混乱和不稳定中,捕捉人的不安定状态,以及人背负个人与历史的宿命,反映了近代人两重结构的形成和近代个人主义解体的过程。"[3]在写作手法上"多少运用了通过主观感觉不可能透视的现实的力学,使之含有社会小说的某些分子。"[4]中村先生结合文本,以新的文本样式论给本文以新的解读。他指出:在《上海》中,与其说存在拟人、拟物的写法,莫如说"是以尚处于境界不分明的混沌状态的过程之中的原符号态"(克里斯蒂娃语)来对抗"意味论"的两相对立的修辞。当然在表面上是以拟人拟物出现的。对此,我认为可以从人类的"回归意识"与"文学"的关系来解释。所谓"原符号态",应该是人刚刚离开母体,从自然人开始成为"文化人",或者说人之所以为人的节点。人开始要"叙述",以物语愿望面对世界,面对自我,这是人类向文明出发的原点。只有在这一时刻,才无所谓拟人拟物,才会以最强大的动力喷发出创造力,这一开始用语言把握世界,建构世界的力恐怕也是

---

[1] 中村三春:《万花筒——20世纪日本前卫小说研究》,翰林书院,2012年,第94页。
[2] 中村三春:《万花筒——20世纪日本前卫小说研究》,翰林书院,2012年,第94页。
[3] 叶渭渠:《日本文学史》,现代卷,经济日报出版,2000年,第144页。
[4] 叶渭渠:《日本文学史》,现代卷,经济日报出版,2000年,第144页。

是修辞学的真谛吧？如果从这一原点出发，人们就可以摆脱一些定式的束缚，充满创新的欲望。中村三春指出：在《上海》里"使都市、身体、事物在隐喻上结成一体，使它们在意味的产生上等值。"①他又进一步解释说："实现这一点，从原符号态到符号生成态贯穿的技能称作意义（significance）生成性，它只能是文本的虚构作用。"②从这一视点来解读的话，文本中的都市、政治、半殖民地状态、恋爱、人的生活诸方面，"都成为杂然相处对抗的东西，无论在哪一个层面上，始终只能作为片段的要素而存在。它们都不能赋有代表作品的权力。"③我们在文本里看到的是断片的集合，表面看杂乱无章。正如中村说的："这一个一个断片成为无数的面，即使作为整体，也因为被投掷了无数的光而成为舞厅里的多面体的滚灯。"④前面说过关于《上海》从不同的视点自然会有不同的评论，特别在今天，在思维模式转变的当代的阐释更为多元。小森阳一更侧重于在社会历史背景下的文化解读。他特别注意到文本的第九章：

> "参木在菜还没有端上来之前，斜倚栏杆嗑着南瓜子。从明天起自己该如何维持生计，尚没有着落。可是回日本就更没有出路。——被本国夺走了生活门路的各国人一旦聚聚一处陷进其中，那就只能变成一群失去性格的古怪的人物，在这里建造起一个世界上没有先例的国家。——而他留在上海，他的肉

---

① 中村三春：《语言的意志——有岛武郎和艺术史的转向》，翰林书院，2011年，第2页。

② 中村三春：《语言的意志——有岛武郎和艺术史的转向》，翰林书院，2011年，第2页。

③ 中村三春：《语言的意志——有岛武郎和艺术史的转向》，翰林书院，2011年，第2页。

④ 中村三春：《万花筒——20世纪日本前卫小说研究》，翰林书院，2012年，第100页。

体所占用的那个空间便会变成日本的领土。"①

小森阳一指出,在文本里"参木作为一个男性回归了与'母国'的联系;成为妓女的阿杉,只能留在上海的贫民窟,即是作品的构图。"②特别在这一章的结尾这一意识更为突出。这一视点突出了《上海》中的阶级意识。中村三春在2012年出版的新作《万花筒》中,结合历史的文本与文本的历史分析了《上海》的修辞样式论的复杂性。他强调了包括《上海》在内的一系列横光作品里贯穿着"统合"的形态。中村称它为"统合修辞法"。"这一统合原理把个人、国家、经济等所有领域横穿起来。比如亚细亚主义者山口、殖民地主义者甲谷认为要与欧美列强战斗,中国、日本、亚细亚应该团结协作,任何一处突发问题就会导致全体被害。文本展开了这一理论。这是全体论的统合思想的明显例证。在历史上这一想法被恶用,日后成为日本军国主义的'八纮一宇'思想的基础是不难想象的。"③可以说统合也好,返回原点也好,总是离不开面对的现实。横光的文本样式论恰恰体现了他的世界观的纠葛。不过,我们看到小森和中村的论述不是社会学的批评方法。

回归原点似乎远离现实,其实更会切近人的心灵。这是抗衡形而上的一个方策。我们在信息社会里,不可逃脱的是在"真实世界"与"虚拟世界"之间徜徉,而且它们把我们统括为一。另一位日本学者指出:"人们捕捉到的客体并非就是那个客体,那是被人的感受性或者体验捕捉到,已经过某种曲折之物,为此,所谓客体是

---

① 横光利一:《寝园》,横光利一文集,叶渭渠主编,作家出版社,2001年,第36页。
② 井上ひさし等:《座谈会 昭和文学史(一)》,集英社,2003年,第484页。
③ 中村三春:《万花筒——20世纪日本前卫小说研究》,翰林书院,2012年,第104页。

永远捕捉不到的。但是要是无此客体,我们自己所捕捉的客体也不存在。"①他又说,阅读伊始,所谓的"原来的文章"就与"眼前的文章"分离,在文本的场里进行着一场动态的碰撞。这位日本学者提出了"深层批评"的想法,即"达到读者价值观、世界观的瓦解,到达宿命的深层批评。"②在思想转折期往往凸显"回归意识",反思我们人类走过的路,哪些面临危险,哪些要调整,回归不是倒退,旨在创新,是要使人类生活得更和谐。

---

① 田中实:《'原文'与'叙述'再考》,国文学解释と鉴赏,至文堂,平成二十三年七月,第9页。
② 田中实:《'原文'与'叙述'再考》,国文学解释と鉴赏,至文堂,平成二十三年七月,第9页。

后　记

今年要举行中国比较文学学会第 11 届年会暨国际学术研讨会，会的宗旨是对百年中国比较文学的回顾与展望。我们是带着激情来迎接它的。本书权作对中国比较文学的一份薄礼。

出版任何一本书都有言犹未尽的话，如果再重复几句的话，我们深感比较文学在当今时代所负荷的任务之重，它应该在建设有中国特色的社会主义文化中发挥自己独特的作用。我们愿意为此而竭尽全力。

本书在出版中得到学界同仁的关心与支持，前面说了一些感恩的话，是发自肺腑的。本书的内容也吸纳了我在教学中听取很多我的学生的意见，谢谢他们。这次成书虽是过去发表之作的编撰，但在统一体例，校勘上，我的同仁、弟子、亲人都费了不少心力。（这是很必要有而且烦难的事情，特别是核对引文颇费精力）在这里向刘研教授、刘金举教授、管贤强博士、丁卓博士、谢殿伟先生、卢静达老师等诸位致谢。同时，本书的诸篇文章曾发表在一些杂志、报纸上，是他们给予我很大的支持。对《外国文学评论》、《人民政协报（"学术家园"）》、《深圳大学学报》、《东疆学刊》、《南京师范大学文学院学报》、《长江学术》、《韩山师范学院学报》、《中文自学指导》、《外国问题研究》、《文心》、《中日文化文学比较研究》

等媒体一并致谢。

为了更好地进行学术交流，北京第二外国语大学的刘燕教授带领她的弟子早早地审读每篇论文，计划在近日开一个对谈的研讨会，这种互动是我最期望的。我希望该书出版之后有更多的同仁互动。向刘燕和她的弟子表示衷心谢意。

从技术层面来说，由于文章曾发表在不同媒体，为此体例不一，这次按出版社要求作了统一，特别是发在报纸上的两篇，注释为后加上的。为了保持历史原貌，文本不加改动，但是有些疏漏还是要订正的。为了更好地和读者交流，有两篇文章添加了新的内容，已作了说明。

当本书画上句号之时，也是新的跋涉的开始。

最后期待学界同仁、广大读者的指正。

2014 年春分于北京常青藤住所

图书在版编目（CIP）数据

固本求新 / 孟庆枢著.—北京：中央编译出版社，2014.7
（比较文学与世界文学名家讲堂 / 王向远主编）
ISBN 978-7-5117-2241-6

Ⅰ.①固… Ⅱ.①孟… Ⅲ.①比较文学-文学研究-中国、日本 Ⅳ.① I206 ② I313.06

中国版本图书馆 CIP 数据核字（2014）第 159122 号

固本求新

出 版 人	刘明清
责任编辑	邓　彤
责任印制	尹　珺
出版发行	中央编译出版社
地　　址	北京西城区车公庄大街乙 5 号鸿儒大厦 B 座（100044）
电　　话	（010）52612345（总编室）　（010）52612352（编辑室） （010）52612316（发行部）　（010）52612315（网络销售） （010）52612346（馆配部）　（010）66509618（读者服务部）
传　　真	（010）66515838
经　　销	全国新华书店
印　　刷	北京时捷印刷有限公司
开　　本	787 毫米×1092 毫米　1/16
字　　数	326 千字
印　　张	25.25
版　　次	2014 年 7 月第 1 版第 1 次印刷
定　　价	68.00 元
网　　址	www.cctphome.com
邮　　箱	cctp@cctphome.com
新浪微博	@中央编译出版社
微　　信	中央编译出版社（ID:cctphome）

本社常年法律顾问：北京市吴栾赵阎律师事务所律师　闫军　梁勤
凡有印装质量问题，本社负责调换。电话：010-66509618